I0761492

La opción correcta

VIOLETA BOYD
(VHALDAI)

La opción correcta

Obra editada en colaboración con Editorial Planeta – Chile

Bajo el sello editorial CROSSBOOKS M.R.
Avenida Presidente Masarik núm. 111,
Piso 2, Polanco V Sección, Miguel Hidalgo
C.P. 11560, Ciudad de México
www.planetadelibros.com.mx

Ilustración de portada: Valentina García
Diagramación: Ricardo Alarcón Klaussen

Primera edición impresa en Chile: septiembre de 2022
ISBN: 978-956-6145-22-6

Primera edición impresa en México: enero de 2023
ISBN: 978-607-07-9607-4

Impreso en los talleres de Impresora Tauro, S.A. de C.V.
Av. Año de Juárez 343, Colonia Granjas San Antonio, Iztapalapa
C.P. 09070, Ciudad de México.
Impreso en México –*Printed in Mexico*

Tiraron de mí con fuerza. Mi cuerpo se sentía más ligero, fácil de manipular, y no pude negarme. Estaba asustada, perdida, sin saber hacia dónde dirigirme. La persona que tiró de mí me agarró con energía.

—¡Agnes! —escuché que un hombre gritaba—. ¡Agnes, vamos!

Me bajaron del auto sin que pudiera oponer resistencia. La inmensidad del bosque se desplegó por mi campo visual. Árboles verdes, frondosos, que se movían al compás de una brisa violenta.

—¡Corran! —gritó el hombre—. ¡Corran al bosque!

Sin embargo, la persona que me tenía agarrada no tomó en cuenta dichos gritos.

—Abajo, abajo —me dijo y no me quedó más remedio que obedecer.

A mi alrededor, más gritos.

Nos arrastramos por debajo del auto y su mano me tapó la boca.

—Calla —susurró.

Y yo, otra vez, obedecí.

No supe qué estaba sucediendo. Casi no respiraba. Solo sabía que algo muy malo nos ocurriría si hablábamos.

Escuché el frenazo de un auto y luego pisadas. Mi cuerpo entero se congeló.

Eran hombres. Hombres que portaban armas.

El hombre de antes habló. Se podía notar la desesperación en su voz. Al igual que yo, sabía que algo malo sucedía, pero no corría con nuestra suerte: estaba frente a los hombres malos.

Escuché gritos.

Escuché reclamos.

Y, por último, escuché el primer disparo.

Capítulo 1
N de nuevos problemas

AUDREY

—¡Estoy tan feliz, Drey! Estaremos juntas, como en los viejos tiempos. Tú y yo, haciendo maldades otra vez. No, no. Mejor, nada de maldades. Los supervisores de pasillos son muy estrictos, a veces me siento de vuelta en el internado, solo que, en lugar de monjas, hay idiotas bigotones que creen que la academia es la milicia o algo así.

Sol inspiró hondo y bebió de su café. Tenía las mejillas rojas por hablar sin tomar un poco de aire. Estaba emocionada, y yo también. Por fin, después de tanto tiempo, había conseguido una beca en el Departamento de Arte de la prestigiosa Academia LeGroix.

—¿Vas a hacerme un tour por la academia? —pregunté, aunque ya sabía la respuesta.

—¡Por supuesto, amiga! Voy a enseñarte todos los lugares interesantes. Incluso te contaré cuáles son las historias que se cuentan en los grafitis que encontrarás en las puertas de los baños o en las mesas y te diré los chismes que andan corriendo por los pasillos.

Los chismes nunca me llamaron la atención, andar de cotilla no era lo mío. Al parecer, a Solange sí le picaba el bichito de la curiosidad, porque, cuanto más hablaba, más expresivo era su rostro.

Dejé de lado sus delirios de chismosa profesional para irme a algo más importante.

—¿Algún profesor de quien cuidarme?

Los ojos marrones de mi amiga se abrieron demostrando que podían ser aún más redondos.

—En Ciencias hay muchos. Son asesinos frustrados que quieren liquidarnos con sus exámenes.

En mi cabeza apareció un cuadro caótico, con profesores dibujados como demonios con cuerno y cola, alumnos sufriendo entre llamas. Un caos como en *El funeral* de Grosz.

—¿Y en Arte?

Se lo pensó haciendo una mueca cómica, tan arrugada como mi bella abuela, la cual adoraba todas sus líneas de expresión.

—He oído a muchos estudiantes quejarse del profesor de Historia del Arte —hizo una larga pausa antes de añadir—: Es guapo.

—¡Solange!

—Es la verdad —se encogió de hombros deshaciéndose de la culpa y luego se echó hacia atrás—. Te gustará. Se llama Stan. Alto, rubio, ojos azules. ¿Viste el cielo hoy? Algo así. Tiene unos treinta y cinco.

—No sé por qué siento que me estás diciendo su ficha personal.

—Porque precisamente eso hago, Drey.

Sus ojos se desviaron hacia la entrada de la cafetería. La postura juguetona que traía instantes antes se tornó tensa. Se relamió los labios y tragó saliva rápido mientras sus ojos parecían seguir a alguien. Con disimulo me giré, descubriendo que miraba a dos chicas rubias.

—Por cierto... hay algo que debo advertirte.

—¿Debo cuidarme de otro profesor?

Se acercó a mí. Yo la imité, dejando que el collar de oro con el dije de una cruz quedase visible sobre mi pecho, luego lo guardé bajo mi blusa; siempre había sido muy sobreprotectora con él, pues le había pertenecido a mi abuela.

—No, en realidad de la academia en general. Cuando llegué fue fácil adaptarme porque no tenía esto —apuntó mi anillo de castidad, el cual brillaba más de lo habitual bajo las luces de la cafetería—. Tampoco dije de qué colegio vengo. Aquí todos son intolerantes con las creencias, hacen mofa de ellas y...

—Llevaré mi anillo sin importar lo que digan —interrumpí.

—Ay, Drey... Las chicas de aspecto angelical son devoradas. No les tienen piedad. A ellos les encanta jugar con alguien que proyecta paz.

Me sorprendí de ser yo la que estaba tensa ahora. Retraje mi mano y toqué mi anillo.

—¿Hablas en serio?

—Sí. Por eso debes evitarlos a toda costa.

—¿Evitarlos? ¿A quiénes?

—A Dhaxton y Seth —respondió bajando todavía más la voz.

Sus ojos buscaron entre las mesas a las dos chicas. Ellas estaban sentadas a cuatro mesas de la nuestra, charlando sin notar nuestra presencia.

—¿Por qué? —mi amiga lucía inquieta. Miraba hacia las otras mesas, paranoica—. Sol, dime por qué.

Suspiró con resignación.

—Son una especie de eminencia. Buena o mala, no sabría decirte. Es como si estuvieras obligada a conocerlos. Nunca sabes qué esperar de ellos, siempre te sorprenden. Son los tipejos arrogantes de sonrisa encantadora con los que no te quieres meter porque sabes que no saldrá bien. Jamás se han relacionado en profundidad con otros, siempre con su grupo selecto. Y sus fiestas... Dicen que estar en una de sus fiestas es alucinante.

Hablaba de ellos como si quisiera ser parte de su grupo.

Traté de hacerme una idea de cómo era el dúo, su aspecto y personalidad, pero solo conseguí el retrato cómico de cierto trío en un libro que leí hace años. Basándome en ellos, la verdad no me sorprendía mucho.

—Pues hasta ahora no me parecen interesantes —confesé.

—Espera a verlos en persona —Solange parecía estar desafiándome—. En fin, basta con que sepas quiénes son. Nada más. Mientras menos sepas de ellos, mejor. Solo toma ciertas precauciones: no mires la cicatriz de Dhaxton y no lleves tu anillo frente a Seth. Si haces caso, sobrevivirás.

—Gracias por tus sabias advertencias —respondí—, pero dudo mucho que llegue a cruzar alguna palabra con ellos. Sobreviviré.

Sobrevivir. Me pareció una palabra tan exagerada.

Qué equivocada estaba...

Luego de una semana, para mi primer día de clases no tenía idea de los problemas en los que me metería. Estaba demasiado entusiasmada paseándome por los pasillos de la academia, escuchando música en mi celular a todo volumen, esquivando a los supervisores y mirando a los excéntricos profesores.

LeGroix era un lugar alucinante: grande como un castillo, elegante como las casas en la época victoriana. El edificio de Arte tenía estatuas en los pasillos, cuadros en la pared, un piso blanco y negro, como los tableros del ajedrez, y música clásica para la inspiración; podía oler el arte y las ganas de aprender de todos los estudiantes que caminaban a mi alrededor. El edificio de Ciencias no me gustó demasiado; muchas tablas periódicas, probetas, delantales blancos y olor a dentífrico que me recordaba a los malos tiempos en que tuve que usar frenillos. Y en el edificio de Matemática solo vi números y fórmulas.

O eso hubiera deseado.

Iba por el pasillo del cuarto piso haciendo un último recorrido. Faltaban algunos minutos para entrar a clases. El viento que entraba por las ventanas era fresco, de primavera, pero en aquel piso podía percibir un extraño olor a tierra y papeles viejos. La curiosidad me ganó y busqué su origen hasta dar con una última puerta, apartada de las demás. Mis pasos fueron rápidos. Empujé la puerta y vi una sala vieja, llena de cajas, objetos en desuso, mesas viejas y, entre tantas cosas, sobre una de las tantas mesas, una pareja teniendo sexo. El chico me daba la espalda, pero pude ver sus glúteos contraerse contra el cuerpo de la mujer una y otra vez, con los dos brazos sobre la mesa. Ella llevaba un delantal blanco y la credencial que el profesorado debía usar; sus manos agarraban con una lujuria salvaje el cabello castaño del chico.

Un grito ahogado se alojó en mi garganta.

No esperaba encontrarme con nadie dentro, mucho menos con una escena de aquellas proporciones. Mis movimientos se volvieron rígidos y, por mucho que deseara salir arrancando, tardé demasiado en dar media vuelta. Mis audífonos cayeron entorpeciendo mis pasos.

—¡Atrápala! —escuché gritar a la profesora—. ¡No la dejes ir!

Él intentaba alcanzarme, pero fui más rápida porque yo no traía los pantalones abajo.

Qué maravillosa bienvenida.

Tuve la suerte de escaparme, pero no la de llegar a la hora a mi primera clase.

Después de golpear temiendo que no me respondieran, la puerta se abrió enseñando un rostro casi perfecto. La descripción de Solange sobre el profesor de Arte vino a mi cabeza y tiñó de rojo mis mejillas cuando dos ojos azules me miraron.

—Llega tarde —pronunció melódico—. Bastante, diría yo.

Tardé en salir del magnetismo de sus ojos.

—Lo siento —dije al fin—. ¿Ya me perdí la charla sobre el bisonte de Altamira?

Mi broma le causó gracia.

—Eso fue hace meses —dijo haciéndose a un lado para que pudiera entrar a la sala.

—La carta de aceptación me llegó apenas hace una semana.

—Vas a tener que ponerte al corriente con la clase.

Una vez que entré, sentí más de veinte ojos sobre mí.

—Así que tú serás quien ocupará el puesto de la otra chica —comentó el profesor.

Eso sonaba como si le hubiera robado la beca a alguien.

—Supongo —me encogí de hombros—. ¿Puedo ir a sentarme?

—Todavía no —el profesor Stan cruzó la sala hacia los asientos libres y se acomodó en uno, dejándome sola frente al curso—. ¿Cuál es tu nombre?

—Audrey Johnson.

Hizo silencio. Se mordía el labio inferior, pensativo, mientras yo sobrevivía al acribillamiento de todas las otras miradas.

—Audrey, dime, ¿para ti qué es «historia»? No la historia como estudio, sino como palabra.

Ah, sabía que no podría salvarme tan fácil por llegar tarde.

Me lo pensé bastante antes de responder.

—Historia puede ser un acontecimiento, objeto, animal o persona que influye en las vidas, en los años y perdura en los recuerdos. Es como un álbum lleno de fotos con el que saciamos nuestros conocimientos. La necesitamos para saber quiénes fuimos, somos y seremos.

Vi la mueca de aceptación de varios chicos, algunos giraron hacia el profesor en busca de su aceptación.

—¿Y cuál sería tu historia? —preguntó esta vez.

—¿Mi historia?

—Sí. ¿Qué te llevó a ser quien eres?

—Mi historia es corta —comencé diciendo y el profesor Stan movió su mano para que continuara—. Nací aquí, en Wightown, hace dieciocho años, en una casa humilde y rodeada del cariño de mi familia. A temprana edad empecé a dibujar. Pasaba bastante tiempo con mi abuela, tanto que se volvió mi mejor amiga.

Allí, de pie frente a la clase, viajé a la tarde en la cafetería. La advertencia de Solange sobre mis creencias ocupó mis pensamientos. Medité en lo que los demás dirían y en cómo podría definirme sin renegar de mis creencias. Entonces concluí que no podía hablar de mí, de mi vida y de mi historia sin mencionarlas.

—Ella me habló de Dios, me llevaba a la iglesia todos los domingos y me convenció de unirme al coro —continué—. Me hice miembro activo de la comunidad; he participado en canto, encuentros, obras teatrales y eventos solidarios. En Dios descubrí un regocijo al que me aferro con fuerzas. Dios me dio el arte, el talento y las ganas de crearlo. A los quince años gané un concurso de pintura en mi internado, lo que me llevó a desear entrar aquí. Y pues, hasta ahí va mi historia.

El profesor se puso de pie y caminó hacia mí. Su figura ya no me resultó tan alta como cuando lo vi asomarse por la puerta.

—¿Y cuál será el hecho espectacular que marque tu historia? —me preguntó.

—Eso tengo que descubrirlo.

Sonrió.

—Bien; ve con los otros.

Fui a sentarme al que sería mi lugar por mucho tiempo. Coloqué mi mano en el pecho para respirar profundo y despojarme de los nervios cuando me percaté de algo importante: había perdido el collar de la abuela.

Por el resto de la clase no pude prestar atención. Una y otra vez me preguntaba qué hacer para recuperar el collar, en dónde había caído, si lo había perdido para siempre o si alguien lo había encontrado. Y con esta última pregunta volvía a estar parada en el umbral de la puerta, descubriendo aquella escena grotesca que me hizo huir despavorida.

Cuando por fin sonó el timbre, traté de salir corriendo por el pasillo, pero apenas me asomé, Solange me retuvo del brazo.

—¿Qué tal tu primera clase? —preguntó con una sonrisa que desapareció poco a poco—. Oye, ¿y esa cara? ¿Tan mal estuvo?

Verla preocupada por mí en un momento en que mi desesperación estaba casi tocando el techo provocó que tuviera unas enormes ganas de llorar. Le di un abrazo en busca de consuelo.

—Perdí el collar de mi abuela. Se me debió perder en el campus de matemáticas, cuando... —me silencié sin deseos de repetir lo que había visto. Tomé a mi amiga de los hombros para observarla. Ella, con su expresión preocupada y compasiva, me intentó sonreír—. ¿Me ayudas a buscarlo?

Asintió animada, con una sonrisa contagiosa.

—Será mejor ponernos a correr.

Sol tomó mi mano con una fuerza cálida y se dirigió hacia el área de matemáticas. Pero no estaba allí.

Me pregunté qué diría mi abuela si lo supiera. Ese collar era uno de nuestros símbolos de unión y, el día en que me lo dio, yo sentí que ese era su regalo más preciado. Siempre me gustó. En realidad, siempre me gustó cómo se le veía a ella. Mis recuerdos están pintados en un lienzo blanco, grande, aunque poco detallado. Era una niña pequeña, mi abuela se encontraba frente al espejo con el collar puesto y yo pensaba que era la mujer más bella del mundo. Incluso más que mi madre. Admiraba a mamá por su entereza, sus ganas de salir adelante, porque sabía que ella trabajaba mucho por nuestro bien. A mi abuela la admiraba y quería ser como ella: buena, cariñosa, atractiva y llena de vida. Debía tener una sonrisa de oreja a oreja mientras la observaba, porque ella me sonrió de vuelta preguntando qué ocurría. Luego mis recuerdos saltaron al instante en que me lo entregó. «Cuídalo bien. No tiene ninguna magia que te dé buena suerte, pero detrás de él hay una historia especial», dijo. Luego de eso, cuando yo sostenía mi cabello para que me pusiera el collar, me contó cómo lo obtuvo.

Mis ganas de llorar volvieron.

—Tranquila, lo encontraremos —me dijo Solange por quinta vez. La pobre parecía disco rayado—. Es un objeto de valor en una academia con muchos niños ricos. Dudo que les interese un collar de oro. Para ti es más importante el significado sentimental que el material, a eso voy —aclaró ante mi desaprobación.

No tuve tiempo de quejarme porque el timbre calló mis palabras. Me despedí y me dirigí a la siguiente clase. En cada paso que daba el pesimismo se acrecentaba, era poco probable encontrar el collar y tal vez el chico de la bodega lo tenía. Sentí escalofríos por un momento recordando lo molesto que se escuchaba cuando me perseguía.

Si él lo tuviera, ¿qué haría?

No hubo tiempo de meditarlo demasiado, la puerta de la sala aguardaba imponente frente a mí, como la entrada a otro mundo.

Sentí los nervios recorrer mi cuerpo el instante en que coloqué mi mano en la puerta y la empujé, y visualicé una pequeña tarima con un banquillo desocupado en el centro. Luego vi los bocetos pegados en las paredes; cuerpos desnudos, objetos de cualquier tamaño y contextura, paisajes, retratos... Había tanto que admirar que habría pasado una eternidad allí, perdida en todos ellos.

A no ser por el carraspeo que escuché a mis espaldas, jamás habría bajado de mi ensoñación. Un chico y una chica esperaban a que entrara. Él era de mi estatura, tenía aspecto juvenil, una sonrisa muy divertida y un extravagante peinado; ella poseía un aspecto serio, tanto, que temes acercarte. A ambos los vi en la primera clase.

—Lo lamento —les dije, haciéndome a un lado. Todavía no estaba preparada para entrar.

—A todos nos pasó la primera vez —comentó la chica.

Inspiré hondo antes de dar el paso para la que sería mi primera clase de Boceto y Dibujo. Los olores a pintura, grafito, madera y periódico se adentraron en mi sistema como una recarga de mi más eufórico deseo por aprender y entré olvidando que hace unos minutos lamentaba la pérdida de mi collar. Estaba buscando una mesa de dibujo disponible cuando lo vi: cabello gris, ojos intimidantes, inspiraba misterio; además, ostentaba una larga cicatriz en el lado izquierdo de su rostro. Su nombre lo recordé sin problemas.

Dhaxton.

Aparté la mirada sabiendo que todo su aspecto tenía un letrero gigante que decía: «TE CAUSARÉ PROBLEMAS SI SIGUES MIRANDO». Y como hacerle caso a mi conciencia siempre me llevó por el buen camino, opté por seguir buscando mesas.

Jamás creí en el destino, siempre pensé que cada ser humano tenía el don de armar su propio camino a través del libre albedrío, sin embargo, al percatarme de que la única mesa de dibujo disponible se encontraba junto a la de Dhaxton, no supe si culpar al destino o preguntarle a Dios qué planes tenía para mí.

Avancé hacia el final de la sala, donde se encontraba mi mesa. Me senté tratando de no emitir ruido para no perturbar la calma del chico. Traté de ser discreta y de no interesarme demasiado por su aspecto. Como voluntaria había visto a muchas personas con cicatrices horribles, peores que las de él, pero el chico exhalaba cierto magnetismo que me tentaba a mirarla. Y a mirarlo.

La llegada del profesor no ayudó a mi situación, más bien la alentó.

El profesor Banes hablaba bastante, nos quería enseñar sobre técnicas, mencionaba a diferentes artistas y sus cuadros, hablaba de cómo retratar a una persona y luego llegó al objetivo de la clase. Agradecí que esta vez no hubiera presentaciones, pero no aprecié demasiado su deseo de retratar «el espíritu» de nuestro prójimo. Quería, en pocas palabras, que hiciéramos un retrato dibujado de nuestro compañero. Y yo, que estaba junto a Dhaxton —nadie más parecía tener el valor de dibujarlo—, no tuve muchas opciones.

—Supongo que estaremos juntos —le comenté.

Dhaxton asintió sin girarse, manteniendo la vista al frente. Contemplé su perfil y su mejilla sin cicatriz moverse en lo que parecía una mueca. Realmente era alguien de aspecto atrayente.

Giramos las mesas hasta ponerlas una contra la otra, frente a frente. A pesar de la advertencia que Solange me había dicho en la cafetería con tanta angustia, estaba obligada a mirarlo. Y mientras una canción empezó a sonar por los parlantes de la sala para distender el ambiente, me decía lo inútil que sería prestarle atención a tan tranquila melodía teniendo a Dhaxton a dos metros y algo más de distancia.

De niña creía que los ángeles tenían una belleza deslumbrante y esa creencia se cruzó por mi cabeza al admirarlo antes de ponerme a trazar las primeras líneas de su rostro. Sus facciones eran marcadas. Su mentón cuadrado dio forma al rostro y sus labios voluptuosos sin movimiento me fueron fáciles de delinear, justo a la altura de la quijada ancha. Su nariz me gustó, de tabique largo, recto y de fosas nasales que coincidían con la curva alta de sus labios. Tan simétricos.

El problema vino junto con dibujar sus ojos, que expresaban seriedad e intimidaban. Observarlos por demasiado tiempo no era una opción cómoda, mucho menos cuando coincidíamos en el contacto visual. Parecían sentenciarme a cadena perpetua solo por atreverme a verlos. Grises o azulados, no supe descifrar bien el tono que tenían, solo quería acabar con ellos. Cuando levantaba la mirada, el silencio envolvía nuestro espacio y me acercaba más a él. No había distancia entre nosotros, solo una eternidad difícil de plasmar en el papel. Mi corazón se estrujó con dolor, sentí la sensación de estar atravesando un sendero de pecados que me incitaba a cometerlos todos. ¿Acaso así se sentía observar a un ángel? Tal vez, solo que este ángel tenía otra cara. Ya lo decía la Biblia: incluso el mismo Satanás se disfraza como ángel de luz, además, este poseía una cicatriz que lo demostraba.

Me encontré rascándome la cabeza con mi lápiz, lo que desencadenó una serie de gestos molestos por parte de mi compañero. Me disculpé por ello y volví a mi dibujo para repasar los trazos. Mientras marcaba las cejas, me pregunté si sería buena idea dibujarle la cicatriz. Mi amiga había advertido que no la mirara, dibujarla sería ganarme una posible entrada al mundo de los problemas. Pero no hacerlo significaba no crear un retrato fiel. También una posible ofensa.

Decidí dibujarla, después de todo, formaba parte de la esencia de Dhaxton y esa era la finalidad del trabajo. Formé un trazo largo que iba desde la frente hasta la mitad de la mejilla, con todas las pequeñas marcas que la componían, con un sombreado enloquecedor y un trazo del que me sentí orgullosa.

Al finalizar la clase, los estudiantes expusimos nuestros dibujos en la pared como una muestra profesional de artistas. Algunos retratos eran fantásticos, pero el que más llamó la atención y trajo murmullos fue el que llevaba mi firma.

—Chica, tú sí tienes ovarios —me comentó el mismo chico de la entrada cuando me situé a su lado para observar una vez más mi pequeño orgullo—. Ojalá tuviera tus agallas, quizás así podría invitar a salir a la chica que me gusta.

—Eres patético, Logan —se burló la chica de antes—. Pero tienes razón, hay que tener muchas agallas para haber dibujado *eso*.

Hablaba de la cicatriz.

La aparición de Dhaxton hizo que ambos chicos se apartaran. Se posicionó junto a mí, enseñándome su mejilla derecha.

Miré mi retrato junto al suyo y no dudé de la experiencia que él poseía. Su dibujo también era bueno, con un trazo limpio y lleno de sombras alucinantes.

—Qué básico —pronunció mirando el dibujo por el que tanto me había esforzado.

No pude creer que las primeras palabras que le oyera decir fueran para menospreciar mi estilo de dibujo. Bien, sabía que no podía gustarle a todo el mundo, pero la manera en que lo dijo estuvo llena de veneno.

Apreté la mandíbula y contuve mis deseos de encararlo, preferí irme por el lado amable.

—¿Algún consejo? —pregunté.

—Sí, irte a una academia de tu nivel.

Y, sin decir más, se marchó.

Salí de la sala pensando en sus palabras, repitiéndome una y otra vez que había hablado su resentimiento. Y seguí pensando en ello hasta encontrarme con Sol en el pasillo.

—¡Buenas noticias! —exclamó, sin importarle que algunos chicos la miraran con extrañeza. Traía su delantal blanco y unas gafas de protección que la hacían ver como una científica demente—. Un chico posteó en el grupo de Facebook de la academia la foto de tu collar. Se llama... A ver, lo buscaré —sacó su celular del delantal, dio un par de toques en la pantalla y asintió—. Luther Sullivan. Dice: «Encontré esto en el pasillo del cuarto piso, si es de alguien, avisen antes de purificarme por...». Bah, es un idiota.

Le dije que es tuyo y dijo que te lo entregaría en la entrada oeste del gimnasio en el segundo recreo.

—¿Hay un gimnasio? —cuestioné asombrada.

—Por Dios, ¡sí! Y una piscina enoooorme —negó con la cabeza y frunció el ceño—. Pero pon atención, vamos con el chico antes de que se marche.

Un repentino subidón de energía invadió mi cuerpo. Tomé a Sol de la mano y partimos. Yo no tenía idea dónde estaba el gimnasio y en ese punto mi amiga tuvo que guiarme. Sin embargo, en la mitad del camino, un chico la detuvo.

—Miller, ¿a dónde crees que vas corriendo vestida así? ¿Crees que el uniforme de la academia es para juegos? —le cuestionó. Parecía llevarle más años encima y ser de cursos mayores—. Ve a cambiarte o se lo diré al profesor.

—Brind, te prometo que lo haré después de...

—Miller —insistió él con voz cargada—, ¿qué es lo que siempre decimos?

Mi amiga suspiró y soltó mi mano.

—La ciencia es primero —respondió con desánimo—. Lo siento, Drey... —se dirigió a mí—, vas a tener que ir sola.

—No te preocupes.

Cuando llegué a la entrada del gimnasio descubrí que lo del tal Luther había sido un engaño, pues me esperaba el chico de la bodega.

Me detuve a una distancia prudente y esperé a que notara mi presencia. Al hacerlo, vi en sus facciones que se sorprendió un momento, luego procedió a caminar a mi alrededor.

—Vaya coincidencia... —pronunció.

Quedó frente a mí con una sonrisa abierta que enseñaba su dentadura. Sus dos enormes colmillos ligeramente ladeados le daban un aspecto de vampiro moderno y sus vivaces ojos daban la impresión de que seguía todos mis movimientos.

—Con que has sido tú —pronunció—. Sí, recuerdo tu ropa. ¿Tanto aprecio le tienes a un collar fantasioso que decidiste venir a aquí?

Quise responderle, pero él continuó:

—Dime, ¿cuál es el afán de las personas por llevar en el cuello el recordatorio de un hombre muerto?

Levantó su mano a la altura de sus ojos y la cruz del collar colgó como un péndulo. Las ganas de arrebatárselo y correr crecieron, pero preferí someter mis impulsos y responder:

—El valor del collar es más que el de esta academia. Y a quien tú llamas «hombre muerto» le celebran su resurrección todos los años.

Su sonrisa lobuna cobró más vida que antes.

—Las personas buscan excusas para celebrar. No los culpo, en las fiestas se pasa bien. Podrías asistir a una, yo te enseñaré a un verdadero dios —dio un paso al frente, mermando la distancia de nuestros cuerpos. El fatal encuentro en la bodega regresó a mí y retrocedí—. ¿Te gustó?

—¿Qué?

—¿Te gustó verme el culo o crees que debo trabajarlo más?

¿Bromeaba?

A juzgar por su expresión, sí, me tomaba el pelo, aun así, esperó a que yo respondiera.

—No lo sé...

Se inclinó hacia mí y preguntó:

—¿Te gustó escucharnos gemir?

Deduje que sus preguntas tenían la intención de involucrarme —todavía más— en lo que había visto. Quizás hacerme sentir culpable por pillarlos y corromperme. Si esto llegaba a pasar, si había sentido una pizca de intriga en ese horrible encuentro, cabía la posibilidad de que no los delatara. O quizás simplemente estaba demasiado asustado.

—Escucha —comencé a hablar—, si temes que cuente lo que vi...

Él enderezó su espalda y forzó una mueca de asombro.

—¡Qué inteligente eres! —habló con sorna, engrandeciendo lo obvio—. De eso justamente te quiero hablar.

Haciendo a un lado su tono despectivo, le sonreí.

—Hagamos esto simple: regrésame el collar y yo no diré nada.

—¿Me estás amenazando? —cuestionó, tornándose serio de pronto. En serio, los cambios de ánimo del chico hicieron que me preguntara si tenía algún problema o si estaba drogado—. Debes estar bromeando... ¿Tienes alguna idea de quién soy?

—Sí, eres la persona que encontró mi collar y que trata de chantajearme para que no hable. No lo haré, me quedaré callada. Ahora, por favor, regrésame lo que es mío y olvidemos esto.

Estiré mi mano exigiendo el collar una vez más. El chico rio, tal vez como burla por mi ingenuidad. Para mí, el chico solo era una persona común y corriente.

—¿Has visto *Game of Thrones*? Las primeras temporadas fueron una pasada, las últimas no tanto... En fin, todos los personajes en la serie cumplían una función importante que los hacía destacar, aunque jamás recordé todos los nombres. Y sí, también con el tiempo olvidé un par de cosas, pero las que fueron realmente impactantes me quedaron aquí —señaló su sien— y jamás las olvidaré. Recuerdo todas las escenas trágicas. Las cosas que causan impacto o malestar en la vida siempre están ahí, sobrepasan más que las buenas, y estoy seguro de que el encuentro que tuvimos en la mañana también se quedará.

Genial, ya me había involucrado hasta la cabeza.

—El encuentro que viste debió causar tal impacto que saliste corriendo y eso seguro lo recordaste toda la clase —agregó—. ¿Viste con quién estaba?

Tomé aire en un anhelo de paciencia.

—Sé que tenía la credencial del profesorado.

—Exacto. ¿Y sabes qué soy yo?

Me quedé callada esperando que todo se tratara de una estúpida broma.

—Un alumno —respondí al concluir que no.

—Si una persona ve a una profesora y su alumno teniendo sexo sobre las empolvadas mesas de la bodega, no lo olvidará fácilmente. Y tú, que saliste huyendo despavorida, menos. Si alguien se entera de que una profesora y yo, su alumno, estábamos juntos, ¿sabes lo que pasará?

—Te meterías en problemas.

—No, tú los tendrás. Por eso, más vale que no me estés mintiendo y no abras la boca. Tú y yo podemos olvidar esto, pero si llegas a decírselo a alguien, sin importar quién sea, me encargaré de que jamás olvides lo que te haré.

A continuación, tomó mi mano y colocó en ella el collar. Su amenaza estaba hecha, ya había dicho todo lo que deseaba, así que emprendió su caminata hacia el patio principal de la academia. Apenas salió de mi campo visual exhalé con fuerza mientras aferraba en mi pecho el collar de la abuela. Lo tenía conmigo, eso era lo único que importaba.

—¡Drey! —Solange gritó a mi espalda. Me volteé encontrándola detrás de mí, con las mejillas rojas y la respiración agitada. Tomó mis hombros y me zarandeó—. ¿Qué hacía Seth Bellish aquí? No me digas... Él tenía el collar. ¿Estás bien? ¿Te hizo algo?

«Con que ese es Seth», me dije y miré por encima del hombro de mi amiga hacia la figura difusa del chico.

Esperaba que Seth Bellish fuera... diferente.

En él no había nada que pudiera describirse como especial. De apariencia era alguien promedio: una melena castaña que le llegaba un poco más abajo que la quijada; ojos marrones, redondos y grandes; piel aceitunada y físico poco trabajado; y labios que parecían sonreír siempre. Con su aspecto vi a cientos en los pasillos de la Academia LeGroix y fuera de ella. Entonces, ¿qué lo hacía único?

Si no era la apariencia, tal vez era su semblante. Seth estaba lleno de confianza, y una persona que cree en sí misma siempre despertará una atracción culposa. Él era un recipiente de «yo puedo hacerlo» que durante mucho tiempo fabricó gracias a los miles de halagos que recibía.

—No, nada —respondí, volviendo a los ojos de mi amiga. Se veía asustada, como si hubiera sido ella la que hacía unos instantes había tenido un encuentro con algún tirano que no conoce la palabra misericordia—. Solo quería mostrar los dientes. Ya sabes el dicho: perro que ladra no muerde.

—Oh, amiga, este perro ladra y muerde. Muerde fuerte.

Solange realmente les temía y yo aún no lograba entender sus motivos. El que tenía miedo era él, no yo.

El timbre nos indicó que debíamos entrar al último bloque de clases, por lo que Sol y yo nos pusimos en marcha hacia los pasillos de la academia. Mi amiga había quedado intrigada y no paraba de hacer preguntas. Yo, de manera vaga, le respondía con monosílabos o asintiendo.

—Demonios... —maldijo de pronto, y me detuvo del brazo—. Por eso Brind... Seth quería verte a solas. ¿Qué te dijo?

Por cuarta vez la misma pregunta.

—Nada interesante, ya te dije que andaba de presumido. La buena noticia es que tengo el collar.

—Es que no entiendes, Drey —intentó sonar como la razonable de las dos—. Seth jamás hace favores porque sí, él siempre pide algo a cambio.

—Pues fue muy benévolo. Tuve suerte.

—Suerte no es como yo lo describiría, amiga, anda con cuidado —advirtió y se aferró a mi brazo para continuar caminando—. En la hora de almuerzo tienes que contarme qué dijo. Ah, y también cómo te fue en clases de... ¿qué te tocó en la segunda hora?

—Boceto y Dibujo.

—¡Santa Madre Teresa! —lo que faltaba: Solange invocando a todos los santos—. ¿Lo viste?

No hubo necesidad de preguntar a quién se refería, entendí que esa exclamación al cielo y su preocupación tenía nombre y apellido: Dhaxton Crusoe.

—Tuve que dibujarlo —dije con la boca amarga, recordando su nefasto comentario.

Si las apuestas no estuvieran prohibidas y el vicio no fuese tan grande, habría apostado mi almuerzo a que la respuesta de mi amiga sería otra exclamación.

—¡Ay, Padre Santo! Ya, decidido, en el almuerzo me contarás todo.

Y así fue. Después del tercer bloque —clase de Técnicas y Materiales— Solange me esperaba en la puerta de la sala para arrastrarme al comedor de la academia; un lugar enorme, de ventanales y un mural en las paredes. En el centro había un perímetro de pasto, plantas, bancas, mesas y una pileta que brillaba bajo la luz natural entrante de la cúpula de vidrio como techo. Todo era asombrosamente hermoso. Lástima que ese espacio estaba reservado para el selecto grupo de Seth y Dhaxton.

Sol y yo tuvimos que sentarnos en unas mesas más apartadas, donde la humilde luz del exterior no nos pegaba.

Mi amiga quería saber sobre mi colisión con el dúo explosivo, ni siquiera el exquisito plato de comida detuvo su curiosidad. Pero como temía que algún amigo o estudiante coludido con Seth y Dhaxton la pillaran chismeando, los llamó como el chico A (Dhaxton) y el chico B (Seth).

—El chico A es demasiado exigente. Se dice que ha repetido dos veces la asignatura de Boceto y Dibujo porque nunca está conforme con su trabajo, siempre quiere más. Busca la perfección en todo. ¿Sabes que es el mejor de su clase? Sus calificaciones son de otro mundo, los profesores lo ponen como ejemplo siempre. Incluso mis profesores lo han mencionado.

La habilidad de Sol para hablar rápido mientras comía era impresionante. Y envidiable, ya quería yo hablar tanto y comer a la vez sin parecer un ser repulsivo.

—El chico B no es taaaan estudioso, más bien se la pasa holgazaneando, pero le va bien igual. Y, pues..., no hay mucho que decir de él. Ah, que le gusta ligar con quien se pase por enfrente. Nah, qué digo, eso solo ocurre si son de su grupo.

La alarma de mujeriego se encendió en mi cabeza. Cuando asistíamos al internado, las chicas más experimentadas se reunían a contar sus experiencias con los chicos y las advertencias siempre eran las mismas: chico mujeriego es igual a problemas serios y corazones rotos.

—Espero que Seth no te cobre su… ¿cómo decirlo? ¿Amable gesto? Sí, algo así.

—Yo espero lo mismo —concluí, mirando hacia la mesa donde Dhaxton y Seth estaban reunidos con sus amigos. Entre ellos divisé a Brind, el chico de ciencias que obligó a Solange a cambiarse de ropa, lo que bastó para saber que Seth lo había puesto en nuestro camino a propósito y, en efecto, quería verme a solas.

Fue el mismo Brind quien se percató de que los observaba y se encargó de informarle a toda la mesa, causando que voltearan. Dhaxton me miró por encima de su hombro con desinterés y volvió a sus asuntos. Seth, en cambio, extendió su brazo, formó una pistola con su mano y la agitó como si me hubiera disparado.

Para el día siguiente ya me había ganado un nuevo apodo:

La nueva Agnes.

SETH

Mi paso es torpe, no importa lo mucho que intente andar como de costumbre. Tengo ojos sobre mí que no pueden verme nervioso, pero el encuentro con esa chica me ha dejado demasiado confundido para ocultarlo.

Las piernas me tiemblan. Las manos me sudan. Siento una bola en la garganta. Quiero vomitar. Creo que voy a caer al suelo y perderme en todos los recuerdos que esa chica me ha obligado a traer de regreso. En esa secuencia de imágenes en las que Agnes estaba con nosotros y toda esta mierda se podía digerir mejor.

Necesito buscar a Dhaxton y contarle qué pasó, así que agarro mi móvil y lo marco.

—¿Qué? —responde.

—¿Dónde estás?

—En el comedor.

—Sal de ahí y ve a un lugar despejado.

—¿Qué quieres? —opta por preguntar, porque está claro que es un bastardo perezoso al que le da flojera mover las piernas.

—Creo que Agnes está aquí.

Mis palabras salen con un temor del que quiero alejarme, porque me han hecho sentir como un idiota. Y porque no entiendo por qué estoy tan nervioso. Y tampoco sé por qué quiero quitarme de la cabeza la apariencia de esa niña religiosa. O las dudas que su repentina aparición traen.

—¿Qué dices? —cuestiona Dhaxton—. ¿Estás fumando de nuevo? Te dije que...

—No, hombre —interrumpo antes de que empiece a sermonearme—. Ya dejé esa mierda.

—Ya era hora.

—Hablo en serio —regreso al motivo de mi llamada—. Hay una jodida chica igual a *ella*.

Le escucho su carcajada profunda y burlesca, la misma que llevo soportando durante años de amistad. Dhaxton no es de reírse a carcajadas, pero, cuando lo hace, es un dolor en el culo.

—Eso es imposible —dice con incredulidad.

—¡Te estoy diciendo la verdad!

Lo escucho suspirar pesadamente y algunos pasos que lo alejan de risas en el pasillo.

—¿Qué tan seguro estás? —intenta fastidiarme.

—¡No me vengas con putos juegos, Dhaxton! —gruño al móvil y un grupo de chicos de primer año se exalta—. Ya lo verás por ti mismo. Es del Departamento de Arte. Y es perfecta para...

Guardo silencio. Junto a mí pasa un grupo de chicas y enseñan sus mejores sonrisas, y como soy alguien al que le gusta guardar las apariencias, les sonrío de vuelta, aprovechando de guiñarle el ojo a la que más tiempo se queda mirando.

—¿Dices que entró a estudiar Arte? —Dhaxton me aterriza.

—Sí.

—Entonces tengo la ventaja.

Ruedo los ojos, aunque no me vea un carajo.

—Cuando te encuentres con ella te darás cuenta de que no miento. Ella es Agnes.

—No digas cosas absurdas, Agnes ya no está.

—Llámame de vuelta al terminar tu clase y me estarás lamiendo las bolas cuando te des cuenta de que tengo razón.

Eso es todo.

El resto de la hora me la paso pensando en Agnes y en la última vez que la vi, hasta que suena el timbre.

—Seth, ¿puedes quedarte unos minutos? —me llama Christina antes de que arregle mis pertenencias para salir al receso—. Necesito hablar contigo sobre el examen de la semana pasada.

—Claro, profesora, no hay problema.

La llamo profesora porque sé que esa diferenciación la molesta, y porque recalcar su profesión distrae a mis compañeros. Cuando todos dejan la sala y solo quedamos ella y yo, su teatrito se cae a pedazos.

—¿Encontraste a la chica?

Todavía le preocupa *eso*.

—Ya está bajo control.

No parece muy convencida.

—Te dije que no sería buena idea vernos. ¡Lo sabía! El motel nunca nos falló, pero no quisiste escucharme.

Está más asustada que la primera vez que nos besamos. Ocurrió en esa misma bodega, solo que para aquel entonces no había tanta basura.

Suspiro y me acerco.

—Tranquila, ella prometió no hablar, y si lo hace, tendrá que pagar las consecuencias. Además, no te vio, estoy seguro de que se quedó embobada con mi otra cara.

—No es gracioso, Seth. ¿Puedes ponerte serio por un segundo?

—Chris, mírame, confía en mí. Te prometo que esa chica no hablará. Y si lo hace, será su palabra contra la mía: diré que intentó ligar conmigo y, como le dije que no, quiere vengarse. Es fácil, es razonable. Ya lo han intentado, ¿verdad?

Suspira, resignada.

—Han intentado involucrarte en cosas peores —murmura.

—Exacto.

—Pero jamás con una profesora. ¿Crees que no lo dudarán? Puede que no seas tú a quien miren con mala cara. Eres un chico prodigio, tienes el dinero. Yo no. Yo dependo del trabajo. Una mancha en mi expediente y se acabó. Lo sabes, ¿verdad?

Asiento de mala gana, pero ella no queda conforme con ello.

—¿Lo sabes? —insiste.

—Nadie va a despedirte —respondo, reacio a que algo tan absurdo ocurra.

—No me refiero a mi trabajo, me refiero a nuestra relación —aquella advertencia no me ha gustado nada—. Seth, si alguien llega a hacerme alguna insinuación sobre nosotros o dice algo que me haga sospechar, por muy estúpido que sea, te prometo que esto se acabó.

Pese a no gustarme su amenaza, porque en el fondo me gusta tener el control, no me niego a demostrarle que sus palabras me afectan.

—Vas a matarme...

—Entonces asegúrate de que no hable —toma sus cosas y se dispone a salir—. Ten un buen día.

La conversación me pone de mal humor. No me queda de otra que comprobar que la chica no sea Agnes, y empezar con toda la mierda de una buena vez. Ya se lo dije a Dhaxton: es la chica perfecta.

Al salir de la sala recibo un mensaje de Dhaxton pidiendo que nos veamos en la biblioteca.

—¿Y esa expresión? —pregunta al verme.

—Problemas con Christina.

Emite una risa cerrada.

—Eso no te pasaría si abrieras los ojos.

Le doy una mirada sombría.

—Métete en tus asuntos, Dhax. O consíguete una novia para que se te quite la envidia que me tienes.

—¿Envidiarte por salir con una mujer casada? ¿Y luego niegas que fumaste algo?

—Que te den.

Me prometo que eso no se quedará así y que voy a fastidiarlo con todo lo que intente hacer de ahora en adelante. Incluso con los avances que tiene con mi prima. Y quiero devolverle sus preguntas para que se calle, pero prefiero cambiar el tema a algo más importante.

—¿Ya la viste?

Dhaxton se pasea hasta dar con un asiento en el segundo piso de la biblioteca, justo frente a un enorme cuadro artístico. No sé cómo lo hace el bastardo para mimetizarse con todas las obras que existen.

—Tienes razón, se parece, pero hay un par de características que las diferencian. Son leves pero suficientes para afirmar que no es nuestra querida Agnes.

Lo último lo dice con cierto sarcasmo, y entiendo en parte sus motivos.

—Es la nueva Agnes —compongo y él parece aceptar esa sugerencia—. Audrey, Agnes, se parecen.

—El nombre del corderito le queda bien —admite.

Le pongo buena cara.

—¿Crees que deberíamos empezar con toda la mierda? Es hora, ¿no crees?

Él suelta una risa nasal.

—Yo ya comencé.

Capítulo 2
Llévame al límite

AUDREY

—¡Nos vamos! —me dijo una voz.

Alguien me atajó entre sus brazos y me tomó para salir huyendo. Todo a mi alrededor se distorsionaba. Sentía miedo. ¿Qué estaba pasando? Quería preguntar qué sucedía y hacia dónde íbamos, pero me subieron a un auto. Quise llorar, pero la voz de mamá me frenó.

—Shh... Calla, mi vida —dijo—. Todo estará bien.

El auto arrancó.

Desperté.

A veces mis sueños eran extraños. Pero eso no importaba. Era un nuevo día y una nueva oportunidad para mí. Me levanté de la cama y me di una buena ducha. A continuación, me puse el collar de la abuela y mi anillo de castidad con la talladura que rezaba: «El amor todo lo espera».

Luego me dirigí a la cocina para preparar el desayuno.

Mamá dormía en su habitación.

Ella era la dueña de un servicio de limpieza. Empezó trabajando en hoteles como mucama hasta que decidió formar su propio negocio, extendiendo los servicios por todo el país. Su emprendimiento la llevó a aparecer en diferentes periódicos y revistas, también a comprometerla con importantes empresas. Casi no estaba en casa, trabajaba demasiado, siempre llegaba cansada y no despertaba en la mañana o se marchaba sin desayunar. Por eso me comprometí a despertar más temprano para que tuviera algo que comer antes del trabajo: unos deliciosos huevos revueltos con tocino, pan de molde y jugo de manzana. Quizás la carne estaba algo achicharrada, pero eso era netamente culpa de Francis.

—¿Qué pasa con el piso? Se siente extraño.

Mamá entró a la cocina como si caminara por la arena. Vestía su bata favorita, una de color amarillo con el pequeño estampado de un pato en la izquierda que yo le había regalado. Haciendo gala de su melena castaña —la cual yo había heredado—, modelaba un peinado hecho sin esfuerzos, con sus cabellos ondulados cayéndoles como agua sobre sus hombros. Su cara cansada, las líneas de expresión forjadas por los años y el bostezo que formó me indicaron que la noche se le había hecho corta.

—Adivina quién se subió a la encimera y tiró la bolsa con azúcar —le sugerí, mientras le echaba café a su taza preferida.

El entrecejo de mamá se arrugó visualizando al culpable de sus malas pisadas, que se paseaba por sus piernas.

—Francis, gato malo —le dijo con su dedo índice en señal de regaño. El felino, fiel a su espíritu travieso, se paró en sus patas traseras intentando agarrar el dedo de mamá—. Ay, es tan adorable, no puedo enojarme con él.

Permanecí unos segundos más mirando a Francis hasta recordar que el desayuno se enfriaba.

—Está listo —señalé la mesa.

Mamá dejó a Francis a un lado para acercarse. Su incomodidad se evidenció en un recorrido rápido por la mesa.

—Drey, sabes que no tienes que molestarte —dijo mientras tomaba asiento—. Ahora que vas a la academia tienes que ser puntual y...

—No es ninguna molestia —atajé sus palabras—. Lo único molesto aquí es el tostador y su olor a quemado.

—Hay que cambiarlo.

—Y el hervidor también, echa humo como locomotora.

Mamá me dio la razón asintiendo.

—Ya nos mudaremos de casa —hizo una pausa aguardando a que acabara de dar las gracias por la comida. Cuando abrí mis ojos, la encontré con una sonrisa tierna—. No tendrías estos problemas si te hubieras quedado en la academia.

—¿Y pasar otros tres años de mi vida durmiendo lejos de casa? —reclamé, volviendo a mi vida en el internado. Ya me había acostumbrado a estar en mi hogar—. No, gracias.

—Es lo mismo que ir a la universidad.

—Sí, pero tengo la suerte de que la academia me queda cerca.

Me pregunté, por un segundo, si a eso podía llamarle suerte y cuánto duraría.

—¿Qué tal estuvo tu primer día? —mi mueca fue la respuesta—. ¿Quieres hablar de ello?

Arrugué la nariz.

—No importa —expuse tan fuerte como para convencerme a mí misma—. Hoy será un buen día, tengo esa convicción. Si pienso demasiado en lo que ocurrió ayer, le daré más importancia de la que debería. ¿Y el trabajo?

—Estoy a nada de conseguir algunos contactos para trabajar con una de las empresas más importantes del país.

Sus facciones expresaron cierto brillo que conocía bien; lo había visto antes en ella, cuando respondía a las llamadas en su celular y pasaba horas hablando en su habitación. De pura curiosidad a veces acercaba la oreja a la puerta para saber si se trataba de trabajo o algo más, hasta que, una tarde, un ramillete de rosas llegó a nuestra puerta. Solo decía «gracias», pero bastó para dar a entender muchas cosas.

—¿Será que *cierta persona* ayudó? —intenté incursionar más en mi teoría casi confirmada. Ella bebió de su café para ocultar su sonrisa—. Mamá, a mí no me engañas, ya sé que tienes novio. ¿Cuándo piensas presentármelo?

—Cuando estemos listos, pilluela. ¿Estás ansiosa por conocerlo?

—Por supuesto, tengo que aprobarlo —sus ojos se agrandaron—. Es broma. Sé que si él llamó tu atención es porque debe ser alguien con quien vale la pena estar. ¡Pero, vamos, preséntamelo!

—Se lo comentaré. Quizás armemos una cena y nos conocemos todos.

—¿Me dirás su nombre al menos? ¿Quién es? ¿Lo conozco?

—Su nombre te lo diré luego. ¿Quién es? Pues un hombre muy gentil. ¿Lo conoces? Seguro que sí.

Una ampolleta imaginaria se encendió sobre mi cabeza.

—Es decir que es famoso —me aventuré a afirmar.

—Quién sabe...

—Dame una pista —insistí suplicante—. Su nombre al menos.

Mamá reía por su ventajosa posición. De mi lado de la mesa, la situación era muy diferente. Hasta Francis, que se había subido a mi regazo, parecía interesado en el nombre.

—Cuando sea el momento correcto, te lo diré.

Cuando sea el momento correcto.

¿Cómo se sabe cuál es el momento correcto para revelar algo?

Llegando a la academia el ambiente entre los estudiantes me pareció de lo más normal; los chicos hablaban entre sí, había risas por un lado, gritos por otro. Pero una vez que caminé por los pasillos del área de Arte, las miradas se volvieron hacia mí. Aquellos ojos alimentaron mi inseguridad, provocando que mis pasos se tornaran torpes. Sentía que algo andaba mal, aunque me esforcé en convencerme de que era cuestión mía. La paranoia, de la que me mofé por un segundo, se esfumó al llegar a mi casillero.

Saqué mis cosas lo más rápido posible y busqué en el pequeño tríptico con el mapa de la academia dónde se hallaba la sala de Investigación Visual. Iba a cerrar mi casilla cuando alguien se adelantó a mis movimientos. Era una chica de contextura mediana, alta y de hombros anchos, probablemente de Deporte, quien no se esforzó en poner buena cara cuando el pavor dejó de recorrer mi médula. Tardé unos segundos en percatarme de que se trataba de una de las chicas que vi en la cafetería la vez que le conté a Solange sobre mi ingreso a la academia.

Todo el pasillo guardó silencio.

—Hola —saludó—. Permíteme cargar tus cosas.

Hablaba más suave de lo que demostraba su apariencia, pero con un cinismo en su tono que me convenció de no hacerlo. Rechacé su ofrecimiento hablando con amabilidad y emprendí mi camino a la sala.

—Como quieras, Agnes —respondió en voz alta. Quería que la escucharan. Algunos rieron, incluyéndola a ella. Me detuve y giré sobre mi propio eje para verla—. Por cierto, lindo collar.

Más risas.

Ya entendía el asunto...

—¡Está viva! —exclamó mi compañero de curso al verme entrar a la sala.

—Gracias por confirmármelo, Víctor.

Una risa estruendosa ocupó un lugar más alto que el de mi silla al correrla.

—Soy Logan, por cierto.

Pese a sonar increíble, esa fue mi primera presentación amistosa.

—Audrey, pero dime Drey. ¿Eres de primer año o estás repitiendo materias?

—Repito materias, mi promedio no convenció al rector y me dio la posibilidad de repetir. Soy un sujeto con suerte.

—No sabía que la academia fuera tan exigente —resoplé con asombro—. Los rumores son ciertos.

—Eso es lo que hace a LeGroix una academia de excelencia —explicó la compañera de Logan. La rubia se sentó a su lado y no dejó correr más tiempo cuando se volvió hacia mí—: Soy Grey Shallow.

Su voz me recordó a las viejas leyendas de los marines de Wightown sobre las sirenas que escuchaban cantar cuando había neblina: hipnótica. De hecho, Grey podría haber pasado fácilmente por una por su belleza.

—Drey —me presenté con apremio.

—Dime, Drey —continuó ella—, ¿te está gustando la academia?

—La academia está bien.

«Las personas son las que no me agradan del todo», quise concluir.

El profesor cerró la puerta y dio inicio la clase.

Después de una hora y algo más, cuando el timbre para el recreo sonó, Logan y Grey me animaron a ir con ellos para hablar sobre las clases y darme consejos para, según ellos, salvarme el pellejo. Decían que cada profesor tenía una manía, hablaban sobre cómo tratarlos o en qué tomar ventajas. Todo marchaba bien en el pasillo revuelto, hasta que percibí de nuevo las miradas hostiles sobre mí, enjuiciando mis movimientos. Renegué de ello y me dije que solo era cuestión mía, de lo contrario Logan y Grey me lo hubieran hecho notar.

Le mandaba un mensaje a Sol en el instante en que un brusco empujón en mi brazo me hizo perder el equilibrio. Estábamos en el patio principal de la academia, caminando hacia unos banquillos. La persona que me había empujado era un tipo alto y de sonrisa ladina. Ni siquiera se disculpó. Fue Grey la que lo puso en su lugar mientras yo recogía mi celular antes de que otro lo pisara.

—¿Estás bien? —me preguntó después de que me acomodara el bolso.

—Sí.

—Ese tipo es un idiota —continuó Grey con un drástico cambio en su voz—. Como todos los amiguitos de Seth y Dhaxton.

Logan siseó y con un gesto de manos le pidió precaución.

—No les tengo miedo a esos dos, lo siento —le dijo ella—. Ni a ellos, ni a los rumores que andan, ni a sus familias que tanto han aportado a la academia. ¿Y qué con eso? ¿Van a dejarme sin invitación para su fiesta? No me interesa.

Logan era el único que quería esconderse bajo una piedra. Estaba pálido y paranoico mientras Grey hablaba del tema que parecía tabú en la academia. Miró hacia todos lados, inquieto y mordisqueándose el labio. Aunque su evidente resquemor prevalecía por encima de su actitud, no tardó en transformarse luego. ¿La razón? Mi amiga Solange llegó a nuestro encuentro.

—¡Chicos!, con que ya conocen a Drey —les dijo aferrándose a mi brazo. Apoyó su cabeza en mi hombro y pude percibir su olor a champú de frutos rojos que tanto le gustaba. Pensé en su envase escarlata una vez que miré a Logan; él tenía las mejillas del mismo color. Le gustaba Sol, no había dudas—. Ella es nuevita y ustedes unos ancianos, cuídenla bien mientras no estoy con ella.

—No sabía que se conocían —se sorprendió Logan, tras salir de su ensoñación—. ¿De dónde?

—El colegio —zanjó Sol, antes de que pudiera pronunciar la palabra «internado». Recordé lo que había dicho sobre ocultar de dónde veníamos—. Nos conocimos allá y nos volvimos muy amigas y, como no puede vivir sin mí, se vino a estudiar aquí.

Solo asentí con una sonrisa forzada en mis comisuras tensas. No me gustaba la idea de ocultar lo del internado solo porque a un puñado de estudiantes no le gustaba que existiesen personas con pensamientos y creencias diferentes.

—A Logan y Grey los conocí el año pasado, en la fiesta de primavera. Logan estaba borracho y no sabía cómo sostenerse en pie. Grey y yo lo ayudamos. ¿Recuerdan?

Solange se dirigió a Logan, quien empezó a negar, muerto de vergüenza.

—Fue la primera vez que bebí así... —murmuró dentro de sus desvaríos—. No, esperen, la segunda. Qué ridículo hice.

—Por eso yo no bebo —sentenció Grey—. Por eso y porque no me fío de lo que Crusoe y Bellish sirven en sus fiestas.

El tema sobre Seth y Dhaxton quedó en la nada misma, los chicos decidieron que era mejor seguir hablando sobre los profesores y sus extrañas manías.

El resto de las clases estuvieron normales, pero mi día continuaba siendo una densa marea de miradas y murmuraciones. Me encontraba en el ojo de una tormenta de la que no sabía nada, ni siquiera de lo que vendría. Sabía, sin embargo, que los precursores de tan extraña situación eran Seth y Dhaxton. ¿Lo peor? Ni siquiera me había involucrado lo suficiente.

Para la tarde, a la hora de salida, mi paciencia casi llegó a su límite. Estaba sola en el pasillo cuando nuevamente un chico pasó junto a mí. No me importaba mucho ser el centro de las miradas, tampoco los rumores sobre mí en cada paso que daba. En realidad, estaba harta del choque físico y las zancadillas que muchos intentaron hacerme.

El último que lo hizo fue otro de los del grupo de Seth y Dhaxton, quien ni siquiera se disculpó. Una sonrisa ladina fue todo lo que capté al girarme. Reforcé el agarre de mis cosas y caminé hacia él. Frente a frente, solo lo miré.

—Con que tú eres la nueva Agnes —fue todo lo que comentó tras echarme un rápido vistazo—. Interesante propuesta.

—Soy Audrey.

Se echó a reír junto con su amigo.

—Lo sabemos.

Pensé que la rubia me había llamado Agnes por equivocación, y luego que los demás le habían seguido el juego. Ya me había dado cuenta de que no. Pero ¿qué o quién era Agnes?

Cuando le pregunté a Solange de qué se trataba esto de Agnes, ella respondió «no sé, y será mejor que no lo averigües».

Cómo no hacerlo...

El miércoles los hostigamientos no pararon, todo lo contrario. Ahora parecía que todo el mundo me daba la espalda y me despreciaba. Sentía que estaba en medio de muchas personas, pero ninguna quería acercarse. Los únicos que estaban conmigo eran Grey y Logan, a quienes no dije nada sobre mi nueva percepción del entorno.

Fue en el tercer bloque cuando volví a encontrarme con Dhaxton. Él y los demás chicos estaban reunidos frente a los retratos que habíamos hecho en clase de Boceto y Dibujo. Los dibujos se encontraban alineados igual que la última vez, con la enorme diferencia de que el mío estaba rasgado.

Ver mi dibujo hecho trizas me desconcertó al comienzo. Entonces, por esas malas casualidades, di con la cabellera gris de Dhaxton, justo donde los vestigios de mi trabajo enseñaban la crueldad de algunos.

—Es una lástima, parecías tan orgullosa del dibujo —formuló.

Me volví hacia él, encontrándome con su mirada fría.

—Dile a Seth y a todo su séquito que deje de fastidiarme. Sé lo que está haciendo y no permitiré que continúe.

Dhaxton hizo un recorrido rápido por mi cuerpo.

—¿Tienes alguna prueba que demuestre lo que dices?

Me sorprendí de su pregunta. Quizás Dhaxton era el más razonable de los dos.

—No, pero conseguiré una.

—Suerte con ello —alentó, girándose hacia su puesto. Y en un tono confidente, añadió—: Por cierto, quien mandó a rasgar tu dibujo fui yo.

—¿Qué?

Eso fue lo único que pude soltar de primeras.

—Lo que escuchaste —repuso.

Su voz me resultó mimosa, como el ronroneo de Francis. No sabía si era la verdad o una simple broma hecha con un sarcasmo indetectable. Tuve que confirmarme una vez más lo que había dicho.

—¿Fuiste tú? ¿Lo del dibujo fuiste tú?

—Sí —afirmó con seriedad—. ¿Qué harás al respecto?

¿Qué haría? Pues mi primera opción fue contárselo al profesor, quien recién llegaba a la sala. Dhaxton había confesado sin pudor, sin titubeos, sin temor a las represalias. Tenía su afirmación. Pero no tenía pruebas, por lo que sería su palabra contra la mía. Dado el historial que presentaba Dhaxton y el *respeto* que demostraban sus compañeros, ¿cómo rayos iban a apoyarme? Apostaría que ni siquiera el profesor creería mi acusación.

—¿Qué pasó aquí? —preguntó el profesor Banes una vez que se situó a mi lado. Estaba sorprendido de ver el trabajo rasgado, tanto como yo con la confesión de Crusoe.

Miré a mi compañero de asiento por encima de mi hombro. Él me daba la espalda, leía un libro sin demostrar interés alguno en responder.

—No sé —murmuré. Al mentir me quemé por dentro de la rabia.

—Es una lástima, Johnson, realizaste un trabajo estupendo —se lamentó Banes y colocó su mano sobre mi hombro para enfatizar su pesar.

—No importa.

Entre murmuraciones y las órdenes del profesor Banes para sentarnos, me dirigí hacia mi asiento. Procuré no mostrarme desairada ni conmocionada con su revelación, pensé que, si lo hacía, él saborearía la victoria. No quería darle ese lujo. Sin embargo, no pude contener mi pregunta.

—¿Por qué lo hiciste?

Dhaxton tardó en bajar su libro, como si le molestase sobremanera la interrupción que acababa de hacerle. Con movimientos lentos pero pulcros, volteó para enseñarme su perfil y exponer parte de su cicatriz.

—Hay monstruosidades que necesitan ser destruidas, tu dibujo era una de ellas.

—¿Lo dices porque tú aparecías en él?

—Sí.

Sus ojos me capturaron una vez más, hipnóticos bajo las delgadas hebras de su cabello. Estos se mostraron turbios, oscuros como el trazo furioso de un carboncillo sobre la pálida hoja. Me miraron con potestad emitiendo una advertencia silenciosa. Tras unos segundos en los que presencié la eternidad misma, regresó a la lectura.

El resto de la clase se mantuvo en silencio, coordinando sus movimientos con los trazos que el profesor nos pidió practicar. No se veía conflictuado ni arrepentido, estaba serio, enfocado en demostrar que su reputación intachable cuando se trataba del arte tenía razones de sobra.

Y le encantaba.

Ser la única que se encontraba confusa por su declaración lo ponía en un enorme escalón al que yo no subiría. La sonrisa inclinada hacia su izquierda, precisamente el lado de su cicatriz, que esbozó antes de levantarse de su asiento tras el timbre, me dio a entender que saboreaba mi caos interno.

Grey y Logan me esperaban en la puerta. Guardé mis cosas en el bolso y caminé hacia ellos sin apartar los ojos de la figura imponente de Crusoe hasta que se marchó.

—Fue él —les dije entre dientes para que nadie más lograse escucharme—. El del dibujo fue Dhaxton.

La expresión de Logan rozaba el desconcierto. O tal vez el miedo.

—¿Cómo lo sabes? —interrogó, manteniendo el mismo volumen bajo que yo.

—Me lo confesó.

—Qué descarado... —Grey lucía disgustada. Se cruzó de brazos a modo de rechazo mientras lo observaba alejarse—. Claro, sabe que saldrá impune.

—Ni siquiera tengo pruebas para culparlo.

—Y es probable que haya mandado a alguien a hacer el trabajo sucio.

El comentario de Grey tenía sentido. Bellish y Crusoe no se ensuciaban las manos, a menos que fuera enrollándose con una profesora o con carboncillo en los bocetos.

—¿Por qué lo hizo?

Me encogí de hombros.

—Dijo algo como: «Algunas bestialidades no merecen ver la luz». Se refería a él.

—Es por la... —Logan prefirió no mencionar la cicatriz—. Estoy seguro de que fue por eso.

Grey exhaló el aire de sus pulmones en medio de una airada risa irónica.

—¿Qué tan acomplejado tienes que estar para querer que nadie hable de ella?

—Quizás le trae malos recuerdos.

—O rompe con la simetría que tanto le gusta.

En medio de su charla, mi fisgoneo despertó. Sí, se hablaba mucho de Dhaxton y la cicatriz en su cara, pero parece que nadie hablaba de lo obvio.

—¿Saben por qué la tiene?

—Corren muchos rumores —dijo Grey, deteniendo el paso en su casillero—, algunos más absurdos que otros.

Logan se acercó a nosotras. Miró de un lado a otro con los ojos bien abiertos y la boca tensa.

—¿En serio hablaremos de *eso* tan abiertamente? —increpó sin modular demasiado.

—Puedes esconderte en el baño si te da miedo, Logan.

—Ja, claro, como tú no duermes en el mismo dormitorio que sus amigos.

Grey no le tenía nada de piedad al chico, ni miedo a Bellish y Crusoe. Cerró su casillero tras guardar los materiales de la siguiente clase y continuamos hacia la siguiente parada: mi casillero.

—Como decía, la razón por la que nació esa cicatriz es todo un misterio —continuó hablando Grey. Logan se nos adelantó para no ser visto por otros intercambiando información sobre la enigmática cicatriz del enigmático Dhaxton—. Algunos decían que se la hizo su madre de chiquito antes de que se suicidara.

—¿Su madre se suicidó?

Me quedé de pie a la espera de una respuesta. Grey frunció el ceño sin comprender mi repentino cambio de actitud.

—No lo sé, eso es parte del rumor. Y si lo hizo, ¿qué? No sería la primera madre que se suicida.

Continuamos nuestro camino. De pronto, el ambiente se volvió pesado, con miradas recelosas y sonrisas burlonas que parecían no tener ninguna razón aparente. Eran tan intensas que no pude prestarle más atención a Grey, lo poco que recuerdo de lo que dijo fue sobre una pelea y ya. Paso a paso, el grupo de estudiantes que se cruzaba en mi camino tenía algo negativo en su semblante. Era una especie de hostigamiento silencioso.

—¡Drey! —gritó Logan. Caminaba hacia nosotros con mal aspecto; pálido, sudoroso y agitado. Cuando estuvo lo suficientemente cerca, tomó mi brazo y me llevó casi a la rastra hacia mi casillero.

Esquivar al grupo de personas que buscaba saciar su curiosidad fue complicado, pero todos se hicieron un lado al notar que yo era la víctima de tan desalmado acto. En mi casillero, habían destruido todos mis materiales. Un dibujo de trazo irregular estaba pegado al fondo del casillero, con rayones rojos en mis ojos y boca. Y en la puerta del casillero —la cual al ser forzada no podía cerrar— habían escrito «AGNES».

Tardé unos segundos en reaccionar como cualquier otra persona lo haría. Ni siquiera me molesté, sino que más bien sentí temor. Tuve miedo de que algo serio me pasara, y me prometí que si alguna vez, sin importar la situación que ocurriera, llegaba a sentirme de esa manera, no me quedaría de brazos cruzados. Agarré el dibujo y fui a la rectoría. No esperé que nadie me atendiera, entré a la oficina del rector y dejé el dibujo sobre su escritorio.

Eleonor Stauber poseía una reputación pulcra y brillante, digna de admiración. Venía de una familia de bajos recursos, en la que todas las semanas faltaba la comida en la mesa. Salió adelante gracias a los humildes dibujos que hacía con carbón y telas, los cuales empezó a vender y formalizar como retratos impactantes. En la adolescencia ganó una beca, fue a eventos, obtuvo un nombre y luego se convirtió en el flamante rector de la Academia LeGroix.

Sin embargo, nada de su esforzado pasado lo logró sensibilizar, lo tomó como una forma de expresión.

—Esto ya no es expresión, es maldad. Están acosándome, señor. Dhaxton Crusoe tiene algo contra mí. Y Seth Bellish también.

—Acosar es una palabra muy fuerte, culpar a dos de mis mejores estudiantes, con familias que han aportado tanto a esta academia, es algo mucho peor.

—¿Por eso los defiende?

—Tenga cuidado con lo que dice, Johnson. Yo no defiendo esta clase de cosas...

—Las está justificando —zanjé—, que es mucho peor.

—Usted está aquí, en el Departamento de Arte, porque conoce lo que es un artista. Sabe que estos poseen diferentes formas de expresarse, Dhaxton lo hace de esta forma. No piense en esto como una amenaza, le aseguro que ni él ni Bellish quieren asesinarla, sino hablar a través de sus actos.

—¿Puede decirme qué quieren decir rompiendo todas las cosas de mi casillero y haciendo esto? —señalé el dibujo—. No me diga que Dhaxton busca crear arte, porque esto ni siquiera llega a eso.

—Entonces tómelo como un acto infantil.

Necesité tomar una bocanada de aire para tranquilizarme. Tenía el corazón latiendo a mil por hora, la voz quebrada, un nudo en la garganta que cargaba la impotencia y las mejillas rojas. Toqué mi pecho, deslicé mi mano hasta dar con las pequeñas hebras de mi collar; luego tomé el crucifijo en un recordatorio de que no estaba sola.

—Ellos quieren sacarme de esta academia, y créame que he luchado durante años para ganar una beca.

El rector se echó hacia atrás, acomodando su espalda en la enorme silla donde reposaba y cruzó las piernas. Allí entendí, gracias a ese gesto relajado, que para él mi reclamo había sido un trámite.

—Usted se ha ganado una beca aquí, yo mismo evalué su trabajo. Créame que no la sacarán.

Me marché con un cúmulo de sensaciones negativas en mi pecho. Caminé a toda prisa sin lugar definido, ignorando a Grey y Logan, que habían decidido esperarme en la entrada de la rectoría. Sequé unas lágrimas indomables que recorrían mis mejillas y salí de la academia hacia el estacionamiento. Allí me quedé de pie.

—¿Drey?

Solange llegó junto a mí.

—Hola.

Sol supo al instante que algo malo ocurría y me abrazó.

—¿Qué ha pasado?

Me mantuve en la misma postura fría y altanera que mi orgullo necesitaba para no desmoronarse.

—¿Cuál es el auto de Dhaxton?

Mi amiga notó mi indiferencia; luego de un pequeño análisis, comprendió que estaba molesta por lo que mantuve la hoja arrugada en mi mano.

—Ninguno de aquí, creo que lo vienen a dejar.

Resoplé para no saborear la derrota.

Grey y Logan llegaron a nuestro encuentro. Fue la primera quien tomó la palabra.

—¿Qué te dijo el rector?

—Que esto es una forma de expresión —tiré el dibujo al suelo y lo pisoteé. Sol aprovechó de echarle un vistazo y quedó más conmocionada que yo. Dio un pequeño grito ahogado y cubrió su boca—. O un acto infantil. Ni siquiera lo recuerdo bien.

—¿Y qué harás? —preguntó Sol.

—Voy a demostrarle a Dhaxton que yo también sé expresarme —modulé de manera sarcástica.

Grey sonrió en aprobación a mi actitud.

—Vaya, parece que no eres la chiquilla santurrona que aparentas —comentó sin borrar la sonrisa de su rostro—. ¿Quieres ayuda?

—Necesito saber dónde vive Crusoe.

—Déjamelo a mí.

Dhaxton Crusoe vivía en la zona alta de la ciudad, donde las casas eran tan enormes como la propia academia, con terrenos interminables, piscinas más largas que una pista de carreras y jardines decorados por familiares de Edward, el joven manos de tijeras. Llegar al lugar costó media hora de viaje en el auto de Grey, quien estaba totalmente a favor de la venganza que haríamos. El paisaje fue inolvidable, la carretera junto al mar me dio una experiencia relajante que por poco me hace olvidar lo ocurrido en la academia. Bajé la ventanilla del auto para respirar el olor a mar y despejar mi rostro. Decidimos parar un momento y recoger lo que sería parte de mi venganza, el instrumento principal.

Detuvo el auto en una esquina compuesta por una plaza llena de verde y bajamos siguiendo las instrucciones de Grey. Caminaba con paso garboso hacia una casa que se encontraba protegida por una enorme muralla. A través de unas rejas negras del portón logré ver un auto aparcado. El auto de Dhaxton Crusoe.

Sol aprovechó que Logan también se adelantó para interceptarme. Me tomó del gancho y me atrajo hacia ella de manera confidente.

—¿Estás segura de que quieres hacer esto?

—Sí... Creo.

—Es lo que se merece —dijo Grey—. Así va a aprender que también te defiendes. Muéstrale tus garras.

—¿Y si no le atinamos a su auto?

—Lo haremos. Confía en mí.

Logan frunció el ceño. Su semblante de chico asustadizo se mezcló a la perfección con el rostro conflictuado que mi amiga había portado todo el camino.

—Tú disfrutas de esto, ¿cierto?

Grey le guiñó un ojo a su compañero, mostrándole su lado más pícaro, y asintió.

—Por supuesto —sacó una piedra del porte de su mano y me la extendió—. Entonces, Drey, haznos el honor.

Tomé la piedra y la usé para expulsar todo mi enojo contra el elegante auto de la familia Crusoe. La piedra dio sobre el auto; el impacto sonó fuerte, aunque no lo suficiente para alertar a quienes estuvieran en el interior de la casa.

—¡Bien! —exclamó Grey—. ¡Bien hecho, Drey!

La adrenalina inundó mi pecho. La sentía expandiéndose por todo mi cuerpo como una especie de virus que contagió a Grey y Logan. Ambos chicos tomaron su turno y lanzaron más piedras. Sol también se dio por vencida y aceptó seguirnos el juego. Una lluvia rocosa dio contra el auto. Las abolladuras dejaron un sonido seco en la silenciosa calle. No fue sino hasta que rompimos la ventana trasera que la alarma sonó. Lanzamos un par de piedras más hasta que un hombre salió de la casa. Los cuatro corrimos despavoridos hacia el auto de Grey, riéndonos como un cuarteto de idiotas.

Capítulo 3
La primera vez

AUDREY

Para el jueves por la mañana ya tenía un nuevo casillero. Una nota pegada a la puerta, cortesía de quienes no dejaban de fastidiarme, me pedía disfrutarlo mientras pudiera. Arrugué la nota y guardé mis cosas adentro, confiando en que aquella amenaza no se concretaría. Lo bueno del nuevo casillero era que estaba junto al de Grey, lo que me daba cierta seguridad.

—Veo que ahora somos vecinas —dijo una vez que llegó. Lucía radiante, con su cabello rubio despampanante, igual que en los comerciales de productos de belleza. Su rostro fino y rasgos únicos la hacían destacar en el pasillo por sobre las artísticas esculturas.

—Así es.

—¿Cómo estás con lo de ayer?

Se refería a la lluvia de piedras sobre el coche de la familia Crusoe.

Miré hacia los lados en busca de alguna cabeza gris. No quería que Dhaxton me escuchara, tampoco que alguien supiera que éramos responsables de aquella costosa venganza.

—Bien. Aunque por la noche no pude evitar sentirme mal.

Grey rio mientras sacaba sus cosas y cerraba su casillero.

—¿Sentirte mal? ¿Por qué? —hice el gesto universal del dinero con mis dedos—. Estoy segura de que arreglarlo no les saldrá caro. Esa familia tiene convenios, socios, amigos ricachones, ¿crees que no pueden hacer un trato y arreglarlo gratis? Hasta podrían darle uno nuevo.

Me encogí de hombros dándole la razón. Sin embargo, la venganza era un término que no podía manejar y que, además, me era ajeno, por lo que sentirme insegura y culpable por primera vez me pegó fuerte.

—¿Qué ocurre?

Logan llegó a nuestro lado.

—Drey se siente mal por lo de ayer —respondió la rubia en un tono despreocupado y casi burlesco.

—¿Es que tú no sientes ninguna culpa? —le cuestioné.

—No —dijo tras meditarlo—. No siento nada de culpa. Creo que hicimos bien. Además, es lo que muchos han querido hacer y pocos se atreven, ¿verdad?

Codeó a Logan para que respondiera.

—Supongo... Pero yo me siento paranoico. ¿Había cámaras? Si aparecemos en ellas estamos jodidos y yo no vengo de una familia poderosa como para salvarme el trasero —señaló a Grey.

Ella bufó y agregó:

—Como si ellos fueran a protegerme. Perdí todos los privilegios familiares cuando me metí a estudiar arte y no negocios, como ellos deseaban.

—Eso explica algunas cosas —replicó Logan.

—¿Cómo cuál?

—Tu afán de ir en contra de las reglas.

Los chicos iniciaron una breve discusión de la que me mantuve apartada mientras íbamos a clases. De nuevo las miradas se volvían en mi contra. No se detenían, estaban ahí para seguirme el resto de la semana. Insoportables, hostiles. El ambiente se volvió distorsionado, temible y un camino largo en el que era difícil avanzar. Me aferré a mi collar, caminé con prisa sin apartar mi mano de la cruz; así me sentía más resguardada. Pensar que no estaba sola me reconfortó. Por un momento, al menos.

El pasillo se había silenciado. Absolutamente todos dejaron de hacer sus cosas. Los ojos curiosos se encontraban en una única dirección: Dhaxton Crusoe. Era inevitable, su imponente presencia lo hacía el centro de atención. Su porte era una especie de deleite que no podías ignorar. Y él lo sabía; era muy consciente de que su presencia magnetizaba a los demás. Imponía respeto, admiración y, para mí, culpa. Avanzaba como si hasta el último rincón de la academia le perteneciera.

Claramente ese respeto no lo había conseguido por los números que acumulaba su familia en el banco o la enorme cantidad de aporte que su padre daba a la academia, lo ganó por las consecuencias: quien se interponía en el camino de Dhaxton Crusoe tenía que hacerse a un lado o sufrir.

Fue un pobre sujeto el que lo demostró. Ni siquiera se dio cuenta del impacto que Dhaxton había provocado en el pasillo. Su paso torpe evocó un tropezón que le hizo pisar un pie del temible heredero de las riquezas Crusoe. El zapato negro del chico con cabello gris quedó impregnado de polvo y tierra. Los gérmenes parecieron repugnar a ambos, aunque estoy segura de que el mal gesto que formó el pelirrojo en su expresión se debía al penoso encuentro con el demonio gris. Se bajó los audífonos y sonrió con timidez.

—Lo siento —pronunció. Quería ser amigable y cuidadoso, pues no se atrevió a mirar su lado izquierdo.

Dhaxton agachó la cabeza para mirar la punta de su zapato y luego volvió con el chico. Su mirada decía a gritos que quería devorarlo. Pero, para mi sorpresa, la expresión intensa de sus ojos cambió a una liviana. Curvó sus cejas, se acarició los labios con la lengua y los abrió tras formar una sonrisa cínica.

—¿Por qué?

El chico no supo qué responder. Miró hacia los lados en busca de ayuda. ¿Acaso esa era una pregunta con trampa? Pues claro que sí.

—Pues... uhm... por haberte pisado.

—Eso es solo una mancha, puede salir frotándola.

La falsa condescendencia de Dhaxton evocó la sonrisa de alivio del chico.

—Genial..., yo pensé...

—¿Qué estás esperando? —interrumpió Crusoe. Con un movimiento bien calculado hecho con la cabeza, señaló su zapato—. Límpialo.

—¿Qué?

La conmoción del pelirrojo valió para que Dhaxton mostrara su otra cara. Su aspecto amigable se oscureció como las sombras de los dibujos que tanto le gustaba hacer.

—Pero... —la voz del chico tembló.

—Ah... —las cejas de Dhaxton se alzaron, unas curvas aparecieron en su frente alta—. Con que prefieres pagarlo.

—No, no...

—Es tu decisión: lo limpias o lo pagas —miró su caro reloj en el preciso momento en que el timbre sonó—. Elige una, me gusta la puntualidad.

Al pelirrojo no le quedó de otra que hacer lo que Dhaxton le había pedido. Ni siquiera me había percatado de que contenía toda mi impotencia en mi puño apretado. Por cosa de impulso di un paso hacia él una vez retomó su camino, pero Logan me frenó.

En el recreo, Sol y yo nos reunimos en uno de los patios de la academia para hablar. Intercambiábamos mensajes por celular cada noche, pero hablar en persona, cara a cara, siempre era más auténtico. Además, una conversación en persona me servía para estudiar la «anatomía humana» y hacer mis dibujos algo más realistas.

De Solange, sin embargo, ese día no pude detallar demasiado. Estaba cabizbaja, su nariz casi se hundía en las páginas de su libro de ciencias. La postura de su cuerpo, los hombros bajos y la espalda arqueada eran la muestra fiel de lo conflictuada que se sentía. Era una versión extraña de *El pensador*, la escultura de Auguste Rodin.

Le di una palmadita en la espalda, a la cual reaccionó con un salto.

—¿Qué pasa?

—Estás muy encorvada —le indiqué, trazando una larga línea por toda su médula—. ¿Por qué no estudias en la biblioteca?

—Quiero tomar algo de aire libre antes del examen.

Sus ojos se desviaron de manera fugaz hacia el chico que le exigió volver a cambiarse el delantal.

—¿Es eso o estás mirando a ese de ahí?

—¡¿Brind?! —ofuscada y nerviosa por haberse delatado tan fácilmente, se cubrió la mitad del rostro con su libro—. No, jamás. Él está fuera de mi alcance o algo así...

—¿Por qué lo dices?

—¿Es que no lo has visto? Míralo.

—Eso hago —dije, al mismo tiempo que le hacía un recorrido rápido al chico. Tenía que admitir su atractivo—. No veo nada especial que lo mantenga fuera de *tu alcance*, así que no deberías desmerecerte.

—No sé... —se encogió de hombros y colocó el libro en su regazo—. Brind es todo lo contrario a mí.

Estuve al borde de arrancarme todo el cabello. ¿Cuál era el afán de las personas por sentirse inferiores a otros?

—Exacto, lo es. Tú eres una persona genial; él aparenta serlo. ¿Ves la diferencia?

Sol sonrió con timidez.

—Supongo que sí. ¿No hay ningún chico que llame tu atención, Drey?

Su pregunta me tomó por sorpresa. ¿Que si había un chico? Al preguntármelo, el rostro de Dhaxton vino a mí. Me intimidaba, me angustiaba su presencia, pero debía admitir que también me llamaba la atención más que nada. Sentía que él era una persona llena de secretos y yo, como buena curiosa, quería descubrirlos.

—Pues...

Enmudecí. Mis ojos habían capturado una sutil escena a unos cuantos metros de donde me encontraba. En ella, Seth y la mujer de la bodega hablaban con normalidad, como si entre ambos la relación no saliese del plano estudiante-profesor. Eran bastante buenos para ocultar lo que en realidad pasaba entre ellos, aunque en ocasiones las gesticulaciones de Seth lo delataban.

—¿Lo hay?

Pestañeé para salir de mi estado catatónico.

—Ah, sí... —balbuceé sin pensarlo—. Eso.

—¡¿En serio?! —Sol dio un grito ahogado—. ¡Santa Cachucha! ¡Drey! ¡Por fin!

Me abrazó.

—¿Quién es? Debes decírmelo.

—Dhaxton —confesé y ella chilló—. Pero no de una forma romántica... —y luego se desinfló—. Me parece alguien interesante.

Por supuesto, eso Sol se lo tomó como una declaración de amor. Pensé en su extraño concepto el resto de las horas.

Aquella tarde después de clases, salía con Grey de la academia cuando un hombre adulto con un ramo de rosas aguardaba en la calle principal de la academia. Vestía de etiqueta y parecía esperar a alguien. A mi espalda escuché a Seth; hablaba sobre problemas matemáticos y rebatía los argumentos de su acompañante. Se adelantaron a mis pasos y gracias a esto pude comprobar que era la profesora de antes. Ambos dejaron la charla cuando ella notó que el hombre del ramo con rosas estaba esperándola y sin ninguna clase de recato avanzó hasta encontrarse con sus brazos. Seth quedó de pie, solo, observando cómo la pareja se fundía en un beso y no pude evitar sentir lástima por él.

«¿A esto llaman karma?», me pregunté.

Seguro que sí.

Cuando Dhaxton salió de la academia, llegó mi momento de karma.

Auch.

Para suplir el remordimiento que cargaba, quise hacer un acto de buena voluntad.

En el verano había hecho voluntariados: ayudé en comedores comunitarios, cuidé a ancianos y otro tipo de buenas acciones.

Mi abuela me crio con las cuentas claras; la vida no es justa, por ello debía agradecer lo que tenía, apreciarlo, mas no codiciarlo. Me llevaba de pequeña a diferentes sitios con el fin de apoyar a los necesitados, a charlar con quienes tenían miles de historias. Así despertó una parte de mi sentido del deber y también el querer ayudar. Cuando ella falleció, una parte de mí se aferró a su esencia faltante y la busqué fervientemente en los hogares de ancianos. Por supuesto, nadie pudo reemplazar a mi abuela.

Pero conocí a alguien que me recordó a ella. Era una anciana de apariencia exorbitante, que usaba joyas costosas y tenía buen porte. Al encargado principal del comedor le dio la impresión de que era su primera vez allí. Fui yo la que decidió acercarse.

—¡Agnes! —soltó al verme. Sus brazos frágiles me capturaron contra su pecho y me abrazó como si fuera parte de su familia—. ¿Dónde te habías metido?

No tuve tiempo de reclamar internamente que me haya llamado Agnes igual que el séquito adoctrinado de Dhaxton y Seth, el abrazo repentino me había prohibido concebir cualquier clase de pensamiento.

—Creo que me confunde.

Necesitó parpadear un par de veces para aclarar su vista, y de paso aquellos viejos pensamientos.

—Oh... —formuló en un tono de decepción evidente—, por un momento creí que eras alguien más.

Posé mi mano en su espalda y la examiné. Lucía pálida, con las pupilas dilatadas, los ojos en busca de algo o alguien.

—¿Se encuentra bien? Parece perdida.

Miró a su alrededor una vez más con expresión confusa. Colocó una mano en su pecho y suspiró. Un intento de sonrisa, de esas que buscan no preocuparte, se dibujó en su rostro de manera lenta.

—Vine al club de tenis, pero creo que me he perdido —dijo en un vano intento de restarle interés a su situación—. Las calles son tan diferentes...

Había conocido a diferentes octogenarios con demencia senil, entendía lo difícil que podía ser para ella pasar de la completa normalidad a ver un camino sin casas y personas, largo, cuesta arriba y sin saber dónde ir.

—Dígame, ¿tiene el número de teléfono de alguien para que podamos comunicarnos?

—¿Número de teléfono?

—Sí, de algún familiar. ¿Lleva consigo algún celular con el que podamos contactarnos?

—No... no recuerdo.

Antes de llevarme las manos a la cabeza sin saber qué hacer, me di cuenta de que llevaba una cartera.

—¿Me permite? —dio un paso atrás y se aferró con firmeza la cartera al cuerpo, como si tratara de ocultarla del mundo. Su gesto me causó gracia, mas no lo hice notar—. No voy a sacarle nada.

—Ja, ja... sí, claro. Tengo un nieto chiquito que siempre dice lo mismo. De a poco va sacándome billetes.

—Puede confiar en mí —dije con seriedad—. Quiero ayudarla.

Se quedó un momento examinándome, como si pudiera indagar en mis pensamientos buscando la verdad.

—Sí, seguro, para qué robarle a una vieja como yo teniendo a miles de ancianos con gustos por las jovencitas. Te lo digo por experiencia.

Me guiñó uno de sus ojos y me entregó su cartera.

Dentro tenía un montón de maquillaje, anillos, un llavero, dos lentes, uno de sol y otro para lectura, cepillo de dientes, peineta, una pluma que aparentaba ser cara, y —por último— una billetera llena de tarjetas y efectivo.

—Te estoy vigilando, eh. Puedo estar senil, pero veo bien cómo se mueven esos dedos.

Su advertencia me hizo reír a mí y a unos sujetos que pasaban por nuestro lado. Ella lo decía de broma, aunque con un tono particular que invitaba a tomártelo en serio o habría consecuencias.

Revisé la billetera y ¡bingo! Encontré una tarjeta de presentación con sus datos en el bolsillo donde tenía su identificación, así supe que se llamaba Agatha y que vivía en la zona alta de Wightown. En cuestión de minutos pedimos un auto para llevarla a casa.

Aunque el karma me pegó una bofetada de nuevo. Durante tantas horas me había perseguido el remordimiento y había terminado involucrándome con alguien vecino de Dhaxton. Bueno, del mismo barrio, pues la casa de Agatha era una mansión enorme en lo alto de un risco, desde el cual se podían ver las olas chocando furiosas contra los roqueríos de la orilla.

Nos bajamos frente a la entrada. El sitio era enorme, igual que un castillo, pero su interior me recordaba a un museo. Oscuro, elegante y lleno de artículos que admirar.

—¿Vive sola? —pregunté tras pasearme entre los muebles y la decoración ostentosa.

—No, con mi nieto y la otra chica... ¿cómo se llamaba? Olvidé su nombre.

Avancé entre la porcelana, las esculturas costosas, las cortinas de seda y los jarrones antiguos. Agatha se desenvolvía bien en la casa, el rastro de desconocimiento y poca cordura había desaparecido. Yo, por otra parte, no podía dar un paso sin detenerme a apreciar el significado y los colores hasta de las plantas. Jamás había estado en un lugar tan lujoso. Llegué a una sala de estar que parecía de la realeza y que terminaba en un ventanal con balcón que daba hacia la nada. Me asomé con timidez hacia afuera, topándome con el cielo. Cuando la noche caía me gustaba pensar que el cielo era un bodegón oscuro y las estrellas los primeros trazos de Dios. Estar sola, con la brisa acariciando mi rostro y visualizando solo oscuridad fue... mágico.

—¿En qué piensas?

Agatha llegó a mi lado.

—En el cielo. Tiene una vista muy bella desde aquí.

—A mi nieto le encanta asomarse. Una vez casi se cayó desde aquí. El muy tonto quería ver las rocas y resbaló —contó entre risas—. Se aferró con una mano a la baranda y gritó a todo pulmón. Robert pudo haber muerto de un infarto al verlo. Ahora me río, pero fue un susto que no quiero volver a pasar.

—Hablando de su nieto, ¿dónde está él?

—Quizás está arriba.

Movió su cabeza para que la acompañara. Me guio por las diferentes áreas de la casa hasta dar con la escalera. Arriba todo lucía lúgubre.

—Parece que no está.

—¿Y su celular? Creo que es mejor llamarlo.

—No recuerdo dónde lo dejé. Ya sabes, la edad consume la memoria —pese a tomarse la situación con humor, juzgando su expresión entendí que esto no le gustaba.

—Voy a buscarlo, ¿sí?

—Te prepararé algo por la ayuda, tienes cara de querer asesinarme aquí mismo por el mal rato.

—¿Tan mal me veo?

—Sí, querida, tienes una cara de muerto viviente peor que la mía.

Decirle a Agatha que se sentara y no hiciera nada fue esfuerzo en vano, ella estaba convencida de que necesitaba comer algo o me desmayaría. Mientras se ocupaba de la cocina, yo buscaba su celular. ¿Dónde podía tenerlo escondido? Ese era un misterio tan grande como el que albergaban las obras de Danti Vannan, mi artista favorito. Revisé entre sofás y cojines, miré sobre veladores y mesas de café, y nada. Pensé en la posibilidad de que no hubiera celular y estuviera perdiendo mi tiempo. Luego profundicé en teorías que trataban de desvelar misterios sin significados.

Lo que me salvó fue el *clic* que emitió la puerta principal.

—¡Baba!

Un grito agónico me dejó perpleja en la habitación. Escuché pasos, el tintineo de llaves y luego un suspiro pesado.

—¿Señora, está aquí? —la figura difusa de una mujer apareció en el arco de la habitación. Vestía como las enfermeras de la clínica, por lo que deduje que era quien cuidaba a Agatha. Al verme dio un grito ahogado—. ¿Y tú quién eres?

Antes de responder, la aparición de Seth Bellish a su lado me dejó sin habla.

—¿Qué haces aquí? —cuestionó, marcando todas las líneas de expresión de su rostro.

—Puedo explicarlo.

—¿Y Baba? —se apresuró a preguntar.

—¿Yo qué?

Agatha llegó a la habitación portando una bandeja con dos tacitas de té.

—¿Cómo que «yo qué»? —espetó Seth, al grado más alto de la incredulidad. Caminó hacia ella y le quitó la bandeja de las manos—. ¡Hemos estado todo el día buscándote! He llamado a todos los sitios preguntando por ti. ¿En qué estabas pensando?

—Quería ir al club de tenis —defendió ella con un orgullo altanero.

—¡Hace más de cuarenta años que ese club no existe, Baba!

—Seth, tranquilo, fue otro de sus episodios —defendió la enfermera—. Es mi culpa, yo la descuidé.

El castaño se volvió contra la mujer.

—Exacto, debería despedirte.

—Oh, Seth, no seas extremista —desdeñó la anciana—. Ya estoy bien, no pasó nada. Además, me encontré con Agnes —me señaló.

Ser el nuevo foco de la discusión no me sentó bien, mucho menos tras llamarme con aquel nombre. Sin embargo, una vez más omití comentarios y correcciones, puesto que el momento no lo ameritaba.

—¿Dónde la encontraste? —me preguntó la enfermera.

—En un comedor comunitario.

—¿Comedor comunitario? —repitió Seth—. Claro, seguro. Te lo digo desde ya: no vas a sacarle ni un duro a mi abuela.

—No le hables así a Agnes.

—Ella no es Agnes, Baba. Es alguien que va a sacarte dinero, como muchos ya han hecho. Seguro ya te robó unos cuantos billetes.

Su acusación no la dejaría pasar. La desfachatez con la que hablaba, sin medir sus palabras, provocó que mi fuego interno se encendiera.

—Espero que ese entusiasmo por decir estupideces lo ocupes en cuidar de tu abuela. Buenas noches —miré a Agatha y le sonreí—. Que se encuentre bien.

Llegar a la salida pareció un acto interminable; salir y toparme con la fría noche fue una patada de la realidad. Me encontraba lejos de casa, en lo más alto de una zona desconocida de la ciudad, con un extenso camino hacia el centro y con el humor por el suelo. Saqué mi celular de la mochila y pedí un auto. Para desgracia mía, este tardaría veinte minutos en llegar. Emprendí camino cuesta abajo. Detrás me seguía un auto deportivo que pronto se unió a mi ritmo. La ventanilla bajó y del interior se asomó Seth.

—Sube —dijo sin mirar siquiera hacia adelante.

Lo ignoré.

—Vamos, sube, yo te llevo —insistió sin despleglar los ojos de mí mientras conducía lento—. No quieras hacerte la difícil.

Me detuve y lo encaré. Él detuvo el auto.

—¿Puedes, por favor, mirar hacia adelante?

—¿Te preocupa que pueda chocar? —preguntó con un tono burlón.

—O que vayas cuesta abajo. No sé. Alguna de esas dos opciones.

Se echó a reír.

—¿Incluso después de haberte tratado de ladrona?

—No quiero ser responsable de una muerte.

—Incluso si cayera o chocara, no me pasaría nada —respondió—. Soy inmortal.

Blanqueé los ojos tras tan absurda respuesta y seguí con el camino.

—Sí, como todos los jóvenes.

—¿Vas a subir?

—No. No necesito tu amabilidad.

—Pero sí necesitas un auto que te lleve a casa.

Seth saboreó su victoria y no ocultó la sonrisa de satisfacción una vez subí. Por mucho que me negara, no tenía sentido dilatar lo obvio. Me lo debía.

Me coloqué el cinturón y cancelé el auto, que todavía no daba luces de aparecer. Seth se mofó de mi anticuado fondo de pantalla y preguntó a dónde iba. Tras darle las indicaciones, el silencio se propagó en el auto como una vil peste.

—¿Sabes algo?, para ser una puritana eres muy orgullosa.

Mi mal humor se acentuó.

—¿Es que no puedes darme las gracias y ya?

—¿Por qué habría de hacerlo?

Quería provocarme. Su intención fue obvia.

—Ya entiendo por dónde va la conversación, así que la cortaré aquí mismo.

—Si desconfié de ti es porque hay muchas personas por ahí que son mierda y se han aprovechado de Baba —se defendió—. No es mi culpa.

—Esa no es una buena excusa. Somos individuos, no puedes juzgar a todos por igual.

—Por supuesto —me dio la razón—. No puedes juzgar si no eres un adoctrinado, ¿verdad? Ustedes se pasan por el culo el no juzgar y es lo primero que hacen, y desde hace tiempo. ¿Cuántos muertos crees que manchan las manos de la Iglesia?

—Que otros hayan usado las escrituras para su propio beneficio no es mi culpa ni mi asunto. No voy a discutir contigo sobre religión.

—No te conviene hacerlo —puntualizó—. Yo entiendo. Has pasado por malos momentos, necesitas aferrarte a un ser superior, sentirte querida y segura, pero ¿no crees mejor seguirte a ti misma?

Qué gran habilidad tenía para cambiar el foco de la conversación y desentenderse de todo lo que decía. Seth poseía una facilidad impresionante, hablaba lo que quería y cuando quería, sin conocer el sentido de la prudencia o respeto.

—Eso hago —respondí—. Yo puedo hacer todo lo que quiera.

Quitó una mano del volante para llevarla a mi mano y tocar mi dedo anular.

—Tu dedo indica lo contrario.

Lo aparté.

—Soy yo quien quiere llevar este anillo.

—Siendo impulsada seguramente por tu madre... O los falsos santurrones de la Iglesia. ¿De verdad piensas llevar un anillo así hasta el matrimonio? —mi respuesta asertiva le sacó una sonrisa ladina—. Te estás perdiendo de una de las actividades más exquisitas de la vida. Y lo digo en serio. Tener sexo es como una droga, solo que no hace mal... A menos que tengas alguna enfermedad venérea.

Puaj, no me gustó la imagen mental.

—Gracias por la información innecesaria.

—De nada. También puedo ayudarte con otro tipo de información.

Esperaba que hiciera una propuesta así.

—Mis convicciones y propósitos son más grandes que tu hombría. Lo siento.

Se detuvo en luz roja y giró hacia mí. La distancia entre su asiento y el mío fue acortada sin que reparara en ello antes.

—No inicies discusiones que no sabes terminar —formuló en tono de advertencia, con sus labios formando cada palabra a la perfección.

—Para mostrarte tan confianzudo tienes un ego muy frágil. ¿Es que no dirás nada?

—Ya te dije —insistió—: no inicies discusiones que no sabes terminar.

—Entonces la última palabra es mía.

Degusté mi victoria con una lamida de labios, la cual él logró notar. Imitó mi gesto sin prestar atención a que detrás de nosotros un auto tocaba la bocina anunciando que ya había dado la luz verde. Se acercó más, manteniendo mi espacio personal. Era la primera vez que un chico se me acercaba así.

—Tú tendrás la última palabra, pero yo tendré todas tus primeras veces.

Ese ego...

—Por favor, ocupa tu entusiasmo en otro tipo de cosas.

—¿Cómo cuáles? —interrogó.

—Encontrar a alguien que te valore de verdad.

Eso debió sorprenderle. Y dolerle, porque sabía exactamente a qué me refería.

—¿Alguna vez te has enamorado? —preguntó de pronto—. ¿Has dado tu primer beso?

—¿Eso qué tiene que ver? —esquivé.

Se echó a reír a carcajadas.

—¿Qué es tan gracioso? —cuestioné, dejando de lado la educación que ni él ni yo nos teníamos.

—Que es irónico que una persona que jamás ha besado a nadie me hable de amor.

Resoplé, harta de que siempre se centrara en mi decisión. Me relamí los labios y contesté:

—¿Sabes qué es realmente irónico? Que alguien como yo, sin ninguna clase de experiencia romántica, tenga que decirte lo obvio: ella te está usando.

Frunció el ceño y, con nerviosismo y un movimiento extraño con su cuerpo, miró hacia los lados.

—¿Quién?

—¿De verdad quieres que la mencione? —pestañeó rápido, un gesto que señalaba la ansiedad que le provocaba el tema. Hablar de ella, sin dudas, era su punto débil—. Ya sabes de quién hablo.

—¿Por qué lo dices? —preguntó a la defensiva.

—No sé, tal vez porque basta ver la sonrisa que le dio a su marido para darse cuenta de que solo te ve como un consuelo.

Su quijada se marcó con fuerza, colocó su lengua en la mejilla y aquellos ojos vivaces que siempre brillaban bajo cualquier tipo de luz, se opacaron hasta convertirse en dos orbes de oscuridad.

—¿Y qué te hace pensar que yo no la estoy usando?

—Como la miras —respondí al instante. Ya esperaba que saliera con ese tipo de preguntas, pues su orgullo no le permitiría darse por derrotado o ser menos—. Tus ojos brillan. Si para ti ella es un juego, no habrías quedado como un cachorro abandonado cuando su marido fue a buscarla.

—Vaya, no pensé que me miraras tanto —sonrió con suficiencia—. No caigas por mí, porque, a diferencia de muchos, yo no te voy a levantar.

Una advertencia innecesaria a la que respondí con una sonrisa más calmada que la de él. Coloqué una mano en mi pecho, con mis dedos sintiendo los relieves de mi collar.

—Ya tengo a alguien que me levante. Y, para que quede claro, no necesito tu ayuda, pero me parece tierno que lo pienses así.

El resto del camino transcurrió en silencio. No diría que era algo cómodo que el mismo tipo que me había amenazado me fuese a dejar a la puerta de mi casa; pero, bajo esas circunstancias, parecía que habíamos firmado un acta de paz. Al menos duró hasta que decidí enfrentarlo.

—Ya que tenemos la oportunidad de hablar...

—Vaya charla más divertida la nuestra —ironizó.

—Contigo eso es imposible.

—¿Conmigo?

No me pregunté cómo era posible que luciera tan ofendido con mi afirmación cuando solo hace unos segundos había disparado un comentario repelente. Lo vi por unos momentos con las cejas y labios planos en torno a la molestia que sentía. Él se giró una vez más.

—Sí, contigo —antes de que indagara en mis motivos, yo respondí—: Me has atacado. Y no hablo solo porque has cuestionado mis creencias y burlado de mi inexperiencia, también lo digo porque tu séquito de matones lleva estos días molestándome.

—¿Y qué te hace suponer que fui yo?

—Es obvio que lo haces para intimidarme —expuse con un tono quedo, pero marcando la voz en cada palabra—. ¿Tanto miedo me tienes?

—¿Miedo? ¿A alguien como tú? —inquirió. Su sonrisa amplia enseñaba los dientes perfectos que se alineaban detrás de sus labios—. No, mi miedo va más allá... —añadió en tono bajo, más para sí mismo—. Como sea, no sé de qué hablas, pero suerte.

—¿Suerte? No creo en la suerte.

—¿Ah, no? Pero sí en seres que no existen.

—Lo que crea o no, es cuestión mía. Excepto cuando te involucres —sentencié—. Tú y Crusoe están empeñados en acosarme, lograron que me miren raro en el pasillo y que me llamen Agnes.

Una sonrisa traviesa, similar a la que pondría un niño pequeño, se bosquejó en sus labios.

—Bueno, ese nombre te queda mejor.

—¿Quién es Agnes?

—El corderito de la academia. ¿No lo has visto? Tiene unas orejas muy divertidas.

Se estaba burlando de mí. Para no seguir con algo que no tendría fin, le ordené que se detuviera. Mi casa estaba a dos cuadras de donde nos encontrábamos, podría llegar fácilmente.

—¿Y dejarte sola en la noche? —espetó—. No quiero que te suceda nada, ser medio responsable de un accidente no es nada lindo.

—¿Lo dices por experiencia? —indagué, receptiva a cualquier expresión contraria a la confiada que portaba la mayor parte del tiempo.

—Así es. Yo fui responsable de la muerte de mis padres, y créeme —bajó la voz. Sus palabras se profundizaban en cada pronunciación—: es algo que no quiero volver a sentir.

—Yo... —él de verdad se veía afectado, por lo que pensé en consolarlo—. Lo lamento.

Apretó el volante con fuerza, al punto de que sus dedos pasaron de un color rosado a uno blanco.

—Si hay algo que envidio de ustedes, los creyentes, es que al menos tienen la convicción de que los que se van están en un lugar mejor. Yo solo puedo pensar que ellos son la comida de gusanos.

Continuó sofocando sus dedos hasta que lo detuve. Mi mano apenas hizo contacto con la suya y él la apartó.

—No necesito tu compasión —farfulló. Exhaló con pesadumbre y dijo—: ¿Dónde queda tu casa?

Señalé la casa de los vecinos, no quería mostrarle donde realmente vivía. Seth se estacionó justo frente a la casa y se volteó para despedirse.

—No olvides mi gesto amable —pronunció con confidencialidad.

Estuvimos cara a cara, en un enfrentamiento silencioso que duró unos segundos. Pude apreciar con más detalle sus facciones, la forma de su nariz, algunos lunares que destacaban bajo sus ojos. No hizo falta estudiar la extraña atmósfera que había nacido para saber qué sucedería. Fui yo la que se apartó.

—Y tú no olvides el mío.

Bajé del auto y esperé hasta que se marchara para ir a mi casa. Abrí la puerta con precaución, con la intención de no emitir mucho ruido. Como esperaba, mamá se encontraba dormida en el sofá. Francis llegó a darme la bienvenida a casa con unos maullidos que exigían hacerle mimos, siendo la causa de que mamá despertara. Ella formó una sonrisa mientras estiraba sus músculos.

—Hola, mamá.

—Yo pensé que estabas en tu habitación —balbuceó todavía adormecida. Sentí un nudo extraño en mi pecho al escucharla—. ¿Cómo estuvo tu día?

—Extraño. Fui al comedor y me encontré a una anciana perdida que resultó vivir en la última casa de la zona alta de la ciudad, esa enorme que se puede ver desde aquí.

—¿La mansión? —exclamó, más despierta—. Siempre deseé conocerla.

—Es muy linda. Y... ¿cómo estuvo tu día?

—Agotador pero fructífero: conseguí llegar a un trato con un nuevo proveedor y acordamos sellar el trato formalmente con una gala empresarial a la que estás invitada.

—¿De esas donde todos se visten de etiqueta, beben champaña mientras unos músicos tocan de fondo?

—Ja, esa es una buena descripción.

—¿Y cuándo será?

—Mañana por la noche.

El rostro de mamá lo decía todo.

—¡¿Mañana por la noche?! Yo no tengo vestido, mamá.

—Ups... Pero... Eh, puedes usar uno mío. Estoy segura de que tengo guardado un vestido de tu talla.

Capítulo 4
Cuando todo acto tiene una consecuencia

AUDREY

Las luces del cuarto de mamá eran mucho más tenues que las de mi cuarto, así que ver mi reflejo en el espejo resultó ser una tarea complicada. Los detalles de mi maquillaje eran poco notorios frente al espejo, y los pliegues del vestido que mamá me había prestado para la gala de la empresa casi no se veían. Tuve que acercar mi perfil al espejo, tanto que mi nariz por poco toca mi reflejo.

—¿Y? ¿Qué te parece?

Mamá se encontraba detrás de mí, arreglada para la ocasión.

—Nada mal. Creo que me veo igual, aunque con los ojos más brillantes.

—No quise maquillarte demasiado para conservar tu belleza natural —explicó—. Tienes una piel linda y limpia, que no necesita base.

No pude evitar sonreír.

—Hablas como una experta.

—Aprendí de la mejor.

Se refería a la abuela. De haber estado viva, seguro que ella nos hubiera vestido y maquillado, pues le encantaba todo lo relacionado con la moda. Recuerdo que siempre se vestía bien, como para modelar en una pasarela, y le encantaba escogerme atuendos. Eso sí, en sus elecciones no había ninguna prenda amarilla, el color que por costumbre yo siempre llevaba, y mi favorito.

Lo único que me acomplejaba eran los zapatos que me había prestado mamá. Hacían juego perfecto con el vestido, aunque mis pies se asfixiaban dentro. Fue un suplicio. Preferí no decir nada por amor al buen vestir.

Pedimos un auto que nos dejó al pie del hotel Plaza, uno de los hoteles más caros de la ciudad. En su interior todo era tan lujoso que me dolieron los bolsillos inexistentes de mi vestido de solo pensar en el costo de una habitación. Subimos por un ascensor guiadas por un botón bien vestido que nos dejó en el último piso del edificio. La terraza era el epicentro de la reunión. Música, cócteles, bares, garzones y un sinfín de personas de etiqueta. Yo me sentí atrapada en una fiesta para millonarios con ostentosos accesorios y conversaciones a las que no podría seguir. Y lo peor de todo: calzando unos zapatos que con suerte me permitían caminar.

Mamá, quien me tenía del gancho, avanzó con total confianza. No lucía nerviosa, a diferencia de mí, que quería volver al ascensor y quedarme encerrada dentro.

—Uhm, mamá, espera —la detuve—. Necesito ir al baño.

Sus cejas se arquearon en sorpresa.

—Ve. Voy a hablar con mi nuevo socio y veré si está *cierta persona*.

No esperé más y fui preguntando a los empleados para que me indicaran dónde estaba el baño. Las luces de colores, la música fuerte, las risas y todo lo que una fiesta conlleva me llevó a encerrarme durante unos cinco minutos en el baño hasta tranquilizarme. Antes de salir, inspiré hondo y me dije que todo saldría bien.

Avancé por el lugar con pasos torpes, viendo los rostros ensombrecidos de las personas, olvidando la música, declinando algunos ofrecimientos y saludando por cortesía a personas que no conocía. Pude divisar a mamá a unos pasos de donde me encontraba. Ella hablaba con dos hombres altos.

Di un paso para acercarme, pero una figura alta me detuvo. Con lo sombrío del lugar apenas pude ver su rostro, pero las luces se proyectaban humildes en algunos mechones de su cabello gris. Mis ojos enfocaron el rostro serio de Dhaxton y lo oscura que se veía su cicatriz. Retrocedí para evitarlo, pero era obvio que él me había buscado.

Me observó en silencio, como un felino que aguarda paciente a que su presa baje la guardia.

—¿Se te ofrece algo? —pregunté, inquieta.

Una luz iluminó la mitad de su rostro y noté que abría sus labios para responder.

—Tengo una grabación tuya lanzándole piedras a mi auto.

En el estómago sentí un peso que se revolvió con fuerza y subió a mi garganta.

—¿Mía?

—¿Quieres que repita lo que dije? —remarcó con voz honda y calmada.

—Quiero que me enseñes esa grabación.

Eso no lo esperaba, porque a diferencia de sus respuestas anteriores, tardó en formular sus palabras.

—Cuando gustes —farfulló.

—Ahora.

Sacó su celular del bolsillo y buscó. En efecto, yo salía allí, lanzando la primera piedra tal cual me lo había propuesto Grey. Luego había un corte y la grabación terminaba.

—Yo no fui la única que lanzó la piedra —me defendí.

—En la grabación apareces tú —dijo, al mismo tiempo que guardaba su celular—. No me interesa si hiciste un acto vandálico de este calibre en compañía, tú lanzaste la primera piedra. Ahora, ¿vas a pagarlo o prefieres que lo haga tu madre?

Volteó en dirección a mamá. Ella seguía hablando con los dos hombres de buen porte. Como por cuestiones de instinto, se percató de que la observábamos y nos saludó con una seña.

Decirle a mamá que debería pagar una gran suma de dinero porque me había vengado no estaba en mis opciones.

—No voy a involucrarla a ella.

—Tienes que pagar por tu acto —sentenció Dhaxton, volviendo a mí. Estaba claro que él no aceptaría una disculpa.

—¿Qué debo hacer? —pregunté en un tono bajo—. No tengo dinero.

—Consíguelo o...

Pestañeé, extrañada. ¿Había escuchado bien o es que el momento me jugaba en contra? Mordí mi labio inferior, degustando el leve sabor de mi lápiz labial.

—¿Tengo otra opción?

Asintió.

—¿Cuál?

Se acercó a mi oído y susurró:

—Posar para mí.

Necesité unos segundos para digerir lo que me había propuesto. Ante alguien que no parecía dar chances, y teniendo en cuenta su forma de actuar arisca y déspota, no pensé que pediría algo a cambio.

—¿Qué?

Formó una mueca incómoda y se inclinó hacia mí una vez más para murmurar con voz penetrante:

—Quiero que poses para mí.

Dhaxton enderezó su espalda, viéndose aún más alto que antes, y sacó del bolsillo interno de su traje una tarjeta pequeña que colocó entre sus dedos y me la tendió. Dudé un instante en cogerla, era como aceptar la invitación de un ser macabro que se robaría mi alma.

—¿Y esto qué es? —interrogué.

—Mi tarjeta de presentación.

La textura del papel se sentía suave en mis yemas al detenerme en los detalles. Era una tarjeta pequeña, rectangular, de color blanco y letras negras bien diagramadas. Una presentación pretenciosa que calzaba perfectamente con el aspecto serio de quien era su propietario. En su primera cara tenía escrito el nombre y apellido; en la segunda, una dirección. Nada más.

—Todavía no he aceptado —dije al percatarme de que aquella dirección era donde se llevaría a cabo su propuesta.

Una sonrisa tétrica se fundió en las comisuras de sus labios, que se marcó con mayor detalle bajo las luces de colores.

—Estoy seguro de que lo hiciste en el momento en que preguntaste por la segunda opción —murmuró, flexionando su estómago para mantenerse frente a mí, justo en mi altura—. Te estoy dando una oportunidad, no la desperdicies.

Antes de poder decir más, mamá se acercó en compañía de uno de los hombres con los que hablaba, a quien reconocí por algunas fotografías en el diario. Cadena de hoteles, inversor, filántropo y el rostro de un hombre de aspecto muy intimidante vinieron a mi cabeza. Entonces muchas cosas cobraron sentido.

—Con que ya conoces a Dhaxton —dijo ella con una sonrisa y los ojos brillantes—. Es el hermano de Devon, mi novio. Devon, ella es Audrey, mi hija.

La palabra hermanos quedó tan grabada en mi cabeza que apenas pude procesar lo demás. Mi reacción tras la presentación fue lenta y torpe, había mucho que comprender en tan solo unas horas.

—Un gusto, Audrey —dijo Devon, acercándose para besar mi mejilla a modo de saludo.

—El gusto es mío —respondí de manera automática, como si me hubiese grabado la escena burda de alguna película con una pésima presentación.

Estaba más nerviosa que cuando Dhaxton reveló mi culpabilidad en el destrozo de su auto. No solo porque le debía dinero a Dhaxton, sino porque él en persona admitió que había enviado a personas a romper mi dibujo y, lo más probable, a acosarme.

—Tu madre me ha contado muchas cosas sobre ti —comentó Devon en un tono jocoso para calmar el asfixiante momento. Reparé en sus intenciones y decidí inclinarme por su misma apuesta.

—¿Este es el momento en que dirán cosas vergonzosas sobre mí con fotografías de bebé incluidas?

Sacarle una sonrisa a mamá y Devon fue un reto fácil. El novio de mamá, muy por el contrario de su hermano, tenía la apariencia de un empresario relajado, divertido y gentil.

—No, no, no —dijo, agitando sus manos—. Ella no ha dicho nada de ese estilo... todavía —mamá y yo sonreímos por su dudosa pausa—. Me ha comentado que estás estudiando en la Academia LeGroix, como Dhaxton —se dirigió a mi compañero.

—De hecho, somos compañeros en una clase —explicó él por fin—. De allí nos conocemos.

Me dio una miradita cómplice.

—Genial, entonces podemos omitir las presentaciones —añadió mi madre.

Si había mencionado la palabra omitir, quería decir que ella y Dhaxton ya se conocían. Lo que además sacaba como conclusión era que él sabía que me presentaría en la fiesta y decidió encararme por lo del auto. De ser así, entonces la grabación que me inculpaba probablemente estaba manipulada.

Con esto en cuenta no pude —ni intenté— ponerle buena cara a Dhaxton, ni siquiera en favor de una reunión amena. Aun así, mi enojo no se dispersó hacia su novio.

Para continuar nuestra plática, los cuatro nos dirigimos hacia un sitio apartado de la terraza, donde nos sirvieron bebidas. Agradecí poderme sentar lejos de Dhaxton.

—Y... ¿hace cuánto están saliendo? —tomé la iniciativa.

—Siete meses —respondió Devon, buscando la aprobación de mamá.

—Nos conocimos en una junta de negocios —dijo ella. La complicidad y chispa que destellaba entre ambos fue la causa de que portara una sonrisa boba. O tal vez ya me estaba haciendo efecto el alcohol.

—Fue muy tierno —añadió él, sosteniendo la mano de mamá—. Todos se quejaban de... de... ¿por qué era?

—Un ajuste de presupuesto.

—Sí, un ajuste de presupuesto en un evento. Yo estaba en la cabecilla de la mesa, harto de tener que escucharlos. Parecían verdaderos simios.

—Amor —le detuvo mamá y miró a su alrededor—, pueden oírte.

—Ya saben qué pienso de ellos. En fin... Estaban todos hablando a la vez como verdaderos animales hasta que tu madre tomó la palabra y con voz potente dijo: «¿Y si dejan de actuar como alumnos de primaria y hablan como los empresarios civilizados que son?». Yo en ese momento pensé: «Vaya, ella es una mujer decidida y que se hace escuchar». Desde ese momento no pude quitarle los ojos de encima —se dirigió a ella para admirarla cual pieza de arte—. Y ella de mí tampoco.

—En realidad me sentía un poco perseguida —murmuró mamá, en ese tono jocoso y burlón que revelaba sus intenciones. Devon abrió los labios formando una enorme «o» para mostrar que el comentario de mamá lo había ofendido—. Solo bromeo, amor.

—¿Y quién invitó a salir a quién? —insistí. Ese tipo de preguntas no las debería haber hecho, pero mamá había preferido mantener su relación en secreto y ahora yo era una completa ignorante en el tema.

—Yo fui la primera en invitarle a un trago y él fue quien propuso salir.

—Ya veo... con que mamá fue quien dio el primer paso —formulé más para mí.

—Ella fue quien tomó la iniciativa desde el principio, sí —afirmó Devon, sin quitarle de encima los ojos a mamá.

Hay un brillo en los ojos de quienes se enamoran que siempre he envidiado, brillo que se veía en Devon y mamá. Yo nunca me había interesado románticamente por alguien y me empecé a preguntar si algún día lo tendría.

—Drey... —llamó mamá. Me había ido por unos segundos al profundo mundo de los pensamientos—. Iremos a hablar con alguien por ahí. Ya regresamos.

Asentí y los seguí con la mirada una vez que dieron media vuelta para perderse entre luces, sombras y personas. Me sentía sola, desencajada y algo mareada; los pies me dolían a muerte y unas enormes ganas de quitarme los zapatos me invadieron. El lugar era apartado, muchos no caían en cuenta de mi presencia; era el momento ideal para que nadie se percatara. Miré hacia los lados en busca de la oportunidad y...

—Quitarte los zapatos en lugar como este hará que hablen de ti y de tu madre.

Dhaxton se encontraba sentado a unos metros de mí, con la mano sobre su frente y una expresión que decía a gritos «acércate y lo lamentarás». Había olvidado que estaba ahí, verlo me sobresaltó.

—Por eso planeaba hacerlo mientras nadie miraba —me defendí.

—En este tipo de reuniones todos están observándote, aunque no tengan los ojos sobre ti.

Eso explicaba por qué él actuaba como un maniquí.

Tener que lidiar con un dolor de pies y la mirada calificativa de Dhaxton fue un reto que no deseé volver a enfrentar. El ambiente junto a él se cargaba de una extraña vibra chirriante que evocaba pensamientos desdeñosos. No podía entender por qué para mí él figuraba como algún ser sobrenatural que ponía en juicio todos los movimientos que yo hacía. Su aspecto me recordaba a las apariciones de los ángeles en la Biblia: rostro como el relámpago, ojos igual a dos antorchas de fuego, el sonido de sus palabras como el estruendo de una multitud.

Me acomodé y tomé lo que restaba de mi bebida al seco.

—¿Puedo preguntarte algo? —decidí hablar.

—¿Es esto un interrogatorio?

Era cierto que le había preguntado demasiadas cosas para una sola noche, pero él me debía muchas más respuestas.

—Sí.

—Bien. Pregúntame —invitó con voz ronca, ladeando su cuerpo en mi dirección. Tener el interés de Dhaxton para otro podía ser un privilegio; lo cierto es que yo no me sentía así.

Me aclaré la garganta antes de hablar.

—¿Sabías que vendría?

—Por supuesto que sí —soltó con cierta entonación socarrona—. Tu madre confirmó su asistencia hace días. Fue mi hermano quien le sugirió invitarte como su compañía y ella accedió.

—Eso quiere decir que posiblemente la grabación que me mostraste esté manipulada.

—No tengo la necesidad de manipular nada, pero si entras en duda, estoy dispuesto a enseñarte toda la grabación de aquel día.

—Genial, el lunes estaré esperándola —me puse de pie y busqué su tarjeta en la pequeña cartera que cargaba—. Creo que ya no necesito esto.

Al ver la tarjeta, Dhaxton también se puso de pie. Se la dejé en el pecho, clavándose como si se tratara de alguna estaca, y me dispuse a marcharme.

—De nada te servirá regresármela —advirtió, siguiéndome—. Yo tengo la razón.

—Cuando ocurra eso, pensaré en tus dos opciones. No ahora.

La hinchazón de mis pies cedió en una mala pisada que casi me cuesta una caída directa al piso de la terraza de no ser porque Dhaxton me sostuvo de la cintura para evitar mi desliz. El calor de su mano se mezcló con mi entumecido cuerpo y su brazo apegado a mi espalda fue el apoyo que necesité para equilibrarme. La rapidez con la que me atajó contrastó con la elegancia de su ayuda, así que pasó desapercibido para la mayoría de los presentes. Yo tenía el corazón agitado, conmocionado por el pequeño susto que me había llevado. Debo admitir que tener por primera vez mi cuerpo apegado al cuerpo de un hombre como Crusoe jugó a favor del nerviosismo. Su mano en mi cintura, su brazo cruzando mi espalda, su torso a solo pocos centímetros de mi pecho, su calor... Yo no había experimentado tal situación jamás, vivirlo me dejó un gusto culposo.

—Gracias —pronuncié en un tono tímido, diferente al que le había hablado con anterioridad.

Dhaxton se limitó a soltarme. Desde ese momento, no hablamos hasta el lunes.

Aquel lunes —como todos los días— tuve un sueño. Sin embargo, fue muy diferente a los usuales. En él me encontraba en la reunión sentada en el mismo sofá que Dhaxton. Nos acercábamos para hablar, pero no podía escuchar sobre qué. La distancia poco a poco empezó a desaparecer. Nos mirábamos de frente, a los ojos, con una evidente atracción. Su voz era baja, un susurro eterno que entraba por mis oídos y se introducía en mi cabeza como la más exquisita tentación. Su respiración se colaba por mi cabello hasta que inspiró mi aroma. Más susurros enloquecían mi sistema, haciendo arder cada parte de mi ser como fuego. Su aliento caliente contra mi piel fría hizo un recorrido hacia mis labios, capturando mi boca en un mordisco. Un gemido se me escapó. Pronuncié su nombre en un decreto que le permitió realizar su descenso de besos y caricias húmedas. Con una facilidad envidiable, lograba subir mi vestido exponiendo las delgadas y mojadas bragas. No sentía pudor, tampoco miedo, estaba consumida por un fuego particular que se alojaba en todo mi cuerpo, incluyendo mi entrepierna, la cual Dhaxton comenzó a acariciar. La mano de Dhaxton era mucho más grande que la mía y sus dedos eran largos, dignos de un artista. De arriba abajo, su tacto seguía un compás al que yo deseé unirme con movimientos pélvicos. Mis delirios lujuriosos pronunciaban su nombre. Entonces, desperté con una de mis manos en mi entrepierna y la otra agarrando con fuerza la sábana.

Fue el primer sueño húmedo. Estaba tan avergonzada por haber pronunciado el nombre de Dhaxton que ni siquiera me atreví a hacerle el desayuno a mamá por temor a que preguntara algo.

Agarré una manzana, me despedí de Francis y salí hacia la academia.

Además de sentirme arrepentida por ser víctima inconsciente de mis instintos, no quería cruzar miradas con nadie. La paranoia me había golpeado fuerte, pensaba que a cualquiera se le expondría mi sueño como si se tratara de una película erótica clandestina.

Lo peor es que en plena mañana, cuando aparcaba mi bicicleta con las demás, la aparición inesperada de Seth me dejó el alma moribunda. Palidecí por el susto y me sonrojé por el morbo.

Seth enarcó una ceja, curioso.

—¿Qué tienes?

—N-nada —balbuceé, mordiendo luego mi labio inferior como gesto nervioso. «Guarda la compostura», me dije y volví a mis cabales—. ¿A qué se debe el honor?

Seth abrió sus labios formando una curva ascendente en su labio superior. A diferencia de su amigo, Seth sonreía con lo mínimo y sin ese lado siniestro que acompañaba a Dhaxton.

—Me alegra que empieces a darme el peso que merezco —dijo y fingió secar una lágrima del rabillo de su ojo—. No creas que estoy aquí por el mero gusto de tu aburrida compañía.

Le puse el candado a mi bicicleta con impaciencia y me dirigí con paso apresurado hacia el interior de la academia. Tener tantos ojos curiosos sobre mí, solo por tener el privilegio de ser escoltada por Seth, era una de las cosas por las que menos deseaba pasar.

—Bueno, ya que has aclarado tan importante punto, ve al grano.

Se quejó con un gruñido, como si mi apuro no fuese por su causa.

—Mi abuela, milagrosamente, todavía te recuerda.

La imagen de Agatha llegó a mí con una sonrisa.

—¿En serio?

—Sí.

—¿A mí o a Agnes?

—A ti, como Agnes —rio divertido—. No recuerda tu nombre, pero sí recuerda que la ayudaste cuando estaba perdida, así que decidió agradecértelo con un obsequio —metió la mano a su mochila y sacó un frasco mediano con pequeñas galletas caseras dentro—. Las hizo ella misma.

Dudé sobre si recibirlas o no, lo que le hizo voltear los ojos e insistir:

—Recíbelas, no la hagas sentir mal o me enojaré.

—Solo lo haré por ella —advertí, cogiendo el frasco. Su peso era mayor al que aparentaba, pero desde su tapa de género azul, enrollada con una pequeña cinta roja, se podía percibir el olor a masa y canela.

—Pruébalas, verás que tiene una mano excelente para la cocina.

El entusiasmo de Seth por un momento me pareció adorable, tanto que por poco olvido lo que había hecho para amenazarme.

—Lo haré a la hora del recreo —informé tras escuchar el primer timbre de ingreso a clases—. Dale las gracias a tu abuela.

—Hazlo tú —dijo en tono desdeñoso—, no soy tu recadero.

—Por supuesto que no, solo eres infantil —sentencié y adelanté mis pasos hacia el edificio de arte.

En el primer receso Sol aguardaba por mí fuera de la sala. Grey y Logan se nos unieron para retomar la rutina a la que ya nos estábamos acostumbrando. Fue Sol quien se percató de mi silenciosa presencia, así que aprovechó que no habíamos hablado el fin de semana para ponerse al día.

—¿Qué tal estuvo tu fin de semana?

—Fui a una cena con mi madre. Más bien un cóctel con empresarios que no me suenan, pero si buscas sus nombres en Google aparecerán sus fortunas.

Logan frunció el ceño sin entender.

—¿Era una reunión de negocios?

—Sí, con luces fluorescentes, música y bebidas alcohólicas.

La imaginación de mi amiga viajó lejos. Se acomodó a mi lado y enganchó nuestros brazos para mostrar más interés.

—¿Conociste a algún famoso?

—Ojalá... La mayor parte del tiempo me la pasé estática porque mis pies... —recordé el momento en que Dhaxton evitó que cayera.

—Vaya, vaya... Parece que Drey ha tenido un recuerdo placentero —habló Grey destacando el enrojecimiento de mis mejillas con su índice.

—No, es que casi caigo al suelo y fue bastante vergonzoso —me defendí, cubriendo mis mejillas con mis manos frías—. Lo bueno de todo es que por fin conocí al novio de mi madre.

—¿Es guapo? —curioseó mi compañera de arte, meneando sus cejas.

—Tiene lo suyo —respondí tras darle un rápido repaso a Devon—. Aparenta mucho menos de lo que tiene, en todo sentido.

—¿O sea que le viste el paquete? —insistió Grey, sin dejar ese doble sentido tan marcado.

—No me refiero a eso, sino que para ser uno de los hombres más millonarios de Wightown parece alguien bastante simple. Y físicamente se ve muy joven.

Sol se removió en el asiento para apegarse más a mi brazo.

—Ya me dio curiosidad... —confesó—. ¿Quién es?

—Devon Crusoe.

Mencionarlo fue como si nombrara a algún demonio. Solo faltaba que los chicos se persignaran.

—¡¿Devon Crusoe?! —exclamó Logan, que era el más asombrado.

—Es el hermano de Dhaxton —pronunció Sol con voz temblorosa.

—Sí.

—Dhaxton. Nuestro Dhaxton.

—Lo sé.

—¿Por qué luces tan calmada? —preguntó, con las cejas curvas—. Si tu madre y su hermano se casan, él será tu tío político o algo así.

—¿Y eso qué tiene?

—Que serán familia y es bastante raro teniendo en cuenta lo que te ha hecho.

Por un momento pensé que sacaría a la luz que me llamaba la atención. Por suerte fue discreta.

—Ah, es eso.

—¿Le contaste a tu madre? —Grey por fin había adoptado una faceta seria.

—¿Cómo podría? Ella lucía muy feliz.

Lo había intentado, pero aplacé las cosas más de lo que deseaba admitir.

—Además, los actos de Dhaxton no tienen motivos para cruzarse con la relación entre mamá y Devon. Quiero mantenerla al margen de mi situación.

—¿Situación? —Sol me soltó.

—Dhaxton me está extorsionando.

—No me jodas que es por lo del auto —maldijo Logan llevándose las manos a la cabeza con angustia.

Suspiré para exhalar cualquier pensamiento que me hiciera sentir miserable.

—Tiene una grabación en la que aparezco lanzando la primera piedra y quiere que pague por los daños.

—Pero todos fuimos responsables —evidenció Sol y colocó una mano sobre su pecho señalando su responsabilidad.

—Eso le dije. No los mencioné directamente porque no quería culparlos, pero le dije que no había actuado sola.

—¿Y?

—Se aferró a la grabación —el desánimo era real—. Hoy en Boceto y Dibujo me enseñará el video completo, porque pienso que tal vez está manipulado.

—Mierda, Drey —masculló Grey, cabizbaja—. Si nosotros no aparecemos en la grabación es porque lancé una piedra a la cámara de seguridad, es decir que...

—Yo fui la primera en lanzar la piedra y esa es la única prueba —concluí. Necesité tragar saliva para aliviar el nudo sofocante almacenado en mi garganta. Todo sonaba como una pésima situación para mí.

—Realmente lo siento —habló Grey en un tono bajo y triste—. Podemos ayudarte a pagarlo, si deseas.

—Hacer una colecta en la academia —Sol fue la voz de la esperanza, aunque la luz que destellaba se fue apagando poco a poco—. O... o... o algo así.

—Esa es una buena opción —dije con optimismo—. Veré qué dice.

El timbre sonó y el momento de la verdad llegó.

Me sentía demasiado nerviosa para ver solo una grabación, pero sabía que pensar en el sueño de la mañana no ayudaba en absoluto. Saber que me encontraría con el protagonista de mi lujuriosa fantasía era el martirio que obtendría como castigo.

Crucé el umbral de la sala con la mirada fija en el suelo. Grey y Logan me desearon buena suerte y más, lo que no pude percibir por desear concentrarme en lo que necesitaba. Mis pasos no mostraban la confianza que anhelaba, mucho menos se sentían pisando firme; al contrario, yo en ese momento sentía que flotaba a un encuentro infausto.

Con movimientos torpes, tomé la silla de mi asiento y noté que desde la mesa del lado se veían unos caros zapatos negros que hacían juego con la vestimenta estilo Art Nouveau que tanto le gustaba vestir a Dhaxton. Me senté sin emitir ruido y, antes de poder acomodarme siquiera, el video con la grabación se reprodujo justo minutos antes de que yo lanzara la primera piedra.

Varios minutos pasaron en silencio hasta que el profesor llegó, lo que no condicionó una pausa para ver el video, pues, tal cual había dicho Dhaxton, la grabación se cortaba tras mi piedrazo.

Regresé el celular a la mesa de Dhaxton y me quedé con el perfil puesto al frente, pensando en qué responder: pagar con dinero o pagar posando para él.

—Tengo una propuesta más —murmuró cuidando que nadie más pudiese escuchar.

Mi corazón dio un vuelco al escucharlo.

—¿Cuál?

—Perdonaré todas las deudas que tengas, y me encargaré de que nadie te llame con algún apodo absurdo si te acuestas conmigo.

Eso fue como revivir el sueño de aquella mañana, un deseo retenido que no quería ser confesado, pero, muy en el fondo, anhelaba que ocurriese.

Rechacé todo el caos que se formaba dentro de mí y respondí:

—Absolutamente no.

—¿Y un beso?

—Eso...

—Solo si es el primero —alegó.

En mi época de internado muchas de mis compañeras se reunían a hablar sobre sus romances clandestinos, intereses corporales, del desarrollo voluptuoso en lugares donde todo era plano... Experimentar, básicamente. Algunas hablaban de su primer beso, otras sobre su experiencia en el sexo. Leían revistas con consejos sobre conquista, veían videos porno a escondidas, se encerraban en los baños del tercer piso para fumar hierba mientras jugaban a besarse. Mientras muchas vivían su sexualidad al límite, yo me mantenía al margen.

En resumen: en mis diecinueve años no había besado a nadie.

—Es el primero —murmuré, reacia a tener que hacerle esa confesión.

Dhaxton hizo una pausa y formó una sonrisa ancha que ocultaba sus verdaderas intenciones.

—Perfecto.

—¿Cuándo pasará? —pregunté, ya con la mezcla de sensaciones profundas en mi estómago.

—Hoy —respondió, regresando al frente—. Te veré en la biblioteca a la hora del almuerzo.

Capítulo 5
Conseguir lo que quieren

AUDREY

Mi situación a los chicos debió parecerle más interesante que *La Gioconda* y más intrigante que *Las meninas*, pues apenas acabó la clase, los tres se reunieron para interrogarme —sin ninguna clase de prudencia— sobre mi nefasto encuentro con el chico A. Les conté que en la grabación solo aparecía yo y que su extorsión había llegado a otro nivel. Grey se tornó muy seria. Dijo que la petición de Dhaxton era lo suficientemente extraña como para que tomara precauciones al respecto. Pese a que no era necesaria tanta advertencia, agradecí su preocupación. Me sentí bien de tener a alguien que se preocupara por mí y en quién confiar.

Y sí, un beso a cambio de reparar su auto sonaba absurdo.

Pensaba en ello de camino a la biblioteca. La academia estaba casi vacía, ningún estudiante transitaba por el pasillo, lo que me hizo sentir tranquila, pues no tenía que soportar las miradas hostiles ni que me llamaran Agnes.

«¿Quién es Agnes?».

La pregunta del millón. La persona que todos mencionaban, pero nadie estaba dispuesto a decirme quién era, ni siquiera mis amigos. Algo me decía que detrás de ese apodo había una historia turbia y eso no me gustaba nada.

Pero no importaba, había algo más por lo que preocuparme.

Mientras más me acercaba a la biblioteca, más crecía mi ansiedad, así que tomé la decisión de calmar mis nervios comiendo. Saqué el frasco con las galletas de Agatha y lo examiné. Las galletas lucían deliciosas. Seguí analizando su interior preguntándome si era buena idea abrirlo o dejar que ese lindo gesto perdurara como un recuerdo en mi estantería.

Aliméntame, exigió mi estómago en un fuerte reproche.

Accedí. Cuando abrí el frasco, el olor a canela se intensificó.

—Si saben tan bien como huelen, entonces será como tener un paraíso en la Tierra —murmuré y saqué la primera galleta.

En efecto, las galletas eran tan sabrosas como las que preparaba mi abuela. Cerré mis ojos y me entregué a la mezcla de sabores nostálgicos.

—Te dije que Baba cocina bien —dijo una voz.

Abrí los ojos de golpe. La luz de los focos en el techo provocó que parpadeara una y otra vez hasta lograr enfocar la figura difusa de un sonriente Seth. Su aparición repentina, igual como la de aquella mañana, sacó mi desconcierto a flote. Retrocedí, porque mi instinto me decía que tenerlo enfrente, en un desolado pasillo, no era coincidencia.

Seth dio un paso para acortar la distancia. Su semblante era relajado; llevaba las manos metidas en los bolsillos de su pantalón oscuro, la camisa roja con estampado de flores blancas le daba un aspecto de turista y su melena castaña tras sus orejas un toque desaliñado. No mostraba autoridad, no poseía expresión de querer intimidarme, pero entendía bien que tampoco se había acercado para empezar una plática amistosa.

—¿Qué? —interrogó, frunciendo el ceño—. Luces como un gato engrifado.

—Estoy segura de que no estás aquí para hablarme de lo bien que cocina Agatha.

Su tranquilo semblante cambió a uno que dejaba en evidencia su lado más pícaro.

—Chica lista —me dio la razón—. El placer de que me tengas aquí, frente a ti, es porque he venido a advertirte.

Otro paso.

—Wow, qué amable eres —ironicé.

—Dhaxton está jugando contigo. Y conmigo —añadió—. Le dije que quería tener todas tus primeras veces y ahora el cabrón quiere quitarte tu primer beso. Está compitiendo y no quiero que él gane. ¿Entiendes?

Había pensado en esa posibilidad, porque los dos están determinados en enredar mi camino con el de ellos. Hacer de mis primeras veces un juego es un acto aberrante y deleznable, pero Dhaxton me había atado de manos.

—¿Y qué se supone que haga? —pregunté, como si Seth pudiese darme alguna solución mágica.

—No se lo des —argumentó en un tono obvio.

—Vaya, esa estrategia maestra jamás se me hubiese ocurrido. ¿Qué comes? Necesito tener un cerebro tan astuto como el tuyo —disparé con sarcasmo, provocando la risa de Seth—. Tengo que hacerlo.

—Si no quieres, no lo hagas. Él no puede obligarte. Ni lo hará —otro paso más lo dejó a dos pies de mí—. Yo no puedo decir lo mismo. Podría tener ese beso en este preciso momento.

Estiró su mano hacia mi cara y deslizó su dedo pulgar por mis labios.

Me cubrí los labios en el acto, sintiendo que todo mi cuerpo se consumía por las brasas del infierno.

—¿Qué haces? —cuestioné, sin salir de mi asombro.

Entre una risa profunda, Seth se llevó el pulgar a la boca y lo chupeteó.

—Canela y fresa —murmuró disfrutando de la combinación que nacía de las galletas de su abuela y mi brillo labial.

Si Sol hubiese presenciado aquello, seguro habría saltado gritando: «¡Beso indirecto, beso indirecto!».

—Bueno, ya te lo advertí —continuó, como si lo de hace un momento nunca hubiese ocurrido—. Dile que no.

Formó una seña con las manos y se marchó por el pasillo.

La biblioteca de LeGroix era un edificio antiguo con aspecto colonial. Parecía una especie de museo, lleno de esculturas, copias de obras de arte y libros que parecían reliquias. Al entrar se respiraba una mezcla de cera para lustrar el piso y libros viejos en los que te podías fundir durante horas. Para ingresar, se necesitaba entregar la tarjeta de estudiante como una forma de registrar tu estadía allí. Tras hacerlo, pasabas dos arcos de metal que detectaban cualquier objeto sospechoso.

Yo ingresé con el único problema de que ya no sabía qué hacer. Librarme de una deuda con un beso sonaba tentador, pero saber que me lo había pedido para un absurdo juego me convertía en una especie de objeto a merced de Dhaxton y Seth. Y yo no estaba dispuesta a formar parte de eso.

Busqué a Dhaxton por todos los estantes del edificio hasta que, en el segundo piso, alejado de las mesas de estudio y los computadores, lo encontré sentado en una solitaria butaca. La elegancia y rectitud de su postura no cambió al percatarse de mi presencia. Piernas y brazos cruzados, su cabello gris fundiéndose con el enorme cuadro de arte que colgaba en la pared, sus ojos oscuros, la expresión reflexiva y aquella distintiva cicatriz.

—Llegas tarde —acusó una vez que me coloqué a unos pasos de él—. Aborrezco la impuntualidad.

Sentí que formaba parte de un cuadro hecho en la inquisición; yo la subordinada y él, el rey incólume. Por una fracción de segundo, por mi cabeza se cruzó la idea de disculparme, luego recordé que no había razón para hacerlo.

—De camino aquí me encontré con Seth. Ha dicho que lo del beso es un juego para ir en contra de él.

Se acomodó en el asiento y desligó sus brazos y piernas para apoyar los codos en sus muslos. Aquel cambio de postura era su forma de mostrar interés.

—Y si así fuera, ¿qué? No quita el hecho de que me debes dinero y yo, como soy indulgente, te estoy dando una facilidad para pagarlo. No le des tantas vueltas a algo tan absurdo.

—No es absurdo si hacerlo significa ser parte de una miserable jugarreta —mascullé, con los puños bien apretados—. Soy una chica, no un trofeo que pueden obtener para ahogarse con sus propios egos.

—¿Realmente crees que eres el trofeo? Respuesta: no.

Me moví de mi sitio para enfrentarlo.

—Es evidente que quieres usarme.

—No —zanjó con una voz autoritaria que hizo eco en la biblioteca, entonces se inclinó hacia mí y pronunció en voz baja—: Lo que yo quiero es tener algo contigo.

Miré sus labios, cómo formaban palabras con elocuencia, con ritmo, con deseo. El momento exacto en el que mi sueño fantaseaba con su beso relampagueó mis sentidos y terminé imitando el gesto involuntario de Dhaxton, ese que tendía a lamerse los labios tras echar un rápido vistazo a los míos.

«¿Será muy descabellado decir que sí?», pensé simultáneamente, al mismo tiempo en que mi respiración se aceleraba en su encuentro con el aliento de Dhaxton. Cerca, más cerca... Pude apreciar su fisonomía con interés, su piel tersa, la marca de su pasado y el modesto color rosa de sus labios.

—Pues no será un beso.

La mano de Seth cubrió mi boca instantes antes de que avanzáramos más. Involuntariamente, los ojos de Dhaxton, que habían estado en todo momento sobre mí, se desviaron por encima de mi hombro hacia su amigo.

—¿Tanto te urge que gane?

—¿Tanto deseas ganar? —objetó Seth.

Me quité su mano de encima y hablé a voz alzada:

—¿Ganar? Es decir que sí me están usando para sus sucias jugarretas —abajo, unas personas me hicieron callar por alzar la voz. No me importó demasiado, estaba molesta. Recién salía del extraño magnetismo de Dhaxton. Me vi entre ambos chicos, impotente, con ganas de mandarlos al carajo a todos.

Seth sonreía.

—Yo te dije que le dijeras que no —me dijo.

—No tenías que llegar al extremo de intervenir —despotricó su amigo—. Estás desesperado y te ves patético.

—¿Más patético que tu chantaje? —le regresó—. ¿Quién es el desesperado aquí?

—Evidentemente tú, que has venido hasta aquí para asegurarte de que no la bese.

Seth lucía molesto. Con su lengua golpeó su mejilla interna y estuvo así unos segundos hasta fijarse en mí.

—Dile que no. ¿De verdad vas a besar a la persona que mandó a rasgar tu dibujo y a destrozar tu casillero? Piénsalo bien. ¿Crees que él lo merece?

Seth era la representación de un demonio susurrante que influenciaba mis actos. Magnético e intrigante. Sus palabras eran la ventisca violenta que abre la puerta y revuelve las cosas al interior de la casa. Atrayente como una obra de Picasso y revolucionario como una obra de Marcel Duchamp; opuesto en ocasiones, pero llamado arte para sus adeptos.

No bastó demasiado para que le diera la razón. Después de todo lo que había hecho, Dhaxton no lo merecía. Tampoco mi primer beso. Así que, como una venenosa venganza, me volví hacia Seth y lo besé. Mis manos en su rostro se moldeaban con la forma de su barbilla. Mis pies en punta buscaban un equilibrio. Ni siquiera vi su reacción, mantuve los ojos apretados con fuerza en cuanto mis labios tocaron los suyos. En ese momento pensé en que hacerlo molestaría a Dhaxton, pero aquella satisfacción se vio interrumpida el momento en que Seth decidió responder mi osado acto. Sus labios me guiaron con movimientos suaves, como la probada lujuriosa a su dedo. Él era la canela y yo era la fresa, y juntos hacíamos una mezcla que sabía deliciosa. Apegó mi cuerpo al suyo, me abrazó por la cintura y mis pechos se apegaron a su torso. Éramos pintura y pincel, delineando una obra magnífica. Las respiraciones se hicieron una hasta que decidí dar un paso atrás. Separarme de Seth y mirarlo a los ojos fue ver el mundo en colores. Y, por un momento, solo lo vi a él.

Una sonrisa ladina fue todo lo que recibí tras nuestro pequeño encuentro, la cual luego esbozó hacia su mejor amigo.

—Parece que la opción del beso ya no corre —se burló.

Miré a Dhaxton de manera franca, dejando de lado todo tipo de angustia y contrariedad que sentía con solo mirarlo.

La mirada que recibí era oscura.

—Te quedan dos opciones —advirtió—: Pagarme o posar para mí.

—Voy... —necesité algo de aire para figurar en mi cabeza todos los posibles problemas que conllevaría mi respuesta definitiva—. Voy a posar para ti.

Pausa.

Silencio.

—*Excellent* —formuló Crusoe con acento francés. Metió su mano al bolsillo interno de su vestimenta y sacó su tarjeta—. Jamás debiste regresármela. Te veré martes y viernes a las seis de la tarde. Sé puntual.

Al recibirla, comprobé por las arrugas que era la misma tarjeta de presentación que me había dado en la reunión.

Dhaxton miró a Seth y ambos se sonrieron sin denotar en ningún momento esa molestia que percibí en sus palabras. Eso era lo que ambos querían: me habían arrinconado de tal forma que me vi obligada a aceptar ser la modelo de Dhaxton y besar a Seth. Era obvio; ¿para qué querría un beso? Dhaxton era un artista, necesitaba perfeccionar su técnica y usarme como a un maniquí que pudiese manejar a su antojo. Y Seth... Bueno, él quería tener mi primera vez y yo misma se la di.

Al final, ambos habían conseguido lo que deseaban.

Estaba tan decepcionada de haber caído o cedido siquiera en sus juegos, que no iba pensando en nada más que la sonrisa cómplice que esos dos se habían dado. Regresé a mi casillero y quise gritar dentro de él. Sin embargo, cuando lo abrí, una nota doblada resbaló y cayó al suelo, justo a mis pies.

No confíes en nadie.
Mucho menos en Dhaxton y Seth.

Vaya advertencia... Ojalá hubiera llegado unos minutos antes.

Miré hacia todos lados en busca del remitente, pero nadie andaba cerca. Se me pasaron un montón de rostros posibles, pero tampoco logré dar con alguien. Y pensé en la posibilidad de que la nota fuera otra jugarreta de Seth, así que la tiré y me dispuse a salir.

—Zorra astuta —pronunció una voz femenina a mi espalda. Se trataba de una de las chicas rubias de la cafetería. Era alta, de cabello liso, con un maquillaje natural que lograba destacar sus bellos ojos verdes. A juzgar por su ropa, se notaba que era alguien de la zona alta de Wightown.

—¿Disculpa?

—Lo que escuchaste: zorra astuta. Cara de mosca muerta. Monja prostituta... —continuó cual serpiente lanzando veneno.

No estaba dispuesta a quedarme escuchando sus ofensas infantiles, así que retomé mi camino a casa, pero me retuvo desde el brazo y apretó con fuerza.

—Eres una puta mentirosa —atacó, arrugando todo su rostro con cada palabra—. Aléjate de Seth, no conseguirás nada de él.

—No quiero nada con él —argumenté, moviendo mi brazo. Por más que forcejeaba, no podía escaparme de sus largas uñas, las cuales empezaba a enterrar en mi piel.

—¿Nada más que un beso, zorra inmunda? Te vi en la biblioteca. ¡Agnes!

—Suéltame —le ordené—. No entenderías por qué lo hice.

—Claro que lo entiendo, zorra. Te haces la santurrona para llamar su atención y lo estás haciendo. ¡Seguro se la mamaste a los dos en la biblioteca, cerda inmunda!

La rubia alzó su brazo dispuesta a golpearme, pero su acto fue frenado por el rápido agarre de Seth. Bastó verlo junto a ella para que la rubia me dejara en libertad y tomara una distancia prudente entre ambas.

—¿Qué demonios pasa aquí? —preguntó Seth con las cejas curvadas hacia arriba y la frente arrugada—. ¿Qué es este escándalo, Dalia? —le cuestionó a la chica.

—Bueno... es que yo... —balbuceó—. Yo los vi besándose en la biblioteca.

—¿Y eso te da derecho sobre ella? No respondas, no es necesario —zanjó, dejando a la rubia con la boca abierta—. Te dejaré algo en claro: yo no te pertenezco ni tú me perteneces y ella, en realidad, no te importa. Es decir, los asuntos que tenga con Audrey, te la presento, no son de tu incumbencia. ¿Queda claro? —la tal Dalia formó un puchero antes de asentir en silencio—. Ahora discúlpate.

Dalia suspiró con pesadumbre volviéndose hacia mí. Su orgullo latente no le permitió mirarme a los ojos, así que se enfocó en un punto ciego con la mirada muerta.

—Perdón por insultarte y agredirte —dijo.

—Hazlo bien —exigió Seth—. De corazón, vamos.

Otro suspiro. Esta vez Dalia logró mirarme y se mordió los labios en arrepentimiento.

—Lamento, en serio, lo que hice —habló con voz más vivaz—. No está bien que entre mujeres nos tratemos así, mucho menos que usemos la violencia. No sé qué me pasó. De verdad, perdóname —por supuesto, todo era una actuación para convencer a Bellish—. ¿Así está bien?

Seth no dudó en jugar con ella.

—No sé, todavía me parece actuado —se quejó—. ¿Tú qué opinas?

Fue mi turno de responder. La verdad, lo que la tal Dalia había hecho me parecía un acto de repudio absoluto, aun así, porque prefería ser clemente que una persona rencorosa, decidí cortar todo allí.

—Acepto tus disculpas —le dije y ella me sonrió con una muestra de sinceridad y alivio.

—Gracias —pronunció con autenticidad y se dirigió a Seth—: Te espero en tu auto.

Seth se metió las manos a los bolsillos mientras reía, siguiendo a Dalia con la mirada.

—Para que quede claro, yo tampoco necesito guardaespaldas —recriminé en cuanto decidió prestarme atención.

—No lo hice por ti, pero me parece tierno que lo pienses así —sin sacar sus manos de los bolsillos, emprendió su marcha hacia el interior de la academia, camino contrario al que todos estaban tomando. Pero, a mitad de camino, se detuvo—. Ah, por cierto, el próximo será con lengua.

Me mordí los labios para contener de alguna forma el rubor disparatado que su comentario había causado.

Pensé en advertirle lo de la nota, pero no quería quedar como una tonta. Además, tenía que lidiar con lo de Dhaxton.

Necesité comprobar por tercera vez la dirección de la tarjeta porque realmente pensaba que me había equivocado de lugar. O tal vez Dhaxton me había dado mal la dirección. La fachada del edificio me daba la impresión de estar abandonado, con dos puertas metálicas grandes, enormes murallas de ladrillo viejo y polvoriento, una ventilación de aire con forma de tubo gigante que tenía aspecto de ser el hogar de muchas ratas, y el aspecto de que en cualquier momento saldría una pandilla a secuestrarme.

Junto a la puerta había un timbre tan sucio que casi pasaba a ser parte de la pared. Un poco más arriba había una cámara. Con mi dedo índice apreté el botón.

Con un gran escándalo, la puerta se abrió. Del otro lado, en el interior del edificio, no había nadie, solo un pasillo ancho como el de la academia, con piso de madera viejo, paredes de ladrillo que se caían a pedazos y un olor extraño. Al final de ese pasillo, en la pared final, logré ver una colección de dibujos.

Entré y la puerta se cerró detrás de mí con el mismo ruido estrepitoso de antes.

—¿Hola?

Silencio absoluto.

Dejé mi bicicleta apoyada en la pared y avancé. Mis pasos eran precavidos hacia la sala. La curiosidad me poseyó en el momento en que inspiré la distinguible mezcla de olores que un estudio de arte posee. Ese mismo olor que tenía nuestra sala de Boceto y Dibujo. Miré hacia el techo cuando la luz del crepúsculo iluminó mi rostro; allí arriba todo era de vidrio, permitiendo que el cielo fuese expuesto como una pintura más. Abajo, el panorama se pintaba tan hermoso como arriba, con los bodegones y pinturas exhibidas cual galería de arte, de todos los tamaños posibles, pero ocupando solo tres escalas de colores: negro, blanco y gris. Todas y cada una de las obras estaban puestas de forma circular, que daban espacio a la intimidad de un pequeño escenario donde los modelos posaban y el sitio donde Dhaxton dibujaba, con su caballete y su cómoda silla.

En las paredes había muchísimos más dibujos, un collage de rostros, cuerpos y figuras.

Pese a que solo eran en una gama de colores reducida, todos los cuadros me parecieron diferentes, como si los hubiesen dibujado personas distintas. Y entre todas esas figuras, logré reconocer que en muchos bodegones se repetía el patrón de mujeres jóvenes muy bellas, igual a las musas de las obras de Danti Vannan.

Inmersa en la expresión de los bocetos, sentí la necesidad imperativa de tocar uno. Lentamente extendí mi mano hacia el dibujo, con mi dedo índice casi sintiendo su textura.

—No te atrevas.

Mi corazón saltó.

Dhaxton estaba a mi espalda con el semblante serio y profesional. Vestía una camisa verdosa holgada y pantalones crema, un aspecto bastante simple comparado con el que usaba en la academia. Él estaba en su ambiente, en su mundo, por eso tenía esa apariencia más relajada.

—Tus dibujos son como los de Danti Vannan —ni siquiera traté de excusar mi acto casi delictivo—. Son casi idénticos.

Dhaxton se puso junto a mí.

—Si crees que son casi idénticos, debes mejorar tu ojo crítico —cuestionó con voz átona y mirando con repulsión lo que había creado con su propia mano.

—¿Por qué lo dices? Tus dibujos están geniales, tienes su misma técnica y tramado... Y los colores...

—No me refiero a mis dibujos —interrumpió. Sin previo aviso, se colocó detrás de mi espalda y tomó mis hombros. La cercanía de su cuerpo ya casi me era familiar, no me espantaba ni me asombraba. Tampoco su tacto, pasar horas uno al lado del otro ya se me hacía algo cotidiano, por eso cuando pasó su brazo por encima de mi hombro y tomó mi barbilla con delicadeza para moverla hacia los otros dibujos, no me sorprendí—. Observa bien —murmuró, agachándose para ver desde la misma altura que yo—. Analiza los detalles y sabrás cuál es la diferencia.

Tanto el trazado, el carboncillo como la manera en que dibujaba las sombras y unía las líneas me parecían idénticas a las de Danti Vannan. Las poses, el color, la sustancia. ¿Cuál era el fallo? Entrecerré los ojos para concentrarme. Si algo no calzaba en esos dibujos era la intimidad de las modelos y sus mismas poses. Todas las poses de las jóvenes eran iguales, pero ellas no.

—Las modelos —respondí.

Dhaxton dio un paso atrás. Había hallado la respuesta correcta.

—Ninguna de ellas tiene lo que busco.

—¿Y qué es lo que buscas?

Volteé en busca de su respuesta y todo lo que conseguí fue una mirada intimidante que le ponía punto final a mi curiosidad. No iba a obtener más de él.

—Ve al tocador y ponte lo que dejé en la butaca.

Sin despegar mis ojos de los dibujos, me dirigí hacia el lugar señalado. En el estudio había un cuarto especial donde pude dejar mis cosas. En uno de los asientos había una tela blanca y gruesa que reconocí de los dibujos: era un vestido blanco muy simple, sin ningún detalle que resaltara. Antes de proceder a colocármelo, comprobé que no había ninguna cámara con la que pudiera espiarme o grabarme. Todo era tan sospechoso que no descarté en ningún momento que se tratara de alguna jugarreta más. Tras unos minutos, salí del estudio.

Los nervios volvieron. Mi corazón se agitó y la respiración entrecortada y poco constante me descompensó. Nunca había sido la modelo de nadie, no sabía cómo reaccionar y enfrentarme a los ojos de alguien más.

Dhaxton estaba sentado frente al caballete, con su bodegón en blanco y listo para emprender el nuevo viaje. Su espalda era recta, sus hombros formaban una línea horizontal perfecta. Al escuchar la puerta del tocador cerrarse, no necesitó girarse para hablar:

—¿Alguna vez hiciste esto?

—Nunca —respondí, avanzando hacia la instrumentaria con pasos torpes. Me coloqué detrás del caballete a la espera de sus instrucciones. Por alguna razón, recordé el día en que fui a dar mi entrevista a LeGroix y estuve frente a tres personas importantes exponiendo mi arte.

—Lo único que te exigiré —puso énfasis en esta última palabra— es que estés relajada para que tu postura no sea como la de un maniquí. No quiero dibujar algo muerto, quiero algo vivo.

Silencio absoluto.

Inquieta, lancé una mirada a los dibujos de las jóvenes.

—¿Quieres que pose como las otras chicas?

—Por ser la primera vez que haces esto, prefiero que poses como gustes. Yo haré un boceto detallado, en la próxima sesión comenzaré con el trabajo real —la única palabra que rebotó en mi cabeza fue «próxima». Pensar que estaría posando para él tanto tiempo me despertaba cierto malestar.

El escenario que Dhaxton había preparado era bastante simple: un sofá cubierto por una sábana blanca. Me senté procurando no emitir mucho ruido y pude percibir cómo todo mi cuerpo se hundía. Era un sitio cómodo. Pensé en una pose artística, en las poses dinámicas de las fotografías que había visto en las páginas de las revistas juveniles. ¿Cómo debería posar? Necesitaba una instrucción, alguien que me guiase.

Dhaxton exhaló de manera sonora. Parecía impaciente.

—No es necesario que poses, actúa con normalidad.

Finalmente me di por vencida y me recosté sobre el sofá como si estuviera en mi cama, usando mis manos como almohada.

—¿Así está bien? —busqué su aprobación. Desde mi postura solo podía ver la mitad de su rostro, justo el lado de la cicatriz.

La respuesta de Dhaxton fue comenzar los primeros trazos. Sus movimientos me hipnotizaron por una fracción de segundo. Su faceta de dibujante no me era desconocida, estaba acostumbrada a verla desde el primer día de clases. Lo diferente era nuestro entorno. Todo era enorme, abierto y con un aire relajado. No sentía la atmósfera pesada, sino parte de un vínculo extrañamente familiar. Dhaxton actuaba como una persona seria e intimidante a la que no te querías acercar, sin embargo, dibujando mostraba una faceta única, casi inocente, incluso cuando todo lo que veía era su cicatriz. Él provocaba en mí cierta intriga adictiva que buscaba saciar todas mis preguntas. Todas querían tener una respuesta y, a la vez, temía resolverlas.

Sus ojos buscaron los míos y no pude evitar que mi cuerpo se volviese rígido e inquieto.

—Relaja tu cuerpo —ordenó.

¿Cómo podía si me miraba así? Era casi imposible, sobre todo al caer en cuenta de que estábamos solos, yo estaba en un sofá y él me miraba así, igual que en el sueño.

—¿No puedes poner algo de música?

Apretó su mandíbula y se levantó para dirigirse a una mesa cercana. Una canción clásica comenzó a sonar. El sueño no tardó en atacarme y mis pensamientos se combinaron con la duermevela, que no me dejaban distinguir la realidad de la ensoñación.

—Dhaxton... Creo que voy a dormirme.

No hubo respuestas.

—Dhaxton... —insistí—. A tu estudio le falta algo de color y vida. Te voy a traer un cactus.

Mis párpados se hicieron pesados y mis pensamientos todavía más confusos, pero mi cuerpo y mi mente insistían en que no era correcto dormirme estando con alguien que apenas conocía, así que inspiraba hondo y pestañeaba una y otra vez para mantener mis ojos abiertos.

Todo intento fue en vano.

Al despertar me encontré cubierta por una manta. Ya no había música ni ninguna clase de ruido. Percibí el aroma singular de una taza de café. Me senté para mirar mi entorno. Dhaxton estaba frente a una hilera de encimeras y guardaba mi dibujo en uno de esos cajones, al que le puso llave luego. Todavía somnolienta, me froté los ojos y traté de enfocar con mayor precisión mi entorno. En el estudio seguíamos él y yo, solos.

Mi estómago gruñó expresando su descontento por llevar horas vacío. Esto no pasó desapercibido para Dhaxton.

—¿Quieres un café?

Las alarmas de advertencia se encendieron.

—Yo puedo hacerme uno —actué a la defensiva. Tal vez demasiado.

—Ve a cambiarte, no quiero que ensucies el vestido.

—Entonces no quiero nada.

La paciencia de Dhaxton llegó a un punto en que solo podía suspirar para no echarme alguna respuesta de mal gusto.

—No me interesa ponerle algo a tu café.

Ambos nos quedamos mirando con desafío.

—Bien —accedí y me dirigí al tocador.

Cuando salí, descubrí que Dhaxton se encontraba en la media planta del estudio, en una especie de segundo piso en donde podías ver hacia abajo. Subí los escalones y lo encontré preparando mi café en silencio. Su espalda se movía al compás de sus extremidades y la camisa marcaba todo pese a tener una caída natural; sus hombros eran anchos y su espalda formaba una figura triangular invertida casi perfecta.

Se dio vuelta de improviso y tuve que apartar mi mirada de su cuerpo. El momento embarazoso llevó a que mis nervios me jugaran en contra y mis movimientos sufrieran de una torpeza infame.

Me tendió la taza. Al agarrarla, toqué su mano y reaccioné con exageración, provocando que casi la mitad del líquido caliente cayera sobre su mano. Dhaxton emitió un quejido y yo dejé la taza de lado para socorrerlo. La rojez en su pálida mano era preocupante y parecía dolorosa. Con los nervios de punta corrí al lavabo y mojé con agua fría un paño que se encontraba por ahí, con el que cubrí su mano. La sostuve a través de la tela durante unos segundos en los que no pude hacer más que disculparme.

Aquel suceso nos mantuvo cerca. Podía sentir que su mirada intimidante estaba sobre mí, que me observaba, que estudiaba mis movimientos cual cazador sobre su presa. Entonces, mientras yo mantenía la cabeza gacha fingiendo que la cercanía de nuestros cuerpos no me provocaba nada, él soltó la pregunta.

—¿Tú también lo sientes?

Sus palabras chocaron con mi mollera en su aliento cálido.

—¿Sentir qué? —pregunté sin atreverme a quitar los ojos de su mano y la mía.

—El deseo.

—No —respondí de golpe y lo solté.

Dhaxton me miró con los párpados caídos. La suficiencia en su rostro lo decía todo. Él tenía experiencia en eso.

—Tú ibas a besarme. Si Seth no hubiese aparecido, ese primer beso lo tendría yo.

—Por supuesto, lo iba a hacer para no tener que pagar las reparaciones del auto.

—¿Solo por eso? No bastó mucho para hacer que cerraras los ojos y esperaras por mí. Claro que algo tan minúsculo no podría compensar lo que hiciste.

—Si no lo hubieses propuesto, nunca lo hubiera aceptado.

—No se te da bien mentir —se mofó.

—Eso es porque nunca miento.

Debió parecerle un comentario tierno, porque sonrió mientras se quitaba la tela húmeda de su mano.

—Deberías. Todo el mundo se viste de mentiras.

—¿Y cuál es la mentira que guarda Dhaxton Crusoe?

—Descúbrela.

Esa era una sutil invitación a enredarme con él. Un desafío al que no desearía haberme aferrado.

DHAXTON

El asustado rostro de Audrey Johnson mira hacia la cámara. Está de pie frente al edificio, con su aspecto de chica inocente que no tiene idea de lo que ocurre alrededor. Toca el timbre una vez más y espera a mi respuesta, con timidez. Luce impaciente, con los nervios saliendo de toda su figura.

Para cortar con su tortura, abro la puerta. La duda se siembra: «¿Entrar o marcharse?». Puedo ver el gesto involuntario que hace cada vez que algo la perturba o complica. Está replanteándose su nueva aventura.

Qué interesante.

Finalmente opta por entrar y yo cierro la puerta automática apretando solo un botón.

Sus pasos suenan por todo el lugar. Ella es, sin lugar a dudas, alguien que anuncia su entrada. Me pregunto si es consciente de lo ruidosa que es.

Supongo que no.

Bajo las escaleras en silencio. Ella está de pie, frente a mis dibujos, inspeccionándolos con una cuota de fascinación que no la hace percatarse de mi presencia. No la culpo, pues esa es mi intención. Me acomodo en un sitio en el que no consiga verme y continúo estudiándola.

Si tuviese que describirla con una palabra, sería *simple*. Todo en ella evoca esa palabra, es inevitable no pensarlo. Por supuesto, y dado que muchos le dan una connotación negativa, no la describo como tal por el hecho de que tanto su vestimenta como su semblante me recuerdan a una obra de arte sin trasfondo, lo hago porque ella no tiene cargas. Está limpia. Su modo de vida es el boceto de una mujer desnuda que no tiene cosas que ocultar. Alguien real.

Real. Eso es lo atrayente en ella.

Ahora entiendo por qué Seth la llamó perfecta para esto.

Y así, como toda persona auténtica, se mueve por lo que quiere, ella también. Esta vez, es tocar uno de mis trabajos. Me recuerda a una niña pequeña que quiere tocarlo todo.

—No te atrevas.

Da un brinco y me mira.

—Tus dibujos son como los de Danti Vannan. Son... casi idénticos.

Camino hasta ponerme a su lado y así ver si ambos estamos hablando de los mismos dibujos. Para compararme con Danti Vannan necesita darme demasiados créditos, los cuales no tengo.

—Si crees que son casi idénticos, debes mejorar tu ojo crítico.

—¿Por qué lo dices? Tus dibujos están geniales, tienes su misma técnica y tramado... Y los colores...

—No me refiero a mis dibujos —me posiciono en su espalda y tomo sus hombros. Ella los encoge y creo que se apartará, pero no, se queda estática, con todo su cuerpo tenso, que va poco a poco relajando. Solo para ver qué tipo de reacción tiene, tomo su barbilla y la dirijo hacia uno de mis dibujos—. Observa bien —le sugiero, agachándome. Mi cercanía no parece intimidarla, está más interesada en mis palabras—. Analiza los detalles y sabrás cuál es la diferencia.

Mientras lo medita, me mantengo a su lado. El aroma de su cabello se dispersa hacia mí y puedo notar parte de su perfil.

—Las modelos.

Retrocedo, dándome por satisfecho.

—Ninguna de ellas tiene lo que busco.

—¿Y qué es lo que buscas?

Se gira en busca de una respuesta que no estoy dispuesto a darle.

—Ve al tocador y ponte lo que dejé en la butaca —zanjo antes de que pregunte más.

Solo en el estudio, me siento frente al caballete para acomodar mis carboncillos. En todos los dibujos usé medidas diferentes y en esta ocasión será igual. Soy alguien tradicional, ¿qué puedo decir? Me gusta ser metódico.

En unos minutos Audrey abandona el tocador y sale vistiendo la prenda que dejé para ella. Es la misma que todas mis modelos han usado en las antiguas sesiones. Aquel vestido estuvo guardado durante mucho tiempo.

—¿Alguna vez hiciste esto?

—Nunca.

Era de suponerse.

Una primera vez.

Diría que lo siento, Seth, pero no me gusta mentir.

—Lo único que te exigiré —cargo la voz en la última palabra para que sepa que voy en serio—... es que estés relajada para que tu postura no sea como la de un maniquí. No quiero dibujar algo muerto, quiero dibujar algo vivo.

Percibo su mirada nerviosa dirigirse hacia mis bocetos.

—¿Quieres que pose como las otras chicas?

—Por ser la primera vez que haces esto, prefiero que poses como tú gustes. Yo haré un boceto detallado, en la próxima sesión comenzaré con el trabajo real.

Se sienta sobre el sofá que he acomodado para esta ocasión. Permanece quieta, indefensa y muy nerviosa. Sus movimientos son torpes y no parece agradarle demasiado la idea.

Exhalo con fuerza.

—No es necesario que poses, actúa con normalidad.

Para ella, «actuar con normalidad» es echarse encima del sofá como si fuese una cama.

—¿Así está bien?

La observo por encima del cuadro. Su pose es como la de alguien que duerme, exhalando esa destellante inocencia que vi en ella la primera vez que la dibujé. Se ve indefensa, tranquila. No parece de este mundo. Sus ojos marrones me recuerdan a los de un borrego pidiendo clemencia ante su cazador. Por eso no hace falta que responda. Así se ve perfecta. Sin embargo, cada vez que cruzamos miradas, pretende desviar la conexión y su carne se remueve.

—Relaja tu cuerpo.

—¿No puedes poner algo de música?

Me pongo de pie y voy a la mesa de trabajo, donde guardo todas mis herramientas. Tengo un reproductor de música viejo, el cual no he querido renovar porque me trae buenos recuerdos. Basta con encenderlo para que la música suene por todo el edificio.

Chopin.

Miro hacia el cielo; ya está oscureciendo.

Retomo el dibujo sin mucho escándalo. Me gusta iniciarlos con trazos suaves e ir definiendo las formas con un trazo más grueso. Iniciar con los ojos es importante, ya que son como dos charcos que reflejan todo lo que se siente. Pero no hay que quitarle el crédito al cuerpo, la postura, la forma de cada movimiento. Danti Vannan tenía en cuenta a todo el ser humano al dibujar sus obras; desde un cabello rebelde hasta la posición de los pies. A sus enseñanzas es lo que me aferro. Sobre todo, si necesito plasmar lo que quiero.

—Dhaxton... Creo que voy a dormirme.

Eso ya lo he notado. Sus párpados, antes bien abiertos, ahora están a la mitad de sus ojos.

—Dhaxton… —repite— a tu estudio le falta algo de color y vida. Te voy a traer un cactus.

Está pasando al otro lado.

—Insolente —murmuro—. Eres la primera que duerme aquí.

Finalizo mi dibujo colocando mi firma y me levanto sin moverlo del caballete. Mi mente me sugiere ir en busca de alguna manta para cubrir a Johnson, que lleva minutos acurrucándose entre sus brazos por la baja temperatura del estudio. Me dirijo al tocador, donde encuentro sobre una butaca toda su ropa ordenada, y saco una manta.

Ya frente a ella me tomo un momento para examinarla desde una distancia más… ínfima. Su inocencia destaca mucho más teniéndola completamente rendida en los brazos de Morfeo. Su piel pálida podría llegar a perderse entre los pliegues del vestido blanco. Pese a demostrar que tiene frío, sus mejillas poseen un color dulce y rosado. Al agacharme, puedo ver sus pestañas onduladas con naturalidad y el cabello castaño cayendo por su mejilla. Aparto unos mechones procurando no tocar su piel, para así exponer todo su rostro y descubro que tiene unos pequeños lunares que podría confundir con pecas. La punta de su nariz brilla junto con la curva superior de su labio.

Me pongo de pie y la cubro.

Regresando con el dibujo, lo saco con cuidado y me dirijo hacia el cajón donde guardo todos los demás.

Antes de ocultarlo de toda luz, le doy un último vistazo al resultado final.

Audrey Johnson.

Seth tiene razón: su parecido con Agnes es impresionante.

Pero ella posee algo único que la hace diferente al resto.

Audrey, si los ángeles existieran, tú serías uno. Lástima que estás en la Tierra. Aquí solo sobreviven los demonios.

Capítulo 6
Un consejo y una mentira

AUDREY

El sonido del disparo me despertó justo cuando logré conciliar el sueño. No había podido dormir bien en toda la noche, pues las pesadillas ocupaban mi subconsciente cada vez que lo intentaba. En todas ellas aparecía el hombre sin vida. Y, luego, ese rostro se convertía en el rostro de papá.

Al llegar a LeGroix me percaté de que en el estacionamiento estaba el auto de Dhaxton, arreglado. Dudé que mi deuda hubiera sido saldada tan pronto, así que asumí que todavía estaba obligada a posar para él.

Eso aumentó mi mal humor. Lo peor fue que al abrir mi casillero me encontré con otra nota.

¿Quieres saber quién es Agnes? Puedo decírtelo, pero necesito que mantengas el secreto.

Pensar que a algún tonto le parecía divertido dejarme notas en el casillero me molestó. ¿Agnes? No deseaba saber más de ella, quería mantenerme al margen ahora que los demás se habían calmado un poco.

Tiré la nota a la basura y fui a la clase de Historia del Arte.

El corazón me subió a la garganta cuando vi a Dhaxton en mi asiento predilecto. Mi abrupta reacción robó su atención del nuevo libro que leía. Sus párpados caídos y la mueca de disgusto que cargaba hacia todos lados no cambió al darme un rápido vistazo.

—Buenos días —saludé.

Dhaxton movió la cabeza como respuesta y volvió a su libro. *Leyendas japonesas*, leí en la portada mientras caminaba a mi puesto. Mi presencia lo distrajo una vez más y bajó el libro para centrar toda su atención en mí.

—¿Se te ofrece algo?

La arrogancia era representada no solo en su postura, sino también en la forma en que emitía sus palabras.

—Estás ocupando mi asiento.

—Ahora es mío, busca otro —dijo sin mirar, deseoso de continuar con su lectura.

—Tú ni siquiera tomas esta clase.

—Desde hoy sí.

Admiraba la forma que tenía para responder, porque no había conocido a alguien tan borde como él. Claro que yo no cedería tan fácil.

—Eres el nuevo, búscate un lugar libre.

—Ya lo tengo —repuso.

Inspiré con fuerza y resoplé aún más fuerte, provocando que mi aliento se estrellara contra su cabello. Con su atención puesta en mí, señalé uno de los puestos.

—Mira, el que está ahí no lo usa nadie.

—Entonces ya encontraste tu nuevo asiento. Felicidades.

De un impulso, le arrebaté el libro de las manos y lo lancé al lugar que había apuntado. La mandíbula cuadrada de Dhaxton se tensó y supe que apretaba los dientes con fuerza. La oscuridad se apoderó de su semblante y sus ojos me miraron con una intensidad violenta.

—¿Realmente vas a hacer un berrinche por un asiento?

—Sí. ¿Un berrinche absurdo como el que hiciste tú por dibujarte la cicatriz? No.

Se puso de pie.

—Creo que no tienes una idea clara de con quién te estás metiendo —masculló entre dientes—. No me obligues a demostrártelo.

Me reí sin mover un pelo.

—La tengo: con el hijo consentido de un hombre millonario que se siente mejor persona por tener una casa bonita y un estudio. Ah, lo olvidaba, que le gusta denigrar a otros para sentirse bien consigo mismo. En pocas palabras, una persona rica en lo material, pero pobre en lo personal. No te tengo miedo, Dhaxton.

—Si la cazadora de tu madre no fuera la novia de mi hermano, créeme, ya no estarías aquí.

Una amenaza que esperaba. Sin embargo, en ese momento me llegó más profundo el insulto que había pronunciado contra mamá.

—¿Cazadora?

—¿Por qué te sorprendes? Las intenciones de tu madre hacia Devon son claras.

La amabilidad con la que actuó el día de la reunión fue la confirmación que necesitaba para saber que Dhaxton era cínico. Apreté mis puños para contener las ganas de darle una bofetada.

—Voy a dejarte claro una cosa más: mamá jamás estaría con alguien por interés.

Se lamió los labios y dijo con lentitud:

—Es una trepadora.

—Exacto, lo es: es alguien que ha podido sacarnos de muchas cosas trabajando con honestidad. Ha escalado desde lo más profundo por sus propios méritos. Tal vez deberías aprender de ella un poco, porque todos aquí saben que solo tienes un puesto en la academia porque tu papi les da dinero. Tu arte es lo de menos. La verdad, no me sorprendería que...

Sus movimientos fueron rápidos. Dio un par de pasos contra mí, obligándome a retroceder y terminé acorralada contra una mesa. Sin ninguna clase de recato, había decidido extender sus brazos a mis costados para inclinarse y acortar la distancia chispeante entre ambos. Como respuesta, me encogí de hombros. Su agitada respiración competía con la mía para ver cuál de las dos abarcaba más espacio.

—Nunca te atrevas a poner en duda mis habilidades artísticas.

Había atravesado su duro ego.

—Retráctate por lo de mamá —ordené, sin retroceder ningún milímetro de su sobrecogedora presencia.

—¿Interrumpo algo? —la voz profunda y rasposa del profesor Stan rompió la tensión que pendía de un hilo entre Dhaxton y yo. Fue realmente incómodo, pero poco pareció importarle—. Ah, Crusoe, estás aquí.

Dhaxton rectificó su postura con cuidado y asintió.

—Ven aquí, hablemos —le dijo Stan, señalando con su barbilla el asiento frente a su escritorio.

—Dame un momento —respondió dirigiéndose hacia su libro.

Por fin pude respirar y sentarme donde acostumbraba. Cuando la clase se empezó a llenar, Dhaxton salió de la sala y nunca más regresó.

Con aquel encuentro mi mal humor se acentuó y en el recreo las cosas no cambiaron mucho. Sol, quien era la que más me conocía, captó que algo me sucedía.

—Drey, ¿me acompañas al baño?

Sol tomó mi mano y me guio hacia el baño más cercano. Esperó a que este se vaciara un poco para hablar.

—¿Qué pasó? —buscaba la franqueza en mi respuesta, por eso fue ella y no su reflejo quien me miró.

—Nada.

Me dio un codazo leve.

—No puedes mentirme, te conozco.

Bajé la cabeza y abrí la llave. ¿Qué pasó? Pues que había tenido un sueño con alguien que, para mí y para mamá, estaba muerto. Cada vez que recordaba a papá me sentía como una bolsa de basura: desechable. Y lo odiaba. Detestaba hacer de mi progenitor un tema, porque, así como yo no era relevante para él, tampoco quería que fuese relevante para mí.

—Me encontré con el chico A en clases y... pues nada, discutimos. Toparme con él en la mañana me sienta muy mal.

Era una verdad a medias.

—Ah, te entiendo, Drey —Sol no tuvo problemas en consolarme con un abrazo. Supongo que, en el fondo, sabía que había algo más—. No dejes que él haga de un día tan lindo algo malo, tienes miles de razones para sonreír.

Pellizcó mi nariz y la abracé de vuelta.

—Sol, tú realmente eres un solecito.

Todo muy lindo.

¿Lo malo? Tenía que encontrarme de nuevo con Dhaxton.

Tener que ver a Dhaxton dos veces en un mismo día consumía parte de mi tranquilidad; sentarme a su lado en clases era un reto que jugaba con mi paciencia. Percibir su presencia jugaba con mi concentración. La clase que nos tocó era teórica, por lo que esos errados momentos en que al acomodar mi pie chocaba con sus zapatos, evocaban la llama interior que deseaba gritar. Mientras el profesor daba sus explicaciones, yo trazaba líneas sobre el papel. Esa era mi forma de descargo, mi medio de liberación.

En la mesa continua, Dhaxton jugaba a rodar su pluma entre los dedos. Verlo por el rabillo del ojo, así, inquieto, significaba que él también se sentía impaciente. No esperó mucho para escribir en mi cuaderno.

Me retracto.

No moví ni un músculo el tiempo en que releía lo que había puesto.

—Ya hice lo que me pediste —susurró en cuanto me giré en busca de alguna explicación—, ahora hazlo tú.

—No.

Mi voz fue tan cortante que el silencio absoluto se hizo en la sala. Al ver que no tenía nada que ver con él, el profesor Banes continuó. Dhaxton lucía sorprendido, pero el orgullo trizado pudo más y necesitó escudarse tras esa máscara de antipatía y soberbia. Tomé mi lápiz y lo empuñé contra la hoja.

Insultaste a mi madre, no creas que te perdonaré tan fácil.

Y luego recordé algo que a su amigo le fastidió bastante.

A menos...

—Habla —me apresuró.
Con toda la calma del mundo, escribí:

A menos que lo hagas de corazón.

Dhaxton puso los ojos en blanco y arrastró mi cuaderno a su mesa. Su mano se movió con gracia sobre la hoja. Al regresar el cuaderno, pude leer lo que había escrito.

No te juntes con Seth.

En mi turno para escribir no tardé demasiado.

No me digas qué hacer.

Y con la misma rapidez que yo le respondí, él también lo hizo:

Sus dichos no te van.

Yo opté por escribir:

A ti no te va el aconsejar a los demás.

Dhaxton arrastró el cuaderno una última vez, escribió y lo cerró. En ese preciso instante el timbre del recreo sonó. Con movimientos rápidos y calculados, tomó sus cosas y se marchó. En mi solitario asiento, busqué la página con el dibujo y los mensajes.

Haz caso a lo que te escribí y te darás cuenta de que sí, se me da bien aconsejar.

Una larga flecha señalaba su segundo mensaje: «*No te juntes con Seth*».

No hablé con Dhaxton hasta que me vi de pie frente a su estudio. Ni siquiera tuve que tocar el timbre, Dhaxton abrió la puerta antes de lo previsto. Poco a poco su figura se presentó frente a mí, a diferencia de la vez anterior, que no se había asomado.

—¿Y el cactus? —preguntó cuando la puerta llegó a su tope.

—No lo decía en serio, estaba quedándome dormida.

—Qué decepción...

No sé si realmente estaba decepcionado o su tono sarcástico había llegado a un paso más alto de lo acostumbrado.

—Pero puedo traerte uno la próxima vez.

—Hecho —dio un paso al lado permitiendo mi entrada—. Ya sabes qué hacer.

Entré al probador y dejé mi mochila a un lado. El vestido que Dhaxton deseaba que usara estaba colgado de un gancho junto al espejo. Una vez más, me aseguré de que nadie estuviera espiándome y me cambié. Estuve dispuesta a salir, sin embargo, una voz en particular me dejó petrificada.

Era Seth.

—¿Qué haces aquí? —inquirió Dhaxton a su amigo.

—Vine a pasar el rato —respondió él. Ya podía imaginarlo peinando su melena hacia atrás con desinterés.

—¿Te estás escondiendo otra vez?

—¿Recuerdas a la rubia del club? —hubo una pausa. Supongo que Dhaxton respondió con un gesto—. Pues no te conté que tiene novio y está deseoso de molerme a palos. Resulta que por esas casualidades de la vida me lo topé.

—Y viniste hasta aquí como un apestoso cobarde.

—Cobarde sí, apestoso nunca.

—Te quedas por cinco minutos. Nada más.

—¿Estás ocupado?

Fue cuando decidí asomarme. Los ojos de ambos chicos se posaron sobre mí. Entre todos los momentos más incómodos que he vivido, es probable que aquel encuentro en el estudio de Dhaxton fuera el peor.

Seth se echó hacia atrás el cabello y este cayó hacia un lado con naturalidad. Una sonrisa lobuna se le formó en los labios, exponiendo sus dos colmillos afilados. Sin recato alguno, con una confianza seductora, caminó en mi dirección. Se acercaba poseído por un brillo extraño que me llevó a ocultarme detrás del marco de la puerta. Estando a una distancia prudente, se mojó los labios y habló:

—¿Qué hay de nuevo, Angelito?

—Déjala en paz —intervino su amigo antes de que pudiera reprocharle el apodo que me había dado—. Harás que salga corriendo.

—Ella no es así —puntualizó Seth, sin quitarme los ojos de encima—, ¿verdad? La única vez que huyó fue cuando me vio teniendo sexo. ¿Por qué saliste corriendo? Mi culo es bonito.

Dhaxton dio pasos rápidos y se interpuso entre Seth y yo. Mientras Seth reía, decidió darle empujoncitos para que se alejara.

—Eh, eh, eh... —se quejó su amigo—. Dijiste que puedo quedarme cinco minutos.

—Cambié de opinión —respondió Dhaxton en un tono profundo y rasposo. Era evidente que la presencia de Seth lo fastidiaba—. No arruinarás mi trabajo.

—¡Espera, Dhax, no seas así! —se defendió Seth, logrando que su amigo lo dejara en paz. Hizo una pausa y se acomodó otra vez el cabello—. Voy a estar aquí, tranquilo, buscando mi paz interior.

La mirada lobuna que cargaba con tanta intensidad al acercarse se había esfumado. Ahora lo acompañaba cierta mueca ladina y arrogante. El instante en que nuestras miradas se cruzaron, supe que algo planeaba. Dhaxton se percató de ello, porque era bastante obvio, y se negó.

—Puedes decir lo que quieras, pero te conozco. Eres demasiado infantil y ruidoso, quedarte aquí sería dar pie a que hagas tus comentarios.

—¿Qué comentarios? —inquirió, ofendido—. Me quedaré aquí, quieto, como un niño bueno.

—De niño y de bueno tienes poco.

Tuve que cubrirme la boca para que mi risita no interviniera en su discusión. Los dos eran igual que una pareja de casados que discutía por quién se quedaba a dormir en la sala.

—¿Por qué no le preguntas a ella qué quiere? —Seth me apuntó con su barbilla.

Los ojos de ambos chicos cayeron sobre mí nuevamente, en busca de una respuesta.

—Porque ella quiere lo mismo que yo —respondió Dhaxton tras mi silencio.

—Yo quiero largarme de aquí —dije entre dientes. Eso estaba claro, si no fuera porque necesitaba pagar lo del auto, seguro que ya me habría largado—. Pero eso es imposible.

—Yo puedo reemplazarte —Seth me miró con diversión y buscó la desaprobación de su amigo, quien blanqueaba los ojos en contrariedad—. ¿Qué dices, Dhax? ¿Puedo ser tu nueva musa?

La paciencia de Dhaxton me resultó algo de admirar.

—Voy por un café —farfulló, al borde del colapso. Subió las escaleras sin emitir ruido alguno y se perdió en el segundo piso.

Decidí salir del probador y avanzar hacia el centro del estudio. La inseguridad que había tenido encima de mis hombros en todo momento se disipó teniendo a Dhaxton en el piso de arriba. Sin embargo, no pude eludir la mirada ávida de Seth.

—Pareces un ángel.

—Gracias —pronuncié con cierto recelo, pues mi desconfianza seguía activa.

—No lo digo como un halago, lo digo para que te cuides —señaló—. El mal siempre devorará al bien. ¿Te has dado cuenta de que estás sola junto a dos demonios? —miró hacia el segundo piso, donde Dhaxton se encontraba—. No vaya a ser que el pecado te tiente.

—Lo dudo.

Caminó hacia mí con las manos en los bolsillos y su sonrisa peculiar.

—¿En serio? —curioseó en una melodía de lo más juguetona.

—Sí.

—Puedes ceder.

—No pasará.

—La última vez, en la biblioteca, cediste a la presión con mucha facilidad —imputó, llevándome de regreso al momento en que lo tomé desprevenido y besé sus labios—. No pasará nada malo si cedes ahora.

Observó mi talle con la lascivia abundando en su chispeante mirada y sonrió con poderío. Su voz era tan magnética que me transportó a los placeres que sentí cuando soñé con Dhaxton, entonces mi despiadada imaginación lucubró en mi contra permitiendo que me situara en la oscura idea de tener a ambos chicos complaciendo mis instintos más culposos.

—Suficiente —un espiral de agua atacó a Seth. Desde la baranda del segundo piso, Dhaxton la había lanzado contra su amigo, quien permaneció con la cabeza escondida entre sus hombros sin saber qué acababa de ocurrir—. Lárgate.

Formando un puchero al mismo tiempo en que se sacudía el cabello, Seth buscó a Dhaxton.

—Puto aguafiestas. Ya la estaba convenciendo.

La pose imperial de su amigo ni se inmutó. Al contrario, tensó su mandíbula y la apretó.

—Eso no pasará —determinó con sus manos apretadas en la baranda.

—Todavía —Seth me guiñó un ojo y levantó su perfil en dirección a Dhaxton, sonriendo de oreja a oreja al notar que los músculos se tensaban en disconformidad—. Nos vemos.

Antes de dar media vuelta y marcharse, Seth colocó su mano sobre la boca y me lanzó un beso. Y lo mismo hizo para su amigo. Dhaxton por fin sonrió, al mismo tiempo en que desaprobaba el gesto de su amigo negando con la cabeza.

Quedamos solos en el estudio una vez más y la soledad trajo consigo un juego provocativo de miradas.

—Ya sabes qué hacer —formuló con profundidad. Su mirada se dirigió al sofá. En esta ocasión, el color del manto que lo cubría era de un color rojo intenso.

Dhaxton bajó sin ninguna taza de café, pero traía entre las manos un delantal blanco, como de carnicero, manchado con carboncillo. Mientras se lo ponía, yo me acomodaba sobre el sofá.

—¿Poso como las chicas de los otros dibujos?

Terminó de abrocharse el delantal y asintió.

La posición no era muy cómoda que digamos. La mitad de mi cuerpo debía curvarse apoyado en el reposabrazos, mis brazos tenían una caída natural, una de mis piernas estirada y la otra hacia el lado, con mi pie descalzo casi tocando la fría madera. Era complejo mantenerme relajada, con el rostro sereno, sin ninguna clase de expresión, sobre todo cuando Dhaxton perfilaba su estricta expresión contra mí.

—Relaja tu barbilla —me corrigió. Todavía no comenzaba.

Respiré hondo y obedecí. Mi cuello se movió rígido hacia abajo y mi cabello cosquilleó la piel de mi mentón.

Un nuevo problema perturbó a Dhaxton.

—¿Qué ocurre? —interrogué al verlo de pie junto al sofá.

Llevó una mano a su barbilla, analizándome. Tras tomar la que parecía ser una decisión difícil, se inclinó sobre mí.

Por la sorpresa hundí mi cabeza en el sofá.

—¿Qué? —insistí.

Silencioso, guardó una distancia prudente y acomodó mi cabello a su gusto. Una sonrisa torcida correspondió al colmo de su satisfacción y regresó a su puesto, tras el caballete.

—Mantente así lo más que puedas, en calma. Y evita dormir.

Sentí mis mejillas enrojecer bajo un furioso calor. Deseé poder huir de su mirada para que no descubriera lo que me había hecho sentir, pero desistí al no poder mover ni un pelo. Me relamí los labios y evité sufrir de la intriga que él significaba. Pensar en algo que no fuese Dhaxton era un reto complejo. Me encontraba bajo una presión constante que se rendía ante cientos de preguntas y, con todas ellas, concluía una pregunta más importante: ¿cabía la posibilidad de resolverlas? No había dudas de que Dhaxton despertaba todas mis curiosidades, y me gustaba ser atraída, aunque fuese frustrante.

—Seth tiene razón, luces como un ángel.

Su repentino comentario me dejó un momento fuera de mí. Dhaxton Crusoe, quien no se doblegaba ante nadie y aparentaba ser demasiado orgulloso para hacer ese tipo de comentarios, me había llamado «ángel».

—¿Debería sentirme halagada?

—Sí —afirmó al instante—, no ofrezco cumplidos a cualquiera.

Un furtivo cosquilleo en el estómago me sacó una sonrisa.

—Vaya, tendré que anotarlo en mi diario de vida: «Querido diario. Dos puntos. Hoy me ocurrió algo asombroso... Muchos signos de exclamación. Dhaxton Crusoe ha dicho que luzco como un ángel».

—No te muevas —regañó. Si me había movido, ni siquiera me percaté—. Por cierto, el cactus me lo traes el próximo martes, el viernes no será necesario que vengas.

—¿Por qué?

Mi inocente curiosidad se encontró con una trampa mortal. Quizás había tomado demasiada confianza. Dhaxton colocó un freno, dejó de dibujar y formó una mueca altiva.

—Lo que tenga que hacer no es de tu incumbencia —sentenció con frialdad, marcando una a una las palabras.

—Puedes decir «tengo cosas que hacer» y no sonar tan mezquino, ¿sabes?

—Si lo hiciera, dejaría de ser yo —respondió con tranquilidad, sin asomo de arrepentimiento.

—Tal vez deberías pensarlo bien y hacerlo.

—No quiero agradarles a las personas, no me interesa. Tampoco quiero complacer sus sentimientos pretendiendo ser alguien más. Prefiero ser auténtico, no gustarle a todo el mundo.

—Es curioso que lo digas teniendo en cuenta lo que opinas de mi madre.

—En ocasiones hay que mentir para evitar el caos. Tú mejor que nadie debes comprender esto.

Provocativo y arrogante, ¿qué otra cosa podía esperar de él? Ah, claro, que le encantaba usar la carta de retorno, todo para que las cosas salieran a su favor o evitar dar una respuesta, así, las personas se sentirían atacadas y pondrían su concentración en defenderse, no en atacarlo a él.

—Instrúyeme —propuse—. ¿Cuándo he mentido yo?

—¿Quieres que te refresque la memoria? —levantó la mano que se había quemado con el café. La pregunta sobre si sentí el deseo llegó a mi cabeza y la hizo hervir—. Respondiste que no.

—Y lo sostengo.

—Convencerte a ti misma para evitar algo natural es mentir, aunque sea por tu propio bienestar mental —pude detectar ese rastro de mofa y cinismo tan característico de él—. Si tenemos en cuenta esto, tú y yo no somos tan diferentes.

Me mordí los labios sin saber qué responder.

Capítulo 7
Euphoria

AUDREY

El viernes por la tarde Sol llegó a casa y golpeó la puerta con tanta fuerza que mis vecinos salieron a la calle creyendo que algo malo sucedía. Dentro de casa la regañé, pero me dio poca atención, estaba demasiado exaltada para arrepentirse del estrago que acababa de cometer. ¿La razón? Brind le había dicho: «Nos vemos hoy en Euphoria» y ella lo tomó como un «quiero casarme contigo esta noche». Hablaba tan rápido que apenas pude procesar todo lo que dijo.

—¿Euphoria?

—Ajá. Es el club nocturno más famoso de la ciudad.

Con razón no me sonaba para nada. «Club nocturno» y yo no íbamos dentro de la misma oración jamás.

—Nunca escuché hablar de él.

—¿Te suena Free Candy?

—¿Ese club en el que Cassey y Molly casi colapsan de ebrias?

—Ese mismo —aplaudió Sol, feliz de que al fin pudiera unir cables—. Pues así se llamaba antes. Estuvo cerrado unos meses tras un incidente.

Mi interés se masificó como un virus.

—¿Incidente? ¿Qué pasó?

—La verdad, ni idea.

Resoplé decepcionada. Sol, que era una chismosa por naturaleza, me había fallado.

—Pero algunos dicen que Dhaxton y Seth estuvieron involucrados —de forma milagrosa mi interés regresó—. Decían que algo muy malo ocurrió ahí y que gracias a sus millonarias cuentas bancarias compraron el silencio de los presentes. Pero, ya sabes, son solo rumores que crean las personas.

—Si viene de ese par, siendo sincera, me lo creería.

Si Sol no hubiese estado tan animada por asistir, seguro habría pensado lo mismo que yo.

—En fin —resopló—, parece que ya todos lo olvidaron y se mueren por ir. Medio mundo quiere entrar, pero solo pocos pueden hacerlo. Es, básicamente, como un préstamo bancario.

—¿Y vas a ir?

Remarqué la última palabra por obvias razones. No era un lugar limpio, mucho menos si involucraba a uno de los amigos de Seth y Dhaxton, el cual, además, confabuló con ellos cuando ocurrió lo del collar.

Sol bajó la cabeza, avergonzada.

—Tengo que ir, es mi oportunidad de tener un avance con Brind. En las fiestas siempre pasa algo romántico o algo así.

—Eso es en las películas o libros —discutí—. La realidad es mucho más oscura. No sé si sea buena idea que vayas.

Dio un salto en su puesto y agarró mis manos con fuerza.

—Acompáñame —me pidió con voz aniñada—. Si vas conmigo, voy a estar segura. Por favor, ¿sí?

—Sabes que las fiestas y ese tipo de cosas no me gustan. No son para mí, es un mundo que se aleja de mi comodidad.

—Por favoooooor —insistió—. Acompáñame. Hazlo por mí.

¿Cómo podía rechazarla cuando me miraba con ojitos de cachorro y lo pedía en un tono tan infantil? Por más que quisiera, no podía, ella lo sabía.

—Ya, está bien, te acompañaré.

—¡Te amo! —chilló abrazándome hasta sofocarme.

—Pero si llegas a hacer algo estúpido, promete que me harás caso.

Me alejó para observarme y sonrió.

—Para eso me acompañarás, tontita.

Chasqueé la lengua y me volví hacia un lado, reflexionando sobre lo que acababa de aceptar. No lograba imaginarme en una fiesta, la cabeza me daba vueltas de solo pensarlo. Lo peor es que Sol lo hacía por alguien como Brind.

—No puedo creer que hagas esto solo por un chico.

—¿Por un chico? —sonó ofendida—. No hago esto por un chico, lo hago por mí. Sé que sonará absurdo, tal vez demasiado tonto, pero cuando me contaste sobre el beso con Seth, me puse a reflexionar en lo poco que he experimentado en mi vida. Tengo veinte años, voy casi para los veintiuno, necesito vivir lo que otros chicos de mi edad.

Parecía tan dramático cuando lo decía así.

—¿Y qué se supone que viven los chicos de tu edad? —pregunté en esta ocasión—. Todos somos diferentes, todos vivimos diferente y todos hemos pasado por diferentes circunstancias, eso no te hace menos aventurado o alguien con más experiencia, simplemente te hace humano.

—Yo vengo de Marte —se burló y me dio un codazo en plena costilla.

—Me refiero a que no te cambia en nada. Lo que tú experimentas, la otra persona no lo ha vivido, es decir, que de lo que el otro carece, lo tienes tú, y de lo que careces tú, lo tiene el otro. Fácil.

Se llevó una mano al pecho y fingió secarse una lágrima inexistente con la otra.

—Eres tan sabia, Drey —me abrazó otra vez—. ¿De verdad tienes diecinueve años?

Guardamos silencio, lo que me sirvió para ponerme a reflexionar sobre la duda que llevaba tiempo escondiendo.

—¿Qué es lo que sientes? —pregunté al aire. Solo no entendió a qué me refería, así que ladeó su cabeza a la espera de mi explicación—. Cuando ves o hablas con Brind, ¿qué es lo que sientes?

—Ah, pues... En palabras de un artista, siento que al verlo mi mundo se llena de colores vivos. No hay gris, no hay negro, hay colores que me hacen sentir cálida. En mi pecho algo se enciende, se mueve, se agranda y empequeñece, se acelera y... me gusta. Cuando lo miro y él me mira, mi estómago se revuelve con violencia, pero no duele, no quema, no hace daño, solo me convierte en alguien adicto. Como comer tu comida preferida, o algo así. ¿Por qué? —meneó sus cejas—. ¿Acaso hay alguien por el que estés interesada románticamente hablando? ¿Eh? ¿Acaso Dhaxton sí cautivó tu corazón?

Negué al instante.

—No, para nada.

Las palabras de Dhaxton hicieron eco en mi cabeza.

Convencerte a ti misma para evitar algo natural es mentir, aunque sea por tu propio bienestar mental.

No había mentido, no me interesaba nadie de manera romántica. Sin embargo, si me apegaba a la descripción de Sol, todos esos detalles los sentí la primera vez que vi a Dhaxton Crusoe en la sala de Boceto y Dibujo. Y los seguía sintiendo cada vez que cruzábamos miradas en su estudio.

¿Y si a mi...?

No, eso ni pensarlo. Tal vez estaba confundiendo las cosas.

—Vas a tener que prestarme un vestido —reclamé para olvidar a Dhaxton.

—Tranquila, ya me ocupé de eso —señaló su mochila, que estaba abultada—, y de mentirles a mis padres.

La excusa que Sol les dio a sus padres fue que veríamos películas en mi casa, así no tendría problemas más adelante. En su mochila traía todo lo necesario para arreglarse: desde maquillaje hasta un hermoso vestido que le sacaba partido a su figura. Una vez maquillada, se miró al espejo y pasó sus manos por todas sus curvas.

—Vaya... debí vestirme así para la graduación.

—Te ves fantástica —comenté a su lado, mirándola a través del espejo—, como una supermodelo.

Me regaló una dulce sonrisa.

—Tú también te ves genial.

Mi vestido no era demasiado corto, tampoco ajustado a mi figura, pero me hacía ver como la chica atrevida que nunca pensé que vería en el espejo.

Para llegar a Euphoria pedimos un auto que nos dejó a media cuadra del club. El lugar parecía una enorme mansión con luces rosas apuntando toda su infraestructura exterior. No sé qué me pareció más sorprendente: que incluso desde allí se pudiera escuchar la música o que la fila para entrar fuera interminable. Tuvimos que esperar alrededor de treinta minutos para entrar y, al hacerlo, entendí por qué a tantas personas les resultaba tan atractivo. Luces, colores, burbujas, viento, movimiento... Sol tomó mi mano y me arrastró al interior con una sonrisa. La música sonaba con furia, el olor a alcohol me embriagaba y había tanto movimiento entre las sombras que no sabía dónde mirar. Voces por todos lados. De pronto me sentí fuera de mí, como si todo mi cuerpo flotara.

Sol se giró para decirme algo sin soltarme por ningún motivo.

—¡¿Qué?! —grité siendo guiada por ella a la pista de baile.

No me respondió, por supuesto, solo sonreía mientras su cuerpo se movía al ritmo de la música.

Nos colamos entre las personas hasta conseguir un sitio en el que pudiéramos movernos con libertad. Sol actuaba por instinto, se mecía con naturalidad, recorría su cuerpo sacando su faceta más atrevida. Yo, por otro lado, me sentía fuera de mí, como si necesitara instrucciones para actuar.

—¡Vamos, Drey, baila! —me animó por encima de la música y colocó sus manos sobre mis hombros para instruirme. Poco a poco mi cuerpo rígido comenzó a llenarse de una extraña sensación y mis pies fueron de un lado a otro, seducidos por el ritmo—. ¡Tienes que soltarte más!

—¡No puedo! —me quejé, acercándome para que lograse oírme.

—¡Claro que sí!

—¡No! ¡No sé! ¡Dime cómo haces tú!

—¡No pienses en nada, Drey, solo baila!

Cerré mis ojos y escuché la música. Era interesante, una mezcla animosa y pegajosa. Pensé en las palabras de Sol, en que tal vez necesitaba dejar de lado el pudor para moverme tan bien como ella lo hacía. Marqué el compás y comencé a moverme sin pensar en nada, solo en lo genial que se sentía explorar aquel nuevo mundo.

No llevé la cuenta de cuánto tiempo estuvimos bailando, pero terminé tan agotada que necesité un respiro y fui al baño mientras Sol me esperaría donde bailábamos. Al regresar, ella no estaba.

Un mensaje brilló en la pantalla de mi celular.

Sol: Brind me invitó a la zona VIP!!!!! Nos vemos ahí.

Además de sentirme decepcionada porque me había dejado sola en un sitio al que no pertenecía, me vi envuelta en la disyuntiva de qué hacer. Las palabras de Grey llegaron a mi cabeza como una ráfaga violenta y recordé lo que dijo:

No me fío en lo que Crusoe y Bellish sirven en sus fiestas.

Si Brind la había llevado a la zona VIP, era obvio que ambos podían pasar por la influencia de sus dos millonarios amigos.

Llamé sin escuchar más que el tono del buzón.

Todo me dio vueltas y el corazón me subió al pecho. Sentí náuseas, preocupación, inquietud y el presentimiento de que algo muy malo le ocurriría.

Enderecé mi espalda para mirar encima de la multitud donde se encontraba la zona VIP. Había una especie de cartel que señalaba la entrada por unas escaleras que llevaban al segundo piso. Un guardia de seguridad cuidaba la entrada.

—¿Nombre?

—Audrey Johnson.

Le hizo un rápido recorrido a su lista.

—Aquí no está tu nombre.

Claro que no lo estaba.

—Necesito hablar con Sol, una chica que está dentro.

—¿Quién?

—Solange Miller, la chica de vestido rojo que dejaste entrar junto a Brind. Una chica media baja, cabello castaño, ojos pardos y sonrisa angelical. Necesito hablar con ella.

—Agarra tu celular y llámala.

Dentro de mi desesperación, creí que era buena idea insistir. El guardia me agarró de la muñeca y me apretó con fuerza.

—La zona es para personas exclusivas y sus acompañantes.

—Si algo llega a pasarle a mi amiga...

Me zafé con rudeza y lo señalé. El guardia me miró divertido. Amenazarlo era un hecho tan absurdo como querer enfrentarlo.

Unas ganas inmensas de llorar me invadieron.

Más personas pidieron entrar y tuve que hacerme a un lado para que pudieran pasar. Vi con impotencia la sonrisa desdeñosa del guardia. Traté de llamar una vez más a Sol sin tener respuesta.

—No puede ser... ¿Tú aquí?

Lo primero que vi fue una sonrisa lobuna, con unos enormes colmillos que rompían la línea horizontal de unos dientes perfectos. Luego me encontré con unos vivaces ojos sombríos a causa de la luz azul bajo la que nos encontrábamos. Pude reconocer con facilidad a Seth.

—Necesito entrar —le dije sin esperar nada.

Descolocado, arrugó el ceño.

—¿Qué dices? —colocó una mano tras su oreja y se inclinó hacia mí. Por supuesto que lo hacía para provocarme, la música en ese sitio no se escuchaba tan fuerte como en la pista de baile.

—¡Necesito entrar! —chillé con agonía y terminé con el pecho acelerado.

—¿Y quieres que yo te lo permita?

Su voz era pausada, muy calmada.

—¡Sí!

—No estás haciendo muchos méritos gritándome —acusó, sonriendo divertido—. ¿Cómo quieres que te deje si actúas así?

—¡Perdón! —volví a chillar—. Lo lamento. Por favor, dile a ese grandulón que me deje entrar.

Seth miró al guardia por encima de su hombro y este le hizo una seña. Se conocían, era obvio. Al regresar conmigo, Seth suspiró.

—Bien, vas a entrar.

—Gracias.

—Pero con una condición.

Mis ánimos se esfumaron.

—Si es un be...

—Quiero... —se inclinó aún más hacia mí, creando una especie de burbuja en la que solo vivíamos él y yo—. Quiero que salgas conmigo.

Busqué en un rostro algún indicio de que bromeaba, ese rastro de burla con la que en ocasiones disparaba sus comentarios, pero en él solo encontré una propuesta osada que planeaba tener una respuesta asertiva.

Aun así, no estaba dispuesta a seguir su juego.

Me dirigí al guardia de la entrada, quien mantenía sus brazos cruzados. Parecía un enorme muro de concreto que no podía atravesar ni escalar. En cuanto sus ojos dieron con la escena creada entre Seth y yo, traté de convencerlo una vez más.

—Lo conozco —señalé a Seth—, ¿puedo entrar ya?

—No la dejes pasar, JB —le ordenó el recién mencionado, sin apartar sus pícaros ojos de mí—. ¿Y?

—La respuesta es clara —mascullé con recelo.

—Entonces espera sentada, porque no entrarás ni hoy, ni mañana, ni nunca. De hecho, podría llamar a seguridad para que te saque.

¿Sería tan malvado? Respuesta: sí. Enderezó la espalda e hizo un gesto con la cabeza por encima de la muchedumbre. Había llamado a dos guardias. Casi entro en pánico al ver dos gigantes acercándose.

—No quiero salir contigo —objeté.

Formó un puchero.

—Seré un buen novio.

Además de que tenía todo el aspecto de ser un mujeriego sin arrepentimientos ni escrúpulos, parecía haber olvidado el hecho de que tenía sentimientos por una mujer mayor, la cual evidentemente lo usaba, sin que eso le importase a él. Esos dos argumentos me parecían suficientes para negarme una vez más; el tercero venía de mí y mi desinterés por cualquier relación romántica.

—Lo dudo —negué finalmente.

Lejos de que mi negación lo fastidiara, Seth disfrutaba de mi rechazo.

—Te propongo algo: si dices que sí, tendremos una relación abierta y te dejaré ir todos los domingos a misa.

—¿Por qué haces esto tan complicado? ¿Por qué no me dejas entrar y ya?

—Porque la vida y las personas son una mierda y yo soy peor. Te estoy pidiendo salir, no te estoy exigiendo que duermas conmigo. Sal conmigo durante una semana, solo una, y listo.

—¿Para qué? —cuestioné golpeando ambas palabras con molestia.

—Te lo diré si aceptas —sonrió—. Para que veas que soy alguien caritativo, dejaré que tú pongas las condiciones.

Miré la entrada, el inicio oscuro de las escaleras, pensé en Sol y en todo lo que podía estarle pasando. Acceder al chantaje de Seth era absurdo, pero me importaba más mi amiga.

—Hecho.

Tomó mi mano para estrecharla y así cerrar el trato, pero no la soltó, sino que aligeró su agarre y la sostuvo con delicadeza. Sus dedos, mucho más largos y gruesos, se entrelazaron con los míos y su dedo pulgar acarició mi piel.

—¿Vamos?

Antes de que volteara hacia la entrada, me mantuve quieta.

—No tienes que hacer esto —bajé la cabeza hacia nuestras manos enlazadas.

—Eres mi novia, por supuesto que tengo.

Seth me guio a la entrada, intercambió un par de palabras con la seguridad y por fin logré traspasar esa barrera.

Mis pasos se hicieron inseguros a medida que subía los escalones. La subida era oscura, con el inicio de una melodía exótica muy diferente a la que había en la pista de baile del segundo piso. Los olores también eran distintos, más cargados, más variantes, más... extraños. Había menos ruido auditivo, pero cuando llegamos a la segunda planta, el ruido visual quedó tallado en mis retinas, igual que un tatuaje. Aquella zona complacía todos los deseos de quienes tenían el privilegio de entrar, incluyendo el de sus invitados. Era una especie de cuarto rojo, con luces azules y violetas. Las paredes eran de un tapiz victoriano, con cuadros abstractos y lamparillas de estilo gótico pegadas a ellas. Del cielo colgaban candelabros gigantes y de aspecto caro. En realidad, allí todo parecía costar un dineral: desde las butacas de terciopelo hasta las mesillas de centro en la que muchos dejaban reposar sus tragos todavía más caros. Ni hablar de la barra; allí vi una cantidad alucinante de vasos con líquidos de todos los colores del arcoíris.

Todo me pareció alucinante y atrayente, a excepción de las personas. Ellas eran las que me resultaban de cuidado. Me miraban con cierta ambición insana, como con deseo, igual que un vampiro a su víctima en esas películas de terror clásico que tanto me gustaba ver con la abuela.

—¿Qué ocurre?

Seth me miraba por encima de su hombro con mofa. No me había percatado de que prácticamente me ocultaba en su espalda.

—Nada —respondí solemne, levantando mi escondido y tímido mentón en una muestra de valentía y orgullo.

—¿Segura? —indagó divertido—. Acabas de apretar mi mano con fuerza y ni siquiera te has percatado. Que trates de mentir es algo lindo, pero me gustas más siendo altanera.

—No soy altanera —reproché, en un triste intento de que me soltara—. Solo soy yo misma.

—Alguien altanera —insistió, al fin soltando mi mano—. Es curioso que no lo notes.

—Si yo soy así, qué será de ti.

Se pasó la mano por el cabello para desordenarlo y luego me regaló una arrogante sonrisa torcida. No me había percatado de lo bien que encajaba su aspecto con nuestro entorno.

—La diferencia es que yo nunca trato ni trataré de ocultarlo —contestó—. Me gusta ser así con cualquiera.

—¿También con la profesora?

Creí que se molestaría y dejaría de lado esa faceta arrogante que cargaba encima, como si fuera el dueño del lugar. Fue toda una conmoción verlo carcajearse con naturalidad.

—Dije *cualquiera* —forzó la voz en la palabra, moviendo su boca con exageración. Tal vez sí había tocado su fibra sensible después de todo—. Ella no forma parte de ese grupo.

Escucharlo hablar así de alguien más me parecía inesperadamente tierno, aunque solo si apartaba el hecho de que era el platillo de consuelo de alguien más. Si me ponía a pensar en la relación entre él y la profesora, era bastante penoso.

Preferí dejarlo pasar y retomar la razón principal por la que estaba ahí.

—¿Dónde está Sol?

—Ni idea.

Eso no me lo creería. Estaba más que claro que no podría contar con él en la búsqueda de Sol, él me quería para jugar, pasar el rato y fastidiar. Teníamos razones muy diferentes para estar ahí.

—Bueno, adiós...

Antes de que pudiera marcharme, me tomó de la mano.

—Espera un momento. ¿Es que no vas a pasarla bien?

Negué al instante.

—Mi prioridad es mi amiga —hice el amago de caminar otra vez, pero sostuvo su agarre obligándome a darle la cara.

—Apuesto a que está pasándola de puta madre y tú estás preocupada por ella —me mordí los labios mientras procuraba que él no viera ese rastro de debilidad en mí. Y es que no dudaba que tuviera razón—. Y, por cierto, ¿qué clase de amiga es?

—Una de las mejores —respondí entre dientes.

—No creo. Una amiga de verdad jamás te hubiera dejado sola en un sitio como este, el cual, evidentemente, nunca habías visitado antes.

Apreté los dientes con fuerza, tensando mi mandíbula. Seth tenía razón, una amiga de verdad no me habría dejado a mi suerte para largarse a pasarla bien con alguien más, mucho menos siendo su primera vez en un club nocturno al que, además, había visitado por su petición.

—Ella se entusiasmó demasiado —balbuceé, ya sin deseos de ocultar lo mal que me sentaba su abandono.

—Y apuesto que fue por un chico.

—Algo así.

—¿Es decir que te obligó a venir aquí para que ella lo pasara bien? ¡Mucho peor!

Seth solo alimentaba lo trágica que sonaba mi situación. Ya no supe si se burlaba o si realmente era algo demasiado absurdo para hacerlo.

—Yo también la estaba pasando bien, ¿sí?

Ese fue mi precario intento por conservar algo de mi orgullo.

—Hasta que ella decidió dejarte. Un amigo de verdad no dejaría de lado una amistad por un tonto romance. No es novedad saber que una amistad dura más que una relación amorosa.

—Eso no importa.

—Ay, chica, sal de esa relación tóxica.

No pude creer que él se atreviera a decirme eso.

—No hables demasiado, no tienes ese derecho.

—Por supuesto que lo tengo, yo no salgo con nadie de manera seria —levantó las cejas en señal de victoria—. Mis relaciones son un mero trámite, algo para divertirme, algo pasajero.

—Puede que sea para ti así, y está mal lo que Sol hizo, pero no por eso dejaré de preocuparme por ella. Ahora, suéltame.

—No quiero.

Hice el amago de irme hacia el lado derecho de la planta, pero Seth se quedó estático y era difícil moverlo de su sitio.

—Ellos no están por ahí, están por allá —señaló hacia su espalda—. En una zona todavía más exclusiva.

Tomados de la mano, así como habíamos llegado, Seth me llevó hacia una habitación de puerta doble que abrió sin que los dos guardias que la custodiaban le llamaran la atención. Del otro lado, en la habitación predominaba un color azul fluorescente, embriagador; tres ventanales enormes daban hacia un balcón de donde provenía una brisa adictiva. Dentro comprobé que no había demasiadas personas y, a diferencia del exterior, todo se veía en una extraña calma. Fumaban, escuchaban música, se movían a un ritmo lento y estaban reunidos en torno a una mesa. Reconocí a varios de ellos, pero no veía a Sol.

—¡Miren quién llegó! —exclamó uno del grupo y provocó que todos los demás voltearan en nuestra dirección.

En cuestión de un pestañear, el ambiente silencioso se transformó en puro caos. Como una avalancha, se acercaron a Seth para saludarlo con vitoreos y abrazos.

—¡Feliz cumpleaños!

Las felicitaciones se me hicieron eternas, más cuando Seth no tenía intenciones de querer soltar mi mano. No sé si creía que escaparía o planeaba hacer una ardua presentación contando la buena nueva. Fue incómodo recibir miradas recelosas que se preguntaban por qué estaba colgada de su popular amigo, sobre todo la de Dalia.

Uno de los chicos, a quien una vez escuché que llamaban Noah, se acercó con un vaso pequeño con un líquido extraño de color rosado; este parecía burbujear, como si fuera la poción de alguna bruja de cuento infantil.

—En honor a tu cumpleaños te preparamos esto —el chico le tendió el vaso a Seth, quien me soltó para poder tomar el trago igual como tomaría una preciosa reliquia—. Hasta el fondo.

Los demás empezaron a animarlo, pendientes de todos sus movimientos. Con fuerza, una y otra vez le decían que se lo tomara hasta el fondo. Seth obedeció; bebió al seco y terminó gruñendo por el ardor que le había provocado en la garganta. Al verlo, todos estallaron y la locura se desató: la música sonaba con fuerza, los gritos de júbilo llenaban la boca de los presentes y todos se armaron para pasar un buen rato.

Seth fue contagiado de la hiperactividad de sus amigos y caminó hacia donde todos bailaban. Lo detuve.

—Mentiroso, dijiste que Sol estaría aquí.

Seth desplegó una enorme sonrisa y me abrazó por encima de los hombros.

—¡Chicos, miren! —se dirigió a los demás—. ¡Les presento a mi nueva novia!

Me solté y le di un empujón, molesta.

—¡Deja de jugar conmigo! —le ordené con la sangre hirviendo dentro de mis venas y mi pecho tan acelerado que pudo haber estallado.

Tenía tanta rabia que los ojos se me humedecieron. Antes de empezar a llorar, me volví hacia la puerta para largarme. Pero en ese preciso instante aparecieron Sol y Brind. Ambos estaban mojados, despeinados y riendo.

—¡Sol! —me llevé una mano al pecho, sintiendo mi corazón aliviado.

—Dreeeeeeey —chilló ella y me abrazó. Su cuerpo mojado se pegó al mío con fuerza, trasmitiéndome una tranquilidad que desapareció al sentir que mojaba mi vestido—. Lo siento taaaaanto —se disculpó al separarse y colocó sus manos sobre mis hombros—. Le dije a Brind que bajaría a buscarte, pero me dijo que podía bajar fácilmente por el balcón. Cuando fui a ver, me tomaron entre tres y me lanzaron a la piscina. Estuve un buen rato intentando salir del agua.

Una estruendosa risa emergió desde las más oscuras entrañas de Brind.

—Su grito fue el mejor que escuché en mi vida —me dijo, haciendo gala de su buen doble sentido. Sol se encogió de hombros y trató de ocultar una sonrisa pudorosa.

—Tratamos de buscarte allá abajo, pero no te vimos por ningún sitio —añadió a su explicación mi amiga, dando por olvidado el comentario de Brind—. Traté de llamarte, pero al parecer la cobertura aquí es un desastre.

Todavía no tenía muchos deseos de hablar, me sentía demasiado ofendida como para hacerlo. Sin embargo, como el rencor no era lo mío, decidí dar vuelta la página y, aprovechando que Brind se había ido a saludar a Seth, le hice una simple petición.

—Por favor, no vuelvas a irte así.

Sol tomó mis manos y las apretó con calidez pese a estar fría por el agua.

—Lo prometo —pronunció con sus ojos puestos sobre los míos en una confidente muestra de franqueza—. ¡Ahora vamos a divertirnos un poco!

Me arrastró con el resto sin importarle que la mayoría eran unos desconocidos para ambas y que jamás podríamos encajar entre ellos. Sol tenía esa necesidad de diversión sin límites, de querer tragarse el mundo, así que solo seguí su ritmo con movimientos retraídos que fueron fluyendo lentos, pausados, vacíos. Después de unos minutos en que la contagiosa alegría de Sol me llevó a querer explorar más de la diversión que sentía con la música, terminé riendo de cosas absurdas y hablando con ella con total seguridad. Mis movimientos se volvieron más seductores y olvidé la razón por la que estaba ahí y la clase de mundo en la que poco a poco me iba envolviendo.

Seth me observaba desde un largo sofá, rodeado de amigos a quienes no prestaba atención. Dudé si debía seguir bailando, pero me estaba divirtiendo con Sol, había dejado de lado los rencores y quise desafiar sus palabras enseñándole que entre la relación de mi amiga y yo no había ningún chico que se interpusiera. El bosquejo de una sonrisa ladina se formó en mis labios y se la enseñé en gloria y majestad sin dejar de mover mi cuerpo. La mandíbula de Seth se prensó y se pasó su lengua por su mejilla interna. Estaba molesto, y con el sentimiento de prepotencia atorado en su garganta, igual que esa amarga bebida que le dieron al entrar. Estuvo a punto de largarse de no ser porque Dhaxton llegó a la fiesta. Por acto reflejo, Sol y yo dejamos de bailar y la mayoría fue a saludarlo. Su temible presencia desentonaba con la colorida caja del pastel de cumpleaños. Seth no se negó a fastidiarlo y Dhaxton se defendió diciendo que era una persona de tradiciones.

Sol me tomó del brazo para arrastrarme con los demás. Entre tanta felicidad, los grises ojos de Dhaxton cautivaron mi atención. Éramos los únicos que no demostraban la fogosidad de una celebración. Los segundos pasaron sin que ninguno cediera, hasta que finalmente una de las chicas de su grupo le habló y su atención se fue con ella.

Pasadas las dos de la mañana, solo quedábamos seis en la habitación. Los demás habían decidido unirse a la oleada del primer piso, donde un DJ de renombre animaba con música electrónica, o a disfrutar de la piscina privada.

Noah entró cargando una bandeja con seis vasos alineados.

—¿Juguemos a lanzar el dado? —preguntó con la sonrisa más resplandeciente que la de un niño pequeño en Navidad.

Sol y yo nos miramos.

—¿Lanzar el... dado?

Noah asintió y la llamó a la mesita de centro para que se reuniera junto a los otros.

—Es fácil —le dijo—. Tiras un dado y, según el número, bebes. Mientras más alto el número, más ardiente será.

En mi cabeza todas las alarmas empezaron a sonar. No quería saber qué contenían.

—¿Vas a participar, Miller? —Brind tenía ojos de borrego. Él quería que Sol participara.

Mi amiga buscó mi aprobación y yo no dudé en poner mala cara. No obstante, fue débil y no pudo decirle que no al chico que la traía loca.

—Claro, ¿por qué no?

Brind lucía satisfecho, pero su expresión afable se tensó al verme.

—¿Y tú?

Todos esperaron por mi respuesta.

—No me gusta beber.

—Pues no lo harás —intervino Noah, antes de que otro argumentara—. No es como si los fueras a tomar todos, solo es un trago al seco.

—Vamos, no seas aguafiestas —insistió Brind—. Estamos en una fiesta, si no tomas algo de alcohol te aburrirás.

—¡Exacto! —apoyó Noah—. No lo arruines, sin ti no hacemos los seis.

Necesitaba sentirme menos presionada para pensar con detalle. Y es que mi cabeza seguía repitiendo las palabras de Grey. Lo peor es que la mirada de borreguito que me dio Sol no ayudaba en nada. El detalle era que, en esa ocasión, el lanzamiento de dados era al azar y dudaba mucho de si le habían puesto algo a las seis bebidas. Suspiré y asentí, uniéndome a los cinco junto a la mesa.

—El cumpleañero que nos haga el honor de iniciar el lanzamiento —Noah dejó un dado negro sobre la mesa y Seth lo tomó.

—Deja de comerme las bolas solo porque soy un año más viejo —dijo, burlón—. Veamos... —revolvió el dado entre sus manos y lo lanzó sobre la mesa.

—El uno... Y yo que quería verte borracho —se quejó Noah.

—Será para la próxima, primor.

—Siguiente —la mirada de Noah fue desde una cabeza a otra, hasta que se detuvo en una nerviosa Sol—. Tú.

—Muy bien... —temerosa y con movimientos torpes, Sol tomó el dado y lo agitó entre sus manos—. Por favor, dios del azar, dame la suerte.

Su clamor al cielo le dio buenos resultados.

—¡El dos! —exclamó un animado Noah.

—¿Qué es esto? —preguntó Seth—. ¿El siguiente será el tres, acaso? No me jodan.

Aguardamos a que Sol bebiera y continuamos.

—Sigo yo —Noah tomó el dado y lo lanzó sin hacer ningún movimiento antes—. Cuatro, bien.

—Sigues tú.

Brind me tendió el dado y lo recibí envuelta en nervios desenfrenados. Tiré el dado y este giró sobre una de sus puntas hasta encontrar el equilibrio en una de sus caras.

—El cinco... —murmuré.

—Con ese vas a terminar en el suelo —comentó Brind, frunciendo el ceño.

—Cierra la boca, no le metas miedo —le ordenó Seth tras darle un golpe detrás de la nuca. Su siguiente movimiento fue voltear hacia mí y sonreír—. Vamos, novia, haznos el honor.

Esa era su venganza, lo vi en sus ojos.

Lentamente estiré mi mano hacia la mesa, justo donde se encontraba el burbujeante vaso. Mi garganta estaba seca desde que había contado los cinco puntos en el dado, y ahora la presión que cargaba la había dejado áspera. Mis dedos tocaron el cristal, pude percibir el frío en mis yemas, sin embargo, cuando traté de agarrarlo, Dhaxton lo tomó y se lo bebió al seco.

—Bueno, Dhaxton te ha salvado el culo. Qué considerado eres.

Dhaxton no respondió al sarcasmo de Seth, prefirió hacer girar el dado. Para su infortunio, el número que le tocó fue el seis.

Seth y sus amigos se alarmaron y empezaron a decirle que moriría, mientras Dhaxton parecía hacer un esfuerzo supremo por quedarse en el mundo de los vivos. Con movimientos inseguros, tomó el último trago y se lo echó de sopetón, echando la cabeza hacia atrás y permitiendo que viéramos toda la extensión de su cuello y la manzana de adán moverse de arriba abajo. Una mueca de desagrado se formó en su expresión y luego, nada más.

Silencio.

Absoluto silencio.

Creo que todos aguardamos por su reacción.

Al no tenerla, Brind continuó.

—Me toca el tres —tomó el único vaso lleno de la bandeja y lo elevó en el aire—. A tu salud, Dhaxton.

Luego del lanzamiento de dados, Brind y Sol empezaron una charla en la que no deseaba participar. La verdad, no me gustaba ser «la tercera chica», esa que estaba ahí de sobra. Me fui al baño y revisé mis mensajes en el celular.

Eran las 3:21 de la madrugada, demasiado tarde para pedirle a mamá que nos recogiera.

Salí del baño lanzando un largo resoplido, el cual se vio interrumpido.

Afuera, en el balcón, Dhaxton estaba de pie sobre la baranda, con los brazos estirados y su perfil apuntando al cielo. A todas luces se notaba que estaba borracho, silencioso y que, de seguro, no tenía idea de lo que estaba haciendo. Yo misma había visto la trayectoria hasta la piscina y las posibilidades de que alguien cayera afuera. Si Dhaxton estaba borracho, no quería pensar en lo que podría pasar.

Sin pensarlo, corrí y lo abracé por la espalda.

—No hagas nada estúpido —le pedí, empujándolo hacia un lado seguro del balcón—. Mantente aquí.

Estaba tan asustada de que saltaría, que no podía borrar de mis retinas la imagen de él de pie sobre la baranda, de sus brazos extendidos, de su perfil al cielo siendo iluminado por la luz de la luna. Lo mantuve apegado a mi cuerpo durante más segundos de los que quisiera recordar, con la textura suave de su ropa en mi mejilla y un singular aroma llenando mi nariz.

Dhaxton tomó mis brazos y se soltó de mi agarre. No dijo nada, no tenía ninguna expresión en el rostro, él solo se volteó para mirarme.

—¿Por qué? —preguntó de pronto.

Su pregunta exigía una respuesta, pero yo no sabía cuál.

—Pensé que ibas a saltar y caer, ya que estás...

—¿Por qué sigues apareciendo así? —ignoró mis palabras—. ¿Por qué estás aquí? ¿Por qué continúas apareciendo en mi camino?

Retrocedí.

Paso a paso.

—¿Por qué estás aquí?

—No lo sé —murmuré.

Di otro paso, con el cual casi caigo. Sin embargo, al igual que en la reunión de empresarios, logró sostenerme. Su brazo rodeó mi cintura y su mano agarró mi vestido con fuerza. El movimiento pareció uno de rebote, el cual acabó con mi pecho a una deprimente distancia del suyo. La cercanía era peligrosa. Su mirada era un delirio. Percibí su aliento mezclarse con el mío, el sabor dulce de su trago reciente. Bastó que su mirada intimidante bajase a mis labios para que tomara una decisión.

En ese frío balcón, Dhaxton y yo nos besamos.

No fue delicado, no fue en ascenso a la locura. Aquel beso empezó desde un grado desesperado, como si llevase tiempo deseándolo. Exigía todo, no había rastro de timidez. Era un beso necesario, ardiente, de lo que algunos llaman pasión. Me buscaba; quería más de mí. Sus manos acariciaban mi cuerpo, mi espalda. Me apegaba a él como si deseara hacernos uno. Sus labios se sentían bien, carnosos, suaves, eran una guía para el ritmo frenético que llevaba.

Yo solo podía seguir con mis instintos, responder a sus movimientos, a lo bien que se sentía cada caricia. Lo demandante que su beso era apelaba a su fiel personalidad. A diferencia de mi primer beso, este tuvo más armonía, más apego. Nuestros labios unidos eran moldes perfectos, la escultura perfecta para ser recordada. Su lengua rozaba zonas de mi boca que nunca habían sido exploradas.

Tomó mi cara entre sus manos y finalizó el beso con un suspiro que secó parte de mis húmedos labios.

Al sentir mi trasero contra la baranda, me percaté de que la intensidad de sus movimientos me había acorralado. Se alejó, me dejó con los labios hinchados y deseosos de más. Una mirada austera fue lo que recibí. Colocó sus manos a los costados, con la espalda curva e inclinada hacia mí. Respiraba cerca, muy cerca.

Quise hablar, pero las palabras no llegaban a mí.

El lenguaje se había esfumado.

—Eres una pequeña mentirosa —pronunció, acercándose otra vez—. Y yo un sucio farsante.

Antes de reclamar me atacó en el cuello. Sus labios me hicieron cosquillas, su respiración sobre mi piel era enloquecedora. Cuando puso su boca y empezó a succionar, no pensé en nada más que en lo bien que se sentía.

Un gemido se me escapó. Fue ahí cuando me desperté del embriagador hechizo y lo empujé. Toqué mi cuello, en el lugar donde la brisa nocturna marcó el frío y luego salí huyendo al baño como una cobarde.

En el espejo noté que mis labios estaban rojos e hinchados, mis mejillas rojas y que en la curva del cuello tenía una marca roja.

Capítulo 8
El favorito de Agnes

AUDREY

Lo que vi antes despertar el sábado por la tarde fue el rostro de Dhaxton. No sé cuántas veces reviví en mis sueños los besos que nos dimos, la sensación de su boca succionando mi piel. Todo se sentía real y condenadamente adictivo.

Apagué la alarma de mi celular, que sonaba todos los sábados a las 11:00. A mi lado se encontraba Sol, quien también se había despertado.

—Qué melodía más irritante...

Su humor por las mañanas era de temer. ¿Dónde había quedado la dulce Sol que conocí en el internado? Salir media borracha de Euphoria tuvo que influir en su estado mañanero. O tal vez había sido que tuvimos que pagarle dinero de más al conductor del auto que nos llevó a casa después de que mi borracha amiga vomitara en el asiento trasero.

—Me duele la cabeza —su voz era áspera y frágil—, creo que voy a morir.

—Eso se llama resaca.

—Resaca, quiero que sepas que te odio.

Sol se cubrió la cabeza con las sábanas y yo me eché a reír por su infantil comentario. Quería seguir acostada, perdida en mi propio mundo, pero percibí un suave olor a café. Mamá estaba preparando el desayuno y maldecía porque no podía sacar unas tostadas.

—Mamá, ¿qué haces? —cuestioné, acercándome a la cocina para ayudarle.

—Preparo el desayuno.

—No es necesario que lo hagas, puedes despertarme y ya.

La verdad, no me gustaba que hiciera esas cosas, me sentía incómoda.

—Como seguro llegaron tarde, pensé que sería bueno tenerles algo.

Bastaba con mirar cómo tenía de desordenada la cocina para darse cuenta de que había sido una pésima idea. Era evidente que sus intenciones la llevarían al desastre y mancharía todo su traje.

Intervine en el momento justo en que casi tiraba al suelo toda el agua del hervidor.

—Yo me encargo, ¿quieres?

Suspiró y formó una mueca de decepción.

—Lamento no ser buena para estas cosas.

—Es comprensible. Tú eres una excelentísima empresaria, pero en la cocina la abuela era quien mandaba.

Sonrió mientras asentía y sus ojos reflejaron con añoranza los miles de recuerdos que tenía de la abuela.

—Hacía los mejores filetes.

—Buenos días —la voz de Sol seguía tan gruesa y rasposa, que por un instante creí que a nuestra casa se había metido algún anciano. Apenas se sostenía en pie, por lo que buscó apoyo en el arco de la entrada, se agarró la cabeza y cerró los ojos—. Hay tanta luz que mi cabeza va a estallar.

—Bienvenida al mundo de la resaca —dijo mamá y levantó su café al aire a modo de saludo—. El desayuno te ayudará con eso.

—Gracias —pronunció una todavía somnolienta Sol, quien avanzaba como zombi hacia la mesa. Se sentó con torpeza, haciendo un ruido en la silla que espantó a Francis.

Serví el desayuno y me senté. Mientras mamá y Sol hablaban —o intentaban comunicarse—, mi cabello revuelto impedía que comiera bien. Traté de echarlo hacia atrás de mis hombros, pero entonces recordé que en mi cuello había quedado una marca. Por reflejo, llevé mi mano al cuello y lo cubrí.

—¿Qué ocurre, Drey?

Los ojos de mamá buscaban una respuesta a mi repentina reacción. El calor empezó a caldear mi cuerpo y sonrojar mis mejillas.

—N-nada —formulé como pude, casi jadeando—. Yo... necesito ir al baño.

Me levanté de golpe y corrí hacia el lavabo. La puerta con pestillo me dio algo de tranquilidad, que duró poco: tenía una especie de círculo en la piel de un notable color violeta.

—Así que no fue un simple sueño...

No podía culparme. Aquel encuentro en el balcón, con el manto de la noche y las estrellas sobre nuestras cabezas... Los besos y esas sensaciones en mi cuerpo... Todo parecía de ensueño.

Llevé una mano a mi pecho en un vano intento por desacelerar mi corazón, que golpeaba con violencia mi cuerpo. Me acomodé el cabello en el cuello, procurando que el chupetón no se viera, y volví a la cocina pretendiendo que nada había sucedido. Mamá hablaba con Sol sobre Euphoria y mi amiga trataba de hablar sin que la garganta se le rompiera.

—Por favor —le decía a mamá—, no les cuente a mis padres que salí en la noche. Si llegan a enterarse me matarán.

—Tranquila —respondía ella—. Ten presente esto: yo también fui joven, les mentí a mis padres un montón de veces para salir con mi exesposo. A los diecisiete quedé embarazada y mentí otra vez. Lo que hacía era ponerme ropa holgada para que no me descubrieran hasta que, un día, mi madre apareció en la sala y me dijo que lo sabía todo. Ella era demasiado suspicaz.

El timbre sonó interrumpiendo a mamá.

—Yo iré —indicó antes de que me pudiera poner en pie.

Sol aprovechó que mamá dejó la mesa para acercarse de manera confidente. Tenía la boca llena y algunas migajas del pan en una mejilla, lo que contribuía a su fiel retrato desaliñado tras despertar.

—Oye —agitó su mano para que también me aproximara—, ¿qué es eso de que eres la novia de Seth?

Había olvidado ese pequeño gran detalle.

—Para subir a buscarte tuve que aceptar ser su novia.

—¡Santa mierda!

Chasqueé la lengua y regresé a mi desayuno.

—Pero es por una semana y las condiciones las pongo yo —le resté interés—. Me ocuparé de que no salgamos, no nos veamos... Ni nada.

—Ay, de verdad, siento tanto haberme ido sin ti —lloriqueó de nuevo, igual que lo hizo toda la noche en el auto a casa. Junto a su testamento de disculpas—. De haber sabido que...

Sus enormes y expresivos ojos se transformaron en una mueca de horror. Su perfil se alzó levemente en dirección hacia mi espalda, justo en la entrada al marco de la cocina. Me giré sobre la silla, con mi brazo puesto en el respaldo y vi la relajada figura de Seth junto a mamá.

—Buenos días —nos saludó, con esa mezcla de arrogancia y picardía tan única en él.

Me puse de pie al instante y me alejé. Necesitaba verlo desde un punto más apartado, comprobar que realmente estaba en mi casa.

—¿Qué haces aquí?

—¿No es obvio?

—No —negamos Sol y yo a la vez.

—Vengo a cumplir con mi rol de novio —respondió él—. Tú y yo tendremos una cita.

Mamá dio un grito ahogado desde la sala. Estaba igual de asombrada que yo.

—Drey, hija, no me dijiste que... que estás saliendo con este chico. Muy atrevido, además —lo miró con recelo—. Entró sin decir quién es.

—Pues me presento como es debido, señora —la resplandeciente sonrisa lobuna no quería dejar el rostro de Seth. Él lucía orgulloso y divertido con la situación. Se volvió hacia mamá, tomó su mano y la besó en un gesto caballeroso—. Soy Seth Bellish, el novio de Drey.

«Ay, Dios, esto no puede estar pasándome a mí», me dije.

—¡No es mi novio! —argumenté—. Es...

—¿En serio eres su novio? —mamá ni siquiera me prestaba atención—. Porque Drey no parece estar muy de acuerdo con ello.

—¡No lo estoy!

—Bueno, es entendible —Seth se deslizó por la cocina para llegar a mi lado—. Soy su primer novio, en cuanto a temas sentimentales ella es bastante tímida.

¿Por qué hablaba como si me conociera de toda la vida?

En un intento por acercarme a él, pasó su brazo por mis hombros, pero terminé empujándolo.

—Mamá, te prometo que...

—Ah, ah, ah —emitió Seth, moviendo de un lado a otro su índice—. Recuerda que mentir es malo. Anoche accediste a salir conmigo; aunque quieras, no puedes negarlo.

—Bien, lo admito —la victoria se asomó en sus labios—. Ahora terminamos.

—Era durante una semana —dijo echándose hacia atrás el cabello, todo indignado—, no puedes cambiarlo.

—Dijiste que las condiciones las podía poner yo, pues bien, mi condición era que no vendrías a mi casa.

—¿Ah, sí? Pues no pienso irme hasta tener una cita contigo —tomó la silla libre junto a la mía y se sentó con los brazos cruzados—. Ya puedes retomar tu desayuno.

Mamá, Sol y yo nos miramos pasmadas en busca de alguna explicación razonable que nos mantuviera con la cabeza atada al cuerpo, porque lo que acabábamos de presenciar parecía una locura. Yo no podía estar más indignada y fui la única —junto a Seth— que, al alzarse un silencio, no estalló en risas. Me llevé una mano a la frente, quería ocultarme de la vergonzosa escena.

Tras calmar su risa, mamá se sentó en su asiento. Sol la imitó, aunque me regaló una mirada que decía «perdón por unirme a él, pero tengo hambre» y continuó devorando su desayuno.

Mamá decidió iniciar un interrogatorio.

—¿Hace cuánto sales con Drey?

—Como hace unas... ¿trece horas? —al menos era honesto y no buscaba aparentar más.

—Oh, vaya —mamá lucía asombrada, pero al mismo tiempo esbozaba una sonrisa dulce—. ¿Y has venido a verla?

—No puedo estar lejos de ella —expresó con drama y buscó mi mano para sostenerla. Me aparté antes de que pudiera sentir la yema de sus dedos sobre mi piel.

—¿Cómo has sabido dónde vivo? —pregunté a la defensiva.

—Yo le di la dirección —respondió Sol, por fin hablando con su voz de chica buena. Los tres la miramos y la atención sobrecargada le sentó tan mal que se hundió en la silla con deseos de desaparecer bajo la mesa—. Dijo que era por si nosotras nos poníamos demasiado borrachas como para no recordarla —añadió en un hilo de voz.

Me volví hacia Seth.

—Y como sabías que yo no te la daría se la preguntaste a Sol.

—Soy un novio preocupado.

Era un argumento bastante pobre teniendo en cuenta que tanto él como la mitad de los que estaban ahí sabían que yo no bebía.

Como entendía que reprocharle a Seth cualquier cosa era un desperdicio de saliva, me dirigí a mamá.

—¿Por qué lo has dejado entrar?

—Lo hizo por su cuenta —se encogió de hombros—, dijo «permiso» y entró sin dar muchas explicaciones. Y, para mi sorpresa, es tu novio.

—Es un novio de mentiras —enfaticé.

—Juraría que los novios de mentira no se besan —argumentó él con el cuerpo inclinado en mi dirección, pronunciando las palabras con un toque provocativo que buscaba sacar mi peor lado. Claro, con tal comentario, el único que sacó fue el que deseaba ser invisible.

—Drey, cariño, tienes mucho que contarme —sentenció mamá mirando la hora en el reloj de la pared—. Lástima que no podrá ser hoy, tengo una reunión importante —se levantó de la mesa y nos dio un beso en la cabeza a Sol y a mí. Antes de salir, le echó un vistazo a Seth—. Es un placer, novio de mentiras.

Seth siguió a mamá con la mirada, esa que había visto tantas veces en los hombres cuando veían pasar a una chica linda en las películas o series. Tras la salida de mamá, se giró en mi dirección:

—Tu mamá es linda —comentó.

—Ni se te ocurra pensar en mamá de la misma forma que... —miré a Sol antes de soltar el oculto romance entre Seth y su profesora. Incluso noté que él se ponía a la defensiva y su mano se movió para evitar que lo dijese—. Ya sabes de qué hablo.

—Solo bromeo —bajó las defensas—. Soy una persona devota a mi pareja.

—Creí que habías dicho que sería una relación abierta.

—Lo sé, lo sé. Pero yo te quiero solo a ti.

Tan mentiroso.

—Ya te dije que terminamos. Insisto: ¿qué haces aquí?

—Quiero tener esa cita contigo.

—¿Por qué? ¿Serás mejor persona si sales conmigo? ¿Me pedirás perdón por todos los problemas en los que me has metido?

Con una mano en el pecho, dijo:

—Perdón.

—No lo dices en serio.

—De verdad, te lo digo de corazón, lamento haberte ocasionado problemas. Yo sé que soy un idiota, que me he metido contigo solo porque... —sus ojos se desviaron hacia una expectante Sol, luego carraspeó— porque he cometido ciertos deslices. No quiero excusarme, pero soy alguien demasiado impulsivo y a veces no razono antes de actuar, lo que me hace mucho más idiota y poco digno de ti. Pero ¿sabes?, quiero ser mejor persona por ti, por mí, por Baba, y por nuestro hijo que viene en camino.

Sol expulsó el aire por su boca y movió los labios, los cuales emitieron un raro sonido.

—Pensé que hablaba en serio —se quejó.

Por un momento yo también me lo creí.

Seth se echó a reír.

—Creo que él nunca actúa en serio, solo cuando está con su abuela. Y con ella también tengo mis dudas.

Se puso serio.

—Ni se te ocurra, mi amor por Baba es el más sincero que podrás conocer.

—Tal vez, el otro día estabas bastante preocupado por ella. Aunque si de verdad la quisieras taaanto, la cuidarías mejor.

—Tienes que pasar un fin de semana con ella para entenderlo. Puedes ir el día que quieras, por cierto —su invitación mantuvo una entonación sugerente.

—No, gracias.

Sol carraspeó para informarnos que todavía se encontraba allí.

—Creo que es momento de que me vaya —dijo tragando grueso el último trozo de tostada que le quedaba.

—No puedes dejarme aquí con él —señalé con mi dedo a Seth y él le dio un mordisco suave. Di un grito ahogado y cubrí mi dedo con mi otra mano haciendo caso omiso a las carcajadas burlescas de ambos—. ¿Viste lo que hizo? Dejarme con él es un peligro para mí.

—Exageras, no quiero comerte de manera tan literal.

Nuestras discusiones eran del entretenimiento de Sol, quien nos miraba como si viera algún espectáculo en la televisión.

—¿Ves?, estás a salvo con Seth —dijo esta vez ella a modo de broma.

Exhalé de golpe.

Seth apoyó el codo sobre la mesa y sostuvo la cabeza sobre su mano para observarme a la espera de que sucumbiera a sus vanos juegos.

—¿Si accedo a la cita, me dejarás en paz?

—Por supuesto que sí —contestó.

Me lamí los labios y tragué de golpe, preparada para lo que vendría.

—Bien, salgamos. Pero yo elegiré dónde ir.

—Hecho.

Arreglarme para salir debió ser una de las cosas más complejas que hice en cuestión de diez minutos, pues no quería dejar tanto tiempo a solas a Sol y Seth. Al salir de casa, me despedí de mi amiga y subí al auto donde Seth me esperaba. Apenas me senté, me indicó que me colocara el cinturón de seguridad con un simple gesto con las manos; como si no tuviera suficiente con ser arrinconada para salir con él, también debía soportar sus obviedades.

—¿A dónde vamos?

—A Mackenzie con la calle J. Bree.

Tras dar la dirección me fundí en el asiento sin poder ocultar una sonrisa. Si había sido obligada a salir con Seth Bellish —a causa de una serie de infortunios— y la salida corría por mi cuenta, lo llevaría donde yo gozaría de mi pequeño escarmiento.

—Puedo verte sonreír —comentó frente a una luz roja—. ¿Qué planeas?

—¿Yo? —me señalé con una falsa inocencia—. Nada.

—Vas a llevarme a un lugar raro, ¿verdad?

El temor en sus palabras me sacó una carcajada.

—No es nada del otro mundo para que te acobardes. ¿Y si mejor me dices por qué estás haciendo esto?

—¿A qué te refieres?

No sé si lo hacía a propósito o realmente no entendía de qué hablaba.

Inspiré hondo para colmarme de paciencia y continué:

—En el club dijiste que si aceptaba salir contigo me dirías los motivos.

Abrió su boca en una enorme «o» que se transformó en una suspicaz sonrisa, llena de seguridad y picardía. Previo a darme una respuesta, se detuvo en otra luz roja y esto propició sus movimientos. Se acercó, guardando una distancia prudente, y esperó a que lo mirase a los ojos.

—Porque me gustas —respondió y bajó la mirada a mis labios, lamiendo los suyos con deseo.

—Eso no es cierto.

Posé mis manos en su pecho para que volviese a su lugar.

—¿Me conoces para decir eso? ¿Acaso sabes lo que pienso o siento? —cuestionó más ofendido de lo que pensé que actuaría.

—No, pero sé que estás enamorado de alguien más.

—¿Y qué?

—No puedo gustarte.

Dio luz verde.

—Puedes; hay muchas formas en las que te puede gustar alguien, así como hay diferentes tipos de amor: el fraternal, el romántico, el amor a sí mismo...

—Ya, entiendo, leíste a Erich Fromm, ¿qué tiene que ver con mi pregunta? Estoy segura de que tus intenciones son muy lejanas a la palabra «gustar».

—Tal vez tengas razón, pero ¿importa? Ya estás aquí, en mi auto.

—Esto es agotador —quise darme un cabezazo limpio contra la guantera del auto, a ver si así olvidaba todo y me libraba de sus irritantes respuestas—. Siempre respondes las cosas a medias o tratas de evitar lo que pregunto, no tomas en serio nada, ¿verdad? No eres honesto y eso me irrita.

—Wow —exclamó con cinismo—, no sabía que estoy en presencia de la señorita Honestidad.

Su burla no me hizo daño, más bien me puso a la defensiva. Dhaxton también se había burlado de mi honestidad, incluso me había llamado mentirosa.

Salí del torbellino de recuerdos sobre lo sucedido la noche anterior y me encontré tocando la marca en mi cuello.

—Soy honrada la mayor parte del tiempo —traté de defenderme, pero parecía que aquella contestación había llegado demasiado tarde.

—¿De verdad?

—Sí.

—Entonces, dime, ¿te parezco atractivo?

Me mordisqueé los labios, consciente de que mi respuesta era un rotundo sí, pero mi orgullo clamaba por inclinarme hacia la seductora mentira, todo para romper con su ego.

—Eres atractivo —confesé sin más, lo que me dejó un mal sabor de boca.

—Pues ahí tienes mis motivos: si salgo contigo es porque me gustas. Me pareces una chica linda —gimoteé al escucharlo y él lo notó—. ¿Qué? ¿Acaso nadie te lo había dicho?

—No tan directamente —murmuré más para mí.

—Deberían, tu expresión es adorable.

—Deja de jugar conmigo.

—Por primera vez en esta mañana, no estoy jugando —hubo una pausa y llevó dos dedos a mi entrecejo—. Ahí está de nuevo tu expresión. Tienes que dejar de tener el ceño tan fruncido, se te marcarán las arrugas.

Le di una bofetada a su mano y la apartó enseguida.

El resto del camino lo pasamos en silencio.

El cielo me pareció de un particular azul, de esos que no puedes imitar con total fidelidad en la paleta de colores. Uno único. Era un día demasiado hermoso como para pasarlo con el ceño fruncido y viendo el lado negativo de mi situación, así que me convencí de mostrarme positiva.

La verdad, no fue difícil, porque cuando Seth se dio cuenta de que lo había arrastrado a mi iglesia, soltó un bufido que me llenó de regocijo.

—¿Qué pasó, novio?

Escuchar la palabra «novio» lo sacó de, lo que deduje, era una recopilación de todos los insultos que conocía.

Aparcó el auto a un lado de la iglesia, la cual quedaba justo en una esquina, y se quedó un momento con ambas manos apretando el volante. Yo, que me había bajado, me agaché y lo miré con la puerta abierta.

—Creo que esta no era tu idea de cita —me mofé.

Apretó su mandíbula, contuvo lo que parecía ser el inicio de una discusión y se volteó con una sonrisa similar a la de un muñeco.

—Estoy seguro de que la pasaremos de puta madre.

—No digas palabrotas, estás al lado de una iglesia.

—Qué Dios se apiade de mí o que el cornudo me lleve ya.

Dio un último suspiro y bajó, arreglando su ropa y viendo la fachada de la iglesia con la cara arrugada. Avanzamos hacia la entrada principal, pero él dudó en entrar.

—¿Qué pasa?

—Si pongo un pie dentro, ¿me haré cenizas?

Tuve que cubrirme la boca para que mi carcajada no distrajera a las personas que estaban dentro.

—No creo tener tanta suerte —respondí y salí para tomarlo del brazo y arrastrarlo al interior.

Al final de la iglesia, sobre la enorme tarima donde la misa tenía lugar, los otros integrantes del coro se encontraban ensayando. Me puse a una distancia prudente para no interrumpir, pero fue uno de mis compañeros quien se distrajo y me saludó, lo que había provocado que todos nos prestaran atención.

—¡Drey, creí que no vendrías! Chicos, ustedes sigan ensayando.

El líder del coro se llamaba Martin y era un niño encerrado en el cuerpo de un hombre de cuarenta años. Me agradaba su personalidad siempre positiva, aunque a veces me parecía demasiado entusiasta.

Se acercó a saludarme con un beso en la mejilla.

—Cambié de opinión gracias a este nuevo voluntario —golpeé el brazo de Seth, el cual no quise soltar en caso de que decidiera escapar—. Él es Seth, viene a deleitarnos con su hermosa voz.

Martin fue la felicidad en persona.

—¡Bienvenido! —podría haber saltado de alegría—. Chicos, saluden a Seth, se unirá al coro.

—En realidad solo viene por hoy —corregí y le eché un rápido vistazo a mi supuesto novio—, está muy entusiasmado por cantar.

—No, yo no canto —renegó con una seriedad temible.

—Oh, vamos, no seas tímido, aquí aceptamos a todos —insistió Martin—. No importa si cantas mal o no cantas, la idea es tener una voz para Dios.

Sin previo aviso, y con la confianza que a Martin siempre lo caracterizó, tomó a Seth del brazo y lo unió al grupo del coro, donde todos estaban sentados con sus instrumentos y los atriles con las letras de canciones. El coro entero estaba feliz de tener a un nuevo miembro, sobre todo las chicas, quienes ya llenaban el ego de Seth con sus miradas cómplices. Pero él solo me miraba a mí con ojos llenos de furia que me decían que pronto buscaría una venganza.

—Bien, Seth, página treinta. Saca todo tu pulmón y ¡canta!

Obedeció con la furia reflejada en sus ojos, directos y fríos puestos en mí. Lo intentó, cantaba, pero de una forma muy lamentable, hasta que tomó el ritmo y su voz se complementó con la de los demás.

—¡Eso es! —lo animó Martin.

Lo observé en silencio hasta que mi sonrisa desapareció. Seth no me parecía un completo misterio como Dhaxton, tampoco me tentaba a querer saber más de él, todo lo que Seth aparentaba, podía saberse con solo mirarlo. Era un chico común, con dinero y un ego por los aires, pero alguien con quien podías tropezar por la calle o sacarle una plática mientras esperas un café. No había mucho que decir de su persona, no había descripciones rebuscadas. De hecho, podría decir que conocía más a Seth que a Dhaxton y, sin embargo, todo indicaba que Seth Bellish enseñaba solo lo que él quería mostrar.

Veinte minutos después de una humillación que yo prometí no olvidar, Seth y yo regresamos al auto.

Metió las llaves y encendió el motor.

—Es mi turno de elegir ahora.

—¿A dónde vamos?

—A comer algo, me estoy muriendo de hambre.

Revisé mi billetera.

—Que no sea un restaurante caro o algo por el estilo.

—Tranquila, *novia*, yo seré quien pague en agradecimiento del maravilloso rato que me hiciste pasar —expulsó con un sarcasmo punzante.

—No te preocupes, no le contaré a nadie lo mal que cantas.

Guiñé uno de mis ojos y él tardó un momento en reaccionar.

—Si haces ese tipo de cosas, luego no me reproches si intento algo.

—Solo digo la verdad. Prometo no contárselo a nadie, pero olvidarlo... eso ya es más complicado.

—No me refiero a eso. —Ladeé mi cabeza en busca de una explicación—. A que actúes lindo.

—Ah, eres la clase de hombre que cuando le dicen «hola» se lo toma como un coqueteo.

—Soy la clase de hombre al que le encantaría...

Su celular sonó. Al responder, el rostro se le transformó a uno de completo horror. Balbuceó un par de cosas y puso en marcha el auto después de cortar la llamada.

—¿Qué pasó? —le pregunté.

—Baba escapó de nuevo —dijo en un hilo de voz—. Seguro que fue al centro de la ciudad de nuevo.

Lucía contrariado, así que no me quedó otra que calmarlo.

—La encontraremos. Es una anciana astuta y sabe cómo moverse pese a la demencia.

—Voy a despedir a la que la cuida, no puede ser que siempre suceda lo mismo —se quejó.

De camino al centro estuve atenta por si Agatha aparecía. No tuvimos rastro de ella hasta que decidimos separarnos. La encontré en una caseta de periódicos. Fue una triste sorpresa toparme otra vez con el desorientado rostro de Agatha. Parecía tener una discusión con un hombre adulto más joven que ella.

—¡Agatha! —llamé pidiendo al cielo que me reconociera. El instante en que sus ojos se iluminaron y sonrió, supe que era buen momento para intervenir—. ¿Qué ocurre?

—Este hombre quiere revisar mi cartera —se quejó, poniéndole mala cara al sujeto del que hablaba.

—Estoy tratando de saber dónde vive, señora —el hombre parecía honesto, aunque tuve mis dudas de si decía la verdad.

—No me tomes por tonta, tengo más años que tú —recriminó ella, casi dándole un golpe con la cartera. Yo traté de intervenir, atajando la cartera con mis manos, así que Agatha se dirigió a mí—: Apuesto a que en cuanto abra la cartera me dejará sin nada.

—Señora —insistió el sujeto, avergonzado porque Agatha había hablado en un tono alto—, si hubiera querido robarle, le habría quitado la cartera desde el principio.

—¿Ves, querida?, este hombre no tiene buenas intenciones.

El hombre gruñó con exasperación.

—Me rindo —dijo y me miró—. Tú hazte cargo.

Antes de que Agatha pudiera reprochar algo, le pedí el celular.

—Agatha, ¿por qué no me pasa su celular? Seth lleva buscándola desde hace mucho.

—¿Por qué no mejor me invitas a comer al restaurante de siempre? —dio vuelta mi pregunta tal cual lo hubiera hecho Seth. Ahora entendía un poco su actitud testaruda—. Estoy muriendo de hambre y todavía me quedan unos años aquí —el descaro que tenía Agatha para burlarse de la vida me resultó fascinante, aunque no sabía bien si era correcto—. Seth puede esperar.

—Está muy preocupado.

—Siempre se preocupa demasiado y eso que es solo un muchacho.

—Hagamos algo: acepto ir a ese restaurante contigo si me dejas llamar a Seth.

Se lo pensó un momento.

—Bien. Dile que lo veremos en el restaurante de siempre.

Marqué a Seth tan rápido como pude y él contestó todavía más rápido.

—Baba, ¡voy a matarte!

—Soy Drey —respondí—. Tu abuela y yo iremos al restaurante de siempre.

—Joder, Drey, qué puto susto —lo escuché resoplar—. Okey, las veo allá.

—¡Espera! ¿Qué restaurante es?

La pregunta del millón. Respuesta: era uno de los restaurantes más costosos de la ciudad. Con solo ver la fachada mis bolsillos dolieron. Y ni siquiera estaba vestida acorde al lugar. Pero bueno, a Agatha no le importó. El recepcionista nos guio a nuestra mesa. Pensar en cuántas veces había cenado con Agnes me fue inevitable, y es que Agatha estaba en su mundo, se manejaba perfectamente como si viviese allí.

—¿No vas a pedir nada? —me preguntó al ver que dejaba a un lado la carta con los menús.

—No tengo hambre —mentí, arrepintiéndome de manera inmediata por hacerlo: primero, porque no me apetecía mentir nunca, mucho menos a Agatha; segundo, porque mi estómago protestó. Quise hundirme en mi silla por la vergüenza—. Voy a comer con mamá.

—Yo pago esta vez.

Eso no me hizo sentir mejor, por lo que, cuando llegó el mesero a preguntar nuestra orden, pedí lo más barato.

Durante la espera Agatha continuó hablando cosas sin sentido, a veces se iba de un tema a otro o repetía una y otra vez lo que me decía. En ningún momento estuvo lúcida.

Nuestros platos lucían apetitosos y su olor daba la impresión de que eran exquisitos. Agatha empezó a comer con rapidez. Yo, por otro lado, apenas pude tragar el pequeño trozo de camarón que me eché a la boca, pues mis ojos inquietos se desviaban hacia la entrada en busca de la silueta de Seth. No fue sino hasta que escuché el ruido de la botella de vino y mi copa cuando regresé a la mesa.

—Bebe un poco, niña, estás muy callada.

Me sirvió hasta la mitad, por más que hiciera señas para que se detuviera. Ignorarme llevó a que agarrara su copa y la alzara al cielo para hacer un salud.

—No me gusta mucho el vino —señalé.

—Y parece que tampoco la comida —se bebió toda su copa de un tirón. Me quedé tan asombrada de la resistencia que poseía su garganta que apenas reaccioné—. Anda, come, estás muy delgaducha y pálida.

—Hablando de comida, gracias por las galletas.

—¿Galletas? —se arrugó con dramatismo—. ¿Cuáles galletas?

—Las que me preparó el otro día. El frasco lo tengo guardado, es muy bonito.

Agatha lucía confusa.

—No sé de qué hablas.

—Ah, no importa —de pronto me sentí decepcionada. Quizá no lo recordaba.

Seth no tardó demasiado en llegar. Casi asaltó nuestra mesa y el recepcionista por poco lo echa. Lucía pálido, afligido y con su melena desordenada; se notaba que había estado corriendo, pues su respiración era agitada y poco constante.

—¿Mujer, tú quieres matarme? ¿Cómo puedes desaparecer así? ¿Por qué no respondes a mis llamadas? Deja de ignorarme y de escapar —increpó a su abuela sin darle tiempo para responder.

Con un actuar relajado, Agatha tomó su copa —la cual había vuelto a llenar por tercera vez— y bebió con lentitud, solo para provocar al chico de pie a su lado.

—Tranquilo, estaba pasando un buen momento con Agnes —respondió tras su parsimoniosa degustación—. Mejor dicho, ¿dónde estabas tú?

Seth me dio una mirada rápida mientras yo en mi cabeza pensaba decirle: «En el coro de la iglesia, cantando». Intenté no reír.

—Ya te he dicho que no escapes así —recriminó a la tranquila Agatha—. ¿En qué pensabas?

—En que necesito salir de vez en cuando.

—Tú puedes salir a donde quieras, pero acompañada. No es bueno para ti ir sola.

—No puedes decidir lo que es bueno para mí, mocoso.

Sonreí. Agatha se estaba ganando todo mi amor.

—Baba...

—Detesto que interrumpan mi comida —frenó—, ya puedes retirarte.

—¿Irme? —exclamó su nieto con un tono entre incrédulo y ofendido. Agarró la silla libre de la mesa continua y la colocó en nuestra mesa, justo entre su abuela y yo. Luego, se sentó—. No pienso moverme de acá.

La que había sido una mesa con una conversación interesante, se había convertido en una mesa silenciosa. Hasta el buen apetito de Agatha se había esfumado por causa de Seth, quien se mantuvo callado todo el tiempo.

—Esta es una buena forma de arruinar un buen momento —se quejó Agatha.

—Tú interrumpiste mi buen momento, Baba.

Otra mirada.

—Bueno, si deseas comer, este es un buen momento —le dije.

—No planeaba hacerlo acá —resopló—. Está lleno de esnobs. Pero ya que insistes...

Sin ninguna clase de recato, sacó un camarón de mi plato y se lo metió a la boca.

—Nada mal... —dijo tras degustar—, aunque le falta un poco de cocción.

Hablaba como todo un experto.

Seth pidió un plato y seguimos comiendo en silencio. Y hubiésemos terminado nuestra comida sin hablar de no ser porque Seth decidió hacerle una llamada a la enfermera de Agatha.

—Estás despedida —le dijo y cortó. No hubo ni saludos ni explicaciones, solo un anuncio crudo. Mi desaprobación se hizo obvia y severa—. Baba pudo perderse una vez, bien, es algo que puedo esperar: un error. Ya. Pero no perdonaré una segunda. Yo no perdono dos veces.

—Entiendo tu enojo, lo que encuentro mal es tu forma. Pudiste ser más...

—Sutil —intervino Agatha.

—Sí, eso. Es difícil cuidar de alguien más, sobre todo si se trata de un anciano.

Seth apoyó su codo en la mesa y su barbilla en la mano en señal de interés. Sus vivaces ojos me recordaron a los de Francis cuando quería jugar.

—¿Cómo lo sabes? —curioseó.

—He trabajado con adultos mayores.

—Me lo esperaba —dibujó una sonrisa ladina en su cuadrada cara y soltó con mofa—: Tú eres como una anciana.

Una provocación más. Ya me estaba acostumbrando a los comentarios de Seth hechos con el fin de molestarme. Por supuesto que, para que pudiera enfurecerme, tenía que poner mucho más esfuerzo.

—No seguiré con tu discusión de niño.

Formó un puchero y me sacó la lengua.

—Seth, eres un grosero —regañó Agatha—. Discúlpate.

—Lo siento —obedeció de mala gana.

—Así no, desde el corazón.

Mi cabeza regresó al momento en que Dalia me había insultado y Seth intervino usando las mismas palabras que su abuela. Comprendí que había más de Agatha en él y me pareció algo dulce.

—Lo hago de corazón —se quejó, siendo un dramático total.

—Este chico siempre ha sido así: no se disculpa, y, si lo hace, es por obligación. ¿Qué te digo siempre? Haz las cosas desde el corazón, pero eres muy altanero —cómo disfrutaba lo callado que se volvía Seth frente a Agatha—. ¿Sabías que él no siempre fue así? Antes era muy callado, incluso desde antes que sus padres fallecieran. Orinaba la cama todas las santas noches.

Ni siquiera disimulé mi sonrisa. Fastidiado, Seth la encaró.

—¿Te parece gracioso que me meara en la cama por un jodido trauma? —se notaba a leguas que el tema le avergonzaba.

—No, lo que me parece gracioso es que trates de ocultarlo. Me pregunto si los demás lo saben, teniendo en cuenta lo «temible» que eres —mis comillas provocaron que sacara chispas por los ojos, precisamente de esas que queman.

—No lo saben y más te vale que nunca lo sepan.

—¿Me amenazas?

—¿La amenazas? —inquirió Agatha, igual de defensiva que mi pregunta.

—No, solo le estoy advirtiendo que ande con cuidado —respondió Seth—. Baba, soy todo un caballero.

—Al que le crecerá la nariz si sigue mintiendo —rio entre dientes y lo apuntó para enseñármelo con desdén—. Él de caballero no tiene nada. Cuando era pequeño...

—Baba, no.

—Le aterraban muchísimas cosas —continuó, pasando de su nieto—. No podía dormir de noche solo, así que él llegaba y se acostaba en medio de su abuelo y yo. Creo que así empezó nuestro quiebre matrimonial.

Una carcajada alarmante se me escapó. Seth también sonreía.

—Cómo te encanta burlarte de mí, eh, abuela.

A los dos les parecía una situación divertida, sobre todo a Agatha, que tenía la nariz y las mejillas rojas por el vino.

—Era un niño bastante inseguro: les temía a los insectos, a las sombras nocturnas, no podía dormir con la luz apagada y salía huyendo de todo animal que tuviera pelos, excepto por Bobby. A él sí lo soportaba. Con los demás animales no. Me hartaba.

Me giré hacia Seth para observarlo e imaginarlo de niño.

—Es difícil imaginarlo así —comenté.

—Tengo fotos en casa. ¿No que ya las habías visto?

Agatha seguía creyendo que yo era Agnes. Seguro que a ella sí se las había enseñado.

—No he tenido el placer.

—Ni lo tendrás —añadió Seth al instante.

—Tú calla —le ordenó su abuela—. Puedes venir cuando quieras.

—No le abriré. Y con lo que pasó hoy, estoy pensando en cambiar todas las cerraduras y dejar una llave solo para mí.

—No puedes tenerme prisionera —las palabras de Agatha ya se empezaban a enredar sumiéndose lentamente en la nauseabunda borrachera.

—Deja de huir.

La anciana alzó las cejas, dejando ver con mayor detalle sus ojos cansados y rojos, otro de los efectos que el vino le había traído.

—Como te decía, Seth es un niño muy asustadizo.

—¿Es?

—Mírate, pareces una gallina que intentan atrapar para hacerla caldillo.

—Si me asusto es porque me preocupo por ti, Baba. ¿Cuántas veces tendré que salir a buscarte?

—Las que sean necesarias —terminó con la disputa. Si existiera un contador de puntos en todas las discusiones que Seth y Agatha tenían, seguro ella llevaba la delantera—. Él es un niño miedoso, pero antes lo era más, de no ser porque conoció a ya sabes... Ah, siempre olvido su nombre.

—Dhaxton —respondí antes de que Seth lo hiciera.

—Tu chico —me señaló—. Siempre te lo repetiré: no sé cómo has podido fijarte en él.

Me quedé sorprendida. Aquello había sido una pequeña revelación que enlazaba a Agnes y a Dhaxton: Agnes, si había interpretado bien las palabras, estaba interesada en Dhaxton.

—Y tú también —concluyó Agatha, apuntando con desprecio a Seth—. Ese niño es... es... un monstruo.

—Baba, no hables así de él, es mi mejor amigo.

—Un amigo que te robó a la chica que te gusta —Agatha sonrió y buscó mi mano sobre la mesa para darle palmaditas—. Con todo el respeto que te tengo, cariño.

—Él no me ha robado a nadie —murmuró Seth.

—¿Ah, sí? Preguntémosle a Agnes con quién sale.

Ambos me miraron. La charla se había tornado aún más extraña que antes. Por un lado, Seth negaba con la cabeza para que no respondiera y, por otro, estaba Agatha expectante a mi respuesta.

—Pues...

De pronto me sentí cohibida, llena de miradas que no quería tener encima. ¿Cómo se suponía que debía responder a algo que no sabía? Bueno, se podía concluir que Agnes había salido con Dhaxton, la misma Agatha lo había dicho, pero hacerme elegir me pareció una elección prioritaria.

—¿Con ninguno?

—Interesante respuesta —dijo Agatha y me guiñó un ojo—. Eso quiere decir que estás en medio de ambos. Más vale que escojas a mi pequeño, eres una buena chica para él.

—No es mi tipo —dijimos Seth y yo al unísono, lo que le sacó una carcajada a Agatha.

Ja, así que lo de ser novios ya se le había olvidado. Genial.

—¿Están seguros? —quiso saber Agatha y entrecerró los ojos.

—Absolutamente —insistimos.

Otra carcajada. Preferimos guardar silencio y no responder más.

Apenas pude digerir lo que comí. De hecho, creo que salí del restaurante con más hambre que antes. Por razones de educación, traté de no mostrarme insatisfecha con lo que había comido, suficiente era con que Agatha hubiera pagado todo.

—Qué feo de tu parte sacarle dinero a una vieja con demencia —me acusó Seth a modo de queja, aunque por su tono de voz sabía que bromeaba.

—¿Vieja? —inquirió su abuela, quien se mantuvo de su gancho en todo momento o la embriaguez ganaría la batalla del equilibrio.

—Haré como que no has dicho tal barbaridad —me quejé.

—Esa es su forma de decir «gracias» —respondió la anciana, arrastrando sus palabras.

—Ah, con que es eso —mis desafiantes ojos se enfocaron en Seth—. ¿Te avergüenza ser honesto?

—Yo siempre soy honesto y me gusta ser directo —la seguridad en sus palabras daba a entender que sí lo era—. ¿Te parezco demasiado rudo?

—Me pareces muchas cosas, pero rudo... —realicé un análisis rápido desde sus pies a su cabeza—. La verdad es que no.

—Puedo serlo si lo deseas.

Agatha se alarmó ante tal insinuación y le dio un pisotón con la punta de su tacón.

—¡Yo todavía sigo aquí! —reclamó cual niña pequeña y caprichosa.

—Sí, sí, Baba, lo sé. Ahora despídete de Audrey para que podamos ir a casa de una buena vez.

Agatha me apretó con sus brazos con una fuerza descomunal y me dijo que se la había pasado bien antes de que llegara su nieto. Después de aquella despedida, parecía que Seth también me diría adiós, o tal vez un insípido «chao». Se me quedó mirando un momento y arrugó su expresión.

—¿Qué es eso que tienes ahí?

Sus ojos se desviaron hacia mi cuello, justo en el lugar donde tenía el rastro del chupetón. Me cubrí con la mano y enrojecí.

—Me picó un mosquito.

—¿Y te succionó tanto que ahora tienes morado?

—Sí, tengo la piel delicada.

«Eres una pequeña mentirosa», me dijo la voz de Dhaxton.

—Piel delicada —repitió entre dientes.

Formó una sonrisa ladina en lo que soltaba una carcajada seca y corta. Se había molestado, probablemente porque los dos sabíamos que mentía.

—No importa —dijo desde la ventana de su auto—. Solo no olvides que para la persona que te lo hizo no eres más que un simple juguete.

Apretó el acelerador a fondo y se marchó por la calle.

Capítulo 9
Tratados con el enemigo

AUDREY

—¿Les ocurre algo?

Grey meneaba su mano de un lado a otro frente a mi rostro. Poco a poco su rostro empezó a ser claro. Como siempre, se veía radiante, con su cabello rubio suelto, cayendo sobre sus hombros con una gracia artística y sus enormes ojos azules desentonando con lo aburrido del lunes.

—No —respondí al ver que Sol no tenía intenciones de responder por ambas—, ¿por qué?

—Están muy pensativas, ni siquiera nos han contado cómo fue su experiencia en Euphoria.

Logan chasqueó la lengua. Era evidente que saber el avance entre Sol y Brind no era un tema de conversación para él.

—Ah... —me encogí de hombros—. Estuvo bien.

—¿Solo bien?

La sutileza tras su pregunta puso en alerta todos mis sentidos, su tono sugerente no me había gustado nada.

—¿A qué te refieres?

—Hay un video de ustedes pasándola más que bien —habló Logan, arrastrando cada una de sus palabras.

Sol pegó un salto.

—¡¿Mío?! —se veía alarmada y palideció en cuanto Grey asintió.

—Sí, bailando como nunca lo imaginé.

—¿Quéééé? Necesito verlo, ¡pero ya!

El video nos tenía como protagonistas, cautivadas por una música sensual. La distancia desde la que fue grabada no era lejana, por lo que nuestras facciones se contemplaban sin problema.

—Qué horror, si mis padres ven esto me matarán.

Sol se llevó las manos a la cabeza con desesperación, y era entendible: la única que corría riesgo de que ese video llegase a más personas era ella, por lo estrictos que eran sus padres.

—¿Quién lo grabó? —interrogué.

—No lo sé —Grey pulsó el botón de pausa—. Yo lo tengo porque lo subieron a un grupo de chats. Puedo preguntar de dónde lo sacaron, si quieres.

—Por favor, sería de mucha ayuda.

Grey no tardó en escribirle un mensaje al número.

El timbre sonó. Sol no deseaba mostrarle su rostro a nadie, se cubrió la mitad de la cara con un libro y así se marchó al edificio de ciencias. Yo tenía la suerte de ser acompañada por Grey y Logan a la sala. Sin embargo, gracias a aquel video, me percaté de que las miradas volvieron como un certero ataque, lleno de prejuicios y acusaciones. Tener que sentarme junto a Dhaxton no ayudaba nada. Por mucho que renegara de lo que provocaba en mí, no podía huir; él era una pintura de impacto, un arte raro y oscuro, casi traumático, de esos que quedan grabados en el subconsciente.

Lo peor no era el torbellino por el que me hacía pasar, sino que me gustaba experimentarlo, pese a saber que él solo era un juego.

La poca distancia entre nuestros asientos no me favorecía, mucho menos el campo de extensión visual. Pude ver los movimientos limpios de Dhaxton al bajar su libro y dejar caer sus grises ojos en mi figura. Lo sentía en mí, arañar mi psiquis, abrir mi pecho y sostener mi corazón para mostrar su dominio. Mi respiración se convirtió en movimientos violentos y peligrosos, y la tensión que recorría mi médula cosquilleó con fuerza.

—Audrey.

Bajé al infierno por un instante, todo por escuchar mi nombre siendo pronunciado por su boca. Llevé una mano a mi pecho, toqué la cruz a través de la ropa y lo miré con los ojos llenos de lágrimas.

Él ni se inmutó.

Me puse de pie y salí de la sala momentos antes de que la clase iniciara. Mi refugio fue la biblioteca de la academia, donde me perdí entre el segundo consuelo que me había acompañado tras la muerte de la abuela: el arte.

La imponente biblioteca de LeGroix era un paraíso de silencio, palabras y el particular olor de las hojas viejas. Caminar por ahí era como dar un paseo en el parque más hermoso. Busqué la sección de arte, una zona dedicada en exclusiva a los mejores pintores y los libros más prácticos se podían encontrar ahí. El nombre que buscaba fue captado en mis ojos y una peculiar voz se oyó en el pasillo.

—Ah, no puede ser...

Seth.

Verlo de pie, al inicio del pasillo, con aspecto casual, fue inesperado.

—¿Qué haces aquí?

Sin sacar las manos del bolsillo y con la espalda ligeramente encorvada, avanzó al núcleo del pasillo, a unos pocos pasos de donde me encontraba. Su presencia tranquila me alteró.

—¿Qué? ¿Es que un buen matemático no puede tener aprecio por el arte? —no cedí, estaba demasiado molesta para hacerlo—. Por si lo estás pensando: no, no estoy aquí por ti. Quiero matar el tiempo en un sitio donde el tiempo se detenga.

Volteó hacia el estante tras mi espalda en busca de un libro dando por acabada su explicación, así que yo hice lo mismo. Recorrí los lomos hasta dar con Danti Vannan. El libro estaba un cuadro más arriba que mi tamaño, alcanzarlo sería un reto súbito. Me coloqué en puntillas y estiré mi brazo, pero antes de que mis dedos pudieran sentir la textura del cuero viejo que cubría el libro, Seth lo sacó.

—Danti Vannan, ¿eh? —le dio un rápido vistazo a la portada—. Es un arte muy oscuro para alguien como tú —me lo tendió con una sonrisa torcida.

Tener aquel libro en mis manos significó un alivio, creí que tendría que luchar por quitárselo.

—Supongo que has oído de él.

—Sé todo sobre él. Es mi artista favorito. La búsqueda incansable de la perfección a través de mujeres puras fue lo que hizo su arte —bajó su mirada hacia el enorme libro entre mis brazos—. Ese libro no trata sobre él, habla sobre su inspiración. Cuenta la historia de una chica que al cumplir dieciocho años fue subastada en un burdel a un hombre llamado Viktor, quien estaba obsesionado con la belleza y la perfección, buscaba a mujeres jóvenes, vírgenes y con aspecto angelical —hizo una pausa y sonrió—. Chicas como tú. La atracción de Viktor hacia la joven era tanta que todas las noches se azotaba para reprimir sus deseos carnales hasta que, una noche, ninguno se reprimió.

—Gracias por el *spoiler*.

—No te conté la mejor parte. Además, ese libro cuenta con el análisis completo de la historia, y, créeme, no es bonita. Aprovecha de leerlo, porque hay muy pocas ediciones.

Sus ojos se iluminaron destellando toda la admiración que sentía hacia el artista. Me pareció insólito que Seth, con su aparente trivialidad, hablara así de alguien a quien yo deseaba seguir.

Pensé en darle las gracias por su entusiasmo, pero todavía no olvidaba que había sido parte de un juego. Y estaba molesta por lo que decía la página. Tomé el libro con más seguridad y me di media vuelta, en dirección a las mesas de estudio. Seth no tardó en llegar a mi mesa acompañado de dos libros.

—¿Puedo sentarme?

—No.

—Lo haré de todas formas —dejó los libros sobre la mesa y se sentó a mi lado.

Decidida a largarme, me puse de pie causando un gran estrépito. La bibliotecaria y todos los que estaban ahí me hicieron callar y de la pura vergüenza cubrí mi rostro tras el libro que pretendía leer. Volví a sentarme con la cabeza baja.

—Voy a estar aquí, tranquilo, sin molestar.

—Más vale que estés aquí para disculparte.

—¿Por qué?

—Creo que olvidaste que aquí me arrinconaste para besarme.

Se volvió hacia la mesa portando una sonrisa detestable, al mismo tiempo que se recargaba en la silla y elevaba su perfil.

—Oh, sí, y ocurrió justo ahí arriba —apuntó con su barbilla el segundo piso, donde se lograban ver algunos estantes con libros—. No olvides que fuiste tú la que lo decidió, tenías posibilidad de largarte, nadie te obligó a nada.

—Si no lo hacía...

—Tendrías que posar para Dhaxton y eso es precisamente lo que estás haciendo. Giraste sobre tu propio eje, ¿y para qué? Para nada.

—No puedo creer lo soberbio, arrogante y miserable que eres.

Seth pasó su lengua por los labios y luego sonrió.

—Adoro esa clase de insultos; todos formados a base de prejuicios.

—¿Prejuicios? —otro siseo me ordenó callar, estaba demasiado alterada a esas alturas de la discusión. Abrí el libro, lo paré en la mesa y me agaché para no ser vista con ojos acusadores.

—Sí, haces acusaciones sin siquiera conocerme.

—Las hago sobre la base de lo que has demostrado en este tiempo. Trataron de engañarme, jugaron conmigo como si fuera una marioneta.

—Bueno... Todo lo que oíste de mi parte es cierto, yo nunca te he mentido. Prefiero ir de frente, soy directo y puedes dar fe de ello.

—Mentira.

El golpeteo de los zapatos de la bibliotecaria interrumpió nuestra plática, lo que, en resumen, llevó a que nos echara sin la posibilidad de llevarme el libro que deseaba leer. Sentía tanta rabia que apreté mis puños y solté un gruñido en las afueras de la biblioteca, lo que desató las carcajadas de Seth.

—Ten cuidado, no dejes que la ira te consuma, es un pecado capital.

Se burlaba de mí. Sentí tanta impotencia que unos enormes deseos de llorar me invadieron otra vez.

—¿Por qué no me dejas en paz? —balbuceé con la voz quebrada y la garganta anudada.

Seth se percató de ello y su semblante cambió en un pestañear.

—Yo...

—¿Qué tiene que ocurrir para que dejes de fastidiarme?

Sus labios se abrieron para responder y luego desistió. Sequé las rebeldes lágrimas que pretendían escapar e insistí:

—Ahora no dices nada, vaya, pero en la biblioteca parecía que tenías bastante por decir.

Dio un paso, otro y otro, sin poder pronunciar ni una palabra, estaba desconcertado. Asentí para convencerme de que no podría obtener de él una disculpa y me marché.

Cuando me reuní con los chicos en la hora del receso, las preguntas sobre mi huida no tardaron. Les respondí que no me sentía bien, lo que en parte era verdad.

—Bueno, si te sirve de consuelo, el chico que pasó el video respondió —dijo Grey.

Sol se llevó una mano al corazón, seguro para que este no se le saliera del sobresalto.

—¿Y qué dijo? —pregunté, igual de intrigada que mi amiga.

—Dijo que lo sacó de una página de Facebook de la academia. Lo malo es que es una página bastante... —formó una mueca mientras buscaba una palabra, pero se dio por rendida en medio de un resoplido—. En realidad, no hay una palabra que pueda describir ese sitio.

—No me digas que es... —pronunció mi amiga, quien ya era un papel andante. Grey asintió con una expresión tan mala que me cosquilleó la médula—. Hijos de puta...

Si Sol había dicho una grosería de tal magnitud, significaba que estábamos en problemas.

—¿Qué? —quise saber—. ¿Qué pasa?

—La página es Happy Little Tea —intervino Logan—. Ahí se dedican a los chismes, a humillar a los estudiantes y subir toda clase de videos. Son los típicos *trolls* de internet que quieren ver el mundo arder. Han dado de baja la página muchas veces, pero siempre crean una nueva.

—¿Y saben quién la administra?

Los tres negaron con la cabeza.

Saqué mi celular y entré a Facebook. Me fui a las búsquedas e ingresé el nombre de la página mientras Sol se acomodaba a mi lado, curiosa.

—¿Qué haces?

—Les mandaré un mensaje a los administradores de la página para que den de baja el video.

—Se reirán de ti —advirtió Grey—. Ellos no son tan complacientes.

—Vale la pena hacer el intento.

La segunda publicación de la página principal de Happy Little Tea era nuestro video. Verlo otra vez me causó cierto rechazo, sobre todo por el comentario que habían dejado.

[Deben mamarla mal, pero lo bueno de las santurronas inexpertas es que siempre puedes enseñarles como a ti te gusta. 😉]
[Yo haría que me la coman completa hasta que se ahoguen.]

Y le seguían comentarios más asquerosos, todos hechos desde cuentas falsas.

—Por todos los santos, son horribles. —Sol se cubrió el rostro para ocultar lo avergonzada que se sentía. Ella, que había intentado mantener el perfil bajo, no esperaba ser parte de una publicación así.

—Vele el lado bueno, al menos no es un video porno. —Logan hizo un terrible intento por consolarla, lo que resultó en el desprecio de Sol y Grey.

—No seas insensible —se quejó la rubia, dándole un golpe en la nuca—. Sea el video que sea, nosotras siempre salimos más perjudicadas, solo basta con ver cuando un video sexual se hace viral.

—Eso es taaan cierto —se unió Sol—. La mujer siempre es la que da más que hablar.

Dejé de prestarles atención antes de que el pesimismo me desalentara.

Fui a la opción de mensajes y les escribí, lo que desencadenó una serie de nuevas publicaciones burlándose de mi penoso intento y más rumores que me señalaban.

—Las cosas se tornaron muy turbias —comentó Logan mirando las nuevas publicaciones de la página Happy Little Tea—. Están haciendo montajes tuyos.

Suspiré y asentí con lentitud. En la mañana me habían llegado un montón de solicitudes de mensajes de perfiles que desconocía, con leerlos supe enseguida que se debía a la dichosa página y sus atroces publicaciones.

—Eso ya es excederse.

—Ajá, están pasando un límite.

Que hablaran de lo mal que estaban las publicaciones donde ponían mi cara recortada en fotografías con una connotación indecente me sentaba más mal que las mismas publicaciones. Quería largarme de ahí, irme a un lugar donde nadie me viera.

Sol me detuvo del brazo antes de dar el primer paso.

—¿A dónde vas?

—Voy al baño.

Caminar sola por una academia que murmuraba a mi espalda no fue la mejor de las ideas, tampoco meterme a un baño lleno de chicas que ni siquiera disimularon las risas burlescas. Todo el mundo estudiantil parecía estar en mi contra, otra vez.

Me apoyé en el lavabo y aguardé a que todos se marcharan. El timbre para volver a clases sonó con fuerza en aquel solitario baño, pero ni siquiera me alarmé. Abrí la llave y me mojé la cara cuando el rechinido de una zapatilla contra el cerámico me puso en alerta. Alcé la cabeza y vi a Seth a través del espejo.

—Hola —saludó con seriedad.

Me di media vuelta y mantuve mi cuerpo lo más apartado de él.

—Aléjate de mí. Primero tu séquito que quiere intimidarme, me dices que soy parte de un juego, pones notas en mi casillero, soy víctima de acoso en una estúpida página de Facebook y ahora estás aquí.

—Vengo a ayudarte.

—No quiero. Tropezar contigo ha llevado a mis peores desastres; seguro ese video lo grabaste tú.

Di un paso al lado para pasar por su lado, pero se interpuso en la entrada del baño y abrió los brazos.

—Yo no lo grabé.

—Tú estabas en esa fiesta, en ese sofá, a la misma distancia. Te recuerdo ahí, mirándome. Si eres capaz de jugar conmigo, entonces fuiste capaz de grabar ese video.

La molestia que sintió se hizo evidente.

—No lo grabé —farfulló, a la defensiva—. Todos mis amigos saben que nadie, absolutamente nadie puede grabar en nuestras fiestas. Nadie. ¿Entiendes? Tú y yo estamos buscando a la misma persona.

—Tú estás buscando al que grabó el video, yo estoy buscando a los administradores de toda una página. Estamos en hemisferios diferentes, no te necesito.

Aproveché la distracción para salir del baño, sin embargo, los movimientos de Seth fueron rápidos y me detuvo.

—Me necesitas, y te diré por qué: voy a buscar a esos bastardos, y cuando los encuentre van a cantar quién les pasó el video o me cagaré en toda su puta familia.

Tener a un Seth enojado enfrente intimidaba, y mucho.

—¿Y de qué va a servir? Mi imagen está manchada, no importa cuánto los intimides, a tu espalda siempre voy a estar en boca de todos.

—Yo les daré algo nuevo de qué hablar —murmuró formando una sonrisa de temer.

Ese día llegué a casa con los ánimos por el suelo y con deseos de perderme del mundo bajo mis sábanas. Francis me recibió paseándose por mis piernas y mamá, para mi sorpresa, con un fuerte abrazo. Estar entre sus brazos me reconfortó un momento; también despertó mi temor. ¿Y si se había enterado de la página y los horribles mensajes? Por suerte, eso no fue así.

—Debo irme de viaje —dijo sin soltarme y al instante me sentí desprotegida. Tras mi silencio, necesitó apartarse para examinarme—. ¿Ocurre algo?

Tragué grueso.

—No, solo ha sido un día duro.

Una vez más me callaba ante mamá, no sé si fue por vergüenza o porque no le tenía la confianza suficiente para hablar de lo que sucedía. Quizás era porque yo había depositado todo lo que sentía en la abuela y ya no estaba para ser mi pilar y fortaleza.

—Así que tendré que quedarme sola...

—Sí —buscó mi rostro—. ¿Crees que podrás sobrevivir sin mí durante una semana?

Sonreí.

—Puedo hacer el intento. ¿Cuándo partes?

—Mañana a las 15:00.

—Voy a estar en la academia.

—Lo sé, lo siento, Devon no pudo conseguir otro vuelo.

—¿Devon?

—Viajaré con él.

Esa noche me pregunté: «Si algo muy malo me ocurriera, si todos esos falsos rumores de la academia llegaran a ella, si lo que me han hecho Dhaxton y Seth sale a la luz, ¿se pondrá de mi lado?».

Al día siguiente tuve que usar uno de los buses de la academia para llegar pronto a la primera clase. El camino transcurrió tan tranquilo que pude pasar el rato dibujando.

Mi libreta de dibujos era enorme, casi del tamaño de mi torso, lo que hacía difícil manipularla en espacios estrechos. Aunque dibujar entre los asientos del bus fue fácil, su largo me permitió ponerla en diagonal como en una mesa de dibujo; lo complicado fue bajar. Apenas coloqué un pie en tierra resbalé y algunas de mis hojas sueltas cayeron al suelo. Nerviosa, los recogí deprisa y caminé hacia la entrada de la academia con mi libreta bajo el brazo mientras revisaba mis dibujos. La falta de interés por mi entorno llevó a que chocara con la espalda de uno de los atletas de la academia.

—¡Maldita sea! —rugió, volviéndose hacia mí. Vi que cargaba una bebida isotónica y parte de ella se había derramado sobre su ropa—. Fíjate por dónde caminas.

—Lo lamento, fue casualidad.

—¿Casualidad? ¡Me has mojado toda la ropa!

—No era mi intención.

—Si derramo bebida sobre tus putos dibujos será con toda mi intención, me has manchado toda la camiseta.

No exageraba, aunque eso no era justificativo para la amenaza.

Me estaba molestando, ¿es que tendría que soportar todos los días lo mismo? Desde que había llegado a la academia tuve que soportar el acoso y las burlas, y ya me estaba hartando.

—¿De verdad estás llorando por una manchita? —una risotada socarrona nació desde mi interior—. Estás bastante grandecito para saber que la ropa se lava.

Sus ojos se inyectaron de sangre, su semblante proyectaba una furia iracunda. Vi su intención de agitar la botella para manchar mis dibujos, pero lo detuve con un gesto rápido, desparramando más bebida sobre él. Algunos estudiantes que pasaban se rieron por su fallido intento, lo que lo enfureció todavía más.

Tiró la botella a un lado.

—Shawn, vamos —le pidió una de las chicas pertenecientes al grupo de Seth y Dhaxton, tratando de calmarlo—. No vale la pena, ella tiene razón, es una mancha que puedes lavar.

Él se apartó de las manos de la chica en un gesto brusco. Con sus enormes manos agarró mis dibujos. Quería arrebatármelos a toda costa, y su fuerza le daba una ventaja abismal. Por poco me rendía, los dedos ya no aguantaban, entonces pasó que un puñetazo le dio vuelta la cara. El golpe fue certero y se oyó como el final de una sinfonía de Beethoven: maravilloso.

La fuerza se hizo nula y Shawn soltó mis dibujos.

—Si le pones un dedo encima a ella o a cualquiera de sus pertenencias, incluso si es una mierda insignificante, te las verás conmigo —le habló de frente, sin quitarle los ojos de encima, incluso cuando Shawn era media cabeza más alto que él—. Yo no doy segundas advertencias ni perdono dos veces, ¿entendido?

Shawn asintió.

—¡Para ustedes va lo mismo! —se dirigió hacia los demás. Ni siquiera me había dado cuenta de que se había formado un círculo de curiosos a nuestro alrededor.

El ambiente era tenso.

Todo el mundo estaba tenso.

Shawn apretó los puños a los costados, parecía querer enfrentarse a Seth, y él lo notó, dispuesto a darle otro golpe de ser necesario. Finalmente, tras unos segundos, el grandulón se marchó pasando a llevar a todo aquel que se interpuso en su camino.

La chica rubia que trató de detener al grandulón se volvió hacia Seth.

—Seth, lo siento tanto —dio un paso hacia él con una mueca de arrepentimiento—. Shawn ha estado bastante tenso y... perdónalo, ¿sí? Cuando se acercan los partidos competitivos se pone muy explosivo —habló. Sus labios se movían con rapidez, sus ojos vibraban, su mirada era de preocupación.

Miré mis dibujos, las hojas arrugadas y rasgadas indicaban que no había salido invicta del todo.

—Dile que no se repita, Amphora —dijo Seth, dándole la espalda a la chica.

En cuanto sus ojos marrones me encontraron, entendí que no me había defendido por simple caridad. Claro que no, Seth me había defendido porque así me lo había propuesto en el baño.

Acomodé mis dibujos y entré a clases.

Tan pronto me senté en mi asiento, Dhaxton me recriminó por no asistir a la sesión de dibujo del martes. Con lo que había pasado el sábado y lo del domingo, contando además lo mal que me sentía por la página Happy Little Tea, mis deseos de soportar a Dhaxton eran nulos.

—No te vas a morir solo por no verme un día.

Me tomó del brazo para que volteara.

—Te recuerdo que tú y yo tenemos un trato.

Sentí la necesidad de esquivarlo, de apartar la mirada para evitar la confrontación. Sus ojos grises me intimidaban, eran demasiado profundos y cambiantes para permanecer tanto tiempo enlazados a ellos. El vacío en mi pecho se agrandó al recordar, una vez más, las palabras de Seth, y los deseos de huir me invadieron de nuevo.

«No esta vez», pensé.

—Ya me dibujaste, ya terminamos.

Contraatacar le fue fácil.

—Un simple dibujo no pagará los costos de un auto.

—Me pregunto si jugar conmigo sí —disparé sin pensarlo.

Guardó silencio, su mandíbula se tensó y noté cómo su manzana de Adán subió y bajó con rapidez tras tragar saliva.

—Eso solo satisface mi molestia, no mi bolsillo.

—¿Y de qué forma te llenan de dinero tus dibujos?

—Vendiéndolos.

—¿O pegándolos en las paredes de tu estudio?

—Lo que ves en mi estudio no es todo lo que he creado ni lo que está próximo a salir de él —no supe si tomármelo como una amenaza o una respuesta vaga—. No me tomes por alguien mediocre.

—Me lo dejas fácil cuando resulta que te sumas a los juegos que haría un adolescente de quince años.

—Veo que insistes mucho con eso —apoyó su codo en la mesa y luego su mejilla en la mano. Su aspecto severo, ese que su vestimenta y actitud le daban, había quedado distante; ahora parecía más relajado, su gesto era casi indiferente—. ¿Qué te hace pensar que para mí eres un juego?

Creí que era más inteligente como para formular una pregunta así, luego entendí por qué la hizo.

—Todo. El que mandes a acosarme, luego me extorsiones, que me busques y luego me beses... Eso me hace sentir usada. Ese es el problema. Además, Seth ya afirmó que juegas conmigo.

Aunque él no era una fuente muy confiable...

—Dímelo —ordenó Dhaxton.

—¿Qué?

—Admite que no te gustó lo que pasó en el balcón —sus ojos se desviaron hacia mi cuello—. Dime que ayer saliste huyendo, no porque te sienta mal que seas parte de un juego, sino porque quieres que ese beso se vuelva a repetir.

—Hablas como si quisiera algo serio contigo.

—Lo quieres —atajó—. Tu inclinación es clara. Y ahora temes haberte involucrado demasiado porque no quieres que te rompa el corazón.

Mi pecho dolió.

Quise esconderme, sentía que Dhaxton veía a través de mí.

—Y-yo no estoy...

—Puedes ocultarlo de los demás, puedes tratar de engañarte a ti misma, puedes evitar pensar en ello, pero no puedes esconder lo que tu cuerpo desea. Por más que intentes, los sentimientos y las emociones siempre te terminan delatando.

—¿Lo dices por experiencia propia?

—Lo digo porque así lo demuestras tú.

—Tienes que revisar un poco tu juicio, porque estás equivocado.

Apoyó su mano en el bordillo de la mesa y se inclinó hacia mí. Cerca, muy cerca, se mantuvo quieto, a unos escasos centímetros de tocar mis labios. Me encogí de hombros, mi cuerpo se alejó por instinto y el calor me abrasó al punto de la asfixia. Tomó mi barbilla y enrojecí. Un gesto quiso asomarse en una de sus comisuras.

—Buen intento —susurró con la sonrisa bailando en sus labios.

—Si haces eso intimidas a cualquiera.

—Puede ser..., pero no a cualquiera lo haría sonrojar. Ya te lo dije: el cuerpo siempre hablará por ti.

El profesor entró a la sala para impartir la clase, lo que no me dio tiempo a responder. Un modelo vistiendo una especie de traje romano le seguía el paso. Nos formamos en torno a la pequeña tarima, donde el modelo posaba bajo las indicaciones del profesor Banes. Cuando las clases eran prácticas, teníamos más libertad de hacer lo que quisiéramos, por lo que mientras dibujaba me di cuenta de que me habían mandado un mensaje.

Grey: ¿Drey, viste lo de Happy Little Tea?

Busqué a Grey entre todos los caballetes y negué con la cabeza.

Grey: Eliminaron todas las publicaciones sobre ti, incluyendo el video, y subieron un video sobre una profesora de Matemáticas enrollándose con un alumno.

¿Una profesora y su alumno?

Tomé mi celular y fui corriendo al baño.

Me encerré en el último cubículo e ingresé a la página. La primera publicación que aparecía era la que pronto estaría en boca de todos.

Era de esperarse que a la profesora Christina le gustara gemir. Oing, oing, cerda. 🐷

El título era demasiado inapropiado.

El video se reprodujo en automático, pero pasé de él hacia las publicaciones antiguas. Seth lo había logrado, en ninguna de las publicaciones se me mencionaba o hacía burla. Era como si en Happy Little Tea nunca se me hubiera mencionado.

Subí al video. La reproducción automática inició otra vez. Pensé en evitarlo y no meterme en los asuntos de otros, pero me ganó la curiosidad por saber qué tanto mostraba.

La grabación me resultó extraña, oscura y algo difusa; el exceso de píxeles saturados no ayudaba a la calidad, aunque se lograba ver algunos detalles importantes, como los rostros, manos y prendas. Se notaba que era un video casero hecho por placer. El delantal blanco de la profesora estaba recogido hasta su cintura, arrugado. La mano de su alumno se encargaba de que todo quedara explícito y grabado. Gemidos y jadeos por todos sitios; piel contra piel. La profesora estaba con su pecho contra la mesa, moviéndose al compás de las embestidas, agitada, pidiendo más.

La cámara se movió, hizo un rápido recorrido por el entorno de la grabación y me percaté de que se trataba de la bodega del cuarto piso. De pronto, el recorrido se detuvo en un rostro confuso, algo deforme, que se fue aclarando poco a poco. Pude reconocer las facciones, esa mueca de placer que rozaba la picardía y una sonrisa maliciosa, la misma que pude ver cuando le tendía aquella bebida rosa y burbujeante a Seth la noche de su cumpleaños.

El de la grabación era Noah.

Bajé a los comentarios. No eran muchos, ya que el video era reciente, pero la mayoría hablaba de la profesora y se burlaba de Noah.

Lo siguiente consistió en saber si la repercusión del video me mantendría a mí al margen.

Cuando regresé a la sala de clases, los chicos lucían inquietos y murmuraban desconcentrados. El timbre para el almuerzo sonó; en cuanto todos salimos al pasillo, los gemidos y jadeos de la profesora de Matemáticas hacían enloquecer a los supervisores, que intentaban frenar las reproducciones. Las risas, burlas y comentarios se centraban en el video. Era de esperarse, el morbo y el sexo han atraído a las personas desde tiempos inmemoriales.

La atención se desvió por un momento cuando avisaron que se había armado una pelea.

—¡Seth y Noah están peleando! —gritó alguien y todos fueron a ver qué pasaba. Se suponía que ellos eran amigos, formaban parte de un grupo, nadie quería quedarse sin la primicia.

Grey y Logan prácticamente me arrastraron hacia el lugar de la disputa. Había muchos estudiantes, así que poco podía ver. Uno de los guardias llegó al lugar casi al mismo tiempo que nosotros y se inmiscuyó entre la multitud. Conseguí ver a los dos protagonistas de la pelea agarrados; Seth tenía el puño en alto a punto de estrellarlo en Noah.

—¡Se acabó, a la rectoría los dos! —gritó el viejo, y luego nos habló a los demás—. Y, ustedes, vayan a hacer lo suyo.

En cuanto los demás se separaron para abrirle paso al guardia en compañía de Seth y Noah, me di cuenta de que Seth tenía una ceja hinchada y el labio sangrando, aun así, al pasar frente a nosotros, me guiñó un ojo y susurró: «Hecho».

Después de la primera clase de la tarde, los rumores decían que las grandes mentes de la academia se habían reunido para llegar a una conciliación. Según me comentó Sol, años atrás hubo un escándalo que involucró a un profesor y una alumna que todavía no cumplía la mayoría de edad; el escándalo casi ensucia la reputación reluciente de la academia, pero los altos mandos consiguieron mantenerla limpia. Por ese error del pasado, las relaciones interpersonales entre docentes y estudiantes estaban prohibidas, así también tachadas como actos deleznables.

—¿Qué crees que ocurra con Seth? —pregunté, vacilante.

—Seguro lo suspenden un par de días por perturbar el orden del establecimiento o algo así.

—Detrás de la filtración del video estaba él, si esto llega a saberse seguro que lo expulsan también.

—¿Expulsarlo? —dijo Grey con incredulidad—. Ni de broma. Su abuela tiene demasiada pasta como para que la academia lo deje ir.

Logan asintió.

—En eso tienes razón. Entre todos los estudiantes, quienes ustedes saben siempre se librarán.

—¿Saben dónde está él?

—En la enfermería —respondió Sol sin apartar los ojos de su celular—. O eso me comentó Brind.

Logan blanqueó los ojos.

—No me digas que ahora eres uña y mugre con ese tipo —recriminó con desdén.

Las cejas de Solange se arquearon y sus labios formaron una «o» con sorpresa. No esperaba que Logan le hablase así.

—¿Hay algo de malo?

—Sí, que lo pones celoso —intervino Grey con burla. Logan se sonrojó de golpe y, como consecuencia, Sol también.

—N-no me pongo celoso, es solo que Brind me parece un idiota —se defendió, o eso intentaba, porque mientras más hablaba, más se hundía.

Para no presenciar la humillación de Logan, fui a darle una pequeña visita a Seth en la enfermería. Fue fácil entrar, la puerta estaba medio abierta y las dos enfermeras ocupadas con un paciente. Aproveché que ambas me daban la espalda para inspeccionar las otras camas. En ninguna pude dar con Seth, más bien, él dio conmigo.

—Las hurtadillas no son lo tuyo.

Di un grito ahogado con la mano en el pecho. Mi corazón ya no resistiría tantos sustos.

Seth pasó por mi lado y se recostó en la cama. Su labio estaba hinchado, rojo, con la comisura amoratada. En la ceja hinchada, tenía restos de sangre. Todo su rostro estaba pálido, casi verdoso. ¿Tan mal le había sentado la pelea?

—¿Cómo me veo? —preguntó en voz baja, por lo que deduje que no quería llamar la atención de las dos enfermeras.

—Como un salvaje.

—Salvaje, como me gusta el sexo —herido y todo no dejaba de lado sus comentarios obscenos—. ¿Viniste porque te he preocupado?

—Vine por la página.

—Estoy decepcionado —balbuceó formando un puchero y se acomodó—: Te dije que desviaría la atención.

—Pensé que el del video serías tú.

—Lo viste, ¿ah? Eres una traviesa.

—Solo quería saber de qué trataba.

—Pues del puto Noah y Chris.

Se notaba que mencionarlos a ambos le era un fastidio. Sus ojos expresaban odio y su boca rabia.

—La metiste en todo esto.

No hacía falta mencionar su nombre para saber que hablaba de la profesora, a quien hace unos pocos días mantenía como alguien por encima del resto.

—Creo que tenías razón: me estaba usando.

—¿Ella y Noah tuvieron una aventura también?

—Ella y Noah, ella y Shawn, ella y muchos más. Yo fui lo suficientemente tonto como para fingir que no —las palabras las pronunció con aflicción. Le molestaba, por mucho que intentara mostrar lo contrario—. Me tenía aquí —abrió la palma de su mano y señaló el centro—. Aquí, pero no pudo cerrar el puño. Creyó que podía jugar conmigo, que me tenía a sus pies. Y el jodido Noah... Fue él quien grabó tu video. El imbécil creyó que no lo iba a descubrir.

Ayudarme con lo de la página había sido para favorecerse a sí mismo, para cortar los lazos con sus traidores.

Seth había matado dos pájaros de un solo tiro.

Se removió en su lugar. Su mal aspecto me provocó cierta lástima, y el sudor en su frente, asco.

—¿Y los que están detrás de la página?

—No sé quiénes son, lo siento, por más que insistí no me lo dijeron, solo pidieron llegar a un acuerdo.

Qué conveniente.

—Se me hace extraño que tus manos estén limpias.

—Acabo de lavarlas —pronunció, llevando una de sus manos a mi mejilla—. Mira, huele.

Su tacto era frío, todo su cuerpo estaba muerto, pero en su frente había sudor. Algo andaba mal con él. Tomé su mano con cuidado y la aparté.

—Sabes que lo digo en sentido figurado. Tú estás libre de dos personas que te molestaban, les entregaste un video a la página ¿y ellos no han hablado de ti?

—¿Me crees tan idiota como para hablar con ellos desde mi cuenta personal? Le he pedido a alguien más que hable con ellos. Alégrate, ya ninguno de los hijos de puta de afuera hablará de ti.

Su mirada se volvió perdida, casi delirante. Se veía tan vulnerable acostado en una cama, con los ojos apagados y todo su cuerpo compungido. Toqué su frente; estaba ardiendo.

—¿Puedo saber por qué me ayudaste?

—Ayudar al prójimo es uno de mis pasatiempos favoritos, me acerca a la santidad. Estar cerca de Dios.

Por muy enfermo que estuviera, él no cambiaba en nada. Acomodé en su frente algunos cabellos.

—Creo que vas por buen camino —murmuré. Seth sonrió—. Ya me voy.

Me detuvo.

—Quédate, necesito compañía.

Su agarre débil permitió que me soltara fácil. Salí del cuartito que formaba la unión de los biombos y agité mi mano para llamar la atención de las enfermeras.

—Él no se siente bien —señalé a Seth.

Con una maldición entre dientes y su dedo del medio levantado en todo su esplendor, me despedí de Seth y salí de la enfermería con los ánimos más repuestos.

Hubiera deseado que la página cayera, mi sed de justicia lo anhelaba con fuerza, pero supuse que, por ese momento, lo mejor era dejar las cosas como estaban ahora que todos habían desviado la mirada hacia otras personas.

Capítulo 10
Charla casual

AUDREY

La lluvia se convirtió en una pesadilla. Mamá había escogido el peor momento para viajar porque sin ella no sabía qué decisiones tomar en la casa. Me asustaba la idea de pasar la noche sola bajo una tormenta, de que todo empeorara y se convirtiera en desastre. Para colmo de males, parte de nuestro tejado se había derrumbado y la humedad indicaba que, de seguir cayendo agua, nuestro techo caería en medio de la sala. Con la ayuda de un vecino logré poner bolsas plásticas de basura para evitar que el agua se colara.

Llamé a mamá para que me diera soluciones, pero desde miles de kilómetros era imposible. Después de una discusión, Devon cogió el móvil y me ofreció su departamento para pasar unos días. Empaqué cosas como si fuese a quedarme para toda la vida. En una maleta llevaba mi ropa y cosas necesarias para pasar la noche —libretas de dibujo, mi laptop, mi Biblia, objetos de valor en caso de que algo pasara y comida—. En mi otra maleta llevaba la comida y platos para la comida de Francis, incluyendo media bolsa de arena. En un bolso hecho a su medida, metí a Francis luego de una ardua lucha por sacarlo del sofá. Junto a todo lo que llevaba, tenía que añadir la tapa de una caja de zapatos para la arena de gatos y el paraguas.

Casi no daba abasto.

Mi salvación golpeó la puerta antes de que me preguntara cómo llegaría a la parada.

—Tu madre me dijo que necesitarías ayuda.

Encontrar a Dhaxton en la puerta de mi casa, vistiendo ropa acolchada y bajo un paraguas es una imagen que jamás borraré de mi cabeza. Se veía adorable, sacado de alguna película romántica. Mi corazón se desenfrenó.

De no haber sido porque las gotas de lluvia me golpearon en la cara no habría despabilado.

—Pues se equivocó... —iba a cerrarle la puerta en la cara, pero se apresuró a agarrar una de mis maletas—. ¡Oye!

—No te morirás si te llevo la maleta al auto.

Apenas pude salir a detenerlo. Mi pobre Francis iba bajo mi brazo maullando como un desquiciado.

Resignada, le entregué mi otra maleta para que la echara al auto. Me subí al asiento del copiloto con Francis en mi regazo. Dhaxton no tardó en subir y echar a andar.

Para nuestra suerte, bajar del auto resultó más simple que subir. Dhaxton estacionó en el aparcadero subterráneo y solo tuvimos que entrar a un ascensor para dar con el piso 6. Como si se tratara de su edificio, Dhaxton avanzó hasta la puerta 105. Ingresó la contraseña y entramos.

Saqué a Francis del bolso y, con él en mi regazo, me senté en unos de los sofás. «Pequeña» fue la palabra que me vino a la cabeza estando en medio de la soledad en un enorme departamento. El entorno lúgubre combinaba a la perfección con el cielo gris del exterior. Las paredes color ébano atenuaban los biombos rojos que separaban los espacios predeterminados que limitaban los muebles. El estilo minimalista nunca me llamó la atención, pero admito que en el departamento sentaba genial; los sofás rojos, la alfombra de lana negra bajo mis pies, la mesa de centro con una forma de cubo inexacta, la decoración sobre esa... Todo parecía sacado de una revista de hogar. Me encantaba. Quedé maravillada, no solo por el ambiente minimalista, sino también por la vista. Demasiado bueno para ser verdad.

—Voy a darme un baño.

Las palabras de Dhaxton me trajeron de regreso al mundo real.

—¿Qué?

No respondió. Caminó hacia una de las puertas y se metió ahí.

Me quedé sola en la sala de estar, con Francis pidiendo que lo bajara y un millón de preguntas en mi cabeza.

¿Había algo peor que escoger entre dos males? Sí, tener que vivir bajo el mismo techo que uno de ellos.

Me quedé viendo la puerta por la que Dhaxton había entrado.

Se veía tan bien cargando mis maletas.

¡Mis maletas! Dhaxton las había dejado en el piso y una pequeña posa se formó bajo ellas.

Me puse en pie y agarré a Francis por debajo de sus axilas, con su cara peluda y malhumorada hacia mí. Los ojos del gato me maldijeron en silencio por agarrarlo en el aire.

—Tengo que secar las maletas —le dije como si pudiera entenderme. Estaba segura de que en el fondo entendía todo, solo que era demasiado rebelde para obedecer—. Hagamos un trato, ¿sí? Voy a soltarte, si te quedas quieto te daré todo un sobre con comida.

Francis maulló.

Supuse que eso era un sí.

Lo dejé en el piso y me dirigí a la cocina y saqué unas toallas de papel.

Casi terminaba de secar mis maletas cuando escuché un peculiar sonido que me erizó la piel. Mi cuerpo se volvió rígido hacia la dirección del sonido, encontrando a Francis con sus garras enterradas en un sillón. El gato debió percibir mi histeria interna, porque se quedó quieto con sus enormes ojos abiertos.

—¡Francis!

Lejos de mostrarse asustado, continuó limando sus uñas. De un salto llegué donde él y lo agarré. «¡Déjame, déjame!», seguro que me chillaba en su idioma gatuno mientras se retorcía entre mis brazos.

De pronto, el clic de una puerta se escuchó.

Francis y yo nos quedamos tranquilos sobre el sillón pretendiendo que nada pasó.

Dhaxton salió a la sala vistiendo un pantalón de tela y una camisa negra con un sutil estampado abstracto que brillaba con modestia bajo las luces. Su cabello gris peinado hacia atrás dejaba caer algunos mechones sobre su frente. Él congeniaba demasiado bien con el departamento, hasta hubiera jurado que en realidad era suyo.

—¿Todavía no desempacas? —señaló mis maletas con su barbilla.

¿Cómo podía actuar tan desinteresado y natural a la vez? Yo me estaba muriendo por dentro, no solo porque mi gato acababa de enterrar sus garras en un mueble que seguro era carísimo, sino porque se veía como mi pase exclusivo hacia el infierno.

—Creí que iba a estar sola —comenté.

Dhaxton se pasó las manos por el cabello y dijo:

—Creíste mal, yo también estaré un tiempo aquí.

—Pero Devon dijo...

—¿Le temes a algo? Si se puede saber —interrumpió.

—A ti por supuesto que no —respondí sin permitirle que viera a través de mí—. Es solo una cuestión de comodidad.

—Con que te pongo nerviosa...

Dio pasos cautos.

—Solo un poco —confesé—. Es la primera vez que viviré bajo el mismo techo con un hombre.

Una de sus cejas se alzó mostrando interés.

—¿Y tu padre?

—Ni siquiera con él. Murió.

No tuve que pensarlo dos veces para responder. Mi desagrado se masificó igual que un virus. Dhaxton lo notó y guardó silencio. Sus penetrantes ojos me hicieron sentir expuesta, por lo que bajé la cabeza y me distraje acariciando a Francis.

—¿Por qué no lo dejas bajar?

—Es que... —Pensé en explicarle los posibles desastres que mi gato podría hacer en un departamento lleno de objetos de valor, pero desistí al percatarme de que ya había metido sus garrotas en el sillón—. Olvídalo. —Acaricié el lomo de mi gato y me dirigí a él—: Pórtate bien, eh.

Francis necesitó un momento para saber dónde se encontraba una vez lo bajé.

Con aire despreocupado, Dhaxton se acercó a Francis para acariciarlo. Mi gato era un confianzudo de mucho cuidado, ni siquiera lo dudó demasiado cuando se recostó en el suelo de espaldas para recibir caricias en el vientre. Le di un par de palmaditas y me puse de pie.

—¿Cómo se llama?

Por alguna extraña razón, ese interés sutil en mi gato me hizo sonreír.

—Francis.

Rascó su tripa unos segundos más. Su tamaño de coloso en comparación con el mío quedó en evidencia cuando se levantó y quedamos frente a frente, con su olor a champú tan delicioso. No estábamos así desde que ocurrió lo del beso y ahora estábamos solos con un pequeño gato separándonos.

—¿Cuál será mi cuarto?

Mi pregunta bajó toda la tensión subida al máximo en tan solo un instante.

—Este de aquí. —Se dio media vuelta y pude exhalar todo el aire contenido en mis pulmones. Dhaxton se dirigió a la puerta contigua a la que él había entrado hacía unos minutos y la abrió—. Ponte cómoda.

Era irónico que él me dijera algo así teniendo parte de la culpa de mi incomodidad.

Recogí mis maletas y entré al cuarto; una cómoda cama de dos plazas me esperaba dentro junto a dos veladores de madera. La habitación de paredes blancas se veía mucho más iluminada que la sala y era el sitio perfecto para matar la tarde dibujando.

—Le diré a tu madre que ya estás aquí, a salvo.

Rezongué.

—¿A salvo? Lo dices como si mi casa fuese un lugar peligroso.

—Tu techo lo era.

No pude argumentar nada ante esa lógica.

—Cuentas con un baño, no será necesario ir al del pasillo. Si tienes problemas con algo, puedes golpear a mi puerta.

Esa fue su despedida. Luego de eso se perdió tras la puerta de su habitación.

Ya para la noche acomodé mis cosas en la habitación y pude instalarle la arena para gatos a Francis en el cuarto de lavado. Sus platos para la comida estaban bien instalados junto a una encimera de la cocina.

Mi gato no tuvo problemas en adaptarse, a eso de la medianoche dormía apacible sobre la que sería mi cama. Yo, sin embargo, no podía con la inquietud de dejar mi casa. Tenía un presentimiento de que algo malo pasaría.

Decidí hacerme una taza de té.

Afuera, sentado en el sofá disfrutando de una lectura con el sonido de la lluvia golpeando los enormes ventanales, se hallaba Dhaxton. Mi puerta llamó su atención y detuvo la lectura.

—Lo siento —murmuré con timidez, envuelta en el deseo de volver adentro.

No dijo nada.

Qué inesperado...

Miré mi pijama: un conjunto de camiseta sin mangas color vainilla y unos pantalones del mismo color que me llevaban cuatro dedos por debajo de la rodilla. No era el pijama más adecuado para el temporal que hacía, contaba con la suerte de que la calefacción en el departamento fuese buena, pero era una tela delgada que no ocultaba demasiado.

Pensé en la posibilidad de regresar a mi cuarto otra vez, pero sería absurdo.

«Vamos, Drey, no te acobardes ahora», me regañó mi conciencia.

Huir ya no era una opción.

Caminé hacia la cocina. El sofá desde donde se encontraba leyendo Dhaxton me daba la espalda, así que de mi compañero solo podía ver parte de su torso, la anchura de sus hombros y su cabeza.

—Pon más agua —indicó sin girarse—, a mí también me apetece beber algo.

Coloqué el hervidor y esperé.

Aguardar por un poco de agua caliente nunca fue tan eterno.

—¿No puedes dormir?

Dhaxton había dejado de lado su libro y se interesó en lo que yo hacía, caminando hacia mí.

Negué con la cabeza.

—Estar aquí es extraño.

Apoyó su cuerpo en una de las encimeras y se cruzó de brazos.

—¿Por qué?

—Estás muy preguntón hoy —dije a la defensiva.

—Lo bueno del libre albedrío es que puedes decidir entre responder o no, yo no pondré presiones.

El bosquejo de una sonrisa se avistó en sus labios y en sus ojos pude notar cierto brillo intrigante, al menos hasta que me percaté de que hacía un recorrido rápido por mi cuerpo. Yo estaba apoyada en la isla de la cocina, con los codos sobre la encimera. Mi cabello y collar caían sobre mis pechos, pero no lograban esconder del todo mi escote.

El hervidor se apagó.

Dhaxton buscó una taza pequeña y le echó café. Demasiado café como para que yo pudiese imaginarme lo amargo que sabría. Omití mostrarle mi mueca de asco, preferí hacerme cargo de mi té. Así, de la nada, él y yo nos quedamos apoyados en los muebles de la cocina, disfrutando de la noche y la lluvia.

—¿Y bien? —lo miré confundida—. No has respondido a mi pregunta.

Suspiré y bebí de mi té.

—Bueno... Cuando era niña tenía que acompañar a mamá en sus ventas. Trabajaban mucho, todos los días iban puerta por puerta ofreciendo sus productos de limpieza. La caminata era agotadora, muchas veces nuestros pies se hinchaban y no podíamos seguir. La zona a la que más me gustaba ir, pese a que era donde peor nos iba, era aquí: la zona alta de Wightown. No recuerdo mucho, la verdad... —sonreí frente a un efímero recuerdo de mi yo de seis años pidiendo que mi abuela me cargara—. Lo que recuerdo es que, la primera vez que vine, sentí unos enormes deseos de quedarme a vivir. Por eso, estar aquí es como cumplir ese tonto deseo de niña.

—Tu complejo de Cenicienta es enternecedor —se burló Dhaxton, escondiendo su sonrisa tras su taza de café.

—Lamento no estar acostumbrada a las cosas que tú sí.

—¿Qué te hace pensar que yo también tuve todo esto de niño? —atajó.

—Que tu padre es un multimillonario desde hace eones.

Ya, estaba exagerando. Un poco. Dhaxton había nacido en cuna de oro, lleno de las riquezas que yo quise tener.

—En ocasiones, lo que ocurre detrás de las paredes de esas lujosas casas es peor que vivir en la miseria.

Frente a todos esos rostros demacrados que conocí en los lugares comunitarios, me ofendí.

—No puedes decir algo así si nunca has vivido en la miseria.

—¿De qué sirve tener tanto dinero si te sientes miserable? A eso me refiero.

Vaya, si Dhaxton se sentía así su personalidad tan antipática cobraba algo de sentido.

—Bueno, prefiero sentirme miserable dentro de un departamento de lujo. —Dhaxton esbozó una sonrisa—. ¿No piensas lo mismo?

—Podría haber sido peor —admitió.

—¿Vivir entre lujos?

—No.

—¿Qué cosa? —quise saber.

—¿Ahora quién es la preguntona? —esquivó.

—Ya te conté sobre mi complejo de Cenicienta, es momento de que me cuentes el tuyo.

Me observó un momento y sonrió.

—Buen intento.

—Al menos dime por qué estás en el departamento de tu hermano.

Con una tranquilidad martirizante, Dhaxton llevó su taza a los labios, bebió y la dejó sobre el pequeño platillo blanco con borde dorado.

—Discutí con mi padre y no podía soportar estar un segundo más respirando el mismo aire congestionado que él, así que me vine aquí.

Su voz fue tranquila; su tono un vendaval de desagrado hacia la persona que le dio el ser. El odio con el que sus palabras fueron entonadas me supo tan amargo como seguro sabía su café.

Tal vez a su padre se refería con lo de hace un rato.

—¿Hace cuánto estás aquí?

—Dos días.

—¿Devon lo sabía?

—No, se ha enterado hoy.

Me relamí los labios cuando una idea se me cruzó por la cabeza.

—Así que Dhaxton Crusoe se ha quedado sin los privilegios de su enorme casa.

Mi comentario no lo sacó de su semblante imperturbable.

—Vivir aquí tiene más ventajas, te lo aseguro.

—Supongo que sí, luces como alguien a quien le gusta vivir en las alturas y con la soledad como compañera.

—De ahí has acertado solo la mitad —me corrigió—. Me gusta vivir en lo alto, alejado de lo que ocurre allá afuera, pero no me gusta la soledad. No siempre.

Sus ojos se achicaron.

Por alguna razón me gustaba ver las expresiones de Dhaxton y cómo su rostro cambiaba ante cada respuesta, aunque tratara de mostrarse inexpresivo. Como alguien a quien le gustaba el arte, las expresiones físicas importaban, y mucho. Una obra no podía hablar si no lo hacía por su trazo, su forma, por las expresiones y los movimientos que presentaba, en todo este conjunto se creaba lo que el artista deseaba transmitir.

—¿Tú tampoco puedes dormir? —curioseé.

Dejó su taza de café vacía sobre el plato y cruzó los brazos. Verlo relajado era un lado que deseé ver más seguido.

—Llevo años sin poder dormir más de tres horas.

—Eso explica tu aspecto —bromeé—. Eres como los vampiros.

—Tal vez sea uno —interrumpió mi divague.

Había sonado tan convincente que por un momento dudé si hablaba en serio.

—¿Si te enseño mi collar te convertirás en cenizas? —pregunté, exponiendo mi dije.

—Por ti podría convertirme en lo que sea —siseó de manera cautivante.

El vuelco que dio mi corazón fue peligroso y la sensación creciente en mi estómago me dejó con ganas de más. Aunque no lo demostré ni por asomo, el impacto de lo que ocultaban sus palabras había despertado mis alarmas de huida. Él y yo solos en un departamento, después de lo que había pasado en Euphoria, conducía a un camino de tentaciones de las que quería librarme, por muy frágil que fuese mi fuerza de voluntad ante sus peculiares encantos.

—Creo que me iré a la cama —murmuré y tomé mi taza—. ¿Vas a seguir bebiendo?

—No.

—Bien —tomé su taza de café y junto con la mía la metí al lavavajillas—. Buenas noches.

Me dirigí a la puerta de mi nueva habitación, pero, antes de girar el pomo, Dhaxton me habló.

—Audrey, dos cosas: Lamento haberte presionado el otro día. —Al no decir nada, él continuó—: Y, segundo, todavía es muy pronto para hacer todo lo que deseo hacerte —pronunció desde la oscuridad de la cocina—. Ten eso en mente. Que descanses.

Lo primero que hice al entrar en el cuarto fue apoyarme en la puerta y poner una mano en mi pecho en un inútil intento por calmar los latidos. Lo siguiente fue meterme en la cama y mirar el techo.

Todavía es muy pronto para hacer todo lo que deseo hacerte.

Me pregunté qué significaba eso. Me cuestioné si el trasfondo de tan repentino comentario poseía la misma connotación que yo le estaba dando.

Una sensación de necesidad se apoderó de mí. Por cuestiones de instinto, quizás hasta de supervivencia, llevé una mano a mi entrepierna, deseosa de colmarme con las sensaciones alocadas que sentí aquella vez que soñé con Dhaxton.

No recuerdo en qué momento de la noche me quedé dormida, lo único que tengo en la cabeza antes de perder la conciencia es que procuré no hacer ruido. Me había sentido tan bien, tan a gusto, que comenzaba a entender a qué se referían las chicas del internado con «explorar nuestros cuerpos».

Desperté a las 9:48 de la mañana. Di un salto fuera de la cama cuando vi la hora en mi celular. Por el susto, apenas me había fijado que no estaba en mi habitación; el frío en mis pies me trajo de regreso a lo ocurrido el día anterior. El techo de mi habitación a punto de caer, el departamento, la charla con Dhaxton y *lo otro*.

Me vestí con lo primero que encontré y abrí la puerta de la habitación asomando la cabeza. Todavía llovía, las gotas se deslizaban lento por el cristal.

Recorrí desde la puerta el espacio en busca de Dhaxton, sin dar con su presencia en ningún sitio, lo que me dejó aliviada un momento. No deseaba enfrentarme al motivo de mi aventura nocturna. Sin embargo, apartando el hecho de que era probable que su presencia me resultara un constante recordatorio de lo que para ese entonces pensaba que era un error, no tenerlo como guía me dejó perdida, con la pregunta «¿y ahora qué?» en repetición.

Por suerte, acomodarme a las necesidades del momento fue más fácil y conseguí llegar a la última clase antes del bloque del almuerzo.

—No pasó nada interesante... —comentó Grey a la hora del almuerzo. Nos habíamos reunido ella, Sol y yo en la mesa de siempre, a una distancia prudente desde donde se encontraba la mesa de Dhaxton y Seth. Cuando los ojos de Grey se desviaron de nuestra mesa a la de ellos y sus labios dibujaron una sonrisa curva, supe que agregaría algo más—: Ah, sí, y que finalmente se hizo justicia y a Seth lo suspendieron.

—Eso ya lo sabía... Y me refiero a que si hubo algo importante en clases que deba tener en cuenta para las próximas.

—Pasaron Arte y Cultura sobre las influencias del dadaísmo y algo de teoría del color en Pintura. El profesor también comentó sobre el concurso «El jardín de los sueños».

El concurso «El jardín de los sueños» se hacía a nivel nacional cada año e iba dirigido a jóvenes mayores de edad con aspiraciones artísticas. La temática cambiaba dependiendo de su fecha de término y el ganador conseguía hacerse espacio en las paredes de una famosa galería de arte en Nueva York, sitio donde asistían diversos inversionistas. En resumen: una buena oportunidad para entrar en el ojo público como artistas. Desde que supe de su existencia había deseado participar, pero nunca me atreví.

—¡Drey, es tu momento de participar! —exclamó Sol—. Dijiste que si quedabas en la academia este año participarías.

Se lo había dicho a principios del verano, me asombré de que todavía lo recordara.

Asentí con una sonrisa en la cara que escondía todo el nerviosismo que me suponía el concurso y regresé con Grey.

—¿Qué dijo acerca del concurso?

Lo pensó mientras jugaba con su almuerzo.

—Que las inscripciones se abrirán en un mes y que si necesitábamos ayuda se lo hiciéramos saber con confianza. Nada relevante, la verdad. ¿Por qué llegaste tarde?

Me sentí en una encrucijada: primero, mencionar que había dormido bajo el mismo techo que Dhaxton Crusoe era algo... contraproducente; segundo, por lo que había hecho en una cama que no era la mía.

Carraspeé. La garganta se me había secado de un momento a otro y necesité beber de mi jugo para calmarme.

—Tuve problemas para adaptarme, ya saben, la tormenta no tiene piedad y mi techo casi se desploma —traté de decir sin sonar como una mártir—. Espero que no haya ocurrido nada.

—¿Y te quedaste ahí?

—Me fui a quedar en casa de una amiga de mi madre.

Estaba mintiendo otra vez.

—Ojalá pudiera haberte ayudado, Drey —dijo Sol en un tono apenado. Por mucho que ella lo deseara, no hubiera podido ayudarme, pues su casa no era muy grande y también estaba teniendo problemas dentro de ella.

—¿Y Logan? —pregunté, recién percatándome de su ausencia.

—A-ah, pues...

—Está demasiado avergonzado como para estar aquí con nosotros —respondió Grey, adelantándose a las explicaciones temerosas de mi amiga.

—Seguro se molestó porque lo llamaste celoso.

—Que lo es —se defendió ella ante mi acusación.

—Yo creo que te estás confundiendo... —murmuró Sol con la cabeza baja y su perfil casi metido dentro de su almuerzo.

—Es obvio que le gustas a Logan, nada más basta con ver cómo te mira. De lo mucho que le brillan los ojos creo que soltará chispas.

Grey era demasiado directa para el bien de Sol.

—Pero somos amigos.

—Los amigos también pueden llegar a gustarse —explicó la rubia, tan calmada que la envidié (de buena manera)—. ¿Qué pasa contigo?, creí que Drey era la única que salió del internado.

Alarmada, Sol levantó su cabeza para sacudirla en negación. Ella seguía con la idea de negar que venía de un internado, pero en cuanto a temas amorosos era tan inexperta como yo. Lo que me intrigaba era saber por qué se esmeraba tanto en ocultarlo.

—No, no, es que... se me hace extraño manchar una buena amistad con una relación amorosa. —Esa había sido una buena escapada—. A Logan no podría verlo así.

Grey se rio por lo bajo.

—Es mejor enamorarte de un amigo que de alguien que no conozcas bien.

Sol la miró con desasosiego, sin comprender el punto al que quería llegar con su comentario ácido. Yo lo entendí enseguida; ya me acostumbraba a que Grey dejara entrever sus advertencias.

—Me refiero a que es mejor que estés con alguien que ya conoces, que con una persona que se acerca a ti con intenciones ocultas. Sol, eres un partidazo, una chica linda y que desprende un aire de tranquilidad fenomenal, pero también tienes ese aire ingenuo que atrae a idiotas como Brind. No olvides que pertenece al grupo de ya saben quiénes.

—¿Dices que tal vez me está usando?

En los ojos de mi amiga se vio reflejada la decepción en la que caería si aquella obvia insinuación fuera real. Grey también lo notó; sus ojos azules la miraron durante unos segundos y podría haber jurado que se debatía entre decirle la verdad o mentirle.

—Digo que tal vez deberías enfocarte en chicos que sí valgan la pena —dijo aferrándose a la ambigüedad de lo que su respuesta significaba.

—A mí Brind no me parece un mal chico —apoyé a Sol, en vista de que ella lucía demasiado abrumada con las palabras de Grey.

—Esperemos que no lo sea —murmuró ella y continuó comiendo.

En el resto de la hora del almuerzo mensajeé a mamá para reportarle que estaba bien y que Francis se había adaptado al departamento más rápido que yo. Al responder, ella se disculpó por no estar conmigo y dijo que ante cualquier cosa podría contar con Dhaxton.

Dejarme bajo el cuidado de Dhaxton era todo menos lo indicado, al menos después de lo que había insinuado en la noche. Él era un demonio disfrazado de ángel de luz.

—*Bonsoir.*

Saludó al verme llegar a su lado. Como de costumbre, Dhaxton era el primero en llegar a clases y se encontraba leyendo el mismo libro que en la noche, lo extraño es que jamás me había saludado al llegar, siempre pasaba de mi existencia.

—Veo que estás de buen humor.

Me senté a su lado con torpeza, obviando su penetrante mirada.

—Estoy siendo educado —respondió cortante.

No lo pensé demasiado, fomentar su buen humor podía tener buenos resultados.

—Buenos días —saludé tajante.

—¿Has dormido bien? Denotas mal humor y ese es mi papel.

No oculté la minúscula sonrisa que me sacó su comentario. ¿Acaso Dhaxton había hecho una broma? El día estaba transformándose en uno memorable.

—Creo que los papeles se han invertido por hoy. Y sí, dormí bien, gracias. Tan bien que me quedé dormida.

No quería echarle la culpa de eso, pero definitivamente se la estaba echando.

—Pensé en golpear tu puerta y despertarte al notar que no salías de tu cuarto, pero no me gusta la intromisión. Puedo hacer excepciones si lo deseas.

Oh, Dios.

Dhaxton estaba siendo demasiado complaciente para mi propio bien. Mi reacción a su comentario no lo dejó indiferente, podría jurar que cuando mis mejillas se tiñeron de un carmesí molesto, se percató de ello y sonrió con malicia.

—Hoy podemos adelantar la sesión —dijo frente a mis ganas de perderme de su lado.

Grey y Logan entraron a la sala, por lo que guardamos silencio. La discreción por ambas partes era un suceso de complicidad en el que recién caía en cuenta. Pese a no estar haciendo nada incorrecto, nuestras charlas rozaban lo secreto.

Cuando llegué al estudio, Dhaxton me esperaba, pues ni siquiera tuve que llamar. Aquello era una muestra más de que le gustaba adelantarse a los movimientos de otros.

—Otra vez no has traído el cactus que prometiste.

Pronunció Dhaxton al recibirme en el interior. No lucía decepcionado, tampoco me pareció que fuese un comentario de reproche, dio la impresión de que buscaba bromear conmigo.

—No importa, la próxima vez será —añadió—. Hoy quiero intentar algo diferente, ve al probador.

Dentro del probador se encontraba el nuevo vestuario, colgando de una percha cuidadosamente puesta junto al espejo de cuerpo completo. Era un vestido rojo ajustado y de escote prominente que terminaba en el ángulo entre mis pechos, con encaje del mismo color que en la zona del pecho formaba una V que detenía su punta un poco más abajo del pecho.

Era hermoso, aunque demasiado atrevido para lo que solía ponerme.

—¿De verdad tendré que usar esto?

—¿Te intimida la ropa roja o es que te decepciona porque no tiene amarillo?

Con lo observador que Dhaxton era, claro que se había percatado de que mi color favorito era el amarillo.

Dejé a un lado mis cosas y me puse lo que él había elegido para mí. Frente al espejo, dudé si era yo la que se reflejaba. Me veía más adulta, más sexy y con el semblante de querer robar unas cuantas miradas.

—En la cajonera encontrarás maquillaje —dijo cuando pretendía salir.

—No soy una profesional...

—Quiero que te maquilles desprolijo —me cortó—, ocupa tu mano contraria.

—Soy ambidiestra —dije a modo de broma, la cual salió terrible y llevó a que un impaciente Dhaxton entrara al probador—. ¿Qué haces? —interrogué dando un paso hacia atrás para alejarme la ventisca violenta de la cortina y de su presencia.

—No perder el tiempo —respondió dirigiéndose hacia la cajonera. Sacó un cofre con maquillaje y cogió pintalabios rojo, mismo color que el vestido—. Ven aquí.

Me acerqué a él con lentitud, a sabiendas de que cada paso hacia su encuentro podría acabar en un desenlace temeroso. Su sola presencia en un cuartucho como el probador me ponía los pelos de punta, activaba mis alertas y despertaba las mariposas en mi estómago. Frente a frente, colocó su mano izquierda en mi hombro y con su diestra pintó mis labios sin seguir su forma, sino haciendo trazos desordenados. La luz sobre nosotros me permitió captar algunos detalles de su rostro que no había visto antes de su cicatriz, como la piel arrugada alrededor de esta y la inclinación en su frente.

—Cierra los ojos —dijo tras coger un lápiz de ojos.

Mantenerme con los ojos cerrados me hizo sentir ansiosa. Si tenía a Dhaxton Crusoe frente a mí necesitaba tener los ojos bien abiertos.

—¿Cuánto más tendré que hacer esto? —interrogué tratando de reprimir el cosquilleo que sentía sobre mis párpados por el lápiz y la comezón de su aliento rompiendo contra mis labios.

—El que sea necesario para llenar las reparaciones del auto. O quizá un poco más —agregó.

—¿Más? —curioseé.

—Sí, un poco más. Echaré en falta tu presencia aquí.

El escenario había cambiado, ya no era un sofá cubierto por una sábana, sino una cama de una plaza cubierta por un edredón negro y cojines dorados. Me quedé de pie junto a esta preguntándome qué planeaba Dhaxton y si era buena idea acostarse allí. Como si leyera mi mente, él me dijo que no me preocupara porque era muy profesional. Me ordenó acostarme rodeada de los cojines y posar con los brazos abiertos, las piernas flexionadas —una hacia la derecha y la otra hacia la izquierda, un poco más estirada— y mi cabeza inclinada hacia atrás, casi hundida en la cama. No era una posición cómoda, mi espalda contra la cama estaba tensa todo el tiempo.

Al finalizar, me cambié con rapidez y salí a la calle protegida por mi paraguas. Afuera la lluvia se había intensificado, las gotas caían una tras otra furiosas sobre el asfalto. Lo peor era que era bastante tarde y el transporte sería escaso.

Tras unos diez minutos, el auto de Dhaxton se detuvo frente al paradero donde aguardaba por el bus. Bajó el vidrio y me invitó a subir.

Al día siguiente, temprano por la mañana, fui a la biblioteca municipal en busca de información para el concurso que se avecinaba. Si iba a participar, lo mejor era estar informada.

De regreso en el departamento, tan pronto ingresé el código en la puerta, a la primera persona que vi fue a Seth.

—Vaya, vaya, pero miren quién se ha dignado a aparecer.

¿Me había equivocado de departamento?

Vi la puerta para comprobar si el número del departamento era el correcto. En efecto, lo era, estaba en el departamento de Devon, pero parecía haber sido adueñado por Seth.

—¿Buenas...?

—Llegas justo para ayudarnos con el almuerzo —interrumpió mi saludo y se hizo a un lado para que entrara.

Dejé mi bolso en el perchero y avancé por el pasillo. Una melena blanca se interpuso en mi camino.

—Agatha.

La abuela de Seth se giró desde el sofá y al verme sonrió.

—Querida ingrata, ¿es que tengo que venir yo a verte? ¿Cuándo te pasarás por casa?

Con dificultad se levantó con Francis entre sus brazos. No supe bien si me lo decía a mí o si continuaba pensando que yo era Agnes, lo cierto es que decidí pasar de aquellas interrogantes y abrazarla con añoranza, como si entre mis brazos estuviera mi abuela, porque sin dudas ella me habría dicho lo mismo que Agatha.

—He estado ocupada —le dije acariciando su espalda mientras Francis se aprovechaba de la proximidad y jugaba con mi cabello—. Me da gusto verla bien.

—Y yo a ti, querida —dijo y me dio un par de palmaditas en la espalda antes de separarnos—. ¿Dónde estabas?

—Fui a pasear por ahí... —respondí, ahora sin quitarle de encima los ojos a un complacido Francis, que disfrutaba de los mimos de la anciana.

—Apuesto que a la iglesia —dijo Seth.

—Algún día podríamos ir a verte —se animó Agatha.

—No es necesario...

—¿Podríamos? —interrumpió Seth desde la isla de la cocina.

—Tú vas a acompañarme, Seth, a ver si así se te quita lo tontillo un poco.

—Baba, odio la iglesia.

—Y yo odio tu cabello largo —zanjó su abuela sin piedad, pasándome a Francis. Mi peludo gato una vez en mis brazos se retorció para que lo bajara. Agatha caminó hacia la isla para encarar a su nieto—. ¿Cuándo te lo cortarás?

—Nunca, amo mi melena.

La paciencia de la anciana llegó a su límite con facilidad, así que se giró hacia mí.

—Convéncelo, ¿quieres?

—Pero se me ve bien —abucheó Seth desde su espalda y me lanzó una sonrisa torcida—. ¿A que sí?

En realidad, se veía bien con la melena, le daba un aspecto relajado y desinteresado, muy fiel a la personalidad que mostraba. Pero quise fastidiarlo.

—Te ves pésimo. Hazle caso a tu abuela.

Seth me sacó la lengua y volvió a la isla. Encima tenía muchas verduras y una bandeja con salmón aliñado, todo lo necesario para hacer un almuerzo exquisito. Yo moría de hambre, quería que por milagro el tiempo se adelantara y estuviera sentada en el comedor con un plato enfrente.

Me lavé las manos para ser de ayuda, mientras Agatha regañaba a su nieto por llevar el cabello suelto. Enseguida me hice una trenza para no tener problemas y, para mi asombro, Seth también se amarró el cabello en una coleta media.

—¿Cómo luzco?

Lo examiné durante unos segundos.

—Como Seth Bellish.

—Tu próxima decepción amorosa —agregó.

—O tal vez yo sea la tuya —respondí sin pensarlo y Seth sonrió.

—Y yo estaré encantado de tener ese privilegio.

Blanqueé los ojos a sabiendas de que Seth Bellish lo decía para alterar mi sistema y revolver mis pensamientos. Sin embargo, quien lo hacía en ese momento era su mejor amigo, que en ese preciso momento salía de su cuarto.

A juzgar por su cabello mojado, se había duchado.

—Llegaste —dijo, avanzando hacia la cocina.

—Sí.

—Espero que no te moleste que haya invitado a comer a Seth y Agatha.

Iba a decirles que no tenía derecho a enfadarme, pero Seth chistó antes de que pudiera decir «no».

—Nos invita a comer y no sabe pelar un pepino —desdeñó con el ceño fruncido.

—Puedo hacer el intento —defendió su amigo.

Un sarcástico «ja» fue lanzado desde la boca de Seth con la velocidad de un disparo.

—No quieras impresionarla. —Me apuntó con su barbilla y los mechones sueltos de su cabello se agitaron con gracia—. ¿O será que le tienes miedo?

—Oh, sí, soy toda una revoltosa —ironicé.

—Ahora entiendo por qué me invitó —dijo en un tono jocoso, aguantando la risa y caminó hasta quedar a mi espalda—. ¿Le tienes miedo a este angelito? —preguntó con sus manos en mis hombros, inclinado sobre mi cuerpo.

Con calma, Dhaxton me miró.

—A ella y a todo lo que provoca —confesó.

Ninguno de los tres supo qué decir.

—¿Van a cocinar o a hablar? —inquirió Agatha desde un sofá.

Nos pusimos manos a la obra.

El platillo estelar que Seth se propuso hacer fue salmón a la plancha con verduras y ceviche de langostinos. De solo pensar en la preparación la cabeza se me hizo añicos, pero nuestro brillante chef se sentía con la confianza suficiente.

Dhaxton se ocupó de lavar las verduras. Se subió las mangas de su camisa y expuso ante mí sus brazos por primera vez. No era alguien de músculos prominentes, pero sí vi que estaban algo trabajados. Aunque muy por debajo de los de Seth, a quien se le contraían con cada corte al filete de salmón. La debilidad de Seth era su cabello largo y desordenado, esos cabellos ondulados que cosquilleaban sus mejillas y hacían que sacudiera la cabeza sin que se percatara, y, cuando eso pasaba, su moño, pequeño y curvo, se movía en todas direcciones.

—Lindo —pronuncié sin pensar, avergonzándome enseguida de lo alto que aquello se había oído.

Seth sonrió con el pecho inflado cual paloma y me guiñó un ojo.

—Gracias.

—Se lo digo a tu moño.

—Es mi coleta y, por tanto, me lo dices a mí —dijo, actuando como un niño caprichoso.

Un aura oscura y terrorífica vino desde el lavaplatos.

—Dejen de coquetear, estoy aquí —ordenó Dhaxton, tan serio que en mi espina dorsal sentí un escalofrío.

Después de unos cincuenta minutos la comida estaba lista para ser servida. Agatha hacía cinco minutos que estaba sentada en la cabecera de la mesa acompañada de Dhaxton a su izquierda, quien se había resignado a seguir picando comida y optó por no entrometerse donde Seth y yo éramos los más «adaptados al arte culinario», según él.

Cocinar junto a Seth fue un momento grato. A decir verdad, me la pasé bien siendo instruida por sus trucos de cocina y admiré lo concentrado que estuvo todo el tiempo. Ya decía mi abuela: «Pon a una persona a hacer algo que le guste y verás su verdadera cara». La cocina me mostró a un Seth diferente, se veía como alguien más... transparente. No había caretas o máscaras, solo era Seth Bellish.

Fue el último que se sentó a la mesa.

Una oración de agradecimiento mientras los demás atacaban sus platos y por fin pude consolar a mis tripas.

Mis ojos se abrieron de par en par cuando probé una cucharada.

Agatha lo notó.

—¿Cómo está? —preguntó con una sonrisa.

—Sabe exquisito.

Sonrió y miró a su nieto con orgullo.

—A Seth se le da la cocina de maravilla. Desde muy chiquito que empezó a prepararme comida de todo tipo. Se tragaba los programas de cocina desde el inicio al fin. Suele hacer toda clase de postres, en su mayoría los que llevan canela.

¿Canela?

Pestañeé con incredulidad. Retazos del hermoso frasco con galletas de canela que me había regalado hace unas semanas chocaron entre sí en mi cabeza.

—¿También hace galletas?

La anciana tragó de lleno su comida y asintió.

—Oh, sí, le quedan estupendas.

Mi mirada se fue directamente a Seth, quien estaba al otro lado de la mesa, mirándome. En cuanto nuestras miradas se cruzaron, él bajó la cabeza para centrarse en su plato.

—Ya, Baba —la frenó antes de que su abuela abriera la boca otra vez—, mejor come o se te enfriará.

Era un mentiroso y estaba actuando como un hombre tímido.

—¿Hace cuánto estás viviendo con Dhaxton?

El cambio de tópico me obligó a desviar la mirada de Seth a su abuela.

—Dos días —dije casi en un suspiro y me percaté de que Dhaxton volteaba a verme—. Espero que no sea por mucho tiempo.

Dhaxton me regresó la mirada acompañándola de una expresión seria.

—Se pueden percibir las chispas en el ambiente —dijo Agatha, agitando sus manos en el aire como si espantara algún insecto. Para ser una anciana y tener demencia senil, no se le escapaba nada—. ¿Qué le has hecho, niño? —se dirigió a Dhaxton, quien al escucharla tensó su frente—. ¿Es que no te basta con que te tenga como novio?

La mandíbula de mi compañero de arte se tensó tanto que la vena en su cuello se inflamó.

—Estás delirando otra vez, Agatha —dijo sin verla—. Audrey y yo no somos pareja y, si eso fuera cierto, no sería de tu incumbencia.

—Pero sí de la de mi muchacho.

La conversación de nuevo se volteaba hacia Dhaxton y Agnes, aunque, a diferencia del encuentro en el restaurante, yo tenía más conocimiento de lo que pudo haber sucedido.

—No insistas con eso, Baba —regañó Seth con su perfil metido en el plato de comida y dejando de lado ese tono jocoso con el que solía hablar—. Agnes hizo su elección.

—Estaban tan enamorados... —continuó Agatha—. ¿Qué fue lo que cambió?

Su mirada volvió a recaer en mí, cuestionándome por algo a lo que solo podía atarme a suposiciones.

Seth tragó grueso.

—La estás poniendo incómoda —insistió, por fin dignándose a enfrentar a su curiosa abuela.

Agatha desistió frente a mi silencio.

—Mejor dime, ¿vas a participar en el concurso de arte?

Vaya, al fin un tema de conversación que no nos asfixiaba.

—Sí. Estoy esperando que den las bases oficiales.

Hablé con cierta timidez. Tenía al lado al estudiante prodigio de LeGroix, que analizaba hasta el último detalle de los trabajos de sus compañeros. Si bien Dhaxton no era un profesor, su profesionalidad daba esa impresión y, aunque mi arte era una maravilla, tenerlo al lado mientras hablábamos me hacía sentir en un examen constante.

—Eso es maravilloso, querida, te irá bien —la expresión apacible de la anciana se transformó por completo al voltear hacia mi compañero de arte—. ¿Y tú?

—No me gustan los concursos —contestó sin dejar paso a las respiraciones.

—No te gusta perder —le corrigió Seth a modo de reproche—. ¿Estás dudando de tus habilidades artísticas? —se burló con una sonrisa de oreja a oreja y luego se volteó hacia mí—. ¿Sabías que hace unos... dos años, más o menos, participó en el concurso y ni siquiera quedó seleccionado en la fase regional? Tenía que representar el amor y terminó dibujando una masa extraña... —se carcajeó por lo alto junto a Agatha—. Estuvo meses quejándose de que los jueces no saben apreciar «el verdadero arte».

—Payaso —pronunció el protagonista de sus burlas.

Seth le había dado justo en el orgullo.

—Estaba taaaan decepcionado...

Sonreí.

—Wow, esa es una faceta que no quisiera perderme.

—Nada más míralo, está decepcionado ahora mismo —me instó Seth, señalando a su amigo con el tenedor.

Ladeé mi cuerpo procurando no ensuciarme con lo que quedaba en el plato y traté de encontrar en Dhaxton alguna señal de insatisfacción. En la expresión de Dhaxton solo había enojo, o lo que parecía ser la contención por estallar y lanzarle lo que quedaba de comida en la cara a Seth.

Su mejor amigo no se detuvo ahí.

—Debe estar diciendo: «Joder..., ¿cómo fue que me hice amigo de un hijo de puta como este?».

—Seth, cuida la boca —dijo Agatha.

—Lo siento, Baba.

Inspiré hondo, pudiendo respirar aire fresco. Gracias a Seth y sus comentarios, el ambiente se había liberado.

—¿Y cómo se hicieron amigos? —curioseé.

—En una fiesta de ricachones con el culo apretado... —Agatha le dio una bofetada a su mano—. Auch, lo siento —se quejó Seth, acariciando la zona golpeada—. Teníamos unos... ¿ocho años?

—Tú ocho y yo nueve —le corrigió Dhaxton mientras movía en círculos su copa de vino para ver la consistencia.

—Ah, sí... —Seth asintió—. Fue en el lago. Había comentado que no sabía nadar, pero me mataba la curiosidad por ver a los peces. Baba me había ordenado mantenerme lejos, pero ya sabes cómo son los niños... Caminé por el muelle, me incliné y... ¡puf! —aplaudió para darle ese efecto especial dramático a su historia—, alguien me empujó. Cuando pedí ayuda para salir, Dhaxton estaba ahí, de pie, viendo cómo intentaba no ahogarme y sonriendo con malicia.

Me cubrí la boca escuchando una risa profunda de Dhaxton. Me sorprendía que ambos actuaran tan tranquilos frente a un acto tan deleznable. Quise imaginar que Dhaxton acabaría ayudándolo, pero juzgando sus actos...

—«Para que aprendas a nadar», dijo con sorna y las manos en los bolsillos. Pedí ayuda, pero estábamos muy lejos de los demás. Dhax se negó a pedir ayuda, así que tuve que hacer mi mayor esfuerzo para llegar a la orilla... —Colocó ambos brazos flexionados contra su pecho y las manos caídas hacia el frente y las movió con esmero—. Nadé como perrito.

Agatha había mencionado que Dhaxton era un monstruo, pero no pensé que se refiriera al Dhaxton niño.

—¿Y qué pasó?

—Se burló de mí llamándome patético y luego dijo que mi espíritu de sobrevivencia me había salvado, que se lo agradeciera luego.

—Algo muy tú —acusé a Dhaxton.

Él, por supuesto, disfrutaba del antagonismo que la historia le daba.

—Soy un fiel creyente del aprendizaje en la práctica —admitió—. Y me gusta llevar al límite a las personas.

Regresé con Seth, quien se llevaba una última porción de comida a la boca.

—Supongo que lo acusaste.

—Estaba tosiendo como la primera calada de un puberto al cigarrillo que robó de su padre. Empapado, me fui llorando con Baba a acusarlo, pero cuando ella fue a reclamarle a su padre, frente a todos los demás, él maldito se salió con la suya diciendo que yo me caí.

—¿Y le creyeron?

—Claro que sí —soltó con orgullo Dhaxton.

—El condenado actuaba su papel de niño bueno muy bien, aunque a Baba nunca lo convenció.

—Ni lo hace —añadió Agatha con los ojos entornados hacia el joven de cabello gris que tenía a su lado. El odio entre ella y él era obvio, solo se toleraban gracias a que Seth estaba ahí.

—Para consolarme por lo que había pasado, me prepararon chocolate caliente —continuó Seth, para enfriar la olla caliente en la que nos estaban sumergiendo—. Disfrutaba de la segunda taza cuando Dhaxton regresó. Me preguntó si quería ser su amigo.

Me llevé las manos a la cabeza y quise esconderme debajo de la mesa.

—Oh, cielos, ¿y le dijiste que sí?

—Tenía miedo y curiosidad a partes iguales; la valentía que demostraba y su forma de actuar frente a los adultos me llamaron la atención. Quería ser como él. —No sé de qué forma lo miré para que formara un puchero—. No me culpes, solo era un niño.

—Uno bastante bobo —solté sin pensar. Agatha alzó su copa de vino para darme la razón.

—Pero le puse la condición —defendió su nieto.

—¿Que no intentara matarte? —ironicé, sacándole una carcajada seca a Dhaxton.

—Más o menos... —dijo él.

—Le hice prometer que jamás mentiría —respondió Seth.

Esta vez fue Dhaxton quien alzó su copa.

—Y lo he cumplido.

Después de comer, Seth se dispuso a lavar la loza mientras Agatha dormía en la habitación de huéspedes y Dhaxton acariciaba la barriga de Francis. Yo llevaba los últimos platos para ponerlos en el lavavajillas cuando recordé el comentario de Agatha sobre lo bien que cocinaba su nieto.

—Las galletas no eran de tu abuela, ¿verdad? —lo encaré a una distancia prudente, lo que nos permitió entrar en complicidad—. Las hiciste tú como agradecimiento.

Seth me observó unos segundos y luego chasqueó la lengua.

—Ella, yo, ¿cuál es la diferencia? —espetó con las manos metidas en el agua mientras restregaba la esponja en una de las ollas. Entonces, de la nada, se inclinó hacia donde me encontraba y dibujó una sonrisa astuta—. ¿Me querrás un poquito más si lo admito?

—Comenzaré a pensar que tienes corazón.

Me lanzó un poco de agua, ofendido.

—¿Te han molestado por lo del video?

—Todo el mundo habla de tu suspensión y el video de... ya sabes quién —respondí, inquieta por el efímero recuerdo de aquel video.

—Christina —pronunció y sus ojos se nublaron, así que prefirió seguir con la limpieza.

¿Le dolía? ¿La extrañaba? ¿Seguía amándola?

—¿Por cuánto tiempo te han suspendido?

—Por cinco días —dijo volviendo a sonreír—. ¿Podrás resistir sin verme durante todo ese tiempo?

Le sonreí de vuelta y vi su moña casi desarmada.

—Un poco. Quiero ver esa coleta pronto.

Capítulo 11
La nota

AUDREY

Por la mañana el ambiente de la academia fue el normal; rumores de un lado a otro, estudiantes de padres elitistas que se creían mejores que los demás, profesores caminando por el pasillo con paso apresurado, la música sonando tan baja que creí que formaba parte de mi imaginación. LeGroix había sido mi sueño desde los quince, pero la verdad era que cada día me parecía más insípida. Lo rescatable —además de su encanto visual— eran las clases.

Al final de la primera clase, Historia del Arte, el profesor Stan se encargó de hablar con más detalles sobre el concurso que ya casi nos pisaba los talones.

—Lo que les voy a decir ahora no está cien por ciento comprobado, son rumores que se han extendido hasta esta ciudad —empezó diciendo con un misterio que se pudo percibir hasta el último asiento—: dicen que el concepto del concurso será la *dicotomía*.

Dicotomía, dicotomía.

Había escuchado esa palabra antes, pero no estaba segura de su significado.

—Para quienes se lo estén preguntando, dicotomía es una oposición a algo, el debate entre dos conceptos o percepciones. En otras palabras, deben crear dos opuestos.

—¿Algún consejo? —le preguntó Grey y todos voltearon a mirarla, interesados no solo en la pregunta, sino también en su apariencia. Yo, que estaba sentada a su lado, no pude sentirme más abrumada.

—Les sugiero que no se vayan por lo típico. Siempre que la palabra «opuesto» es mencionada, lo primero que se piensa es en el bien y el mal. Ustedes sean más creativos.

El timbre sonó tras una serie de preguntas y consejos. Antes de salir, Stan nos detuvo.

—Chicos —llamó—, para los que tienen Boceto y Dibujo la próxima hora, el profesor ha faltado, les sugiero que vayan a sus cuartos a pensar en lo que conversamos.

Sonreí para mis adentros. Ya que tendría una hora libre, decidí tomar ese tiempo para visitar el comedor comunitario, al que llevaba semanas sin ir. Me despedí de Sol y Grey, ellas iban a los dormitorios a hablar, y me dirigí a la entrada de la academia.

Del lado contrario me encontré con Dhaxton. Traté de pasar de su presencia, pero él se interpuso en mi camino. Di un paso al costado, pero él dio una zancada en mi dirección y casi choco contra su pecho. Bastó su postura para darme cuenta de que algo buscaba de mí.

—¿Qué?

—Tus señales son difusas —dijo—. Me tratas bien, luego me evitas... No logro entenderte.

—No puedo creer que seas tú el que diga eso de mí —pronuncié en medio de un bufido que contenía una incrédula carcajada—. Para que quede claro, no te estoy dando señales. Ninguna. Jamás. En la vida. Si piensas que es por la comida que te dejé ayer, estás muy equivocado.

El día anterior que tuvimos libre, le dejé un trozo de la lasaña que preparé junto a Sol antes de irnos al cine, donde aproveché para ir a dejar mi currículum. Si quería participar en el concurso, necesitaba dinero para los materiales.

Se movió en su sitio, como si se acomodara para escuchar una larga historia. Desde mi perspectiva podía ver su barbilla levemente elevada, los párpados caídos y los relieves de su cicatriz.

—Estaré complacido de que me digas por qué lo hiciste.

—Lo hice porque me nació —expliqué—. Pensé en la posibilidad de que no habías comido y... —Negué con la cabeza, con todas las arrugas de mi cara fundiéndose entre mis cejas—. ¿En serio tengo que explicar mis actos?

—Si al hacerlo pasas más tiempo conmigo...

Mi corazón, sensible a sus escasas palabras halagadoras, se achicó dentro de mi pecho y pidió clemencia. No esperaba que dijera algo así, mucho menos con tanta seguridad. Me sonrojé hasta la coronilla, intenté todo lo necesario para disimularlo, pero era tarde, Dhaxton sabía bien su efecto y lo novata que era para las muestras de afecto del sexo opuesto.

—¿Qué te sucede? —cuestioné, planeando mi escapada. Predijo mis intenciones y volvió a ser la enorme roca en mi camino.

Regocijándose con el dominio de la situación, respondió con burla:

—A mí no me ocurre nada, ¿y a ti?

—Estoy segura de que tú no eres el tipo de persona que va detrás de otra sin ninguna intención.

Me miró como quien mira a su mascota hacer una gracia, solo le faltó acariciarme la cabeza.

—*Touché*.

Guardé silencio para que continuara hablando.

—Quiero regresarte lo que hiciste por mí, pero, como no sé cocinar, estoy dispuesto a hacer lo que tú desees por hoy. ¿Qué quieres?

—¿De ti? Nada —me acomodé el bolso, aferrándome al tirante con toda mi fuerza.

Debía pensar en una forma de deshacerme de él rápido, sin darme cuenta de que la solución a su obstinada actitud era el destino al que me dirigía. Haría lo mismo que con Seth: involucrarlos en mi mundo.

Me detuve a unos metros del paradero donde pasaban los buses hacia el centro de la ciudad y Dhaxton hizo lo mismo.

—¿Me quieres recompensar? Pues bien, acompáñame a un comedor comunitario.

Disfruté de inicio a fin la frustración que quedó en evidencia en su expresión. Supuse que se debatía entre ir o quedarse, se preguntaba si valía la pena ir a un lugar alejado de las comodidades del departamento, con personas desconocidas.

—¿Qué vale más, doblegar tu orgullo o mantenerte apartado del mundo real?

Dándose la vuelta como respuesta y caminando en dirección a la academia, di por terminada la discusión. Llegué al paradero y, apenas me senté, el lujoso auto que manejaba se estacionó frente a mí.

—No puede ser...

Me puse de pie casi de un brinco. ¡Eso no estaba dentro de mis planes!

Dhaxton bajó el vidrio.

—¿Nos vamos?

El comedor comunitario era enorme, con tres filas largas de mesas y sillas. Había un televisor en el techo protegido tras unas rejillas y algunos dibujos que los niños de la comunidad habían dibujado. En la otra pared había un mural con una frase bíblica que le daba algo de color a las paredes verde oliva. La fachada externa era lo que ninguno de los que estábamos ahí para ayudar pudo mejorar: grafitis, rayones cualquiera y afiches aparecían en las murallas cada vez que se pintaban, así que todos desistieron.

—Es aquí —le indiqué a Dhaxton luego de caminar por un buen rato. Al ser un barrio peligroso, no podíamos llegar con un auto tan lujoso, era mejor evitar problemas.

Una mueca fue todo lo que Dhaxton hizo, frunciendo el ceño detrás del pañuelo con el que se cubría. La intensa mezcla de olores que se percibió desde que nos bajamos lo había obligado a sacar un pañuelo del bolsillo trasero de su pantalón y ponerlo bajo su nariz.

Me lamí los labios para no sonreír.

«¿Qué pasó, amiguito, no te gusta este lugar?», pensé para mis adentros.

—Entremos —yo avancé, pero Dhaxton dudó en hacerlo—. Puedes volver al auto y rendirte. Tú decides.

Desafiarlo lo despertó y puso un pie dentro del comedor. En el interior, las luces no bastaban para iluminar el lugar por completo y algunas parpadeaban a punto de extinguirse sobre las cabezas de los acogidos, que esperaban por sus desayunos.

Habíamos llegado justo a tiempo, una enorme fila aguardaba.

Me acerqué a una mujer que iba de un lado a otro con una sonrisa. Ella era la que organizaba todo en el lugar, la cabecilla.

—Melissa —llamé y ella volteó sobresaltada.

—Audrey, ¡qué bueno que estás aquí! —Me dio un abrazo rápido y luego agitó su mano para que la siguiera a la cocina—. Ven, aquí están los guantes, las mascarillas y... ¡Oh!

Sus vivaces ojos se quedaron sorprendidos al ver que estaba acompañada por Dhaxton. Ella no fue la única que admiró a mi compañero, también muchos de los que estaban ahí habían caído en su atractivo.

—Melissa, vengo acompañada. Él es Dhaxton y estará encantado de ayudar.

A juzgar por la expresión de él, estaba claro que no, sin embargo, se esmeró en actuar con educación.

—Buenos días —saludó con los dientes apretados.

—¡Hola, Dhaxton! —Melissa estaba maravillada, se acercó a mi compañero y plantó un beso en su mejilla. Ella siempre había sido confianzuda y cariñosa—. Me alegra que quieras ser de ayuda, no todos tienen ese interés hoy en día. Drey viene de vez en cuando a echarnos una mano. Ven, ven... te presentaré al resto.

El entusiasmo con el que Melissa recibió a Dhaxton fue el mismo con el que los demás ayudantes lo saludaron. Todos estaban animados, echando bromas, saludando a las personas y socializando. El ambiente ahí era realmente bueno, tanto que opacaba el mal humor de Dhaxton.

Lo mejor fue verlo con delantal, guantes y una malla en la cabeza. Y tal vez un poco la torpeza con la que manejaba los utensilios de cocina. Sabía que estaba mal reírme estando a su lado..., pero la verdad poco lamentaba su torpeza. Llegó un punto en que su paciencia llegó al límite de lo que podía permitirse y decidió tomar un respiro. Salió del comedor, quitándose el delantal, la malla y los guantes, y no apareció durante largos minutos.

Me preocupé.

¿Y si lo habían asaltado? ¿Y si estaba siendo golpeado? Por poco dejo el mostrador para ir a buscarlo de no ser porque entró y se sentó en una mesa apartada.

Me desocupé y fui a sentarme junto a él con un plato de comida, porque me moría de hambre.

—¿Por qué haces esto?

No esperaba que me hablara tan pronto me senté.

—Porque muchos necesitan ayuda y yo estoy disponible para hacerlo —respondí—. ¿Es que nunca te han nacido ganas de ayudar a alguien? ¿Has sentido esa necesidad de hacer algo por el otro?

Mientras lo pensaba, me dediqué a darle un mordisco a mi tostada con huevo revuelto.

—Sí.

—¿Ves?, eso es lo que siento. —Le di sorbo a mi vaso plástico con leche y continué—. No sé tú, pero a mí no me gusta ver la desgracia en el prójimo.

—Mentira —dijo con frialdad.

—Hablo en serio.

—¿Y qué hago yo aquí?

Me eché a reír.

—Tú eres la excepción —le dije, recordando los motivos que lo tenían ahí—, te lo mereces.

—Ojo por ojo y quedaremos todos ciegos —habló con voz apacible—. Espero que haya valido la pena.

—¿Verte con delantal y malla? Definitivamente.

Su humor pareció cambiar a uno más animado. Durante la mitad de mi desayuno se dedicó a contemplar a los que nos rodeaban hasta que sus ojos permanecieron quietos en un solo lugar.

—¿Lo hiciste tú?

Seguí su mirada hasta dar con lo que le había robado minutos de su tiempo. Era mi mural. Sentí que era evaluada por algún encargado del museo del Louvre, porque la trayectoria de Dhaxton era muy diferente a la mía y ese mural tenía bastantes fallos.

—Ah, sí..., lo pinté cuando el comedor recién abrió.

Bajé la cabeza y traté de no darle importancia.

—«Ama a tu prójimo como a ti mismo» —leyó en el mural—. Irónico.

—¿Qué?

—Que eso diga el mural, pero todos los que están aquí, ante cualquier problema, pensarían en salvarse a sí mismos primero.

—El mundo cada día es más egoísta, por eso, unos pocos intentamos hacer lo contrario.

Bajó los ojos, dubitativo, y estos cayeron en mi tostada.

—¿Quieres? —ofrecí—, puedo traerte uno...

—Prefiero probar este. —Se agachó y le dio un mordisco. Tardó un momento en definir el sabor—. No está nada mal.

Necesité tomar un poco de leche para esconderme de la fragilidad de mi corazón ante esas situaciones.

—Creo que ahora quiero un poco de leche —dijo mirando el vaso.

Se acercó, plantó un beso en mi arco de cupido y se alejó relamiendo sus labios.

Un beso.

Me cubrí la boca poniendo todo mi esfuerzo en no sonrojarme. Se me había cruzado un pensamiento de que me besaría, pero jamás pensé que lo haría de verdad.

—No vuelvas a hacer eso. No quiero que me beses.

Dhaxton volvió en sí.

—¿Y qué hay de lo que yo quiero? Estoy cansado de ser paciente contigo, Audrey. Cada día me haces perder la cabeza. No importa lo que hagas, cuando te paseas por el piso, cuando le sonríes a tu gato o me miras con recelo... No importa nada. Tú me vuelves loco y estoy cansado de actuar como alguien cuerdo.

No me percaté de su cercanía sino hasta que estuvo casi tocando mi nariz y su respiración agitada y la mía formaban una.

—Acepta uno, solo un beso, y haré caso a lo que pediste —dijo contra mi boca.

Mis ojos se fueron cerrando lentamente.

Lo quería.

Lo deseaba.

Lo necesitaba.

Fantaseaba con que me besara como en Euphoria otra vez.

Pero me negué a ser parte de su juego.

—No te lo pedí, fue una advertencia.

Me levanté, tomé las cosas y me marché a la cocina.

Minutos más tarde, cuando salí, Dhaxton Crusoe se había marchado a la academia.

Yo llegué cinco minutos tarde para la clase de Boceto y Dibujo. No bastaba con que hubiese pasado la mitad de la mañana con Dhaxton, también tendría que verlo en clases.

Me dirigí al pasillo para guardar mis cosas. Estaba solitario, la música se había silenciado.

Ingresé la clave para abrir la puerta y...

Sorpresa.

Una nueva nota cayó al suelo. Dejé mis pertenencias dentro del casillero y me agaché a recogerla.

Era el trozo de la hoja de un cuaderno normal, y la tinta del bolígrafo era negra con una caligrafía bastante legible. Parecía una nota común, como las demás, pero estaba lejos de serlo.

La historia inicia con una desaparición.
¿La víctima? Agnes.
¿Los culpables? Dhaxton Crusoe y Seth Bellish.
¿La víctima siguiente? Tú.

Mis manos temblaron al sostener el papel. Tuve la sensación de que alguien me observaba la espalda. Arrugué el papel poniéndolo contra mi cuerpo y miré a mi alrededor. No había nadie, solo estaba acompañada por el temor que la nota había impuesto.

Volví a abrirla y la releí.

Esta era una nota muy diferente a las anteriores.

Decidida a recibir respuestas, me dirigí a la sala para encarar a Dhaxton. Él ya había demostrado ser capaz de muchas cosas, no me imaginaba imposible que mandara a perturbarme la conciencia después de haberlo rechazado.

Banes me dejó entrar sin problema. Los caballetes de mis compañeros se habían alineado en torno a una modelo. El caballete libre, que suponía era el mío, esta vez estaba en otro lugar, no junto a Dhaxton, como de costumbre; por eso, fue una sorpresa que caminara hacia él y no a mi puesto. Me planté a su frente como si quisiera echar raíces ahí, lo que distrajo su atención.

—¿Se te ofrece algo? —preguntó con total tranquilidad. Me molestó verlo así mientras yo tenía una revolución interna.

Apreté el papel en mi mano con tal fuerza que tembló. Pero a la hora de decirle que en mi posesión había una extraña nota, preferí callar y esperar a que confesara por sí mismo.

A Dhaxton le gustaba jactarse de sus actos, no conocía el pudor frente a las acusaciones. Si la nota la había mandado él, era probable que supiera los motivos por los que me encontraba de pie irrumpiendo en su trabajo.

Me fui a mi caballete y guardé la nota en mi bolsillo.

Pasé el resto del día pensando en la nota, metiéndome al baño para releerla o estudiarla de alguna forma. Me daba miedo que alguien más la viera, estuve aterrada con tan solo leer la palabra «desaparecida». Si lo que decía ahí era real, entonces todo este tiempo me habían llamado como a una persona que posiblemente estaba muerta.

Agnes.

Llevaba semanas preguntándome de quién se trataba, luego supe que era la novia de Dhaxton. Jamás imaginé que ella estaba desaparecida.

¿Cómo había pasado? ¿Fue intencional o la hicieron desaparecer? La nota así lo hacía suponer, pero no podía aferrarme a suposiciones con algo tan serio.

A la hora de la salida no tenía intenciones de volver al departamento tan pronto. Busqué cualquier excusa para no hacerlo y la mejor que se me ocurrió vino a mí cuando vi a Sol.

—¿Puedo dormir en tu casa hoy?

—¿En mi casa? —repitió, extrañada.

—Sí.

—Hoy pensaba ir a la pijamada en los dormitorios de las chicas.

Había olvidado que la academia tenía dormitorios para chicas y chicos y que, a veces, Sol dormía ahí.

—¿Qué pijamada? —curioseé.

—De Vivian Freedom, una compañera de Analítica —dijo, saludando a un grupo de chicas que nos adelantaba los pasos—. Si quieres puedes venir.

La detuve del brazo.

—¿No crees que pueda molestarle?

Soltó un ensalivado «pff» que movió sus labios y luego se carcajeó de manera burlesca.

—¡Claro que no! Ella es supersimpática, no le va a molestar —se agarró de mi brazo mostrando ese interés de persona chismosa—. ¿Qué pasa? ¿Por qué no quieres ir al departamento? Yo, siendo tú, me pasaría todo el día ahí.

Me removí y traté de apresurar el paso.

—Cuando tenga más información, te lo diré.

—Uuuuuh, cuánto misterio... —Se unió a mi paso y pasó su brazo detrás de mi cuello para acercarme a ella—: Ya, dime, sabes que puedo insistir hasta que te canses.

Tomé su mano y la saqué de mi hombro, recelosa de su convencimiento.

—Es algo serio.

—Por eso mismo merezco saberlo.

Meneó las cejas con una sonrisa tan inocente que no pude resistirme a ella. Sol era mi amiga, confiaba en ella más que en mamá y necesitaba al menos un consejo sobre la nota. Caminé junto a ella a un lugar apartado, le conté que estaba viviendo bajo el mismo techo que Dhaxton. Por supuesto, hizo un escándalo por no haberle contado desde el inicio, pero comprendió cuando le dije que no hallaba las palabras adecuadas para decírselo. Al final, le enseñé el papel. Sol necesitó leer dos veces para creer lo que decía, con su expresión tornándose angustiada y la piel de su cara tan pálida como la hoja entre sus manos.

Antes de que pudiera leerlo por tercera vez, se lo arrebaté de las manos y lo guardé en mi bolsillo procurando que nadie más lo viera.

—No sé si es una advertencia, si es una amenaza, si quien lo escribió quiere tomarme el pelo o si necesito tener cuidado —solté toda mi frustración—, por eso no quiero volver al departamento, ni encontrarme con Dhaxton. Estoy demasiado cansada para tener que soportarlo, no quiero quebrarme la cabeza pensando en esto. —Palpé mi bolsillo—. No ahora, que el concurso está cerca.

Mi amiga no dijo nada, ni siquiera había nombrado a algún santo dentro de sus exageradas exclamaciones. Su boca entreabierta demostraba la intención de hablar, pero existía algo que la detenía. ¿Era miedo? A juzgar por su rostro, podía inclinarme a que sí.

—¿Puedes, por favor, soltar de una buena vez lo que tratas de decir? —reclamé, casi rozando la histeria.

Sol pestañeó dando un salto y exhaló de golpe.

—Te mentí —tomó una bocanada de aire, y continuó—: ¿Recuerdas que te dije que no sé quién es Agnes? Pues te mentí, sí sé. ¡Todo el mundo sabe! —dijo con la mirada puesta en el cielo—. Era estudiante de Arte, como tú, y se dice que tuvo algunos roces con el chico A y el chico B. Al parecer no se llevaban bien y ellos hicieron todo lo posible para que se marchara. Y lo consiguieron. Agnes se fue y quedó un puesto libre...

—El cual ahora ocupo yo —concluí—. Por eso me llamaron hace tan poco... ¡Por eso entré tiempo después que todos ustedes! Tomé el puesto de Agnes.

—Y por eso te apodaron así, supongo. —Sol empezó a pasearse de un lado a otro con una uña metida entre sus dientes—. Lo chungo es que en el papel dice que Agnes desapareció.

Yo, que todavía asimilaba que estaba dentro de la academia por un puesto libre que la tal Agnes había dejado, me tomé un momento para ordenar mis pensamientos.

—Y no ha sido la única nota que me ha llegado. Han sido más, y en la primera me advertían de Dhaxton y Seth —balbuceé y la atención de Sol se posó en mí con compasión.

—No lo sé, Drey, pero ten en cuenta que nadie sabe qué le sucedió. Es extraño lo que le pasó, por eso no quería asustarte cuando me preguntaste por ella.

Aunque apreciaba su preocupación, porque Sol pensaba en mi bienestar en ese entonces, yo siempre fui más de afrontar la verdad, por más que doliera. Odiaba cuando las personas daban miles de vueltas para evitar las confrontaciones, prefería recibir el golpe.

—Esto me sube los ánimos a tope —ironicé, sacándole una sonrisa—. ¿Qué voy a hacer? Estoy viviendo bajo el mismo techo que Dhaxton.

No es como si quisiera darlo por culpable de un asesinato, pero desconfiaba demasiado.

—Si él tuviera una mala intención contigo ya lo habría hecho. Estás sola, tu madre está afuera... —supuse que le hacía un recorrido a mi podrido árbol genealógico—, no tienes parientes que se preocupen... Tiene la oportunidad.

—Ya, soy la víctima perfecta. Gracias por reconfortarme.

Se mordió las uñas otra vez y pensó en una respuesta más ingeniosa. Miró el bolsillo donde guardaba la nota y frunció el ceño.

—Quizás ese trozo de papel lo escribió alguien que quiere separarte de ellos. Alguna de sus amigas o amantes celosas. O quizás uno de sus amigos.

—En cualquiera de las dos opciones, es mejor andarme con cuidado.

Suspiré con resignación, tratando de despejar la cabeza. Empezamos a caminar hacia el paradero.

—Podrías... —Sol me tomó por debajo del brazo y avanzó conmigo—. Podrías preguntarle a Vivian. Ella fue amiga de los chicos, se salió del grupo después del incidente en Free Candy. No se lo digas a nadie —me advirtió—, Brind me lo dijo como secreto.

Pasamos a la casa de Sol para recoger unos pijamas y fuimos directo a la academia.

Los dormitorios se encontraban en un terreno más apartado de los campus y se llegaba por un camino por el que se podía andar a pie o en auto. Deseé pasear ahí con mi bicicleta, porque era un sector lleno de verde. Los dormitorios se dividían entre hombres y mujeres, dos edificios separados por una plaza con la pileta del fundador de la academia. Al fondo, entre algunas casas pertenecientes a la academia, se encontraba una entrada para autos custodiada por dos guardias.

Entramos al edificio de las chicas y nos encontramos con una sala de estar; muebles que parecían sacados de la realeza. Parecía una casa. Avanzamos por un pasillo lleno de puertas numeradas y nos detuvimos frente a una que tenía dibujada una flor con marcador.

—Es aquí —murmuró Sol, percatándose de mis inquietas manos—. No estés nerviosa, las chicas son geniales.

Empujó la puerta. Una luz me impidió ver el interior de la habitación, un olor a loción y cigarro me golpeó la cara, junto a un vago presentimiento que me llevó a dar un paso atrás.

Sol tomó mi mano para guiarme. La puerta se abrió en su totalidad y logré ver a dos chicas sentadas al pie de una cama fumando, con piercing en las cejas y los labios, y otra chica sentada frente a un escritorio.

—Ellas son Kathia, Briene y Vivian —las presentó—. Chicas, ella es Drey.

Vivian, quien era la que estaba en el escritorio, giró su silla hacia mí y se arrastró hasta quedar a al menos un metro de nosotras. Sus grandes ojos marrones me miraron con un brillo cautivante, con esa clase de mirada que muestra solo lo que ella quiere enseñar. Una mirada como la de Seth.

—Bienvenida al aquelarre.

Con esa presentación supe al instante que ella guardaba un sinfín de secretos.

—¿Por qué siento que me estoy metiendo en problemas? —pronuncié con inquietud frente a tres anchas sonrisas.

—Porque eres la chica buena y nosotros unas temibles brujas —respondió Vivian y extendió su mano para tomar la mía y jalarme hacia dentro.

El panorama pintaba un enorme bodegón de fondo blanco, gris y negro, y a cuatro chicas sentadas en el piso con dos botellas de vodka, un par de cartas, cajetillas de cigarro, una taza como cenicero y un celular con música alternativa.

—¿Esto es legal?

—No —respondieron al unísono.

Dudé si sentarme junto a ellas, ya estaba metida en demasiados problemas como para buscarme otro. Al final me dejé convencer por la necesidad de saciar mi curiosidad, por eso, ser parte de ellas, al menos por ese día, podría valerme información sobre Agnes, aunque hacerlo significaba terminar apestando a cigarro.

—Ya que Drey es la nueva en nuestro humilde aquelarre, ella será la que pague la pizza —anunció Kathia y sus amigas se pusieron a reír.

Palpé mis bolsillos.

—Que sea una pizza personal, no traigo mucho.

Más risas.

—Estamos bromeando, Drey, la pagaremos juntas —las tres chicas, incluyendo a Sol, dejaron dinero en el centro—. Hay que estar atentas a cuando llamen e ir a recogerla.

—Bien...

Coloqué mi dinero junto al otro y volví a acomodarme teniendo la mirada penetrante de Vivian sobre mi collar. Había algo que me inquietaba de ella, no sé si eran los tatuajes cadavéricos de sus brazos, los piercings en su labio y ceja, o el extraño peinado que formaba su cabello negro como el abismo. El silencioso recorrido terminó en mi anillo de castidad.

—Lindo anillo —recogí mi mano hacia mí y la escondí con la otra—. ¿Qué dice?

—El amor todo lo espera.

—Un momento… —pidió Kathia, quien minutos antes hablaba con normalidad con Briene y Sol—. ¿Es un anillo de castidad?

—Sí, ¿por qué? —espeté casi a la defensiva.

—Debes ser una eminencia.

—Es cierto —apoyó Briene.

—Una razón más para celebrar —dijo Vivian, jugando con la pelota de su piercing—. Así que para celebrar… ¡Vamos a beber! Tú, vas a hacernos el honor —me apuntó con una de las botellas de vodka.

Mi parte racional repetía «no, no, no». Mi otra parte se convencía de que hacerlo me acercaría a ella.

Tomé la botella por el cuello, abrí la tapa y me la puse en la boca. El primer trago fue hecho con furia, grande, con mi cabeza inclinada hacia atrás y los ojos bien cerrados. Los gritos de las chicas fueron lo únicio que oí tras el ardor en mi garganta. Un ataque de tos condujo al mareo. Entre jadeos y los golpes en la espalda que me daba Sol, vi a Briene ponerse de pie con rapidez y acercarse a mí con un limón.

—Muérdelo.

El limón no ayudó demasiado con mi tos, pero al menos había dejado de tener el extraño sabor del vodka en mi boca.

Las demás chicas empezaron a beber y morder trozos de limones, encendieron sus cigarros y se acomodaron para jugar a las cartas. Sol les seguía los movimientos con lentitud, con timidez, como alguien que quiere encajar y pone todo su empeño en conseguir la aprobación de otros. Durante todo el escándalo que inició yo buscaba salirme de ese círculo de humo y alcohol, aunque fuese imposible, pues la habitación no era demasiado grande y me prohibieron abrir la ventana para evitar que el olor las delatara.

Por eso, fue un alivio cuando nos llamaron diciendo que la pizza había llegado. Tomar algo de aire limpio purificó mis pulmones.

De vuelta a la habitación, la congestión casi no se percibía, las chicas se habían tardado en caminar, entre tanto balanceo y risas. Llegué a preguntarme si tendríamos problemas por tan evidente demostración de ebriedad, pero me percaté de que en ese pequeño barrio juvenil poca importancia les daban.

Pasada la medianoche, Kathia y Briene estaban lo suficientemente agotadas para no poder abrir los ojos y a Sol le había afectado el alcohol más de la cuenta, por lo que tuvo un encuentro cara a cara con el baño. Las únicas que estábamos lo suficientemente bien éramos Vivian y yo.

—Oye, bonita, ¿por qué no le das otro trago? —me enseñó la botella con el vodka que quedaba.

«Es mi momento», pensé.

Caminé hacia Vivian, quien se encontraba sentada en el piso y con la espalda inclinada hacia atrás, cargando su peso sobre la mano apoyada en la moqueta.

—Lo haré con una condición —advertí.

—Vaya, la chica buena tiene un precio. —Movió sus pies, divertida—. ¿Qué es?

—Quiero información.

—¿Qué? ¿Eres una espía, acaso? ¿Formas parte de la CIA? ¿La soplona del rector?

—No, soy la chica que sabe sobre tu amistad con Dhaxton y Seth.

La sonrisa se esfumó de su rostro con la misma rapidez que la tensión entre sus cejas apareció.

—Yo sé que estuviste la noche del incidente en Free Candy, la ahora llamada Euphoria. Necesito saber qué pasó ahí.

El terror se cruzó por su expresión y huyó de mí.

—Yo no...

Me agaché para quedar frente a ella, encararla, mostrar la misma confianza que había desaparecido en su ser hacía solo segundos.

—No me mientas, lo sé de buena fuente y basta con ver cómo te has puesto para creerlo. ¿Agnes estaba ahí? ¿Qué pasó esa noche?

Mi insistencia causó el efecto que quería, alzó su rostro, me miró y luego comprobó que sus amigas estaban dormidas.

—Te lo diré, pero no aquí —musitó con determinación.

Salimos de los dormitorios y caminamos hacia la plaza. Vivian se sentó en el bordillo de la pileta y sacó un cigarrillo. Su pierna se movía de arriba abajo en un ritmo frenético. Se veía nerviosa, perseguida, igual a como estuve yo esa dichosa mañana tras leer la nota.

—¿Y bien?

Esperó a expulsar el humo de la reciente calada que le había dado al cigarro y suspiró.

—Es cierto —confesó con la cabeza clavada en el suelo, en sus zapatos, en la maleza—, estuve la noche del «incidente». Pertenecía al grupo de... ya sabes quiénes, y conozco parte de su historia familiar gracias a algunas convivencias entre familias. Nos llevábamos de puta madre, salíamos todos los fines de semana. Salir con ellos era de otro mundo, lo que querías lo conseguías. Rechazar ser parte de su grupo no era una opción. Esa noche parecía ser como cualquier otra, alcohol, pastillas y más mierda..., pero ellos llevaron a alguien más.

—Agnes.

Vivian asintió mientras daba otra calada.

—La habían endulzado durante meses y esa noche planearon ponerle un freno. Estábamos metidos en la habitación, con música en los parlantes resonando con fuerza... —Más humo salió de su boca—. Carajo, qué buen momento estaba pasando. Y, de repente... el particular ruido de cristales rotos. Jamás podré olvidar ese sonido, lo siento en mis oídos a veces mientras duermo. Volteé para ver qué ocurría y vi a Agnes sosteniendo un trozo de vidrio. Sangraba, la sangre escurría de su mano y no le importaba.

—¿Qué la puso así? —solté sin premeditar su obvia respuesta.

—Al parecer había sido parte de un juego entre los chicos. Una apuesta. Se puso histérica, lloraba con desconsuelo sin permitir que nadie se acercara. Jamás vi que los ojos de alguien desprendieran tanta ira. El orgullo del ser humano puede conducir a muchos sitios y ella prefirió tomar el camino más drástico.

—La cicatriz de Dhaxton... ¿Ella le hizo esa cicatriz?

—No, Dhaxton ya la tenía. Lo que hizo Agnes fue peor: se cortó las muñecas. No puedo olvidar la piel desgarrándose bajo ese trozo de vidrio. Y la sangre... Tengo el estómago suficiente para ver toda clase de mierdas, pero nada como eso.

El amargo recuerdo llevó a que Vivian se estremeciera.

—¿Y qué pasó después?

—La adrenalina que corría en su cuerpo debió ser tanta que luego atacó a los chicos que trataron de detenerla. Cortó a unos cuántos, incluyéndome. —Se recogió la manga por encima del codo y me enseñó una cicatriz—. No sé cómo logró zafarse y se dirigió a atacar a los chicos. Forcejearon. Lucharon mucho. Ella quería cortarlos. Entre eso llegaron a la azotea y cayó.

Una imagen rápida vino a mi cabeza, en ella veía a Dhaxton de pie sobre la baranda.

—¿Se lanzó o ellos la tiraron?

Vivian negó, nerviosa.

—No lo sé. Yo me fui de ese grupo y no pregunté, me daba miedo. Lo único que sé es que Agnes estuvo dos meses sin ir a clases. En su ausencia se esparcieron rumores absurdos. Luego de un tiempo regresó, pero no era ella, se veía mal... Era una chica buena, como tú, con ese aire de bondad que puedes pisotear fácilmente. A la semana siguiente nadie más la vio.

Cuando finalizó de contarme lo que sabía, terminé con las manos en la cabeza, al igual que ella. Era demasiada información para lo que mi cabeza podía recrear con su imaginación y seguía llena de dudas.

Vivian colocó una mano sobre mi muslo.

—Por favor, no le digas a nadie que yo te lo conté —pronunció con angustia—. Nos hicieron firmar un acuerdo de confidencialidad para que no se hablara de esa noche. No le digas a nadie lo que te dije...

—¿Decirme qué? —interrogué, fingiendo que jamás había escuchado la historia de hace un momento.

Ella lo comprendió y sonrió, bajando la cabeza a la botella de vodka que tenía en las manos.

—No dejes que esos hijos de puta te hagan lo mismo que a ella —me dijo entre dientes—, mejor haz que lo paguen.

Me quitó la botella, se bebió el vodka hasta la última gota y tiró la botella contra la estatua. El estallido se escuchó por toda la plaza.

—Creo que es hora de correr.

Me tomó de la mano para huir a su dormitorio.

SETH

Consentir a Baba es una de las cosas más complejas que he tenido que hacer. Sus caprichos siempre han sido obligaciones por cumplir.

Sus demandas han sido suplidas desde siempre y se convirtieron en retos a lo largo de su carrera artística. En su época gloriosa, muchos reprendían su narcisismo diciendo que una mujer no debía tener tales actitudes. Pero su carisma hizo que se ganara el corazón de todos, viendo su actitud con gracia y empoderamiento.

Era imposible decirle no a Agatha Korsakov. He ahí que esté metido en una más de sus reuniones de culos apretados con carcajadas armoniosas y profundas. Están sentados alrededor de una mesa enorme, degustando una cena mientras yo no tengo apetito y hablan sobre lo bien que van sus inversiones. Y también fardan sobre sus planes a futuro en familia.

Familia.

Para todos ellos la familia es algo importante. Y todos somos una «familia». Pero su concepto es muy diferente al que me enseñaron de pequeño. Yo tenía una familia. A mis padres, y me fueron arrebatados.

Después de la cena, viene el entretenimiento en el salón principal. Tengo que ayudar a Baba para que se levante y ella me toma del gancho para arrastrarme con los demás.

—¿A qué hora nos largamos de aquí?

—Espera un poco más —me dice entre dientes, con la sonrisa estampada en su rostro para conservar las apariencias.

—Estas reuniones me ponen enfermo. Son un asco —digo sin ocultarme.

—Respeta, mocoso malagradecido, hay personas importantes aquí —me reprende, alto, por si alguien escuchó mis palabras. Luego me jala del brazo para hablar—: Ten un poco de recato. Tenemos que conservar la apariencia.

—Estoy harto de hacerlo —farfullo, esta vez bajo para que solo ella pueda escucharme—. Esto no me gusta.

—Lo sé, pero no nos queda de otra.

Lo siguiente es esbozar la mejor de nuestras sonrisas al entrar al gran salón. Han preparado todo el espacio para dar una más de sus teatrales funciones en las que un grupo de chicas entran vestidas con túnicas blancas y coronas de flores. La música empieza. Todas ellas se forman y entonces comienza la función. Revolotean por el lugar como mariposas, aunque sus alas en las espaldas me recuerdan a las descripciones falsas de los ángeles.

—Gracioso. Apostaría que de ese grupo la mayoría son unas diablillas.

La voz de Agnes llega desde atrás como un susurro que se te mete a la cabeza. Miro por encima de mi hombro; detrás no hay nadie más que una pareja de ancianos que dudo tengan la voz así.

Vuelvo al frente, pero los recuerdos de lo que ocurrió aquella noche regresan a mi cabeza.

—Seth, ¿qué pasa? —pregunta Baba.

—Ya... —la voz se me corta y necesito tomar una bocanada de aire—. Ya vuelvo.

Me dirijo hacia el exterior, lo más apartado de los demás. Hace frío. Está helado, igual que aquella noche, con la diferencia de que en el club nocturno estaba sudando por los efectos de las pastillas. Recuerdo que había ruido por todos lados. La música sonaba distorsionada. Las pastillas sobre la mesa. El hedor a alcohol. El ruido de la mesa de cristal rompiéndose en cientos de pedazos. Y, por último, la sangre en el piso.

Capítulo 12
Enfrentados

AUDREY

En vista de que no había dormido en toda la noche, fui la primera en dejar el cuarto para volver al departamento de Devon. Traté de pedirle a Sol que me acompañara, pero estaba en un estado tan lamentable que pensé que lo mejor era dejarla dormir.

En el ascensor me sentí nerviosa. Las manos, pese a tenerlas frías por el sereno de la mañana, estaban sudadas. Intranquila, movía cada parte de mi cuerpo en busca de un punto de paz, pero no encontré ninguno y, al abrirse el ascensor, esto solo empeoró.

Al llegar a la puerta del departamento, solté un extenso y muy sonoro suspiro. Luego recordé que afuera, en una esquina, había una cámara desde donde se podía ver quién estaba frente a la puerta.

No le di más vueltas, ingresé la clave de acceso y entré.

El interior se veía oscuro y solitario y estaba más frío que de costumbre. Francis llegó a recibirme. Se notaba el hueco que había dejado en el sofá, así que supuse que se había quedado dormido esperándome. Me agaché y lo tomé por debajo de las axilas en el aire.

—¿Me extrañaste?

En ese momento Dhaxton salió de su habitación. Verme debió parecerle un espejismo, porque necesitó tiempo para distinguir mi figura entre las sombras de la sala.

Bajé a Francis con lentitud hacia mi pecho y lo retuve ahí, como si fuera un escudo.

—Estaba preocupado —dijo Dhaxton, con expresión compungida.

—¿Por mí? —pregunté con los dientes apretados.

—Sí...

—¿O porque sin mí no hay más juego? —zanjé antes de que continuara hablando.

—¿Hasta cuándo estarás convencida de que solo me interesas como un juego? Entiendo que dudes de mí, incluso lo acepto, pero mi preocupación es genuina. Desapareces sin decir nada, dejas a tu gato aquí y ¿esperas que no dude que te pasó algo?

Si lo planteaba de esa forma podía aceptarlo. Incluso creerlo.

Dio un paso en mi dirección y, como mis defensas estaban a tope, mi boca actuó por sí sola.

—No te acerques —le ordené—. Sé lo que pasó con Agnes. Ustedes y este estúpido juego la dañaron.

No lució sorprendido, más bien curioso.

—¿Quién te contó sobre ella?

—¿Eso importa? Ustedes la humillaron; la conquistaron para después decirle que era parte de un juego la noche en Free Candy. Y probablemente están haciendo lo mismo conmigo. Son peor de lo que pensé.

—Tú no lo entenderías. Agnes era una chica inestable que reaccionó de mala manera. Lo exageró todo sin tener en cuenta lo que nosotros sentíamos.

—Se cortó las muñecas...

—Cortó a muchas personas más —se defendió Dhaxton—. Incluso trató de herirnos a nosotros.

—Y cayó desde tan alto... —seguí yo, ignorando sus justificaciones o lo que fuera eso. Dhaxton permaneció callado, observándome a unos pasos, como si se hubiese resignado a hacerme entender lo contrario—. Dime, ¿se tiró o la empujaron?

Mi pregunta debió dolerle más que una quemadura y el fuego se propagó por todo su ser. De un par de zancadas logró situarse frente a mí, sin darme tiempo de prever sus movimientos. Agarró mi brazo para llevarme hacia su habitación.

—Ven —le alcancé a oír dentro de mis forcejeos.

—¡Suéltame!

Abrió la puerta y entramos. Yo no desistí, de solo pensar que me encontraba dentro de su cuarto, un sinfín de pensamientos se me aglomeraron en la cabeza. Sentí miedo, uno profundo que tuve que encarar. Con evidente molestia, Dhaxton se volvió hacia mí. Su mirada intensa, gris e imperturbable se había convertido en un abismo donde perderme.

—Estás dudando de nosotros —farfulló, lo que me pareció más una acusación—. Te estás atreviendo a pensar mal de mí y no lo voy a permitir.

Sin soltar mi brazo, me arrastró hacia una de las puertas de su enorme cuarto y entramos a un lugar más pequeño que tenía un escritorio con una laptop encendida. Me soltó para abrir un par de ventanas e ingresar a una carpeta de nombre «Agnes Holland». Cinco archivos en formato video aparecieron entre fotos. Dhaxton les dio reproducir a todos y al instante el primero empezó a correr.

La imagen mostraba a Agnes en el piso hecha un ovillo, agarrándose las piernas, llorando y con evidente aflicción. No estaba en un lugar que yo conociera, todo el entorno me parecía desconocido, incluso de las personas que pasaban o intentaban ayudarla, las únicas caras familiares eran las de Dhaxton y Seth. El primero llamaba por celular y el segundo trataba de tranquilizarla.

—Agnes sufría de trastorno bipolar, lo que la hacía actuar de manera impulsiva muchas veces —comenzó a contarme mirándome por encima del hombro. Yo estaba casi contra la puerta, tomando la manilla en caso de que quisiera intentar algo de repente—. Nos veía como amigos y otras veces como completos enemigos. Cuando no tomaba su medicación era un problema. Pero la mayoría del tiempo era una persona normal.

Otro video se empezó a reproducir. En él, ella salía bailando con Seth como dos amigos que se conocen de toda la vida. Su sonrisa era hermosa. Agnes me pareció bella: perfil perfecto, cabello como el oro... Su rostro era uno de los tantos que pertenecía a la colección de bocetos del estudio de Dhaxton.

—Esto no dice nada —murmuré—. Ustedes de todas formas jugaron con ella.

—¿Jugar con Agnes? —interrogó con sorna, como si mi acusación le causara más gracia que un chiste—. Era nuestra amiga, le confiábamos todo.

—¡Mentira!, ustedes tenían roces, eso es lo que muchos veían...

—¿Ver? —Pausó el video y enderezó la espalda para prestarme toda la atención posible. La mitad de su rostro estaba oculto por las sombras, el otro iluminado por la luz de la pantalla; las dos caras visibles de Dhaxton frente a mí, otra vez—. ¿Te estás guiando por la verdad o por rumores? —Abrí mis labios en protesta, pero él interrumpió—: Dime, Audrey, ¿qué te dice más: las palabras de otros o videos que hablan por sí solos?

Miré la pantalla, el cuadro pausado del video. Agnes aparecía junto a Dhaxton y Seth. Los tres reían.

La risa de Dhaxton.

Yo jamás lo había visto sonreír así, tan abiertamente.

—Intimidamos a demasiadas personas. Muchos en la academia nos odian y dirían cualquier cosa para disfrazarnos como los malos. No somos santos y hemos sido crueles muchas veces, pero nunca llegaríamos a los oscuros extremos que nuestros «enemigos» quieren hacer creer. Aquí el bien y el mal no existe, todos somos intermedios, y eso también te abarca a ti.

Sentí como si hubiera sido regañada y no pude decir más.

Dhaxton reprodujo el siguiente y último video. Para mi sorpresa —y desagrado—, se trataba de un video grabado por una de las cámaras en el antiguo Free Candy. La cámara se encontraba en el centro superior, colgada en la pared con vista hacia los sofás. Seth, Agnes y Dhaxton estaban sentados frente a una mesa de vidrio llena de cosas; ambos chicos hablaban entre ellos mientras Agnes permanecía en silencio con la vista perdida al frente. Todo parecía normal, hasta que Seth lanzó un comentario y ella estalló. Se puso de pie, la boca abierta moviéndose con rapidez indicaba que estaba gritando cosas. Seth y Dhaxton se quedaron en sus asientos, tardaron en reaccionar. A continuación, Agnes golpeó la mesa y esta se hizo añicos, agarró un trozo y los amenazó. Tal como lo había dicho Vivian, la mano de Agnes empezó a sangrar y poco le importó, gritó un par de cosas y luego empuñó el vidrio para enterrárselo en la muñeca.

Corrí la cabeza para no ver más.

El estómago se me revolvió y temblé cuando, al pestañear, vi la imagen del vidrio atravesando su piel.

—Ese fue uno de sus episodios —murmuró Dhaxton—. El peor.

Empecé a sentirme fatal.

—Hay algo que todavía no me respondes —dije con la voz quebrada y la bilis ardiendo en mi garganta—. ¿Ella se lanzó o ustedes la lanzaron?

Dhaxton se colocó frente a mí.

—Ninguna de las dos opciones. Agnes intentó atacarnos y entre sus forcejeos llegamos al balcón, ahí ella trató de apuñalarme y mientras Seth y yo tratamos de apartarla, tropezó. Su cuerpo golpeó la baranda con fuerza y no pudo mantener el equilibrio. Su caída fue un accidente que casi le costó la vida.

Miré de nuevo la pantalla. Seth se veía en la grabación, entrando alterado y señalando hacia la puerta. Dhaxton entró después con su celular pegado a la oreja.

—¿Y la firma?

—Días después del accidente, todos los que estuvimos ahí firmamos un acuerdo de confidencialidad presentado por el club. No tengo aquí el documento, pero si gustas puedo pedirle a alguien que lo traiga.

Ya no sabía qué creer.

Tenía la cabeza hecha un desastre y no quería más. Había obtenido más información de la que esperaba, necesitaba tomarme un largo descanso.

Salí del cuarto de Dhaxton sin decir nada y me metí a mi habitación para tomar una ducha. Apestaba a alcohol y cigarros, mi cabello enredado tomaría tiempo para volver a su forma natural. Me metí al baño, me quité todo y entré a la ducha caliente, con el agua enrojeciendo mi piel. Ahí, bajo las gotas golpeando mi cabeza y recorriendo mi cuerpo desnudo, solo podía pensar en la nueva información que sabía. No me percaté de que el cuarto se había llenado de vaho y mi cuerpo se debilitó con el calor hasta que no pude sostenerme de pie y todo se tornó oscuro.

Una voz me llamó. Se oía distante, como si me hablara desde lo profundo de un pozo oscuro. Quería hablar, responder algo a sus palabras imperceptibles, pero no podía hacer más que balbucear oraciones sin sentido. No sentía el cuerpo, era solo una masa de carne y huesos tirada en el frío piso y con el agua cayendo encima.

En un segundo que se me hizo eterno, fui cubierta por lo que supuse era una toalla, entonces la voz que antes no entendía, me dijo algo y luego sentí dos enormes manos en mi espalda tratando de levantarme. Empecé a llorar, pues el dolor del que había estado ajena se volvió real. Levantarme fue un error, me vi en medio de una marea violenta que me hizo perder el equilibrio.

—Te tengo... —murmuró la voz. La comprendía, pero continuaba siendo difícil de apreciar lo demás.

Mi cuerpo, que se enfriaba, guardó algo de calor bajo lo que supuse era mi bata.

Mientras la voz me hablaba, sentí que un brazo rodeaba mi espalda y otro recorría la parte trasera de mis muslos para así levantarme del piso.

Más mareos.

Llevé temblorosa la mano hacia mi cabeza, justo hacia el sitio donde más me dolía.

Pasos.

Con una delicadeza admirable, fui puesta sobre la cama. Una figura borrosa se presentó ante mi vista.

—Necesito que estés despierta —pidió.

No recuerdo lo que dije.

—Tienes que —murmuró.

Lo último que recuerdo es su mano acariciando mi mejilla.

Todo se convirtió en oscuridad otra vez.

La caída en la ducha me costó una inflamación en el lado izquierdo de mi mollera y un dolor terrible de cabeza. Por suerte, nada más grave. En mi segundo despertar, ya más repuesta, me encontraba recostada en mi cama, cubierta por el edredón y con el blanco de la habitación tan brillante que, por un segundo, creí estar en el cielo. Luego apareció Sol. Vi su rostro borroso hasta que mi vista volvió a la normalidad.

—¿Cómo te sientes? ¿Te duele algo?

—Me duele la cabeza —respondí con voz áspera y cortante. Me moví para sentarme, pero fue la peor decisión. Mi hombro también dolía y solté un quejido que puso en alerta a mi amiga.

—No te muevas, mantente así —dijo con rapidez, acomodándome el cabello, que todavía tenía mojado—. Santo Dios, Drey, te caíste de la ducha... Cuando Dhaxton me lo dijo yo pensé lo peor.

De todas sus palabras solo permaneció «Dhaxton».

—¿Él me encontró?

El hilo de voz con el que emití la pregunta dejaba claro lo terrible que me parecía el solo pensamiento de que Dhaxton me haya visto desnuda. Lo peor es que Sol, por mucho que intentara mentir sobre esa realidad, no podía esconder su expresión.

—Sí —soltó—. Ay, Dios, Drey, él te trajo hasta aquí e incluso te puso esa bata que traes puesta.

Con dificultad miré mi pecho y vi la «V» que formaba la unión de la bata, el collar de la abuela y la curva descubierta entre mis pechos. Deseé taparme con el edredón y desaparecer para siempre. Sol me retuvo.

—Oye, cálmate, no creo que seas la primera chica que ve desnuda.

Eso no me consolaba demasiado.

—Además, no creo que Dhaxton sea un depravado que se propasó contigo estando, ya sabes, inconsciente —añadió como remate. ¡Pensar en eso me hacía sentir mucho peor!—. Debes pensar bien y vislumbrarlo como un hombre amable que te salvó la vida o algo así.

—Solange, guarda silencio, por favor.

—Okey, sí, lo haré. Lo siento —rezongó y formó un puchero que arrugó su barbilla—. Solo trato de animarte.

Tomé su mano y le sonreí.

—¿Qué haces aquí? ¿Ya te sientes mejor?

—Vivian me dio de tomar una cosa rara que alivió mi resaca. Entonces recordé que me hablaste en la mañana diciendo que venías al departamento y me preocupé. Te llamé cinco veces. ¡Cinco! —me enseñó sus dedos, como si necesitara una gráfica para poder contar—. Espera... ¿cuántos dedos ves?

—Uno, dos, tres... veinte —respondí, provocando que casi se le salieran los ojos de sus cuencas—. ¡Madre mía!

Mi sarcasmo le sacó un gruñido. Ya la veía tratando de asfixiarme con una almohada en venganza.

—En fin, al grano —continuó—. Me asusté y vine a verte, Dhaxton me abrió, estaba con la camisa mojada. Pensé que se le marcarían los abdominales, pero... —se inclinó hacia mí— no tiene.

Blanqueé los ojos.

—No me digas.

—Cancelado total —se quejó, llena de desaprobación.

—Ridícula.

Sol llevó una mano a su pecho llena de un drama muy particular. A continuación, como si su apreciación nunca hubiese sido dicha, siguió hablando.

—Me abrió y me dijo que, cuando se percató de que no respondías el celular, se preocupó. Entró, se dio cuenta de que te estabas duchando y cuando pasó el rato y no pasaba nada, forzó la puerta.

—Y me encontró ahí.

Ya me veía ahí, tirada, desnuda, con todos mis atributos a la vista. Odié mi imaginación.

—Ajá. Eso dijo. Se veía muy serio. No dijo más ni hizo descripciones abundantes.

—¿Cómo hacerlas? Dios...

No sé qué me dolía más, si el golpe que tenía en la cabeza o que un hombre me hubiese visto por primera vez desnuda.

—¿Qué hora es?

—Son las 10:34 de la noche.

—¡¿Noche?! —casi salgo de la cama disparada.

—Es broma —rio con culpa—. De la mañana.

Las clases en la academia ya debían haber empezado.

—Estás faltando a clases.

—Da igual. Tengo mi segunda media resaca y tú estás malita —eso parecían ser motivos suficientes para faltar, pero Sol era más entusiasta de lo que demostraba—. Además, esto me da más tiempo en este departamento. ¿Prometes regalármelo cuando lo heredes?

—Lo prometo por el meñique.

Cruzamos nuestros dedos para sellar la promesa y luego nos sentamos a hablar sobre lo cómoda que parecía la cama. Tener a Sol junto a mí en esa situación me trajo algo de consuelo y valía mucho para mí. Me ayudó a cambiarme de ropa y también secó con cuidado mi cabello. Después disfrutamos del tiempo a solas en el departamento.

Planeábamos el almuerzo cuando un correo electrónico me llegó.

Casi salgo disparada por la ventana.

—Oh, Dios, me han pedido hacer una entrevista de trabajo —le informé a Sol, cuando ella ya estaba con sus garras encima de mi celular para chismear qué me había alterado tanto—. Necesito arreglarme, ¡pero ya!

—¿Quéééé? —me detuvo antes de que pudiera dar dos pasos hacia mi habitación—. ¿El golpe te dañó la cabezota más de lo que aparenta? Ve otro día.

—No puedo, tengo clases.

—Puedes faltar un día.

—Ahora tengo todo el tiempo del mundo.

—Pero... pero... puede ser peligroso —insistió, sin soltarme. Sol lucía dispuesta a pegar mi trasero en el sofá de ser posible—. ¿Y si te desmayas? O... no sé, te golpeas en la cabeza de nuevo —la miré con los párpados caídos—. ¡Puede pasar! —se defendió.

—No me siento mal, solo debo tener cuidado y ya, no es como si me fuera a desmayar otra vez. Además, el dolor de cabeza casi ni lo siento.

Persistía, sí, pero no lo describiría con la palabra «insoportable».

—Eres terca —acusó, empezando a desesperarse—. Voy a acompañarte.

Sonreí.

—Esperaba que dijeras eso.

No me soltó hasta que llegamos al cine. Quería asegurarse de que no diera un paso que pudiese perjudicarme. El trato de enfermera sobreprotectora me estaba poniendo los pelos de punta.

Así, con ella a mi lado, colgada de mi brazo, llegué a la que sería mi primera entrevista de trabajo.

Tuve que esperar unos cuarenta minutos para entrar a la entrevista, ya que no era la única que esperaba ser entrevistada. Estar sentada sola en una silla solo colaboró en el sucio juego de mi nerviosismo. Me confronté a mí misma, cuestioné si de verdad necesitaba el trabajo y, finalmente, para apartar todo pensamiento impuro, levanté una silenciosa oración. Recordar que no estaba sola me ayudó a traer la calma y confianza que se había escondido de mí. El instante en que mi nombre fue pronunciado solicitando que entrara a la oficina, mi corazón dio un enorme vuelco, mas logré permanecer firme.

Fue más fácil de lo que creí. La mujer tras el escritorio, una chica de aspecto joven pero serio, resultó ser bastante amigable, muy lejos de lo que mis enredados pensamientos suponían. Hablamos y me hizo un par de preguntas, contó que no le interesaba mucho la experiencia, que prefería a alguien de aprendizaje rápido y disposición. Orgullosa de mis méritos, le dije que tenía eso y más. Se lo pensó, explicó otra vez de qué trataba el trabajo y luego me dijo que aceptaría tenerme en el cine, pero que, antes de firmar, debía ir a aprender el domingo por la tarde. De hacerlo, firmaría el contrato.

Salí a encontrarme con Sol con una sonrisa.

—El domingo tengo que venir para que me enseñen y luego firmaré —le conté—. Si todo resulta bien, entraré a trabajar oficialmente la próxima semana.

—¡Geniaaaal! —me abrazó y empezamos a caminar—. ¿Cómo será? ¿Qué días trabajarás?

—El horario es flexible, puedo tomar los turnos que desee —eso era lo que más me fascinaba—. Creo que tomaré los lunes, miércoles, jueves, sábado y domingo por la tarde.

Sol soltó un gruñido salido desde lo más profundo de su perezoso ser.

—Vas a estar llena de cosas. ¿No que vas a participar en un concurso?

Detuve el paso como si me hubiera topado de frente con una pared invisible.

—Mientras no den la información oficial sobre lo que tratará el concepto de este año nada puedo hacer.

—¿Y la academia? ¿No tienes alguna prueba o algo así?

Parecía que Sol estaba convencida de que trabajar era una mala idea.

—Los ramos más complejos son los teóricos, en que nos piden investigar y hacer trabajos. Los demás son pura práctica y las evaluaciones son las clases —respondí, poniéndole mala cara.

—No sé cómo haces para distribuir todo tu tiempo y no colapsar, ¿sabes? A mí me mandan un trabajo y entro en crisis.

—Eso es porque tú eres una exagerada —reprendí—. La técnica es darle un poco de tu tiempo a todo.

Tener que despedirme de Sol en las puertas del edificio se sintió horrible y, por mucho que tratara de no calentarme la cabeza —o de lo contrario terminaría con una punzada peor de la que ya me acongojaba—, estuve al borde del llanto.

Sola, como no deseaba estar, entré al departamento.

—¡Drey!

Mamá me recibió tan pronto me vio. Tenerla frente a mí y poder abrazarla se sintió bien. No me había percatado de lo mucho que la necesitaba.

Me dije: «No llores, no llores, no llores» tantas veces que logré el efecto contrario. No quería hacerlo, porque mamá se veía demasiado feliz tras su viaje. Pero yo era una bomba, sabía tantas cosas, que solo quería estallar. Pese a desearlo, preferí callar.

—Te eché de menos —hablé entre sollozos.

«Es muy pronto», pensé y quise hacerlo un mantra.

—Aw, mi pequeña —dijo mamá, secando mis lágrimas en un gesto fraternal—. Yo también. Tengo mucho que contarte... Hay buenas noticias.

La miré interrogante.

Levantó la mano y vi que en su dedo anular llevaba un hermoso anillo.

—¡Devon me propuso matrimonio!

—Eso significa que...

«¿Dhaxton será algo así como mi tío político?», interrogué para mis adentros, estaba demasiado pasmada para hablar.

—¡Sí, me voy a casar! —malinterpretó.

Por la cabeza de mi madre no se cruzaba la idea de que Dhaxton y yo pudiésemos tener *algo*. Ella no sabía que nos habíamos besado, que marcó la piel de mi cuello, que me había provocado un montón de sensaciones nuevas y que, por primera vez, me había tocado pensando en él.

Un matrimonio lo complicaba todo.

—¿No es algo... pronto?

Cuestionarla tuvo como resultado el quiebre de su ancha sonrisa.

—Algo, sí —murmuró con dificultad. La distancia, que era nula hacía unos segundos, se agrandó—. Puede ser una decisión apresurada, pero siento que es la correcta... —Su voz se debilitó aún más y creí, por un segundo, que se pondría a llorar—. ¿Por qué no estás feliz?

—Lo estoy, ¡me emociona mucho! —dije, aunque mi voz era de una tonada pesimista—. Es solo que todavía no lo proceso.

Mamá formó una sonrisa falsa que trataba de esconder su tristeza en vano.

¿Por qué sentía que estaba a un paso más de ella?

Cuando entré al baño y vi el collar de la abuela a través del espejo, comprendí que se debía a que ella, mi madre, no era la abuela.

Capítulo 13
La tregua

AUDREY

Como acostumbraba en casa, desperté temprano para hacer el desayuno. Las comodidades en el departamento de Devon permitían que todo estuviese listo en un parpadeo. Eso sí, me resultó un tanto incómodo hablar con Devon y mamá después de mi reacción ante la noticia. Sin embargo, ambos actuaron con total normalidad.

Yo... bueno, lo intenté.

Tengo que admitir que Devon ponía mucho esfuerzo en que el ambiente resultara relajante. Empezó a contar una anécdota que les ocurrió cuando estaban de viaje, sobre cómo no encontraba los pasajes. Me pareció gracioso su descuido teniendo en cuenta que se veía como alguien que habría echado a la calle a alguno de sus empleados si cometía algún error.

—No sabía qué decirle a tu madre. «Oye, cariño, ¿recuerdas los pasajes de avión? Sí, esos privados que nos llevarán muy lejos. Pues los perdí». —Su propia imitación me sacó una sonrisa—. Revisé mi billetera otra vez y ahí estaban. ¿Cómo llegaron ahí? No tengo la menor idea. Cuando Silvia me preguntó por qué estaba tan pálido le dije que me aterraba viajar en avión.

Todos reímos, a excepción de Dhaxton. Él se mantuvo distante a nuestra charla y nos observaba con ojos analíticos. Su mirada recaía sobre mí cada vez que mis movimientos bruscos me dolían e intentaba esconderlo tras una sonrisa. Quería evitarlo a toda costa, porque moría de vergüenza al pensar que me había visto desnuda, así que durante la noche y la mañana actuaba como si él no existiera.

—¿Cómo te sientes de la cabeza y el brazo?

Por supuesto que la falta de atención no le gustaba para nada y tuvo que hacerse notar en el momento menos esperado.

Mi madre y Devon despertaron su curiosidad.

—¿Te ocurrió algo? —preguntó ella, con las cejas arqueadas.

—Resbalé, nada grave.

—¿Cómo pasó? —Devon lucía preocupado.

—La lluvia saca mi lado más torpe.

Podría jurar que una sutil pero muy despiadada sonrisa surcó los serios labios de Dhaxton. Él sabía muy bien que me acomplejaba lo sucedido, solo me quería arrinconar para probarme. Quizás aquella había sido una forma de venganza por ignorarlo.

Como si su impertinente presencia no me fastidiara lo suficiente en el desayuno, tuve que aguantar que al abrir la puerta me encontrara de frente a Seth. Hacía tan solo un par de días que no lo veía, pero lo sentía como una eternidad. De alguna forma —quizás retorcida— extrañaba el tono de sus impertinentes comentarios.

Vi sus labios separarse, preparado para hablarme. O eso creí, porque miró por encima de mi cabeza a su amigo y actuó como si yo no existiera.

—¿Ya vienes? —escuché que preguntó y luego sentí un par de pisadas que me siguieron hasta el ascensor.

Los tres entramos.

Admito que saqué mi lado testarudo y no me fui por las escaleras, no estaba dispuesta a permitir que se salieran con la suya desafiándome como Dhaxton lo había hecho en la mesa. Y como la vez anterior, nos fuimos pared contra pared.

—¿No vas a decir nada?

Dhaxton fue el primero en tomar la palabra.

—¿Quieres que te dé las gracias por rescatarme en la ducha?

No iba a dejar que esa enorme vergüenza sirviera como debilidad para que él y Seth se regocijaran en ella. Dhaxton se acomodó y cruzó los brazos, con la misma sonrisa de la mañana.

—No me refería a *eso* —especificó—, hablaba sobre los videos que te enseñé. Pero de nada.

Lo último lo soltó en un tono meloso y seductor, casi lamiéndose los labios por la ventaja evidente que había tomado. Luego miró a Seth, quien estaba muy serio, con las manos en los bolsillos de su jean negro, la melena suelta. Verlo tan silencioso daba escalofríos.

—No tengo nada que decir sobre tus videos —dije, armándome con todas las defensas posibles para no enrojecer después de malinterpretar a lo que iba—. Al menos no hasta que conozca todas las partes.

—¿Por qué?

«¿Por qué?», me repetí. Me resultaba curioso que Dhaxton preguntase algo, solía limitarse a hacer preguntas que me pusieran en jaque, no del tipo que exhibían su interés.

—Porque no confío en ti. Ni en Seth —al escuchar su nombre, recién se dignó a mover la cabeza en mi dirección—. Ni en nada de lo que les rodea.

—Como desees.

El ascensor indicó que había llegado al primer piso y las puertas se abrieron. Dhaxton salió primero y Seth le siguió, pero antes de salir se interpuso entre las puertas.

—No somos lo que crees —hizo una pausa para contemplar mi expresión. Antes de que pudiese reclamar, añadió—: En realidad, somos peores.

Capté su tono y supuse que había soltado una broma. Mala, pero formaba parte de la postura que siempre traía. ¿Eso significaba que no me odiaba por sacarle el tema de sus padres? No lo supe, pero me tranquilizó. Dio un paso afuera del ascensor y permitió mi salida. Las puertas alcanzaron a cerrarse justo en mi espalda.

Dhaxton hablaba algo en la recepción y yo me dirigí a la salida escoltada por la presencia de Seth.

Por supuesto, que ambos chicos llegaran juntos a la academia trajo un montón de rumores y comentarios sobre lo geniales que se veían. Grey, Sol y el resignado Logan no quedaron exentos de unírseles.

—Ya quisiera yo subirme a ese auto —comentó Logan, con los ojos puestos en el inesperado cielo despejado.

Pensé que era un exagerado. El auto de Dhaxton no era la gran cosa. Cómodo, rápido, de motor suave como estar volando... bueno, sí era la gran cosa, pero no demasiado como para olvidar a quien pertenecía.

—Oí que a Seth le quitaron la licencia de conducir el fin de semana, que recorrió toda la zona alta a exceso de velocidad y dos patrullas lo seguían detrás, por eso ya no puede conducir.

Como costumbre, Grey nos llevaba la primicia sobre el dúo más temido de la academia, y aunque sus fuentes nunca me parecieron muy confiables, a esta le puse atención. En un momento, con la suspensión de Seth, me llegué a preguntar qué haría en sus ratos libres. También, la noche anterior, había pensado en su abuela.

Logan me sacó de mi burbuja de pensamientos.

—Drey, ¿viste que ya se confirmó el concepto del concurso? Tal y como se rumoreaba, el concepto es dicotomía.

Grey dejó de chismear con Sol para prestarle atención al inicio de nuestra conversación.

—¿Qué piensas hacer tú? —preguntó a Logan.

—No te diré, me puedes copiar.

La rubia rodó los ojos y estos cayeron en mí.

—¿Y tú, Drey?

—Había esperado la confirmación, ahora no se me ocurre nada.

Odiaba decirlo, porque desde que supe del concurso —hace unos años atrás— había querido participar y ahora, con todo lo que sabía, lo había dejado de lado, apartado en un rincón de mi vida como si no fuese importante.

—No irnos por lo obvio lo hace más complejo... —se quejó Logan, en medio de un largo suspiro al frente.

Al contrario de él, Grey retuvo el aire y dijo de manera cortante y seca:

—Necesito este premio. Ganar el concurso, o al menos quedar clasificada, me serviría para demostrarle a mi familia que voy en serio con esto.

Logan soltó una especie de jadeo que se mezclaba con una carcajada casi burlona.

—Si llegas a quedar seleccionada, ¿de verdad crees que convencerías a tu familia de que amas esto?

Grey lo miró con el perfil en alto y llena de orgullo.

—Definitivamente.

A juzgar por el anhelo de Grey, reflejado en todo su ser, lo creía de verdad.

Al salir de clases, mamá y yo fuimos a nuestra casa para buscar algunas de las cosas importantes que habíamos dejado abandonadas. También queríamos asegurarnos de que nadie la estuviese ocupando como refugio durante nuestra ausencia. Mamá se llevó las manos a la cabeza sin poder creer el desastre que la tormenta había dejado. Irónicamente, mi esfuerzo por mantener el orden no valió la pena; el viento fue tan bravo que no tuvo respeto por nada.

El sol, que todavía no se escondía en el horizonte, iluminaba parte de la casa. Una luz casi celestial, muy parecida a la del foco en un escenario de teatro, se encontraba en el centro de la sala, entrando por donde estaba el enorme agujero. Mamá se paró en medio, con la mirada hacia arriba, en un intento por ver qué tan dañado estaba el techo.

—Es peor de lo que imaginaba —comentó, con algunas partículas de polvo rodeando su cuerpo—. Podría arreglarla y arrendarla.

La expresión que traía yo revelaba mi rechazo hacia cualquier decisión que me alejara de casa.

—No te pongas así —dijo mamá, distante—. ¿De verdad quieres seguir viviendo aquí? Es un barrio bastante malo y una casa muy vieja.

—Una renovación completa no es mala idea.

—Prefiero gastar ese dinero en una casa más grande y con mejor ambiente —se adelantó a mi propuesta—. Y dejar esta como segundo sustento.

Opté por no alegar y ocuparme de mi bicicleta. Tantos días sin usarla me habían dejado con la vaga idea de que no podía andar más por la falta de práctica, y es que sentía como si no la hubiera visto en años.

—Creo que me iré en bicicleta al departamento.

Mamá seguía analizando el origen del agujero.

—Genial, cielo, genial —balbuceó, con toda su atención en el techo.

Dejé la bicicleta a un lado y me acerqué a ella, bajo ese halo de luz anaranjada que venía desde el cielo.

—La humedad y los hongos no tuvieron piedad.

—Mamá, necesito confesarte algo —le dije. Recién entonces pude tener su atención—. Dhaxton no es como aparenta. Ha estado jugando conmigo todo este tiempo. Creo que soy víctima de una apuesta...

Mamá se echó a reír.

—Entiendo que Dhaxton y tú tengan sus roces, me di cuenta de ello cuando llamaste, pero ¿llegar a ese extremo?

No me había creído.

—Es la verdad. ¿Cuándo he mentido?

—Muy pocas veces, podría contarlas con mis dedos. Pero eso no significa que esto sea verdad —habló con severidad—. Drey, lo que estás diciendo es una acusación muy infantil.

En mi pecho sentí un vacío que se agrandaba poco a poco para darle lugar a la decepción.

—Tienes que creerme. Él y Seth...

—¿Seth? —interrumpió—. ¿El chico que vino a verte el otro día?

—Sí, él. Ellos están jugando conmigo. Son la clase de chicos...

—Que les gusta bromear, ya me di cuenta de ello —mamá se alejó, restándole toda la importancia a lo que trataba de explicar—.

Eso no significa que Dhaxton llegue al extremo en que tú lo estás poniendo. ¿No será que quieres ponerme en contra de Devon?

Y esa pregunta bastó para que la decepción se expandiera por todo mi cuerpo. No pude sentirme más dolida.

—Lo has entendido todo mal... —murmuré con la garganta tan apretada que no podía pronunciar las palabras sin que la voz se me quebrara—. Estoy feliz de que rehagas tu vida, mamá, eso no tiene nada que ver con la clase de persona que es Dhaxton. Me ha estado usando durante todo este tiempo. Él y Seth tienen un juego...

—¿Te gusta?

Otra interrupción. Esta vez fue más directa y me llegó de forma tan inesperada que no pude responder con un coherente «no».

—¿Que si me... gusta?

—¿Es eso? —insistió—. Mira, Drey, yo no tengo problemas con que salgas con él, no tiene nada de malo. No hay lazos sanguíneos que los involucren a ustedes dos. Aunque sí sería extraño. Es mejor que te mantengas alejada de él.

Ella continuaba empujando la discusión hacia la mala reacción que tuve frente a la noticia y no parecía dispuesta a salir de aquella burbuja. Frustrada, con unas ganas abismales de llorar y gritar, tomé mi bicicleta y me marché deseando que la abuela siguiera con vida, porque sin duda ella me habría escuchado al menos.

El domingo por la tarde me distraje de todo lo ocurrido en la semana aprendiendo sobre mi nuevo trabajo. Como todo fin de semana, y después de unos lluviosos días, el interés de las personas por encerrarse en una enorme habitación con pantalla grande resultaba ser una idea tentadora, por lo que sufría de una presión desorbitante. Por suerte, todos mis compañeros de trabajo conservaban la calma suficiente como para transmitírmela. Dos de ellos fueron mis instructores: Camille Kirian y Raziel Elm. Camille me pareció alguien bastante amable y atenta, me salvó de muchos aprietos de los que me apenaba preguntar; Raziel, en cambio, fue un poco más estricto y su mirada me perturbaba un poco.

Faltaba alrededor de media hora para que el turno finalizara cuando me pidieron estar detrás del mostrador vendiendo palomitas y bebidas. La fila se me hizo gigante. Era una marea de personas que esperaban con ansias entrar a la sala para ver la película del momento y yo apenas podía contar el dinero porque mis dedos se habían vuelto de mantequilla. Todo era un drama, hasta que empecé a acostumbrarme. Raziel estaba en la caja del lado cubriendo cualquiera de mis torpezas.

Creí que había cometido una de ellas cuando se acercó.

—¿Los conoces?

Su disimulado gesto con los ojos me llevó a mirar hacia la fila. Di fácilmente con Seth y Dalia, ambos esperaban su turno para comprar palomitas y se veían bastante cercanos.

—Llevan la mitad de la fila observándote.

La apreciación de Raziel llevaba razón: mientras yo trataba de enfocarme en mi trabajo, no pude evitar mirar de reojo cómo se relacionaban y me di cuenta del esmero que Dalia ponía por mantener el interés de Seth. Él, sin embargo, estaba más interesado en la idea de fastidiar mi trabajo.

Dejó pasar a dos grupos de personas solo para que yo lo atendiera.

—Buenas noches —saludé con la mandíbula apretada y tensa como un elástico—. ¿Qué se les ofrece?

Seth le echó un rápido vistazo a mi uniforme: una camisa y pantalón azul, con bordes amarillos y un estampado de estrellas blancas que pegaban bien con la estética del cine.

—Te queda bien el azul.

Dalia pestañeó para salir del asombro que le causó el repentino halago.

—Gracias —respondí, dibujando una sonrisa en mi rostro—. ¿Qué se les ofrece?

Seth levantó la mirada hacia las pantallas con las promociones tomándose todo el tiempo posible. Dalia, a su lado, pareció inquietarse.

—Yo quiero la promoción tres —dijo y se acercó a Seth—. ¿Y tú?

Agradecí para mis adentros que lo apresurara.

—Quiero...

Seth frunció el ceño y, por un momento, se me cruzó por la cabeza que en realidad no se estaba tardando a propósito, sino que su vista era lo demasiado deplorable como para ver bien la pantalla. Lo peor es que no pudo terminar su pedido, una llamada entrante lo distrajo. Sacó su celular y respondió. Dalia maldijo entre dientes, pero al ver la expresión de Seth cambiar drásticamente, se preocupó.

Algo andaba muy mal y lo primero que pensé fue en Agatha.

—Iré enseguida —pronunció él como pudo y luego cortó—. Nos vamos. Ve por tu auto.

—¿Qué? ¿Qué pasó? —interrogó Dalia, con la voz más angustiada que la del propio Seth.

—Es Baba —dijo tomándola del brazo—. Está en el hospital.

Sin decir más, la soltó y se marchó.

Presentí que algo muy malo estaba pasando y de un impulso le pedí a Raziel que me cubriera. Ni siquiera me lo pensé dos veces, estaba tan ofuscada que salí del cine por la parte de atrás, cogí mi bicicleta y fui a buscar a Seth. Me lo encontré afuera del estacionamiento, esperando a que saliera Dalia mientras hacía una llamada. La cantidad de autos de ida y de vuelta era alucinante, incluso en auto se tardarían en llegar al hospital.

Estaba segura de que me arrepentiría luego, pero lo hice: fui hacia Seth y me detuve junto a él.

—Sube.

Tardó en reaccionar. Me miró confundido y bajó el celular de su oreja.

—¿Qué?

—¡Sube! —chillé, más histérica de lo que él estaba en tan tensa situación—. Te llevaré al hospital.

Boquiabierto, asintió pestañeando en repetidas ocasiones, como si saliera de un trance, y se subió a la parte de atrás de mi bicicleta. Acostumbrarme a su peso y la altura fue una tarea compleja, pero mientras más avanzaba, más ligero lo sentí.

Llegamos al hospital en alrededor de diez minutos, todo un récord teniendo en cuenta que casi se me salen los pulmones por la boca. Seth bajó antes de que parara y se metió corriendo para preguntar en recepción. Yo entré al hospital perdida y mareada; por suerte, encontrar a Seth fue fácil.

—Le dio una mierda a la cabeza —dijo al verme—. La tienen en revisión.

Su voz y cuerpo temblaban. Se veía tan frágil y tan dolido, igual que aquella vez en la enfermería, después de la pelea con Noah. En ese momento, olvidé todo lo que había hecho y dicho, me vi reflejada en la tristeza que proyectaba su mirada de desamparo. Se veía como si se fuera a derrumbar en cualquier momento, necesitaba encontrar algo de auxilio en tan concurrido lugar en que nos encontrábamos y temí que pudiera caer de rodillas al suelo.

—Ay, Seth... —murmuré.

Llevé mis manos hacia él y lo rodeé con mis brazos para apegarlo a mí. Si bien su altura y contextura era mucho más grande, pude juntar mis manos justo por debajo de sus brazos. Su pecho subió de golpe para contener la respiración y luego soltó todo el aire de manera pausada. Creo que en el fondo necesitaba un abrazo para reconfortarlo. No tardó en corresponderme y aferrar mi cuerpo al suyo. Así nos quedamos durante unos segundos.

—Hueles a sudor —comentó con voz nasal y sin las energías con las que solía pronunciar sus comentarios.

Di un paso atrás y nos separamos. Iba a reprocharle su disgusto por hacer esa clase de habladurías en los momentos menos oportunos, luego me di cuenta de que tenía razón.

—Lo peor es que es el uniforme del trabajo —murmuré con derrota y recién caí en lo apresurado que fue salir corriendo en mi día de práctica.

—Supongo que esto es una tregua.

Asentí.

Lo era. Por ese día olvidaría todo.

—Por Agatha —afirmé.

Dimos por hecho una conciliación y nos vimos envueltos en un entorno tan deprimente que guardamos silencio. Para ambos era extraño que estuviéramos metidos en un hospital sin poder hacer nada que se encontrara en nuestras manos.

Seth se despeinó en medio de un gruñido que desataba toda su frustración.

—¿Qué se supone que haga ahora?

—Esperar —odiaba tener que admitirlo, pero no se me ocurría otra solución, a excepción de lo que creía necesario en situaciones así—. Y rezar.

Frunció el ceño en disgusto.

—Bueno, yo lo haré —concluí—. Iré a la capilla.

Antes de avanzar, Seth me tomó del brazo para detenerme.

—¿Y permitir que me dejes solo? ¿Aquí? Ni de chiste.

Seth me convenció de buscar la sala de espera cercana a donde mantenían a Agatha. En ella había una pareja abrazada como consuelo y de vez en cuando intercambiaban besos. Seth y yo nos quedamos en la entrada dudando si entrar y accedimos a sentarnos separados por una silla.

Cerré mis ojos dispuesta a emprender una oración por Agatha. Agaché la cabeza y apoyé mis codos sobre mis muslos.

—¿De verdad estás rezando?

Inspiré hasta llenar mis pulmones y contuve la respiración para no recriminarle nada. Mi paciencia se elevó al cielo y dije con voz apacible:

—Guarda silencio, por favor, o acompáñame si tienes ganas de hablar.

—Tú te tomas esto en serio.

—Por supuesto.

Seth guardó silencio y supuse que me permitiría empezar al menos con la oración. Sin embargo, lo había subestimado. En esa cuota de silencio que me había cedido él había estado observando con incredulidad.

—Estás siendo muy amable —acusó, mostrando su lado más receloso.

—Yo siempre he sido muy amable.

—Y orgullosa —añadió a mi ficha de características con las que me podría describir—. ¿Por qué?

Jadeé.

—¿Qué?

Él parecía tan confundido como yo con su pregunta.

—Estás aquí, acompañándome.

Dejé mi postura y me eché hacia atrás, con la mirada en la pareja que se encontraba unos asientos más adelante.

—Creo que le tengo estima a Agatha.

—Aprecio que te preocupes por Baba —dijo Seth y se acercó hacia mi asiento y dibujó una sonrisa torcida que demostraba su arrogancia en todo su esplendor—. Pero esa es la respuesta superficial. ¿Cuál es la otra?

Me había descubierto.

—Está mal dejar a alguien solo en un hospital mientras espera.

Se echó hacia atrás, más sonriente que antes por su perspicacia.

—Algo me dice que vas a contar una mala experiencia.

Se acomodó para prestarme toda la atención del mundo.

—Digamos que mi abuela enfermó cuando mamá estaba trabajando y no tuve más remedio que estar sola esperando a que todo mejorara. Claro que nada mejoró y mamá tardó bastante en llegar al hospital, así que pasé toda la madrugada sola, en una sala de espera —fui un mar de suspiros. Supongo que intentaba no llorar—. Cuando mamá llegó me permitió ir a casa, al menos para dormir un poco. O intentarlo. Y también para llevar un par de cosas para pasar la mañana. Pero me quedé dormida. Al regresar al hospital, mamá me dijo que la abuela se despertó por un momento, fue como si quisiera despedirse. Mamá entró para hablar con ella, y luego... murió. Yo no tuve la oportunidad por llegar tarde. Y supongo que no quiero que pases por lo mismo. Nadie se lo merece. Es un sentimiento triste, eso no te suelta.

Después de que terminé de hablar, Seth mantuvo una mirada compasiva.

—Supongo que esta es una de las pocas cosas que tenemos en común: el amor hacia nuestras abuelas.

Los ojos de Seth lucieron indescifrables y desprendieron una chispa intrigante e hipnótica en la que me vi deseosa de saber más. Pese a haberse quedado en silencio, su cuerpo hablaba por él. Estaba tenso y preocupado, pero adoptaba una soltura envidiable frente a lo que le ocurría. No lo demostraba, su fragilidad estaba escondida en lo más oscuro de su ser porque el Seth Bellish sentado a un miserable metro de mí era demasiado enigmático para mostrarse dolido. Quizás ese era su arte: ser una persona que se presentaba como transparente, con sus anécdotas de niño y su boca suelta para echar groserías, pero con un abismo de secretos detrás. Y eso me hizo sentir miedo, porque lucía demasiado normal para ser real.

—Voy a llamar a Dhaxton —dijo de pronto, sacando el celular de su bolsillo—. Así cuando llegue, tú te podrás ir y no estaré solo.

No dije nada. En ese momento proyecté lo que pasaría luego conmigo. Había salido huyendo del cine con el uniforme y no sabía si me quedaría trabajando.

Seth cortó y suspiró. Vi la pantalla de su celular, el nombre de contacto que le había puesto a su amigo «Dhax» y luego el fondo de pantalla, que destacó sin problemas detrás de todos los íconos de las aplicaciones. Fue fácil reconocer que se trataba de *Suspiro*, una famosa pintura en tonalidades grises.

—Así que de verdad te gusta Danti Vannan.

—Soy su admirador número uno —se jactó él—, ya te lo dije.

—Creí que Dhaxton era su máximo admirador, incluso trata de imitar su estilo.

Una risa llenó su boca.

—Dhaxton lo conoció gracias a mí y desde hace un tiempo ha hecho todo por imitar su estilo. No lo culpo, si yo tuviese el talento del dibujo también me esmeraría por llegarle al menos a los talones —confesó con voz ronca y apoyó su barbilla en la mano. Seth habla de Danti y Dhaxton como un niño habla del juguete que recibió en Navidad.

—Llegar a ser un imitador de estilos está mal —hablé, pensando en lo que había dicho de Dhaxton—, lo mejor es buscar un estilo propio.

—Eso él lo sabe —hizo alusión a su amigo—. Pero no le interesa.

—Extraño viniendo de él.

Seth me miró con extrañeza.

—No, no lo es —contradijo—. Verás, angelito, si lo conocieras, entenderías que las acciones de Dhaxton siempre tienen una finalidad.

—¿Y cuál es el fin de imitar a Danti Vannan?

Seth esperaba que hiciera esa pregunta. La seguridad con la que me miró una vez se acercó lo demostró.

—Ser él.

Eso explicaba los cuadros, la búsqueda incansable de la perfección, la pureza que destacaba de las modelos y su estilo oscuro. Tal vez —pensé— esa es la cruz que Dhaxton está condenado a cargar el resto de su vida: querer ser alguien y no poder serlo nunca.

Deducir aquello me dejó un sabor dulce en la boca.

La pareja que se encontraba unos asientos más adelante se puso de pie para marcharse, un médico salió a hablar con ellos con, al parecer, buenas noticias. Seth los vio marcharse de la sala con un dejo de envidia y se hundió en su asiento hasta que su nuca quedó reposando sobre el arco del respaldo.

—Qué puta mierda es esta... —soltó con molestia—. ¿Hasta cuándo tendré que estar aquí sin noticias?

—Ten paciencia, no hay nada más que puedas hacer.

—Esperar es una jodida tortura.

Lo sabía tanto o más que él, pero yo fui menos expresiva; en la sala de espera del hospital la vez que internaron a la abuela estuve tan quieta como una estatua. Seth, por el contrario, era la clase de persona que echaba todo hacia afuera. Se llevó las manos a la cara para restregarla.

—¿Qué voy a hacer? Si le pasa algo a Baba, ¿qué voy a hacer?

La desesperación se transmitía en sus palabras.

—Nada —respondí. Creo que él no esperaba una respuesta tan simple—. ¿Qué se puede hacer? Nada. Es cruel, pero, aunque suene cliché, así es la vida. Personas mueren cada día, muchas que ni siquiera lo merecen. Adultos, jóvenes, niños... El único consuelo que te queda son sus recuerdos, sus palabras, su imagen, que poco a poco se irá desvaneciendo en tu mente. Es trágico, sí, pero puedes hacer valer lo que viviste haciendo lo que ella te enseñó.

—La vida es una jodida ruleta rusa, nunca sabes cuándo te tocará la bala.

No me gustaba creer que mi vida dependía del azar, creía con devoción que mi camino ya estaba escrito. Sin embargo, después de todo, supuse que a veces hay que apostar sin saber qué ocurrirá luego. Dejar que la vida tome un rumbo y pensar luego en las consecuencias.

Una llamada entrante cortó el silencio que se había pronunciado de pronto. Seth gruñó de desagrado al ver de quién se trataba, lo que me motivó a mirar la pantalla y descubrir que se trataba de Dalia. Desganado y con la voz ronca, le respondió. Ella estaba preocupada, le preguntó por Agatha y él le contestó que no sabía nada, que pasara lo que pasara, ella se enteraría. Me bastó mirar de reojo su actitud para despertar mi más profunda curiosidad.

—¿Qué película ibas a ver?

—*Anonimatrix*.

Cómo no, si era la función que andaba en boca de todos.

—No pensé que eras la clase de persona que va al cine para una cita —me burlé con sutileza, aunque él logró captar mi tono sin problemas.

—Primero, no lo soy, tengo un cine en casa. Segundo...

—¿Tienes un cine en tu casa? —le corté, con evidente interés. Seth asintió formando una sonrisa torcida—. Es una mansión gigante, pero para un cine...

—Mi abuela es amante del cine, en su tiempo fue una gran actriz.

Sus ojos brillaron con una mezcla de orgullo y melancolía.

—Eso no lo sabía. Jamás oí a mi abuela hablar de alguna Agatha Korsakov o vi alguna película.

Mi ingenuidad le causó gracia y rio por lo bajo. Y yo también me reí, porque, en el fondo, me gustaba ver feliz a otros. Y porque con Seth era fácil hablar.

—Eso es porque actuaba bajo un seudónimo.

—¿Cuál?

—Dalila Lovett.

—¡¿Ella?!

Del asombro me eché hacia atrás con la boca tan abierta que tomé más aire del requerido y terminé con un ataque de tos que casi me arrebata la vida. Preocupado, Seth se sentó en el asiento del lado, ese que nos separaba, y me dio golpes suaves en la espalda.

—Tienes suerte de estar en un hospital. ¿Quieres que llame a algún médico?

Negué a su pregunta agitando la mano y conseguí calmarme. Una vez más recuperada, y con el torbellino de recuerdos que tenía de la abuela hablando sobre Dalila Lovett, pude respirar con tranquilidad.

—Mi abuela la odiaba.

—¿De verdad? ¿Por qué?

—Porque se casó con el que, para entonces, era su amor platónico.

Seth tomó una parte de su tiempo para recordar.

—¿Cuál de todos? Baba se casó tres veces.

—El primero —respondí—. Era un actor de nombre raro...

—James Bytheaseashore.

Seth pronunció el apellido a la perfección y yo quedé enganchada al movimiento de sus labios.

—Él —logré decir tras sacarle los ojos de encima—. Mi abuela estaba obsesionada con él, veía todas sus películas y cuando se enteró de que se casaría se le rompió el corazón. Pero no odiaba a Agatha, en realidad, la admiraba, solo que era demasiado celosa para admitirlo. ¿Por qué se cambió el nombre?

Suspiró para hundirse luego en la silla.

—Una actriz rusa en la pantalla grande no parecía buena apuesta para esa época.

Seth ya se veía más tranquilo, distraerlo, al menos unos minutos, había servido de algo. Apoyó sus brazos en el reposabrazos que estaba junto al mío y me percaté de que sus hombros poseían un ancho tal que lograban casi tomar mi brazo. Miré su cabello castaño, los pequeños visos que tornaban hacia el color rubio y las ondas que terminaban con la punta de su cabello en todas direcciones. El silencio era su enemigo, y tras la respuesta que había dado, empezó a mover su pierna con nerviosismo. Supuse que el desamparo y el no saber si Agatha estaba bien lo atormentaron una vez más.

—Hay algo que no entiendo —dije para llamar su atención—. Si tienes un cine en casa, ¿qué hacías en el de la ciudad?

—Dalia insistió en ver una película, pero no la llevo a casa porque Baba la detesta. A ella y a todas las demás.

—Soy la excepción —canté con orgullo sin poder evitar que una sonrisa se me dibujara en el rostro.

—Por las razones equivocadas, pero lo eres.

Auch, eso había dolido. Lo triste del asunto era que tenía razón: Agatha me confundía con Agnes, no conocía a Audrey, y por mucho aprecio que yo le tuviera, supuse que si llegaba a verme no me reconocería como tal.

Agnes.

Estaba tan ligada a ella que necesitaba saber más. Me impacientaba la idea de su paradero, de lo que le había ocurrido y conocer cuáles fueron las palabras que Seth le dijo la noche de ese incidente. Dhaxton dijo mucho, pero no contó qué sucedió con ella y esa era una intriga que no podía dejar sin resolver.

Tener a Seth tan indispuesto podía servir para hacerle las preguntas que quisiera, pero no era correcto.

«Esperar», pensé.

Sí, eso tenía que hacer, pero no sabía si podría soportarlo.

—¿Y tú qué hacías en el cine?

Seth se había vuelto hacia mí para darme toda su atención, tenía su codo sobre el reposabrazos y la cabeza sobre su mano, aplastando su mejilla.

—Mi práctica.

—Eso es fácil suponerlo —entonó con cierto dejo de burla—, pero ¿por qué?

Pensé en mamá y la boca me supo amarga.

—Necesito suplir algunos gastos —dije en medio de un suspiro—. No quiero vivir para toda la vida de lo que mi madre me da.

—¿Solo por eso? — Seth enarcó una ceja mostrando su perspicacia. Él sabía que había algo mucho más profundo en la razón de mi interés por el área laboral.

—Sí —afirmé, aunque en un delgado hilo de voz que dejaba ver la inseguridad en mi respuesta.

Se quedó mirando a la espera de que flaqueara y le contara más, frente a frente, mirada contra mirada. Pero me negué a darle el gusto.

—Okey, no me digas, pero estoy seguro de que hay algo más.

Si ese «algo más» se refería a que deseaba largarme del departamento de Devon y empezar a vivir por mi cuenta, pues gozaba de toda la razón.

Mi estómago, siempre deseoso de atención, gruñó reclamando que llevaba horas sin comer. Vi mi celular y comprobé que ya casi eran las 20:00 horas, lo que poco servía para alentar la pronta compañía de Dhaxton.

—No tienes que quedarte, yo ya estoy bien —le oí decir, acercándose a mí para asomarse en mi campo visual, justo desde el costado en que mi cabello hacia delante lo limitaba. Seth se veía chiquito.

—Si sigo aquí es porque así lo quiero —advertí. Me puse de pie de un salto y él siguió mis movimientos—. Iré a comprar algo para comer. ¿Vas a querer?

—¿Puedes traerme un café y unas galletas?

Sonó tan aniñado que no pude evitar ser sarcástica.

—¿Galletas con forma de animales? —inquirí.

—*Shí.*

Reí, por un momento, pues salí de la sala con el temor de que, una vez que lo dejara solo, algún médico se le acercara con noticias. De regreso en la sala, Seth se sobresaltó, dejando entrever que la soledad le atormentaba al igual que a mí.

—Creí que eras algún doctor —dijo como excusa y estiró su mano para tomar su café. Sus manos estaban congeladas, lo noté gracias al roce de sus dedos. A mí me pasaba eso frente a situaciones de nerviosismo, supuse que a él también.

—¿Todavía no pasa nada?

Negó con la cabeza y resopló de manera sonora.

—Esto es una puta mierda. Esta incertidumbre... La espera... Solo espero que no sea una calma tras la tormenta.

Me apresuré en tomar su mano libre y lo miré a los ojos.

—No lo será. Ten algo de fe.

Él me esquivó, moviéndose.

—Fe es todo lo que no tengo —murmuró con pesadumbre—. Espero que con la tuya baste.

Otra vez el ambiente se puso pesado y tuve la necesidad de aliviarlo.

—¿Quieres jugar a algo?

Dejé en el asiento del lado mi vaso con café y la galleta para sacar una pequeña libreta que usaba para hacer anotaciones o matar el tiempo dibujando. Dentro había bocetos de todo lo que se me cruzara por la cabeza, aunque también me gustaba plasmar frases vagas.

—¿A qué?

—¿Conoces el juego *Tres en línea*?

Se echó a reír.

—¿Quieres jugar a *eso*? —Asentí, entusiasmada—. Está bien, pero yo seré la cruz.

—Suponía que la elegirías, a todos les da pereza usar el círculo —comenté mientras trazaba las líneas del tablero—. ¿Quién empieza?

Seth hizo un gesto caballeroso con la mano.

—Las damas primero —dijo con voz ronca. Sin embargo, antes de que pudiera hacer el círculo, me detuvo—. Hagamos esto más interesante, ¿quieres? —Me bastó ver su expresión para saber qué planeaba—. El perdedor tendrá que confesar algo, cualquier cosa, no importa si es algo pequeño o muy grande.

—Está bien.

El juego comenzó. Partí con un círculo en el centro y Seth atacó con una cruz en uno de los extremos, luego se dedicó a quitarme todas las ventajas que tenía desde mi posición. Fue un empate lamentable. En la siguiente ronda inició él, con una cruz en un extremo y yo ataqué colocando el círculo en su lado opuesto; el resultado me tuvo como perdedora.

—¿Te estás dejando ganar? —interrogó con sorna, trazando una larga línea por encima de sus tres cruces.

—No quiero que te sientas mal cuando te patee el trasero —respondí guiñándole un ojo. Él actuó ofendido.

—Santo cielo, has dicho trasero. —Fruncí el ceño en oposición a su burla y él me sacó la lengua—. Empieza a confesarte.

—Confieso que... Por alguna razón, no se me ocurre nada. Es que cuando más te esmeras en buscar algo interesante, nada sale.

—¿Quieres que sea más específico y pregunte?

No hacía falta saber hacia dónde iba a dirigir la situación, su tono lo había dicho todo.

—No, gracias. A ver... —lo intenté una vez más—. Confieso que no quiero ir a casa y por eso estoy aquí.

—Demasiada tentación te cargas conmigo a tu lado, ¿verdad?

Blanqueé los ojos en respuesta, aunque tuve que admitir que me daba gracia tener de regreso sus comentarios arrogantes.

La siguiente partida la gané yo. Para Seth, sin embargo, fue fácil sacar algo que confesar.

—Confieso que me dan miedo las mariposas y las polillas mutantes.

—¡Pero las mariposas son lo más lindo que puedes encontrar!

Me miró como quien mira a una persona demente.

—¿Alguna vez has visto una de cerca? Son una mierda fea —se quejó—. O sea, lo que cago es más lindo que eso. Lo mismo con las moscas.

—Ahí tengo que darte la razón. Y no, no las he visto de cerca, supongo que no quiero traumarme.

En la tercera partida volvió a perder.

—Te dije que te patearía el trasero —me burlé ante su decepción.

—¿Quieres que juegue en serio? Porque frente a personas como tú no me gusta ir por lo rudo.

Capté su doble sentido al instante.

—Mejor confiésate ya.

—Cuando era niño y recién comenzaba a conocer mi cuerpo...

—Ay, no...

—... me estaba tocando y Baba me pilló. Me dijo que si seguía haciendo eso se me iba a caer y estuve meses sin querer ponerme una mano encima ni para ir al baño.

—Ah, con razón, y ese trauma te hace darle una connotación sexual a todo. ¿Por qué siempre tienes que sacar algo con doble sentido?

—Porque el doble sentido hace todo más divertido.

Tomamos un sorbo de nuestros cafés y yo le compartí mi bolsa de galletas antes de la siguiente partida.

—Voy a ponerme serio desde aquí —dijo Seth amarrándose el cabello. Me gustó ver de nuevo su pequeña coleta curva.

Tal cual lo había proclamado, no se dejó perder en ningún momento. Tres partidas acabaron en empate y luego lo obtuvo como ganador. Celebró su triunfo como si hubiera ganado la copa mundial.

—Ya, para, la próxima vez no te salvarás —lo bajé de la nube—. Confieso que... me agrada verte feliz.

Poco a poco se fue tornando serio, conservando su singular chispa que lo mostraba tan despierto como pícaro.

—Confieso que yo actué mal al meterme con tus creencias. Y que estoy muy agradecido de que me estés haciendo compañía.

Sonreí.

—No era tu turno.

—No necesito perder para decírtelo. Hasta ahora había olvidado lo que es tener como compañía a una persona auténtica —pronunció con voz profunda, como las sensaciones que empecé a sentir al escucharlo—. Y jamás alguien se había fugado de su primer día de trabajo por mí. Tú eres, sin lugar a dudas, una persona asombrosa.

Los ojos se me llenaron de lágrimas y no supe si se debía a que estaba demasiado sensible para recibir halagos o porque, de verdad, sus palabras resultaron ser una caricia para mi corazón.

—Gracias —conseguí pronunciar cuando mi garganta se inflamó en un pesado nudo.

—Oye, no te lo digo para que te eches a llorar —empezó a reír y llevó una mano a mi cabeza para acariciarla.

Fue entonces cuando la puerta se abrió. Dhaxton observó la escena sin inmutarse.

—Nos vamos a casa, Audrey —ordenó. Avanzó con pasos agigantados hacia mí, me tomó del brazo y me apartó de la cálida mano de Seth, la cual lentamente había bajado para tomar mi mano.

Seth se puso de pie al instante y no me soltó.

—Déjala —le ordenó a su amigo, con los ojos más oscuros que lo había visto poner.

—¿No te parece patético sacar ventaja de una situación así?

—Me parece detestable que intentes llevarla a la fuerza solo porque quien tiene su atención soy yo. Y no, no la estoy usando. Estoy siendo honesto con ella, algo que tú jamás podrás ser.

La confrontación entre ambos era tan tensa que en cualquier momento pasarían a los golpes.

Dhaxton me soltó y dio un paso hacia Seth.

—¿De verdad? Si no suelto tus engaños es porque yo no soy un perro que ladra cuando se ve acorralado.

Seth se molestó. No sé cómo hizo para esquivarme y llegar a enfrentarse a su amigo. Lo agarró del cuello de la camisa y lo acercó para soltarle una tanda de insultos en la cara.

—No me jodas —le dijo—. Tú mejor que nadie sabe lo hijo de puta que eres.

Dhaxton sonrió.

—Si te enfadas es porque llevo razón.

Su comentario empeoró el humor de Seth, desencadenando el primer golpe, que encajó justo en la mejilla de Dhaxton. El puñetazo fue brutal, con una ira que llegó a darle vuelta la cara y justo en el lado de la cicatriz.

—¡A mí no me amenazas! —gritó todavía más enojado Seth, alertando a las personas del exterior. Su pecho subía y bajaba de manera acelerada—. Tú tienes más mierda enterrada que yo.

Dhaxton, quien se había quedado quieto asimilando el dolor, volteó para verlo una vez más.

—¿Eso es todo? —interrogó, con una sonrisa torcida que dejaba ver sus dientes ensangrentados por el golpe.

La burla no dejó apacible el orgullo de Seth y volvió a arremeter contra Dhaxton. Fueron dos golpes rápidos que tiraron a Dhaxton al piso. Eso no lo detuvo y su cuerpo se preparó para seguir golpeándolo.

—¡Seth! —lo frené con la voz agónica y temblorosa, y me agaché junto a Dhaxton para ver cómo estaba.

Dos guardias entraron para sacar a Seth de la sala y algunas personas ayudaron a Dhaxton a levantarse. Yo temblaba y era un enjambre de nervios.

Capítulo 14
Ceder es parte del plan... ¿verdad?

AUDREY

Los nudillos de Seth estaban rojos y amoratados por los golpes. Por más que trató de limpiar la sangre y la piel rota, no había podido desprender algunos pequeños cueritos que se aplastaban bajo el agua del lavabo. Al cerrar la llave, formó un puño con su mano y la cubrió con la otra, todavía lleno de resentimiento. Así se quedó durante unos instantes: quieto, pensativo, con el rostro cabizbajo y oscuro. La luz parpadeante producía un zumbido constante que no ayudaba a traerle calma, razón por la que ambos estábamos en un solitario baño del hospital.

—¿Por qué estás aquí? —interrogó.

—Porque estoy preocupada.

—¿De que golpee a Dhaxton otra vez? —desdeñó con las cejas arrugadas en su entrecejo. Blanqueé los ojos entendiendo su suposición: estaba molesto porque fui a auxiliar a Dhaxton.

—Yo siempre voy a socorrer a la persona que es víctima de violencia.

Dejó escapar una mueca, de esas que gritan «sí, claro, te creo» con un sarcasmo palpable.

—No diré nada —dijo—. Al menos te quedaste.

Después de explicar los hechos en la sala, a Seth le permitieron quedarse, aunque con la compañía de un guardia para que lo vigilase. Bastó que viera una mancha de sangre en el piso para que se fuese al baño más cercano. Se tambaleó para caminar hacia el espejo de medio cuerpo en el que su reflejo se presentó como un cuadro que expresa desamparo.

—Te ves...

—¿Pálido? —concluyó tras unos eternos segundos en los que no supe describirlo.

—Sí.

Se quejó y desvió su perfil de mis ojos vigilantes.

—Te dije que odio la sangre —balbuceó con voz frágil caminando hacia un rollo de papel higiénico con el que se cubrió el dorso de la mano.

—¿Tienes hematofobia?

—No.

—Entonces, ¿por qué?

Mi curiosidad le sacó una mueca de disgusto que no me ocultó. Se lo pensó dos veces antes de hablar, la pausa que hizo lo demostró.

—Me trae malos recuerdos —dijo finalmente, con un tono más bajo que el anterior.

El video de Agnes enterrándose el cristal en sus muñecas se reprodujo en mi cabeza.

Salimos del baño y nos dirigimos a la sala. La mala cara del guardia quedó retratada hasta para mí. Se acomodó en su lugar, cruzado de brazos y con la mirada concentrada en Seth en caso de que fuera a actuar con violencia otra vez. Lejos de hacerlo, él se sentó en una silla, con los codos sobre las rodillas tirándose hacia atrás el cabello.

—Qué ganas de fumarme un porro —dijo lleno de pesimismo—. ¿Qué haces para relajarte?

—Pintar, dibujar, escuchar música.

Lo último sirvió para que volteara con interés.

—¿Qué tipo de música escuchas? —preguntó.

—Adivina —le propuse.

Se tomó un momento para examinarme.

—¿Metal industrial? —me hizo gracia que su mano en la barbilla le daba un aspecto reflexivo para su respuesta.

—Demasiado liviano para mí.

Abrió los ojos con sorpresa.

—¿En serio? Yo te veía como fanática total de Rammstein. —Negué con la cabeza—. Déjame pensar... Heavy metal.

—En realidad no me inclino mucho por los géneros, si hay una canción que me guste y la letra está bien, pues la guardo.

Abrió sus labios para responder, pero la irrupción de un médico en la sala lo detuvo. Saltó del asiento para dirigirse a él, intercambiaron un par de palabras y luego vi que se llevaba las manos a la cabeza. Mi estómago se revolvió, pensé lo peor, me puse de pie para tomar ventaja de la distancia y escuchar. No pude, mis piernas temblaron con temor a escuchar algo que no deseaba. Entonces, Seth se revolvió el cabello y se giró con una sonrisa.

—Está fuera de riesgo.

Agradeció al médico y le preguntó a qué hora podría verla. El médico le indicó que Agatha seguía muy débil y que lo mejor era dejarla dormir unas horas, que fuera a verla temprano en la mañana. Seth aceptó a regañadientes, no sin antes advertirle al médico que más le valía cuidar bien de su abuela.

La sonrisa de boba no me la quitó nadie.

Caminé hacia Seth y tomé su mano, sintiendo su piel más áspera que la mía, sus dedos grandes y el calor que desprendían —¿Ves?, bastaba tener un poquito de fe y...

Antes de que terminara, Seth ya me estaba abrazando.

—Gracias —susurró muy cerca de mi oído.

Sus brazos tonificados eran un cómodo lugar donde cualquier otra persona se sentiría resguardada, yo no pude apartar un simple pero importante detalle que se me había escapado antes: no tenía cicatrices.

Salí de mi letargo con una sonrisa algo torpe.

—Ahora ve a casa para que puedas acompañar a Agatha mañana.

Respiró hondo para desprenderse de toda la tensión que había tenido y lo vi sonreír una última vez antes de despedirme. Afuera corría un viento frío que me obligó a cubrirme los brazos y recordar que estaba vestida con la ropa del trabajo. Iba a tener que volver al cine, enfrentar, seguramente, a la jefa y aguantarme un reto por salir huyendo con ropa que no era mía.

Qué ganas de meter la cabeza en la tierra.

Lo único que faltaba era que me hubiesen robado la bicicleta. Por suerte, ahí estaba, metida entre otras. Trataba de sacarla cuando la rueda trasera casi golpea la pierna de Dhaxton. Se veía fatal, con la cara roja, pequeños cortes en su pómulo, ceja y labio.

—Pensé que te habías ido ya —le dije, esquiva. Él se hizo a un lado para permitirme subir, pero antes de que pedaleara, se interpuso en mi camino.

—Lamento mi comportamiento, no estuvo bien jalarte así.

¿Dhaxton disculpándose? Los golpes de Seth sí que lograron hacerlo entrar en razón.

—Me alegra que te disculpes conmigo, lo acepto —admití, retrocediendo para pasarle por el lado—, pero creo que necesitas pedirle perdón a tu amigo. Tú debías ser su apoyo ahí, no yo.

—De verdad pensé que él se estaba aprovechando de su situación...

—¿Sabes, Dhaxton?, no me interesan tus explicaciones —lo frené—. Esas dáselas a Seth, yo no tengo nada que ver. Buenas noches.

Dejarlo de pie fue una de las cosas más liberadoras que hice.

La felicidad no me duró mucho. El personal de cine estuvo molesto, casi sacando fuego por sus cabezas, pese a haber explicado los motivos de mi huida. Me dijeron que no tomarían cargos en mi contra, pero que no me contratarían. Acepté de mala gana y lo último que hice antes de salir por la puerta trasera fue despedirme de Raziel.

Al día siguiente, recibí una nueva nota.

Te hablaré directamente a ti, Audrey, para que no cometas los mismos errores que Agnes: No confíes en Dhaxton y Seth. Todos sus movimientos y todo lo que dicen está premeditado. Nada se les escapa. Ambos están llenos de malas intenciones.

Pero descuida, todavía tienes la posibilidad de decidir: puedes aceptar mi ayuda y llevar mi consejo a la práctica, o puedes caer y ser una víctima más.
Tú eliges ser el cazador o la presa.

Había demasiadas personas en el pasillo como para descubrir quién la había colocado dentro de mi casillero y ninguna se veía lo bastante sospechosa como para interrogarla. Fastidiada por ser víctima otra vez del anonimato, arrugué la hoja y la metí en mi bolsillo dispuesta a darle la oportunidad de permanecer en el mismo sitio secreto que su hermana.

—¿Te arreglaste con tu madre?

La pregunta de Sol la oí entre mis pensamientos baja y tímida. Vi su rostro asomarse borroso por el rabillo de mi ojo. Al voltear en su dirección, percibí su expresión preocupada. Era la hora del almuerzo, yo estaba más callada de lo usual.

Negué con la cabeza.

—Hablamos... No, a eso no se le puede llamar «hablar» —me corregí—. Intercambiamos un par de palabras. Nada más.

—Lo siento.

—Yo lo lamento más por Devon, él se esmera en crear un ambiente agradable en cada comida.

Era cierto; al pobre ya se le acababan las anécdotas graciosas y cuando las risas se convertían en silencio, tendía a carraspear para disipar ese nudo incómodo que todos sentíamos.

—Qué incómodo...

—Estoy pensando en mudarme aquí.

Tanto Sol como Grey y Logan dejaron de comer al escucharme.

—¿Aquí? ¿A la academia? —remarcó Grey para comprobar que su audición no le fallaba.

Asentí.

—He vivido casi la mitad de mi vida en un internado, no será diferente a lo que era antes —finalicé, encogiendo los hombros.

—Pero el apartamento, tu gato... —cuestionó esta vez Sol.

—Puedo salir cuando quiera. El encierro aquí no está tan mal y las habitaciones se ven cómodas.

Vivian se asomó como una señal caída del cielo para socorrer mis dudas, las cuales eran muchas. Seguí sus movimientos hasta que se perdió al salir del comedor. Me despedí de los chicos y corrí tras ella. Conseguí atajarla del brazo a unos metros de la puerta de la biblioteca. Ella reaccionó con confusión; primero miró su brazo, sacando su lado huraño, luego me miró. Se apartó mirando hacia todos lados.

—¿Te volviste loca? —interrogó.

Su lado paranoico contrastaba con su apariencia de chica mala. Era evidente que detrás de su fachada le temía a un par de chicos y las consecuencias que sus actos podrían causar.

—Si te refieres a mi estabilidad mental después de ver un video donde Agnes se cortaba las muñecas, un poco.

Contradijo su actuar abalanzándose hacia mí para cubrirme la boca.

—No hables de eso aquí. Tampoco me hables. No aquí, en privado. —Me liberó, no sin antes comprobar que nadie nos había visto—. Si algún bocazas amigo de Dhaxton o Seth nos ve juntas, sabrá que fui yo la que te contó sobre lo que pasó esa noche.

—No parecías asustada por eso el otro día por la tarde.

—Estaba media borracha, fumada y no sabía que tú sabías sobre ya sabes qué. ¡Mierda!, ya siento que estoy dentro del universo de Harry Potter y la casa de tu puta madre.

Siempre odié que las personas usaran groserías porque sí, pero no omití una risilla extraña al oírla tan resignada. Resopló con fastidio y me agarró del brazo para llevarme a la biblioteca. Ella y la bibliotecaria a todas luces tenían una estrecha relación, pues le permitió la entrada sin siquiera pedirle la credencial de estudiante. Subimos al segundo piso, pasamos por ese nefasto sitio donde tuve mi primer beso y luego nos encerramos en una sala de estudio. Había una larga mesa rodeada de sillas, en la que Vivian tiró su bolso, una pizarra de buen tamaño, un sofá que se veía cómodo, donde se recostó.

—Aquí es donde vengo a dormir —dijo cruzando las piernas—. Y a fumar. Como sea, ¿para qué me buscas?

—Quiero que me des una pista. Algo. Lo que sea para saber qué ocurrió con Agnes.

Chistó.

—Ignora eso, jamás podrás saber qué diablos le pasó.

—¿Cómo puedo ignorarlo?

—Cada vez que te venga un recuerdo o pensamiento de ella, piensas en... no sé, gatos.

Fingí reírme.

—No es tan simple.

Pensé en decirle sobre la nota que recibí, pero ¿era buena idea? Todavía no le tenía la confianza suficiente.

—Eres una artista, invéntate algo, una historia o qué sé yo, lo que sirva para ponerle un pare a tus dudas.

—¿Me pides que tape el sol con un dedo o algo así? —cuestioné, ahora era yo la indignada.

—Ja, se te ha pegado la muletilla de Solange. Y no, te pido que pongas la mano. No vale la pena quebrarse la cabeza por algo que pasó.

—¿Algo? No fue solo «algo», la chica se cortó las muñecas.

Guardó silencio hasta que por fin cayó en cuenta de mis palabras.

—Un momento... ¿Dijiste que viste el video de Agnes? —Moví la cabeza en respuesta—. ¿Cómo demonios? —Se incorporó para depositar toda su atención en mí y pude comprobar que en su posición estaba a la defensiva, dispuesta a saltar a atacarme.

—Me metí a la habitación de Dhaxton.

—¿Cómo? —insistió, cargando la voz.

—Estoy viviendo en el mismo departamento que él, su hermano y mi madre se van a casar, y cuando Dhaxton no estaba, me colé en su cuarto y revisé su laptop, ahí vi el video.

Mi media mentira la dejó impactada.

—Mierda. Mierda, mierda. Estás viviendo con ese bastardo.

«Tú y Grey seguro que se llevarían bien», pensé.

—Sí, y no es nada lindo. Por eso, por favor, no lo menciones con nadie.

—Mi boca está cerrada.

Se pasó la mano por los labios pretendiendo cerrar un cierre invisible.

Me agradaba la actitud de Vivian.

—Ahora estoy tratando de saber más, tener alguna pista sobre el paradero de Agnes. Quiero saber si estaré bien.

—Lo estarás mientras no caigas por ninguno, créeme.

Sabía que se refería a que no me enamorara de ninguno de los dos, pero yo no sabía cómo era estar enganchada a alguien ni cómo se sentía amar románticamente a una persona.

Eso me deprimió y terminé sentada sobre la mesa, con la mirada puesta en mis pies balanceándose sin ritmo alguno.

—¿Has pensado en contarle a alguien de tu familia sobre esto? —preguntó Vivian mientras encendía un cigarrillo. Su rebeldía pasaba a llevar hasta al pobre cartel de «NO FUMAR» pegado a una de las paredes.

—Lo hice, pero ni siquiera me dejó terminar —respondí, desanimada.

—Vaya mierda.

—Por eso estoy haciendo esto por mi cuenta. —Metí la mano en mi bolsillo, sostuve la nota y la arrugué en mi puño—. Cualquier cosa me servirá.

Vivian me miró en silencio.

—Seth siempre llevaba consigo lo que más le interesaba. En su billetera, en los bolsillos de sus jeans o dentro de la funda de su celular. Puede que ahí encuentres algo que te sirva. O puedes meterte a su habitación, como hiciste con el lunático teñido.

Lunático teñido. Ese era un buen apodo para Dhaxton.

—¿De verdad crees que podré conseguir algo de Seth?

Vivian se puso de pie y caminó hacia mí.

—Si lo haces bien, puedes tenerlo besándote los pies —musitó con una sonrisa torcida. Sin dejar de lado esa confianza admirable y buena apariencia, se acercó a mi oído para susurrar.

El corazón me dio un vuelco.

—¡¿Qué?!

—Lo que oíste.

—Yo no voy a seducirlo para sacarle información.

—¿Por qué? Técnicamente, si no hay cosas... eh, ¿cómo le dicen los religiosos? ¿Carnales? Carnales, eso. Si no hay nada carnal, no estarías pecando de nada.

—Ya lo sé. ¿Y qué? Yo jamás he seducido a nadie.

—Hasta ahora. Haz el intento y conseguirás muchas cosas, los hombres como Seth son muy desesperados —a Vivian le divertía mi ignorancia—. Solo debes hablar más pausado y profundo, poner caras bonitas, moverte como si bailaras un lento, mirarlo a los ojos, colocar un mechón de cabello tras tu oreja, morderte los labios y listo.

Decirlo sonaba tan simple.

—Independiente de eso, no creo que sea correcto seducirlo para conseguir algo de él. No ahora que su abuela se está recuperando.

—¿Por qué? —zanjó tan pronto como acabé de excusarme—. Él está intentando lo mismo que tú. Cuando alguien juega sucio, tú también te ensucias. Y a veces, querida mía, jugando limpio no se gana.

Odiaba admitirlo, pero tenía razón.

Contemplé la enorme mansión y me pregunté qué estaba haciendo. Llevaba días convenciéndome y todavía me parecía que me había propuesto un reto demasiado complejo. Aun así, armándome de valor, anuncié mi llegada y se me permitió entrar. A diferencia de la primera vez que había entrado, ahora la casa estaba más ocupada, por así decirlo. Contrataron personal de limpieza, un ama de llaves —quien fue la que me abrió— y a tres enfermeros para cuidar la salud de Agatha. Ella estaba de muerte, le gustaba la atención, pero odiaba que fuese por las razones más adversas.

—Ya quiero que todos se larguen de aquí —decía ella en presencia de sus cuidadores—. Siento como si fuera la abuela rica que en algún momento morirá y ellos, las crueles víboras que se pelearán por mi fortuna. Gracias a Dios que son guapos.

—Te están cuidando —la frenaba yo a modo de regaño—. Y muy bien para que estés tan animada. Tenles un poco de paciencia, no vaya a ser que pongan algo en tu comida —le susurré al final.

Agatha estalló en risas y luego en quejidos.

—¿Cuidándome, querida? Si llevo una semana encerrada en casa sin poder mover un dedo.

Era entendible que una mujer tan activa como ella, que había logrado burlar a dos enfermeras, se sintiese como encerrada en una jaula en su propia casa.

—Oye, pero tienes un cine.

—Sí.

—Ahí puedes pasar un buen rato.

Hizo una mueca que marcó más los contornos de su cara.

—He visto toda la colección de películas. Estoy esperando que Seth traiga más. Películas buenas, claro, porque últimamente ha traído solo películas de acción. Empiezo a creer que me quiere matar de un ataque epiléptico, con todas esas luces de colores, explosiones y qué sé yo.

El desdén con el que hablaba dibujó una sonrisa en mi rostro.

—Por cierto, te tengo algo —dijo, confidente—. Tómalo como un obsequio.

—¿Para mí?

—¡Claro que sí! ¿Para quién más? ¿Los enfermeros? Si a ellos les pagamos como para irse a un viaje en crucero. —Los dos enfermeros, que estaban de pie custodiando a la anciana como si fueran guardias, le dieron la razón—. Despierta, querida.

Su dedo tembloroso señaló un pequeño baúl de madera. Me puse de pie de un salto y me acerqué con temor a tocarlo. Se veía antiguo, maltratado por el paso del tiempo.

—¿Qué tiene?

—Ropa. Son los atuendos que usé. No están a la moda, pero les tengo aprecio. El suficiente para dártelos.

Me quedé sin palabras.

—No es necesario, Agatha —titubeé—. Yo tengo ropa...

—Sí, lo veo, no has venido desnuda a verme —soltó sin más—. No te la estoy dando como caridad, te la estoy dando como algo apreciado que quiero que uses. Anda, ábrelo, pruébate un conjunto.

El gusto de Agatha, a diferencia del mío, era más de faldas y blusas apretadas de escote pronunciado. Me obligó a cambiarme en el baño y ponerme un conjunto con el que pasaba desapercibida como una bailarina de *Grease*. La falda me llegaba un poco más abajo de las rodillas, era roja, suelta, a pétalos y cómoda. Arriba me puse una camisa blanca de cuello estilo Johnny y mangas cortas que traslucía bajo la luz mi sostén. Odiaba usar ropa que dejara visible mi ropa interior (aunque siempre amé la lencería y todos sus diseños). Pero la insistencia de Agatha no me dejó quejarme.

—Te ves divina —me elogió—. Como yo a tu edad.

Supuse que lo último era el cumplido mayor.

—Gracias. ¿Crees que cuando te recuperes me puedas enseñar a bailar?

—Lo que creo es que Seth es un grandioso bailarín.

Entendí qué insinuaba.

—¿Y Seth dónde está? —interrogué, tratando de ocultar la alegría que me había dado que lo mencionara.

—Salió. Seguro está con ese amigo suyo.

—Dhaxton.

—Él. Lleva tiempo sin venir.

«Bueno, eso es porque ambos están peleados», pensé.

La oportunidad de saber más sobre Agnes brilló en mis ojos. Le dije a Agatha que iría por algo de comer y volvería, ella pidió que no la dejara demasiado tiempo a solas con los enfermeros y luego, prácticamente, me echó. Esa mujer no tenía cura para su personalidad.

Salí de su cuarto sin dirigirme a las escaleras, sino que me fui a lo profundo del pasillo para ver cuál de todas las puertas daba a la habitación de Seth. Llegué al final del pasillo, encontrándome de frente con una puerta doble que se deslizaba. Estaba segura de que esa era la habitación de Seth y, antes de entrar, golpeé bajito. Nadie respondió. Esperé. Miré a mis espaldas para comprobar que nadie me estaba viendo y abrí. En efecto: esa era la habitación de Seth.

Su cuarto era un poco más pequeño que el de Agatha, con una pared gris y muebles de color negro. Por supuesto, dentro había un televisor LED enorme, consolas de juego, sofás cómodos y una cama gigante. Esquivé algunos zapatos, ropa, historietas y una colección de libros sobre matemática y arte. Seth parecía ser de esas personas que todo lo que no ocupa lo tira al suelo, sin importarle el valor. La ropa esparcida por todos sitios no me importó demasiado; encontrarme con una tira de preservativos, sí. Ya podía imaginarme qué pasaba allí.

Encontré la laptop en la cama. Estaba encendida, pero de primeras me pidió retomar la sesión ingresando la clave. Hice el intento todas las veces que se me permitió sin resultado. Después de mi primer fallo busqué con más detalle en los muebles: el librero, el armario, la colección de discos de vinilo y, finalmente, el velador junto a la cama. El pequeño cajón estaba medio abierto. Al abrirlo descubrí que había algunas joyas de plata, papeles, una colección de cartas, dinero y más condones. Revolví todo procurando no emitir ruido hasta que di con un sobre maltratado que en el centro tenía escrito el nombre de Seth.

Dudé sobre si era correcto abrirlo, pero había llegado demasiado lejos como para arrepentirme a última hora. Lo tomé con cuidado y lo abrí. Era una carta vieja, con los bordes amarillos y olor a guardado. Viajé hacia el final para leer la firma.

Agnes, decía.

No podía creerlo. Era lo que estaba buscando.

Empecé a leer:

Seth:

Lo que comenzó con notas tiene que terminar con una... supongo. La verdad, hay muchas cosas que deseo decirte en persona, pero sé que si te veo una vez más dejaré de lado todos mis planes. Y, por mucho que nos duela a los tres, no quiero hacer eso. Ya me conoces, soy muy testaruda y...

La puerta se abrió.

Fui rápida para tirar la nota y girarme, fingir que nada estaba pasando. Seth necesitó de tiempo para corroborar que yo estaba en su cuarto, de pie, estática como una escultura.

—¿Qué haces aquí?

—Vine a ver a Agatha.

Respuesta incorrecta.

—Sabes que no me refiero a eso.

Seth caminó a mi encuentro con ojos oscuros y perspicaces, buscando cualquier titubeo para sacarme de su habitación. Guardó la distancia, quería analizar mis movimientos.

Tragué saliva con dificultad.

—Yo... solo quería saber cómo es tu cuarto —murmuré con arrepentimiento.

—Ya lo hiciste. Ahora vete.

Al menos no mostraba indicios de haberse dado cuenta de que había encontrado la carta. Solo quedaba poder tomarla y largarme.

—Lo siento —insistí—. De verdad. Sé que no tuve que entrar sin tu permiso, pero... —suspiré para darles más credibilidad a mis palabras, todo gracias a las enseñanzas de Vivian— soy curiosa.

—Bien. Es tiempo de que te vayas.

Con un movimiento disimulado con mi pie, mientras fingía asimilar sus palabras, escondí la carta bajo un montón de ropa y caminé lento hacia la puerta. Pero a mitad del camino me detuve.

Si Vivian tenía razón sobre Seth, podía conseguir esa carta.

—¿Y si no quiero? —pregunté desafiante.

Seth formó una sonrisa ladina.

—¿Quieres que te eche por mis medios o quieres quedarte a que te enseñe un par de cosas?

Su pregunta denotaba toda su arrogancia y molestia. No iba en serio, solo buscaba provocarme. Pero yo deseaba provocarlo más.

—Quiero...

Estaba nerviosa.

Seth esperó a que terminara hasta que no soportó mi inseguro silencio.

—Olvídalo —Lo detuve justo cuando pasaba por mi lado—. ¿Qué?

No me salió el habla.

Seth frunció el ceño el tiempo que gruñó, zafándose.

—No quiero ser yo la persona con la que hagas cosas de las que te arrepentirás.

Tomé aire para hablar.

—¿Y si no me importa arrepentirme? ¿Y si es lo que quiero?

Di un paso hacia él, pues se había alejado todavía más, en rechazo.

—Tienes que pensar en lo correcto.

«Lo correcto», repetí.

Eso lo había mencionado cuando me confesó lo del juego.

—¿No puedes ser mi opción correcta?

Seth avanzó hacia mí, decidido y sacando su lado confrontador. Sus pasos eran rayos que retumbaban en el piso de su habitación, que cuidadosamente evitaban todos los objetos que entorpecían su camino, con los cuales yo ya había tropezado. Así de fácil logró arrinconarme contra un mueble. La mirada inquisidora que me juzgó en el truculento camino no lo abandonó, sino que se convirtió en un peso que necesité quitarme de encima mirando en otra dirección.

—No tienes las agallas —murmuró al verme acobardada—. Ahora, hazme el favor de salir.

Él ya había dado la orden, no me quería allí, pero yo no podía pasar de aquella oportunidad. Necesitaba leer lo que decía aquella carta.

—Seth... —lo llamé con la voz más valiente que pude entonar y se giró fastidiado.

—¿Qué?

Inflé mi pecho para armarme de valor y me apresuré en llegar hasta él, verlo a los ojos, demostrarle que iba en serio y lo besé. Apreté mis labios contra los de él con fuerza, con mi mano viajando por su torso hacia su hombro para darme la estabilidad que necesitaba antes de que mis piernas flaquearan. Y nos quedamos estáticos, inspirando la misma compresión de aire tibio que fluía. Mis ojos apretados hasta las lágrimas. Al alejarme, vi su rostro borroso. Su boca entreabierta fue lo primero que se aclaró y, luego, más oscuridad. Seth se aventuró en incursionar por mi boca. Una bomba explotó en mi pecho, porque esperaba su revancha, sabía que respondería, pero no sabía cuándo. La explosión tuvo su efecto colateral, un desastroso manojo de sensaciones desconocidas que yo no supe describir o llamar. Quemaba como el fuego, ardía como un fierro caliente, se degustaba amargo como el veneno y se tornaba dulce como la miel. No sabía si me gustaba o no, solo entendía que algo en mí gritaba: «¡quiero más!». Me agarró de la cintura y me dejó sentada sobre el mueble con el que antes había chocado. Quedé un poco más alta que él, pero en la posición perfecta para que pudiese seguir besándome.

—¿Por qué dijiste que te oprimes de estos placeres? —interrogó mientras dejaba un rastro de besos hasta mi cuello.

Con el cosquilleo olvidé la respuesta. Había olvidado incluso los motivos por los que había tomado la iniciativa. Y en mi cabeza ya no tenía escape. Sabía que si los besos escalaban a más no lo soportaría, pero mi humilde experiencia redimía hasta el más impúdico de mis pensamientos. Yo mordía el fruto prohibido y no me importaba en absoluto.

Una fuerza posesiva me invadió cuando los besos de Seth llegaron hacia la casi invisible línea que se formaba entre mis pechos y necesité tenerlo apegado a mí, adherido como si nuestras pieles se fuesen a fusionar. Acaricié su espalda, sus brazos, peregriné por su abdomen y sentí sus músculos tensarse. Seth redobló mi apuesta deslizando sus manos hacia mis glúteos para masajearlos.

—Pídeme que pare —dijo, mirándome desde abajo, con los ojos clavados en los míos—. Dime que esto está mal y pararé.

Me detuve a pensar un momento, a sentir cómo el calor en mi cuerpo hacía lo posible por permanecer en cada uno de los lugares que él había probado. Vi la cama a unos pasos, la carta en el piso, la oportunidad de saber más.

Tal vez fui ambiciosa.

—No quiero que pares —murmuré, ruborizándome por mi osadía.

Deseo concedido.

Seth me llevó en brazos hasta su cama donde me recostó, mis pies tocaban sin problema el piso. Entendía que esto ya no era un mero juego, un capricho para obtener información, sino que el rumbo se había retorcido a su favor. O al mío. Mi respiración se agitó y mi corazón bombeó contra mi pecho. La boca de mi estómago exhalaba nervios, unos que anduvieron por cada parte de mi cuerpo.

Me gustaba sentirme así: entre el bien y el mal. Entre la incertidumbre. Entre la cama y Seth. Entre besos y jadeos.

Nuevamente Seth bajó hacia la zona de mis pechos, ese lugar que tentaba enseñar lo adecuado, ni mucho, ni poco. Lo suficiente. Ahí se quedó, besándome la piel, succionando con un apetito voraz. Y yo revolvía su cabello, metía mis manos en su cabeza para distraerme del calor que se había pronunciado sigiloso entre mis piernas. Esa sensación física tan deleitosa fluyó por todo mi cuerpo hasta depositarse allí, pidiendo la atención que ninguno de los dos le daba. Junté mis piernas para darle algo de presión y las moví al mismo ritmo de mi pelvis, como si dentro de mí sonara una canción lenta que merece ser bailada con lentitud. Seth percibió lo extasiada que me estaba poniendo y lentamente, acariciando todas las curvas de mi cuerpo, bajó su mano a la zona más necesitada de mi cuerpo.

Al instante, puse mi mano sobre la suya, inmovilizándola.

No lo hagas.

Detente.

Espera.

Eran órdenes fáciles de acatar.

No pude emitir ninguna, simplemente lo miré.

Él estaba dispuesto a ponerse de pie, pero lo detuve.

De verdad quería hablar, decirle que no me importaba, que me tocara y no podía hacerlo. Era demasiado orgullosa como para decirlo. O quizás estaba demasiado avergonzada como para admitirlo. Así que preferí dejar que mi acción hablara por mí; me recosté de nuevo, con los ojos cerrados y la boca entreabierta, y orienté los movimientos de su mano hasta que él pudo hacerlo por su cuenta. Empezó suave, con sus dedos masajeando por encima de la falda y después formó círculos sobre la tela, metiendo presión poco a poco. Se sentía bien, pero cuando se percató de que la ropa era un impedimento, no dudó en quitármela.

Jamás se me había cruzado por la cabeza estar en ropa interior frente a un hombre. Al menos desde la cintura para abajo. Aunque eso a Seth no parecía importarle en absoluto, solo miró la humedad en mi entrepierna y sonrió. Sus ojos se tornaron juguetones, los reconocí sin problemas. Se puso a gatas sobre mí y nuestras miradas se encontraron. No tuvo necesidad de mirar hacia dónde se dirigía su mano nuevamente, optó por endulzar mis labios con otro beso. Sus dedos presionaron mi piel y los movimientos regresaron siendo más distinguibles. Yo empecé a moverme por instinto al mismo ritmo de él, con la espalda arqueada, mi cuello descubierto y mordisqueando mi labio inferior para suprimir los gemidos.

—¿Te gusta?

Preguntó con mirada lobuna. Se encontraba sobre mí, su cabello caía a los costados de su cara, las piernas flexionadas, su mano en mi entrepierna y la otra apoyada en la cama. Buscaba la respuesta en mi expresión.

—¿Te gusta esto? —insistió, presionando aún más sus dedos. Poco a poco estos iban entrando más a mi cavidad, aunque no lo suficiente para causarme dolor.

Agité la cabeza en afirmación.

—Entonces demuéstralo —ae acercó para besarme, lo que derivó en que yo jadeara en su boca, y continuó—: No te calles. Aquí no hay nadie más que tú y yo.

Mi primer jadeo salió de mi garganta como una exhalación. El segundo también. Pero los demás emergieron de mí desde mis entrañas, gemidos, ronroneos y suspiros, todos los que me había guardado las veces anteriores. Seth no me ponía restricciones, y yo tampoco pude ponérmelas porque mi delirio era más poderoso que la compostura.

Me sentía en el cielo, a punto de saltar desde una nube hacia el vacío.

Y, de pronto, todo se acabó.

Seth se puso de pie tan rápido que ni siquiera lo preví.

—Mierda... Tengo una erección —señaló su pantalón, justo la zona abultada que reclamaba atención—. Y no quiero avanzar más allá contigo.

Mi confusión fue genuina, porque todo este tiempo creí que llegar a base era lo que él necesitaba para ser el ganador del supuesto juego.

—No puedo hacerte esto —dijo con aflicción.

Se dio media vuelta en dirección al baño. Quedé sola, sentada sobre una cama y con más preguntas que respuestas.

El fuego se había apagado.

Me puse la falda y fui rápidamente a buscar la carta. Doblarla fue sencillo, ocultarla también. Lo difícil fue ponerme de pie con el frío apegándose a mi cuerpo ya sin una fuente de calor. Mi piel desnuda se erizó y en mi entrepierna todavía sentía un palpitar agónico. Salí de la habitación casi a tropiezos, pues mis piernas no favorecían mi caminar. Estaba exhausta, jadeante y muy, pero muy confundida.

¿Qué había ocurrido en esa habitación? ¿Qué había permitido hacer? Había cruzado el límite de lo permitido, dejé que me tocara. Había cedido tan fácilmente que me avergonzaba por ello.

Seth tenía razón, me iba a arrepentir luego.

Ya quería llorar.

—No lo hagas —me ordené.

Toqué mis mejillas rojas y calientes. Limpié el sudor de mi frente. Acomodé lo que vestía. Inspiré hondo y me dirigí al cuarto de Agatha.

—Vengo por mi ropa —indiqué, sin mirarla. Para mi fortuna, Agatha dormía, así que solo tuve que hacerle un par de señas al enfermero para que me entendiera.

Después de vestirme salí de la mansión tan rápido como pude.

En el departamento me eché a llorar en la ducha. Clamé perdón tantas veces que perdí la cuenta en el número veinte. Me arropé bajo las sábanas acompañada por Francis y volví a sollozar.

La culpa fue un golpe duro.

Cuando por fin dejé mi pequeña guarida, me quedé tendida asimilando lo que había hecho. El arrepentimiento me consumía, sí, pero no podía negar que, de tener la oportunidad, lo repetiría.

Levanté mi mano hacia el techo, intentando alcanzar el lejano cielo. La vida lejos del paraíso prometido. Las voces lejanas del coro. El confesionario de mis pecados. La mirada decepcionada de mí en el espejo. Todo eso me aguardaba. Pero ahí estaba: mi anillo, la promesa por cumplir que cada vez se trizaba más.

—El amor todo lo espera —leí.

De haber sabido que el amor y el deseo resultaron más fuertes que la espera jamás me hubiera atrevido a poner una frase así. ¿En qué pensaba la Audrey de ese tiempo para grabar algo tan vacío? No quería recordarlo. Pensar en mi yo de hace unos meses me hacía sentir vulnerable y lejana.

Pero gracias a ello, la idea para el concurso llegó a mí.

Me senté frente al tocador y observé mi reflejo; llevaba solo el pijama, una camiseta de tirantes blanca de escote cuadrado que exhibía mi collar con el dije de la cruz brillando y anillo de castidad al lado, ambos símbolos de mi lado afable, de mis convicciones y mis promesas rotas. Saqué de uno de los cajones un espejo del tamaño de mi cara con forma redonda, marco de metal con detalles victorianos, lo que le daba un aspecto antiguo, pero armonizaba perfecto con el tocador. Lo tomé con mi mano izquierda y lo levanté procurando que se viera la mitad de mi rostro. Con esa visión de mí y mis dos lados opuestos reflejados en cada espejo, armé mi boceto.

Los profesores habían advertido sobre la importancia de plasmar el concepto en un cuadro sin irnos por lo típico. Yo seguí el consejo de hacer algo diferente al enfrentarme conmigo misma después de mi encuentro con Seth. Siempre supe que dentro de mí existía una parte afable, esa que me impulsaba a querer ayudar a los demás, a seguir un camino de rectitud casi fantasioso. Pero al llegar a la academia me di cuenta de que dentro de mí también existía un lado diferente, más terrenal y menos idealizado, un opuesto que disfrutaba de cosas que al otro lado le parecían incorrectas. Ambos lados se oponían entre sí, se enfrentaban. En mí estaba el concepto que «El jardín de los sueños» deseaba ver en las obras participantes.

Yo era la dicotomía.

Capítulo 15
Cambio de ambiente

AUDREY

Sentada en la oficina de administración de la academia a la espera de la mujer que me traería una hoja con las reglas sobre comunidad, me sentía más solitaria que nunca. La habitación era un enredo de carpetas con documentos, informes sobre estudiantes, archivos mal colocados en unas cajas enormes y un escritorio en el que apenas cabía un tazón de té. El terror de cualquier fanático del orden, sin dudas. Aunque a mí también me producía cierta ansiedad. Mi cuarto solía ser un espacio que navegaba entre una marea de ropa tirada por todos sitios y mis dibujos organizados a la perfección; ahí se notaba cuál era mi más apreciado tesoro.

Me pregunté si ocurriría lo mismo ahora que tendría que compartir habitación con alguien más.

A mi compañera de cuarto del internado no le molestaba, solo me reprendía cuando manchaba algo, como las sábanas o la moqueta, pero porque la monja supervisora era una estricta. La academia tenía que ser diferente, había más libertad y, a juzgar por la pijamada en el cuarto de Vivian, muchos no respetaban las reglas.

—Aquí tienes el reglamento y esta será tu llave —la mujer de la administración esperó a que recibiera ambas cosas para continuar—. No vayas a perder la llave por ningún motivo, ¿está bien?

Bajé la cabeza y le eché un vistazo rápido a las reglas. Fue fácil dar con la regla que prohibía beber alcohol y fumar en la habitación.

—Lee bien las reglas —advirtió—. Cualquier falta puede significar la expulsión.

—¿Cuál es la regla más inquebrantable de aquí?

—Todas —respondió con firmeza—. En especial esta.

Con su dedo señaló el quinto artículo de la lista, resaltado en negrita y unas alarmantes mayúsculas. «Se prohíbe el ingreso de personas ajenas a la institución a las habitaciones de los estudiantes», decía.

Si Vivian y sus amigas habían roto las reglas del alcohol, seguro muchos habían roto esa.

Salí de la oficina con el anhelo de que, si llegaba a dormir en la misma habitación que alguien, no fuese tan irresponsable como ella.

Sol se levantó del asiento donde me esperaba y mostró un interés genuino.

—¿Qué tal te fue? —dijo al instante en que me vio.

—Bien. Puedo empezar a mudarme ya —le enseñé las hojas con el reglamento—. Además, me dieron esto.

—El reglamento. Apuesto a que te lo leerás de principio a fin —se burló mientras caminábamos hacia la salida—. ¿Estás segura de esto? —me agarró del brazo y me acercó peligrosamente a ella—. Vivian y Kathia dicen que muchas cosas pasan ahí. Que siempre hay peleas por los baños.

La miré de mala gana.

—Estoy seguuuura. Me mantendré al margen de todas y de todo lo que ahí ocurra.

—Sí, como dijiste antes de entrar a la academia —ironizó, dándome justo en el corazón.

—Mi enredo entre Seth y Dhaxton...

—No digas sus nombres —me reprendió.

—... fue una serie de acontecimientos en los que ellos me metieron —seguí sin darles importancia a sus palabras—. Yo no tengo la culpa, ellos sí. Y no me interesa si saben que estoy hablando de ellos, ¿qué más podrían hacerme?

Ya me habían hecho suficiente.

—A menos que... —balbuceé.

—A menos ¿qué? —Sol ansiaba que respondiera, su vena chismosa se le había inflamado de curiosidad. No respondí, yo trataba de recordar si en algún momento vi una cámara o algo por el estilo—. ¿Pasó algo que no me has contado? —achicó sus ojos para estudiarme o meterse en mi mente.

En un sitio apartado le conté lo que había sucedido en la mansión de Seth, en su habitación, en cómo perdí el control y permití que me tocara, en mi rápido escape.

Después de que Sol se emocionara por lo que le había contado, despertó su aletargada curiosidad.

—¿Qué decía la carta?

—Esperaba leerla contigo —le dije, porque era cierto. Al llegar al departamento estaba demasiado resentida como para leerla.

Con la hoja entre mis manos, inspiré hondo y comencé a leer.

Seth:
Lo que comenzó con notas tiene que terminar con una... supongo. La verdad, hay muchas cosas que deseo decirte en persona, pero sé que, si te veo, una vez más dejaré de lado todos mis planes. Y, por mucho que nos duela a los tres, no quiero hacer eso. Ya me conoces, soy muy testaruda y no puedes hacerme cambiar de parecer. Ni yo misma pude cambiar de parecer; no importa en qué decisiones me mueva, siempre creo que la primera es la mejor.
¿Recuerdas la primera vez que hablamos? Te escribí una carta declarándote mi amor, idea que saqué de una peli que vimos en clases. Dios, me volvías loca. Eras el romance predilecto que quería. Uno de verdad, de película. Tu rechazo fue lo de menos. Aunque, eh, si yo no me lo hubiera tomado tan bien, jamás hubiéramos sido amigos.
<u>Mi</u> amigo.
Dhaxton y tú son lo mejor que pudieron pasarme. Crecer juntos, tenerlos conmigo en las buenas y en las malas, soportar mis arranques y estar ahí para lo que necesitara. Porque vivimos tantas cosas es que escribir esto es tan doloroso.

Te amo. Te amo. Te amo. Te amo tanto, Seth. Te amo como no tienes idea. Y créeme, nunca lo dejaré de hacer. Pero mi corazón está dividido, partido en dos, y la otra parte quiere estar con Dhaxton. Amo a Dhaxton, por eso lo elegí. No importa cuánto trates, ni cuántas conversaciones tenga con Baba, siempre será él. Y eso es demasiado para mí, para ti, para él y lo extraña que se ha vuelto nuestra relación. No quiero fingir más que no veo lo que pasa entre ustedes. No deseo ser yo la discordia. Ya no quiero sentirme más la chica que agrietó su amistad. Yo no quiero sentirme miserable y odiarme a mí misma por eso.

De verdad, ya no lo quiero.

Estar con ustedes me hace daño.

No quiero sentirme herida más. Quiero sanar, lo necesito.

Por eso, he decidido marcharme. Voy a romper cualquier lazo de amistad o amoroso que tenga hacia ustedes por el bien de todos. Esta es mi despedida. Me iré ahora, para que los buenos momentos que vivimos no sean manchados y queden como lo que son.

No sé si es la opción correcta, pero es lo que he decidido.

Por favor, no me busques diciendo que lo podemos arreglar, porque esas son solo mentiras.

Quiero que seas un lindo recuerdo.

Agnes.

Al terminar de leer la carta, la doblé y me quedé pensando en lo triste que era guardar una carta así.

—Al final, todo fue en vano.

Lamentaba admitirlo, pero así era. Defraudarme de las cosas se estaba haciendo una costumbre.

Sol arqueó una ceja y lanzó el aire de golpe, llena de incredulidad.

—¿En vano? ¿Lo disfrutaste?

—¿Qué?

—Lo que pasó entre Seth y tú, ¿lo disfrutaste?

Moví la cabeza hacia los lados. Mi respuesta estaba clara, pero admitirlo se me hacía difícil.

—¿Sí o no? —insistió—. Porque si aceptaste llegar a ese extremo fue porque te gustó. Él estaba dispuesto a hacer lo que tú quisieras, aceptando tu negativa.

—Ya, sí, me gustó —confesé, tapándome la cara con las manos—. Me sentí bien. *Eso* se siente bien.

—Entonces no fue en vano.

—Lo fue porque no descubrí nada sobre Agnes. Estoy igual que antes, solo que ahora sé que se marchó. ¿A dónde? Pues ese es otro misterio. Ser descubierta por una carta no valió la pena.

—Pero sí el gusto —repuso con expresión pícara.

Por mucho que Sol hiciera caras graciosas, yo no podía animarme. Lo que quedaba después de ese encuentro era una carga en mi conciencia que no deseaba soportar.

—¿Y tu anillo?

Los ojos de Sol se habían clavado en mi mano, las cuales estaban desnudas, sin ningún tipo de accesorio y, más importante, ya sin ningún anillo de castidad.

—Me lo quité —dije, llevando mi mano al pecho.

—¿Será que tu creencia poco a poco va tambaleando?

Sacudí la cabeza en desaprobación.

—No te confundas. No me quité el anillo porque dejara de creer en Dios, lo hice porque dejé de creer en mí —metí mi mano dentro del cuello de mi playera y saqué el collar de la abuela, el cual ya no solo tenía una cruz, sino también mi anillo—. Puede que ya no lo tenga en mi dedo, pero sigue siendo parte de mí.

—Por cierto, tengo algo que contarte —dijo y se arrimó a mi brazo como solía hacer—. Logan me ha confesado que le gusto.

—¡¿Qué?! —frené el paso al instante. Necesitaba un momento para tomar aire y asimilar lo que había dicho—. Pero... pero ¿cuándo? ¿Cómo pasó?

—Ayer le escribí para preguntarle por qué estaba tan distante, alejado y con nuevas amistades. Lo regañé por cambiarnos, o algo así... Y él dijo que yo le gusto y que se le hace difícil estar conmigo en plan amigos cuando él quiere ser algo más.

Me cubrí la boca con las manos. No podía del asombro.

—¿Y qué le respondiste?

—Le dije que solo puedo verlo como un amigo.

Lo dijo con tanta frialdad que sentí lástima por Logan. Entendía que Brind era la persona que le gustaba y, hasta el momento, no parecía un mal chico, pero Logan era nuestro amigo, y había tratado lo suficiente con él como para saber que juntos harían una linda pareja.

Por supuesto, no le dije nada a Sol, pero me decidí a buscar a Logan a la hora del almuerzo. Él estaba con su grupo de amigos y se veía desanimado. Cuando le pedí hablar en un sitio más apartado, mi preocupación creció.

—¿Estás bien?

Negó con la cabeza.

—Ya sabes que Brind y Sol... Ellos... —resopló con resignación—. Solo puedo pensar en mis posibilidades extintas.

—No creo que tus posibilidades estén extintas...

La mirada de «no intentes jugar conmigo» dejó perdidas mis palabras. Ambos sabíamos que Sol lo había rechazado.

—Eres un buen chico, Logan —necesité decirle.

—Sí, todo el tiempo me dicen eso, pero ¿sabes qué, Drey?, estoy cansado de serlo.

—¿Vas a empezar a vestirte con una chaqueta de cuero, a andar en moto, fumar y meterte en peleas ilegales?

Se echó a reír sin ganas.

—Si soy rudo, luego me siento mal. Si contesto con groserías, me disculparé. No me gusta el olor de los cigarrillos y jamás me he metido en una pelea. Por mucho que quisiera, no puedo ir contra mi naturaleza.

—Ni contra los designios de su corazón —dictaminé y él asintió.

—Auch, duele admitirlo —se quejó, colocando una mano en su pecho—. Ojalá me hubiera fijado en alguien más.

—Grey está soltera... creo —sugerí.

—¿Ella? —se rio por lo alto—. Pasamos más tiempo discutiendo que hablando. Prefiero mil veces que sea en alguien más. Incluso en ti —añadió.

Me eché a reír.

—Entonces tendrás otro amor no correspondido.

—Lo de «amor no correspondido» duele cuando te lo echan así en la cara, ¿sabes? He estado lo suficientemente desanimado como para volver a meterme de lleno en la informática.

—¿Informática? Es un poco extraño cuando estudias Arte.

—Entre pasiones no hay restricciones —dijo en un tono cantarín—. Pero bueno, en algo debo concentrar mi atención después de...

Se tuvo que silenciar cuando Seth se situó a mi lado. Se cruzó de brazos y Logan captó que ya no tenía nada que hacer ahí, por lo que se despidió con un ademán. Si maldecir hubiera estado en mi vocabulario, habría echado unas cuantas palabrotas; no esperaba ver a Seth tan pronto. No me sentía preparada, ni para sus comentarios, ni para los retazos de recuerdos, ni para lo que fuera.

—¿Te pareció interesante la carta? —inquirió Bellish, tirándose hacia atrás el cabello.

—¿De qué carta hablas?

Fingir demencia fue en vano, Seth no jugaba conmigo.

—De la que leías justo el instante en que te descubrí en mi habitación —mi corazón dejó de latir y yo dejé de pensar hasta que pude procesar lo que acababa de decirme. Al no obtener respuesta, se vio en la obligación de seguir—. ¿De verdad creíste que no me daría cuenta? Pudiste esconder lo que hacías, pero tú, que has prometido guardar tu castidad llevando un anillo, tú, quien se avergonzó lo suficiente por gemir, ¿de verdad no pensaste que sospecharía de tu repentino atrevimiento? —preguntó con una sonrisa ladina, demostrando toda la arrogancia de sus acertadas suposiciones—. Y tú, que eres una estudiante de Arte y te fijas en los detalles, ¿realmente creíste que no me daría cuenta del cajón abierto? No me tomes por idiota.

—Lo supiste desde el principio...

Se movió para cambiar nuestra distancia al tiempo que afirmaba mis palabras asintiendo. Las manos en los bolsillos, postura que solía traer y que le daba un aspecto relajado, me pareció distante.

—Quería saber qué tan lejos llegarías.

—Yo no hubiera permitido ir más lejos.

—Pero sí lo suficiente para que te tocara —sonrió—. Otra primera vez que me he ganado.

¿Se estaba burlando de ello? No iba a permitírselo.

—La experiencia fue decepcionante, muy diferente a cuando lo hice yo por primera vez, la cual, por cierto, fue pensando en tu mejor amigo.

Su sonrisa poco a poco fue desapareciendo. La mirada sombría, esa que en contadas ocasiones había visto, se reflejó en sus ojos. La mandíbula tensa reveló su molestia. Exasperar a Seth era una tarea fácil, sobre todo ahora que podía afirmar que Agnes había elegido a Dhaxton.

—Quiero la carta de vuelta —dijo, tras encontrar un punto de calma—. Puedes entregarla en persona si deseas, ya sabes dónde duermo.

Las palabras de Seth rondaron por mi cabeza el resto del día. Sabía que podía responderle, pero me había dejado sin palabras y eso era lo que más le dolía a mi orgullo. Pensé en ello incluso de camino al departamento de Devon para recoger mis cosas. Fue la aparición de un hombre de pelo canoso y traje, que casi echaba abajo la puerta del departamento, el que me hizo olvidar mi resentimiento hacia Seth.

—Disculpe... —al notar mi existencia, me di cuenta de que lo había visto antes en algunas revistas de economía y periódicos. Pero fueron sus inconfundibles ojos grises y ese semblante presuntuoso el que me hizo dar con su nombre—. ¿Es Denniro Crusoe? ¿Usted es el pa...

—¿Vives aquí? —me frenó con voz cortante y áspera.

—Ya no... —omití dar muchas explicaciones, se veía que a él no le interesaban—. ¿A quién busca?

—¿Conoces la clave? —señaló la cerradura digital. Asentí despacio, todavía asimilando que me había hecho una pregunta y no un regaño—. Ingrésala.

Abrí los labios para dejarle en claro lo maleducado que estaba siendo, pero me resigné a hacerlo entrar en razón cuando supuse que, tal vez, llevaba minutos aguardando en la puerta. Cuando abrí, fue el primero en abrirse paso hecho una fiera por el piso. Francis, a quien ya extrañaba demasiado, se asustó al verlo y corrió a esconderse debajo de un mueble, ignorando por completo que yo estaba ahí.

—¡Dhaxton! —llamó el ofuscado sujeto.

De su hijo no había rastro. Sin querer intervenir en su mal humor, me dirigí a la que había sido mi habitación. Lo primero que hice fue cerrar la puerta y lanzarme sobre la cama. Estuve ahí, tendida, mirando la nada y tratando de ignorar los insistentes llamados del señor Crusoe.

—¿Por qué tanta insistencia? —pregunté al aire mientras me ponía de pie mirando hacia la entrada del cuarto. Ya lo veía entrar dando una patada a la puerta, con lo agresiva que demostraba ser su actitud.

Inevitablemente pensé en papá.

Él y el señor Crusoe tenían eso en común.

Me puse de pie de un salto y me dispuse a ordenar mis pertenencias. Sin embargo, algo me detuvo. Algo que no había notado antes.

La habitación era blanca, brillante como el mismísimo sol, pero en ella había alguien mucho más brillante que se ocultaba entre las sombras. Caminó rápido hacia mí y me cubrió la boca antes de que soltara un grito asustado. Sus labios se juntaron, se estiraron hacia delante y dejaron un pequeño espacio para que su siseo sonara. Accedí a su petición de guardar silencio y me tomé unos segundos para aceptar lo que acababa de ocurrir. Solo entonces Dhaxton bajó su mano.

—¿Qué haces aquí? —hablé bajo.

—Ocultarme de mi padre —respondió como si aquello fuese una obviedad. Era Dhaxton Crusoe, por supuesto que siendo él había una gama de posibles razones.

—Pero ¿aquí? ¿En mi cuarto?

Con la conmoción que traía había olvidado lo real de nuestra situación: él y yo solos en una habitación.

—Los vi por las cámaras y al ver que colocaste el código vine a esconderme a esta habitación —pese a estarse escondiendo porque la persona que quería atraparlo estaba al otro lado de una pared, demostraba esa calma envidiable que lo caracterizaba—. Es la única que no registrará si estás tú.

Odiaba que su razonamiento tuviera sentido.

—Es una pena —solté con falsa condescendencia—, porque yo ya me voy...

Su instinto de supervivencia lo motivó a abrazarme por la espalda en un ruego desesperado.

—No te vayas. Por favor, no me dejes solo con él.

Su tono demostraba genuino miedo. Ante mí se encontraba un Dhaxton Crusoe que se veía tan... frágil. Actuación o capricho, él no quería enfrentar a su airado padre, porque quizás para él era jugar a las escondidas con el diablo.

—Voy a quedarme hasta que se marche, pero no saldré de la habitación.

Su mandíbula se tensó. No deseaba enfrentar al monstruo del exterior él solo, pero le bastó con que yo estuviera a unos metros. Asintió sin apartar sus ojos de mí y avanzó así, asegurándose de que no saldría por la ventana o algo por el estilo. Antes de salir, tomó un respiro que estremeció todo su cuerpo.

—Padre —lo llamó, juntando la puerta para que no lograse ver más allá.

Dejé mis cosas a un lado y me senté, nerviosa por lo perturbado que Dhaxton demostraba estar. Luego, comencé a escuchar murmuraciones, la voz del señor Crusoe en lo alto, mezclándose con lo que lograba percibir de la música. Decir que estaba molesto era poco, lo peor que pudo hacer Dhaxton fue salir de mi habitación, porque eso delataba sus intenciones de huida. No entendí de qué iba el regaño, solo algunas frases inconexas que decían «caprichos», «clientes», «lo necesario para». Sobre mi compañero no escuché nada, su tono de voz profundo y bajo no me lo permitió.

—*Lo quiero ¡ya!* —fue lo último que escuché. A continuación, un portazo.

Me quedé quieta sobre la cama a la espera de que alguno de los dos apareciera o dijera algo. La música se detuvo. Pasos y luego la llave de la cocina. Con cierto temor, salí de la habitación para contemplar la escena. Dhaxton remojaba un paño con agua.

—Ya conoces a mi padre —dijo todavía dándome la espalda—. Denniro Crusoe. Agradable sujeto.

—Igual que el hijo —desdeñé mientras me acercaba con paso cuidadoso—. Aunque él se lleva la victoria.

Dhaxton se giró con el paño humedecido puesto en su mejilla roja.

—Le prometí vender mi arte a cambio de que me permitiera estudiar en la academia lo que a mí me apeteciera —explicó—. Esta es la consecuencia de no tener a sus clientes saciados.

—¿Vino a regañarte por eso?

—*Regañar* es una palabra muy melosa para usar con él —me corrigió manteniendo los ojos cerrados—. Vino a amenazarme.

No lograba entender cómo podía mostrar tanta tranquilidad al hablar de él. Parecía que, en el fondo, todo ese miedo que había sentido antes se había convertido en respeto y aceptaba que aquel golpe se lo merecía.

—¿Te encuentras bien?

Di un paso hacia su encuentro.

—Sí —respondió al instante—. Ya puedes ir por tus cosas.

Mi lado compasivo clamó por quedarse, consolarlo, darle un abrazo o una palmadita en el hombro diciéndole que estaría ahí para cualquiera de sus inquietudes.

—¿No me vas a ayudar a empacar? ¿Dónde quedaron tus modales? —jugué con él, pero no hizo demasiado caso. Lo único que hizo fue esbozar una media sonrisa y volverse al lavaplatos para remojar el paño.

De pronto se aferró con ambas manos al bordillo y escondió la cabeza entre sus hombros. Noté que su respiración se agitó.

—¿Dhaxton?

Temí preguntarle si estaba bien, porque era claro que no. Caminé con cuidado y reposé mi mano sobre su espalda. No pasó ni un segundo para que se pusiera a temblar. Quise abrazarlo y decirle que todo estaría bien, que podía contar conmigo, pero Dhaxton se marchó a su cuarto antes de colapsar.

No me quedó de otra que meterme en mis asuntos y arreglar mis cosas.

Salir del departamento fue tan complejo como entrar por primera vez. Llevaba mi maleta, dos bolsas con materiales para el cuadro que presentaría en el concurso, una mochila, un par de bodegones bajo el brazo y una caja en la otra. En medio de una rabieta en la que por poco me vi soltando palabras malsonantes, Dhaxton se acercó. En su mejilla todavía se podía ver rastro del golpe que su padre le había propinado.

—¿Necesitas ayuda?

—No, estoy bien, gracias.

—Mentir no es necesario —le escuché decir el momento en que mis bodegones casi resbalan por mi brazo—. Estaré complacido de hacerlo.

Los afirmé como pude y di un par de pasos más, hasta que cayeron. Ahí le declaré la guerra a la gravedad. Dhaxton no tardó en agacharse para recoger los bodegones y limpiar cualquier rastro de suciedad en ellos.

—Vamos —apremió dirigiéndose al estacionamiento donde su auto se hallaba aparcado.

—Puedo ir sola a la academia —lo frené.

—¿Y subirte a un bus con todo esto?

Su pregunta escondía muy en lo profundo un sesgo hacia la mofa.

—No quiero que me vean llegar contigo a la academia.

—¿Por qué?

—Ser el comidillo de los rumores puede que te guste, yo prefiero pasar desapercibida.

Con los rumores que levantaron él y Seth tan solo con llegar juntos a la academia, me daba escalofríos hacerme una idea de lo que dirían de mí.

—Hagamos algo —soltó con voz conciliadora y apariencia tranquila—: llevaré tus cosas a la academia y le pediré a alguien que las cuide; tú puedes ir en bus.

—Eso no ocurrirá.

—¿A qué le tienes miedo? —cuestionó en ese tonito soberbio que me fastidiaba.

—Jamás permitiría que tú, en especial tú, lleves mis cosas.

—Si tuviese el interés de revisarlas ya lo habría hecho. La intromisión no es algo que me caracterice, ¿verdad? —insistió.

Su comentario se sintió como una acusación. Probablemente Seth ya le había contado que me había atrapado hurgando en su habitación. Entonces pensé que, de hacerlo, también sabía lo que hicimos después. Me ruboricé de una manera poética, suerte que eso le pareció lo de menos. Al notar que bajaba la guardia, retomó su camino al auto.

—Nunca se me cruzó por la cabeza que te marcharías —dijo abriendo el maletero.

—Bueno, eres lo bastante inteligente como para suponer los motivos.

—Tal vez no te estás marchando... —continuó abstraído en sus deducciones, como si yo no hubiese dicho nada—. Quizás, estás huyendo.

—¿De quién? —pregunté tras una risa por su reflexión absurda.

Solo ahí me miró con perspicacia y sonrió.

—La pregunta no es «de quién», sino «de qué».

Bastó decir eso para que, tras entregarle la caja y mi maleta, me fuera en el bus pensando en la respuesta.

Al llegar a la zona de los dormitorios me topé con un sujeto de seguridad del campus, quien insistió en ver mi credencial de estudiante antes de permitirme la entrada. Cuando leyó mi nombre su semblante cambió a uno relajado para decirme que *alguien* había dejado un par de cosas para mí. Dhaxton no había mentido, pero, para ser sincera, mantuve cierta desconfianza sobre si había revisado mis cosas o no.

Lo primero que llevé al dormitorio fue mi mochila.

El edificio tenía las habitaciones suficientes como para perderme, por suerte, pude guiarme por un mapa. Me topé con varios rostros familiares antes de dar con la habitación 32-A, mi nuevo espacio personal. Aunque claro, «personal» apartando el hecho de que la compartiría con alguien más. Dentro había dos camas de plaza y media, dos armarios, escritorios, un baúl viejo y lamparillas de aspecto viejo. El lado de mi compañera me pareció tener un ambiente relajado; había una pecera pequeñita en la que habitaba un pez dorado, la ropa doblada, la cama llena de almohadones de tonalidades azules y un sinfín de diminutos maceteros con cactus. Nada mal para ser la primera impresión.

Luego volví con la caja y finalmente los bodegones. En mi último viaje a la habitación me encontré en el interior a mi nueva compañera alimentando al pez dorado.

—Tú debes ser Audrey —dijo al verme.

—La misma que viene a invadir tu privacidad.

—No te preocupes, tarde o temprano pasaría. Con que no te metas en mis asuntos ni yo en los tuyos, seguro nos llevaremos bien. —Dejó a un lado el alimento para el pez y alzó las cejas como si recordara algo de la nada—. Oh, cierto, este chiquitín es Lucio. Y yo soy Lucy McAdams, estudiante en el área de matemáticas.

Moví mis bodegones.

—Arte.

—Eso veo. Tienes todo el aspecto de ser muy... artística. ¿Te has dado cuenta de eso alguna vez? Las personas siempre se ajustan en apariencia a lo que quieren ser o son.

Pensé en Dhaxton. A primera vista él parecía un empresario con miles de títulos universitarios en negocios con un muy buen gusto por vestir, pero ¿artista? Si no lo hubiera visto sentado en la sala jamás lo habría creído. Seth, por el contrario, con su aspecto relajado, cabello suelto y la ropa holgada daba la impresión de ser esa clase de artista callejero que aspira a sobresalir por lo alto, no un matemático. Tan opuestos...

—Yo no lo veo así —dije tras unos segundos en los que ambos habíamos permanecido en silencio—. La apariencia no habla de las aspiraciones de las personas, pero entiendo tu punto.

Mal plan. Lucy comenzó a explicarme los motivos de su comentario y a argumentar sin dejar de hablar, fue como tener la radio encendida en el programa de política y debate, solo que en esta ocasión solo una persona hablaba.

Al volver a la habitación para arreglar mis pertenencias, Lucy habló sobre la vida dentro de los dormitorios. Resultó que ella no solo era bastante recatada en cuanto a los desórdenes que se producían en el interior, sino que también tenía la manía de cotillear sobre cualquier hecho que sucediera. Me dio algunos *tips* sobre la hora del baño, a qué hora era mejor levantarse para tomar una ducha y de qué grupo de chicas debía mantenerme al margen. En su cabeza tenía un listado de los problemas más grandes que se habían formado y, sin que me sorprendiera del todo, mencionó que Vivian y sus amigas eran las peores. Bulliciosas y revoltosas, así las describió.

Un lindo panorama para una chica recién llegada como yo.

A la mañana siguiente desperté con la alarma de Lucy. Eran las 6:30 de la mañana y apenas cantaban los pájaros en el exterior. A regañadientes me levanté, me senté sobre la cama y estuve ahí preguntándome si valía la pena hacer caso de sus consejos.

Lo valió, porque a las 7:15 afuera de todos los baños había una fila esperando su turno. Bajé al comedor para servirme el desayuno. Muchas chicas estaban reunidas hablando en armonía, entre ellas divisé a Vivian.

Cuando faltaban minutos para que las clases empezaran, abrí mi casillero para sacar los materiales y encontré una nueva nota.

Lo primero que Dhaxton y Seth hacen es buscar a una chica. Siempre escogen a una que sea atenta, buena, de aspecto inocente. Una chica con la que puedan jugar. Lo segundo, es seducirla y llevarla al límite. Las hacen participar en una clase de juego donde dicen «apostar» por ella, en el que se supone que ella tiene el control. Pero no es así.
Si crees que Dhaxton y Seth han hecho esto contigo, entonces ya tienes la soga en el cuello.
Sin embargo, detrás de toda persona hay un secreto, descúbrelo y los tendrás en la palma de tu mano.
Te diré los secretos de Dhaxton y Seth si me ayudas.
Tú y yo podemos hacerles pagar todo el daño que han hecho.

Esta vez la nota era mucho más directa que las anteriores.

En clases no pude prestar atención; por más que lo intentara, mis pensamientos eran abstraídos por los miles de dudas que me embargaban y, al final, acababa pensando en quién podría ser el emisor de las notas. Mis suposiciones se redujeron a dos posibilidades:

1. Agnes era quien mandaba las notas.
2. Alguien cercano a Agnes.

El primer punto lo descarté tras pensarlo bien. En las notas no hablaba en primera persona, no había un «yo», sino un «tú» y un «ella». Para darle más peso a que mi suposición era incorrecta, estaba el hecho de que en la academia conocían lo suficiente a Agnes como para saber su aspecto, no iba a pasar desapercibida fácilmente. A menos que le pidiese a alguien más que entregara las notas, pero esto seguía sin darle sentido a su forma de expresarse.

El descarte del primer punto dejaba como vencedor al segundo. Las notas cobraban sentido si venían de alguien cercano, porque no solo hablaba de Agnes, sino que también me hablaba a mí. De ser acertado, las posibles personas se reducirían, y con la pista que la persona dejó al final de la nota, todavía más. Para conocer los secretos de una persona como Dhaxton y Seth tenía que ser alguien cercano a ellos. O a Agnes. Ambas opciones se redujeron aún más teniendo en cuenta que el dúo de chicos era muy estricto en cuanto a sus amistades.

Podía ser una persona de su grupo.

O alguien que formó parte de este...

La imagen de Vivian se me vino a la cabeza.

¿Y si se trataba de ella? Mientras más lo pensaba, más sentido le veía, porque ella había sido parte de su grupo, los había conocido lo suficiente, salían juntos de fiesta y estuvo ahí la noche del incidente. Ella conocía los riesgos que tomaban Dhaxton y Seth, sobre el daño que cometieron. «Haz que lo paguen», había dicho con tanto resentimiento... No había dudas de que les temía y los odiaba.

A la hora del almuerzo no le quité los ojos de encima. Ni ella a mí. Desde su mesa, a metros de la que me encontraba yo con los chicos, me observaba como quien intenta descubrir los pensamientos de otro. Yo era demasiado predecible como para ocultar mis intenciones.

Al otro lado de la mesa de Vivian estaba la mesa de Dhaxton y Seth. Los dos amigos hablaban con normalidad, como si jamás hubieran discutido en la sala de un hospital. Me impresionaba su extraña relación, en la que se podía percibir la tensión en el aire y, otras veces, lucían como si pudieran ir al fin del mundo juntos para combatir codo a codo a todos sus enemigos.

Regresé a la mesa de Vivian y vi que ya no estaba. Había aprovechado escapar de mí con ese par de distracciones, pero no le resultó conveniente, porque ya conocía su sitio secreto.

Llegué a la biblioteca y me dirigí al mismo cuarto en el que nos ocultamos cuando temía que nos vieran juntas. Golpeé la puerta y de ella salió Vivian, quien me agarró de la ropa para arrastrarme al interior.

—¿Y ahora qué? —preguntó con ese desdén al que todavía no me acostumbraba. Se cruzó de brazos y apoyó su espalda en la puerta.

Tomé nota de lo cuidadosa que debía ser si quería obtener información de ella, pero irme por la tangente no era muy lo mío. No con la enorme inquietud que me devoraba.

—Necesito que escribas algo.

Frunció el ceño mostrando genuina confusión. Si no olía mis intenciones al pedirle algo tan básico, entonces ya podía descartarla como sospechosa. Aun así, no me retracté.

—¿Para qué?

—Solo hazlo.

Me tendió la mano aguardando por la libreta, impaciente. Su expresión denotaba ese pesimismo que solo yo podía producirle, como si odiase encontrarse conmigo en el camino, pero no tenía las agallas —o el deseo real— de decirme que me largara. En el fondo, quizás, le caía bien, aunque fuese demasiado orgullosa para admitirlo.

Con el ceño fruncido por la espera que le hice pasar, recibió mi libreta y miró la hoja en blanco.

—Bien, ¿qué demonios escribo?

—Cualquier cosa. Lo que se te venga a la cabeza —me corregí.

Por la sonrisa socarrona que formó mientras escribía, supe que no sería lindo.

—Listo —dijo y me tendió la libreta para que la viera.

Había escrito «que te den» en mayúsculas.

—Algo más extenso, por favor. Un poema, una canción, alguna frase...

—Debiste empezar por eso —acusó, girando la libreta para sí y empezó a escribir.

Plasmó la estrofa de lo que me pareció ser una canción sobre estar drogado, algo que ya me esperaba. Comparé su letra con la de las notas; no era una experta en caligrafía como para ver los detalles ocultos, pero logré identificar diferencias, como en la forma de la letra A y la R. También en el trazo más desordenado de las notas que dejaba entrever que, tal vez, la persona las había escrito con apuro.

Ansié llegar a la habitación para compararlas mejor, con ambas al lado.

Agradecí a Vivian y me preparé para volver al comedor con los chicos, pese a que mi apetito era nulo. Antes de salir, la pelinegra de mal humor me detuvo.

—¿A dónde crees que vas? —volvió a cruzarse de brazos, altanera. Era su turno de ser exigente—. No saldrás hasta que me digas para qué quieres ver mi linda caligrafía.

—Cuando tenga más información te lo contaré todo.

Di un paso por su costado, pero me retuvo del brazo.

—Oh, no, no, no, no. Vas a decirme para qué usarás eso —señaló mi libreta— en este instante.

—Luego. Es una promesa.

No lució muy conforme con mi respuesta.

—Por cierto, te vi en los dormitorios —comentó, poniéndose entre los labios un cigarro—. ¿Te cansaste de ver al lunático pelo de anciana?

Vivian tenía una fijación por el cabello de Dhaxton, pero tenía que admitir que amaba sus apodos.

—Me cansé de todo.

Decirlo de ese modo sonaba deprimente.

—Quiero respirar algo de aire fresco, distraerme, pensar en lo que de verdad me apasiona —agregué.

—¿Quién es tu compañera de cuarto?

—Lucy McAdams —respondí, disipando el molesto humo que avanzaba hacia mí.

—Mierda —maldijo entre dientes y mi corazón subió a mi garganta—. Te tocó con la chismosa de la academia.

—¿Chismosa por qué?

—Es la que nos ha delatado un par de veces. Viene de una familia muy extraña... —se calló para omitir lo que pensaba realmente—. Además, me odia y, como no estoy para agradar a nadie, el odio es mutuo. No te fíes de ella, cualquier cosa que hagas en contra de las reglas, lo dirá.

Eso no sonaba bien.

Capítulo 16
La persona de las notas es...

AUDREY

La minúscula luz de la lamparilla que reposaba en mi velador apenas lograba alumbrar las hojas de mi cuaderno. Estudiaba para una prueba de Historia del Arte, una de las más importantes del semestre, y en mi cabeza no cabía ningún pensamiento ajeno al tema de Agnes, Dhaxton y Seth. Por más que tratara de concentrarme en mis estudios, la carta y las notas invadían mi cabeza. Eran las tres de la madrugada, tenía sueño, deliraba entre la confusión y el nerviosismo. Decidí hacer algo al respecto; me levanté con cuidado, procurando no despertar a Lucy, y busqué la carta de Agnes con las notas para ponerlas bajo la luz de la lámpara.

¿Había algo que tuvieran en común? Solo que estaban escritas en papel y con tinta, una absurdez nada más. No veía letra similar, no notaba una forma semejante en su narración. No veía nada.

Me levanté para ir a la cocina, una especie de comedor gigante con máquinas expendedoras en las que bastaba ingresar tu identificación de estudiante para conseguir el alimento enlatado que se quisiera, una de las enormes ventajas de tan prestigiosa academia. La planta se veía despejada, con los largos pasillos solitarios y silenciosos. Bajé las escaleras y doblé hacia mi destino, pero el parloteo juguetón de una pareja me obligó a quedarme quieta. Debieron escucharme, porque corrieron hacia la puerta trasera sin permitir que viera demasiado, aunque lo suficiente para darme cuenta de que se trataba de Dalia y Seth. Lo último que oí fueron unas lejanas carcajadas tras la puerta ya cerrada.

Por supuesto que Vivian no era la única que rompía las reglas en los dormitorios, pero nunca se me cruzó por la cabeza que vería a Seth por esos lugares.

Si lo pensaba bien, no resultaba ser una idea loca.

Cogí de una de las máquinas una caja de leche y subí a mi habitación con los dientes tan apretados que al separar mi mandíbula dolió. Me sentí molesta y ni siquiera entendía por qué.

Ni siquiera me di cuenta cuando ya había amanecido y quedaban unas pocas horas para dar la prueba. A unos pocos minutos de que terminara la clase, el profesor Stan me llamó. Una enorme gota fría recorrió mi espalda cuando vi que entre sus manos tenía mi prueba. ¿Tan mal me había salido? Estaba segura de que me pediría ir a rectoría para cancelar mi beca con tan deplorables respuestas.

La paranoia se detuvo frente a él y sus intensos ojos azules. Sol tenía razón, eran demasiados llamativos como para sentir que flotaba en ellos.

Carraspeé para distraerme.

—¿Ocurre algo, profesor? —miré rápido hacia la prueba y aguardé a que me echara las hojas en la cara, indignado o decepcionado.

—Sí, ocurre algo —repuso con total calma, dejando mi prueba junto a las otras. Con gesto amable me guio hacia fuera—. Me preguntaba si estás planeando participar en el concurso.

—Ganarlo es uno de mis grandes sueños.

Sonrió al escucharme.

—¿Tienes una idea?

—Tengo una —dije con orgullo.

Le conté a Stan de qué iba y él la aprobó sugiriendo que mejorara algunos aspectos y toques. Tener su apoyo me sirvió más que una enorme taza de cafeína.

No pude quitarme la sonrisa de la cara ni siquiera cuando Grey desde su asiento me dio una mirada extraña.

A la hora del recreo no pudo contenerse de preguntarme.

—¿Para qué te llamaba Stan?

—Quería saber si voy a participar en el concurso. Le dije cuál es mi idea y la consideró buena, aunque tendré que corregir algunas cosas...

Grey frenó y me detuvo del brazo antes de que yo la adelantara unos pasos más. Su falta de delicadeza me causó extrañeza y la forma en la que me miró denotaba cierto temor.

—¿Dices que Stan apoya tu idea? —interrogó, pausada y rígida.

—La... La encontró interesante.

—Interesante es una palabra muy ambigua, ¿qué dijo específicamente?

Su confrontación no me estaba gustando nada.

—Ya te lo dije —tiré de mi brazo para que sus dedos dejaran de enterrarse en mi piel—: que le parece una idea buena, pero que necesito corregir algunos detalles.

Grey, desesperada, tomó mi mano entre las suyas y la aprisionó de tal forma que no pudiera soltarme.

—¿Puedes dejarte perder?

Necesité tiempo para asimilar que me lo pedía en serio.

—¿Qué dices?

Sus cejas inclinadas en aflicción marcaban la expresión en todo su rostro.

—Por favor, Drey, por favor, no participes... Sé que los profesores de la academia influirán en las votaciones..., ningún concurso está exento de corrupción, ningún ganador lo es realmente... —comenzó a divagar—. Todo está comprado... Ellos siempre benefician al que tiene potencial y necesito, de verdad, necesito clasificar. —Su súplica iba como dirigida a un ser divino que cumpliría su milagro después de tantos ruegos, pero ahí solo estaba yo—. Necesito demostrarle a mi familia que soy buena en esto, que no es una pérdida de tiempo. Quiero callarles la boca, Drey. Te pido, por todo este tiempo de amistad, que no participes. ¿Puedes hacerlo? Sé que es difícil porque tú también lo quieres, tienes otro año, puedes hacerlo ahí. Yo no, la presión de mi familia es demasiada para mí...

Sus ojos se llenaron de lágrimas. Había hablado alto, rápido y con una entonación frustrante; las miradas curiosas y las reacciones a sus palabras no se hicieron esperar. Junto a todo esto, la presión no tardó en invadirme.

—No puedo dejar de lado esto —balbuceé.

En cuanto guardé silencio, Grey insistió.

—No le pediría esto a nadie, te lo juro, a nadie, pero estoy desesperada. Mi familia me volverá loca, están tan decepcionados...

Era evidente que insistir me haría ablandar el corazón y que sus sollozos entre palabras cambiarían mi parecer. Por más que quisiera y supiera que iba en contra de lo que yo creía, ver a Grey así me partió el corazón.

—Voy a pensarlo —mascullé, sin siquiera estar segura del todo—. Esto es... Es difícil, necesito tiempo.

—Gracias, gracias, ¡gracias! —Grey me abrazó con fuerza, como si le hubiera dicho que sí—. Prometo que voy a ganar.

Se secó las lágrimas y me sonrió.

Odiaba no poder negarme.

El timbre sonó dando fin a las clases y me dirigí al campus de Matemática en busca de Seth. Entregarle la carta era una proeza que me acreditaría, al menos, una parte buena del día, porque sería una obligación menos. No conocía nada de sus clases, tampoco su horario, pero con ayuda de Sol —que le preguntó a Brind— pude conseguir esa valiosa información. Había planeado entregarla en cualquier momento que me lo topara en esos extraños cruces del destino, pero prefería hacerlo con personas alrededor y así evitar nuestros mágicos intercambios de palabras.

Su última clase era de Cálculo Algebraico y la sala estaba en el tercer piso.

Recorrer las escaleras del edificio de Matemática fue transportarme a mi primer día de clases, a ese momento que lo cambió todo.

Desde una distancia prudente, aguardé a que Seth saliera. Vi a Rey pasar mientras hablaba con otro compañero. Vi al profesor acompañado de otro alumno. ¿Seth? Nada. Dudé si preguntarle al profesor sobre él, me llevaba varios pasos de lejanía como para llamarlo.

Al final opté por entrar a la sala.

Primero me asomé, temerosa de lo que pudiera encontrarme dentro. La sala se veía más iluminada que las salas de Arte, había unas cuantas fórmulas matemáticas inentendibles, un pizarrón con números raros y los banquillos libres. A excepción de uno en medio. Seth lo ocupaba, recostado en la mesa y con su cuaderno abierto.

—Seth...

No respondió.

Un alivio.

Verlo tan ajeno al mundo real evocó una apreciación en su persona que, tal vez, había pasado desapercibida. Ahí, frente a mí, se encontraba el Seth real e indefenso. Mi libreta me pidió a gritos que la sacara y marcara una de sus páginas con el dibujo de Seth.

Me acerqué más para dejarle la carta. Sin embargo, alguien carraspeó.

Volteé inquieta, con el corazón acelerado y la carta oculta en mi espalda. Dhaxton había hecho su flamante aparición. No preguntó nada, simplemente cruzó la sala hacia donde Seth se encontraba y le dio una patada a la mesa. Su amigo despertó sobresaltado, desorientado y con ganas de asesinar a todo dios.

—¡Bastardo mal parido! —le gritó cuando consiguió esclarecer su mirada, la que cayó en mí luego.

—¿Pasaste una buena noche? —ironizó Dhaxton. En su voz percibí cierta burla, como si gozara del susto que acababa de darle.

Seth se acomodó en la silla echándose hacia atrás el cabello, trayendo de vuelta a la personalidad de siempre.

—La mejor de la semana —le había respondido a Dhaxton, lo sé, pero sentía que jactarse de eso tenía un fin diferente. Me hizo un rápido repaso y se detuvo en mis ojos—. ¿Me traes lo que pedí?

—Sí, ten.

Dejé la carta en la mesa.

—Espero que no te haya decepcionado —continuó en medio de un suspiro—. La carta de Dhaxton es más interesante, ¿verdad?

Por instinto lo miré, expectante.

Dhaxton solo le blanqueó los ojos para dirigirse a mí.

—Te veo en el estudio.

Aquello parecía una sutil forma de sacarle celos y, me encantó.

Observé, antes de dejar la sala, que la mejilla de Dhaxton, la que su padre había lastimado, tenía dos pequeñas marcas. Dejarlo salir a enfrentarlo no había sido la mejor de las ideas y pensar que pude haber intervenido me dejó mal cuerpo.

El sentimiento de culpa es fatal, lo supe en el momento en que me encontré frente a una caja de la tienda de flores pagando el pequeño cactus de espinas amarillas que le había prometido. En la etiqueta ligada al macetero había una larga línea para colocarle nombre. Su envoltura de papel marrón simple le daba un toque rústico y hogareño, lo que le hacía falta al estudio.

Solo quedaba lo más importante: que le gustara a Dhaxton.

Frente a la enorme puerta de su estudio me sentía algo nerviosa.

Toqué al citófono más de una vez, como no solía hacerlo, pues desde el interior una música clásica se escuchaba a tope y dudé que pudiera oírme. Grité a todo pulmón su nombre y golpeé la puerta con la punta de mi zapatilla, provocando que un estruendo le arrebatara su atención. Bajó la música y abrió.

—Lamento hacerte esperar —dijo, todo cortés. Dhaxton podía ser la peor persona del mundo, pero educación no le faltaba.

Al notar que su atención bajaba al paquete que traía entre mis manos, un nudo de nervios se formó en mi estómago.

—Te traje esto —hablé rápido, antes de trabarme—. Para que lo pongas en algún lugar del estudio.

Dhaxton tardó en recibir el cactus y se tomó un tiempo para mirarme, a la espera de que le soltara que era una broma. Lo siguiente que hizo fue abrir la envoltura y sonreír al verlo.

—Me había olvidado de esto —confesó.

—Sí..., yo también —vacilé. En realidad, cada vez que iba a una de las sesiones recordaba lo que le había dicho—. Tiene una etiqueta, puedes ponerle un nombre.

La idea de bautizar a un cactus debió parecerle curiosa, sus comisuras levantadas y la sutil curva de sus labios lo insinuaron.

—Soy malo poniendo nombres.

—Puedes ponerle uno cualquiera... Tienes un sinfín de opciones... —comenzamos a caminar para adentrarnos más.

—Hagamos algo —propuso deteniendo el paso de repente—. Ya que es tu regalo, tú le pondrás un nombre.

Miré el cactus y fruncí el ceño.

—Yo le veo aspecto de Pepe.

—¿Pepe? —repitió, desentonado.

—Sí, no sé, cuando lo vi dije: «Me recuerda al nombre Pepe».

Dhaxton detalló el cactus, rotándolo entre sus manos con delicadeza.

—Pepe será entonces —sentenció dando largos pasos hacia el mueble donde guardó el primer boceto que hizo de mí. Colocó el cactus ahí e inmediatamente aquel lugar cobró algo de vida, una chispa que brindó cierta calidez.

Posar para Dhaxton se me estaba haciendo cada vez más común, aunque incómodo, porque habíamos enfrentado diversas situaciones que mantenían nuestro vínculo endeble. Sin embargo, la angustia de no saber cómo posar o el intimidarme en los cruces de mirada cuando él buscaba guiarse en sus trazos se había perdido ante la costumbre. Mis movimientos rígidos, la tensión del inicio, ahora solo eran novatadas. En ese estudio el arte fluía por sí solo en el carboncillo, en la música, en lo que Dhaxton me hacía vestir.

Comprendí también por qué era tan insistente consigo mismo, por qué perfeccionaba tanto su trazo como para repetir la clase de Boceto y Dibujo. Además de desear ser Danti Vannan, él deseaba agradar a otros. Aunque si lo pensaba así sonaba tan básico...

—No frunzas el ceño —me reprendió, irrumpiendo en mis pensamientos.

Cerré los ojos e inspiré para volver a la expresión que él buscaba. Incursionar por la cabeza de Dhaxton era un reto que no quedaba solo ahí, en mis pensamientos, la frustración también pasaba a mi expresión. Y es que, cada vez que creía saber de él, algo más aparecía para hacer de su persona una especie de trazo negro, oscuro, que haces sin pensar.

—Curioso —soltó Dhaxton detrás de su caballete.

—¿Qué es curioso?

Me miró por encima del bodegón, su cicatriz asomada por la mitad, su cabello echado hacia atrás, peinado, pulcro, siendo tan él.

—Te he dibujado tantas veces que conozco perfectamente todas tus curvas. Ninguno de mis trazos ha sido disparatado. Quiero marcarlos todos, porque te estoy formando a ti. Tú, sin dudas, eres una musa que el mismo Danti Vannan envidiaría.

Tragué en seco.

Una musa.

Yo siendo la musa de alguien.

Quise sonreír, sonrojarme, darle las gracias por el halago. El sentimiento encadenado que me había distanciado lo suficiente de él como para sentirme decepcionada me frenó.

—Entonces no necesitas tenerme aquí.

—Por supuesto que no —admitió sin titubear—, pero me lo debes. Por otro lado, esta es la única forma de tenerte así frente a mí: apacible, sincera y sin ningún semblante reticente.

—No sería así si tú hubieras actuado amablemente desde el principio.

—Puedo actuar amable o puedo no mentir. Yo sé de educación, pero no entiendo de amabilidad o empatía, todo lo que conozco es el cinismo de las personas y lo oscuras que pueden llegar a ser. Todo lo que tú no eres. Admiro eso de ti, Audrey.

No sabía la intención detrás de su confesión, solo llegaba a sacar suposiciones que no llegarían a nada. Lo que podía hacer era comprender lo que Dhaxton pensaba gracias a que Seth ya me había dado indicios de sus complejidades familiares. Aun así, estas no lo excusaban.

—No es tan complicado ser amable o pensar en el bienestar de otros; si sabes discernir entre lo bueno y lo malo, puedes hacer un cambio.

Dhaxton bajó la mirada.

—Ojalá pudiera ser como tú —murmuró y no dijo más.

Eso me dejó pensativa.

—Tú, en definitiva, eres esa clase de persona que no puedo descifrar —solté sin pensar.

Lo vi enarcar una ceja.

—¿A qué te refieres?

—No puedo saber en qué piensas o qué quieres. No eres transparente.

—Y tú eres todo lo contrario. Tal vez deberíamos aprender del otro.

—¿Vas a enseñarme cómo ser todo un misterio y a aparentar que tengo muchos secretos?

—Sí, y a revelarlos cuando sea el momento correcto. —Eso me sacó una sonrisa y también me dejó pensando a qué se refería—. Ahora mantente serena, no queremos arruinar este cuadro o enfadaremos a mi padre, y ninguno de los dos queremos eso, ¿verdad?

La suerte no estaba de su lado, pues justo al acabar de hablar, mi celular sonó.

—¡Lo siento! —me disculpé enseguida—. Tengo que responder.

Dhaxton formó una mueca, pero me permitió contestar en lo que él le bajaba el volumen a la música.

Era una llamada que venía del cine, en la que me informaban que había quedado condicional en el trabajo. Por supuesto, con las mismas reglas y condiciones incluidas... y también especificando que no podría volver a huir.

✠

Al otro día por la tarde fui al cine con los ánimos por el cielo. Estaba ansiosa, sabía que me llevaría una advertencia de la gerente del lugar después de haber «robado» —palabras de ella, no mías— el uniforme y dejado una fila de compradores esperando. Sin embargo, sus instrucciones fueron claras: la última oportunidad, hacerlo bien o adiós para siempre. Quise ironizar sobre que, de no quedar, me prohibirían entrar al cine, pero supuse que no era el momento. Solo me dediqué a asentir.

Al contrario de la vez pasada, me encargaron limpiar las salas después de cada función. Un trabajo bastante arduo cuando solo me acompañaba Camille. Las salas eran enormes, oscuras y en algunos sitios el piso estaba pegajoso. Ni hablar de todo lo que encontré; por muy anglosajona que fuera la zona del cine, los modales de las personas no cambiaban.

—Odio cuando tiran la bebida —se quejaba Camille desde el otro lado de la sala—, el piso queda pegajoso y es un suplicio pasar el trapero.

—¿Qué es lo más asqueroso que te has encontrado? —curioseé, solo para hacer del silencio proyectado en la enorme sala un espacio más cercano. Y también para prepararme mentalmente.

—Un condón usado.

Imaginarlo me provocó una mueca de asco.

—¿En serio?

—No daré mayores detalles..., pero sí, fue asqueroso y traumático. Desde ese momento decidí usar guantes.

Miré mis manos desnudas.

—Si me quedo, los usaré también.

—Es lo recomendable, hay personas que no tienen escrúpulo alguno y nosotros somos los que pagamos las consecuencias de sus imprudencias. Pero bueno... —suspiró con agotamiento—, todo sea para pagar la bendita universidad.

Agradecí para mis adentros tener una beca en LeGroix, aunque eso no me eximía de tener que trabajar para ganar mi propio dinero para otros gastos.

—¿Qué estudias?

—Voy en cuarto año de Derecho.

Seguimos hablando de nuestras carreras y así pasó media hora. Lo siguiente que tuvimos que hacer fue limpiar el hall principal, donde las personas esperaban los estrenos y podían pasarse por diferentes tiendas para comprar bebestibles o comidas. La alfombra azul con estrellas doradas había perdido todo su encanto con tantas pisadas, pero seguía siendo un lugar absorbente.

De vez en cuando, la jefa, Andie, salía de su oficina para observar lo que hacía. Toda su atención la depositaba en mí, deliberando en su cabeza la decisión final. No se veía como alguien muy convencida, lo que me hizo cuestionar por qué me había dado una nueva oportunidad.

Mi siguiente trabajo fue limpiar los baños. Me pidieron que fuera primero a la bodega en busca de los útiles de aseo. A diferencia de la buena apariencia del cine, la parte de la bodega se presentaba en una paleta de colores grises y luces que no iluminaban lo suficiente, tuberías y la ventilación a un costado del techo que emitían sonidos extraños, y el ambiente frío.

La puerta estaba cerrada, lo que no solo retrasaría mi turno, sino que también me bajaría puntos.

Miré hacia ambos lados del pasillo sin saber qué hacer, hasta que logré divisar a una persona vestida con el uniforme del cine.

—¿Disculpa? —le llamé. Al voltearse me percaté de que ese rostro ya me era familiar: Raziel Elm. Su apellido era fácil memorizarlo, haber visto *A Nightmare on Elm Street* ayudó con ello. El nombre lo recordé luego—. ¿Sabes dónde puedo encontrar la llave del cuarto de limpieza?

Raziel me había oído, no tenía dudas. Sus enormes ojos azules, sin embargo, chispearon en un atractivo dirigido a una interrogante diferente.

—Ya estás aquí —me dijo sin demostrar una pizca de sorpresa, como lo habían hecho sus compañeros al verme.

—Sí, me han dado una segunda oportunidad.

Sonrió.

—Lo sé. Bienvenida de vuelta.

Me tendió su mano para estrecharla a modo de saludo. Llevaba las mangas recogidas en la mitad del antebrazo, lo que exponía parte de su tatuaje. Le correspondí el saludo antes de verme embobada en la complejidad de este o en cómo sería de divertido contornear con pintura sus venas sobresalientes. También noté que su mano era mucho más grande que la mía, más áspera que la textura de un bodegón y más cálida que una taza de chocolate caliente en invierno.

—Gracias.

—Por cierto... —me soltó para llevar sus manos a un costado de su cinturón—, la llave la tengo yo —sacó un manojo de llaves de diferentes colores y tamaños, y los agitó provocando que el ruido chocara en todas las paredes del pasillo.

Una vez abierta la puerta, buscó en el cuarto un pequeño carro con una trapeadora y me los entregó dándome indicaciones. Raziel actuaba servicial, igual que la primera vez, y eso me agradaba.

Agradecí su gesto por poco yendo a los baños en una maratón. Su «eh» fue lo que me detuvo a medio camino.

—Que no se te olvide esto —me pasó una señalética amarilla para el piso húmedo—. No queremos causar ningún accidente, ¿verdad? —pretendía marcharme, pero volvió a detenerme—. Ah, escucha, como estrategia, puedes secar el piso más rápido si lo agitas.

Imité su gesto para seguirle el ritmo.

—Gracias —le dije, con los nervios de vuelta—. Espero obtener el trabajo.

—Te lo dará, eso tenlo por seguro.

Él sonaba demasiado convencido. De hecho, muchísimo más que yo.

—¿Cómo lo sabes? —interrogué con el ceño arrugado.

—Porque soy adivino —dijo en una tonada divertida—. Ahora ve a limpiar esos baños.

Asentí sin darle demasiada importancia a su respuesta, que me echara ánimos y apurara era suficiente para tener en la cabeza otras interrogantes.

Limpiar los baños resultó un desastre, por supuesto. No porque hiciera mal mi trabajo, sino porque lo consideré una pérdida de tiempo teniendo en cuenta que en cada momento entraba alguien a ensuciarlo. Eso me agotó de todas las formas posibles.

Al terminar, me encontré a la jefa en la entrada. Había estado observando en silencio todas las veces que pasaba el trapero y secaba con la señalética tal cual había indicado Raziel.

—Ven a mi oficina —ordenó apenas me volteé.

Dejé las cosas a un lado y la seguí. Me habló un par de cosas, advirtió que me dejaría firmar el contrato, pero que me tendría en la mira, que era una afortunada. ¿Afortunada? Le pregunté a qué se refería con eso, pero se negó a responderme. Dentro de su oficina me ordenó leer bien las cláusulas del contrato y firmar. Nos repartimos las copias y luego me indicó que anotara los turnos que deseaba tomar en la semana en los vestidores.

Ya eran pasadas las once de la noche, mi turno había terminado.

Me dirigí a los vestidores y en una enorme pizarra con una tabla de horarios coloqué mis turnos. En tres de ellos coincidiría con Camille, lo que me sentó de maravilla. Busqué el casillero donde había guardado mis cosas y lo abrí, entonces, al igual como pasaba en la academia, una nota cayó al piso.

Creí estar alucinando a causa del cansancio o que estaba demasiado paranoica como para imaginar que la persona anónima de los mensajes se encontraba cerca.

Pero no.

La nota estaba en el piso. Ahí, tirada, con sus letras apuntando directamente a mí.

Bienvenida, Audrey.

No podía ser posible...

La tomé con cuidado para verla con detalle. La caligrafía era la misma de las notas anteriores, había pasado tanto tiempo observándolas que podía reconocerla con facilidad. Incluso reconocía el trazo, la tinta y el papel.

Me cambié rápido y tomé todas mis cosas. No estaba dispuesta a quedarme más tiempo sin saber quién era su remitente. Si para saberlo tenía que preguntarle a cada uno de los trabajadores, lo haría.

Salí al pasillo con la nota entre mis manos, todavía incrédula por el descaro de meterla en mi casillero incluso en el trabajo, sin percatarme de que alguien más caminaba en el sentido contrario. Choqué con su pecho arrugando parte de la hoja y, cuando me digné a levantar poco a poco la cabeza, me encontré con la credencial que declaraba su nombre, un detalle que antes no había captado.

Raziel Elm.

Dos palabras cortas que bastaron para serme habituales.

La misma letra de las notas.

La misma letra de la nota arrugada que sostenía en mis manos.

Quedé perpleja mirando la credencial, quería estar segura de que no era una simple coincidencia.

No lo parecía.

Y si algo había aprendido durante este tiempo, era que las casualidades no existían.

Entonces Raziel habló:

—¿Qué pasa? —se oyó divertido—. ¿Te gusta mi nombre o te gusta mi letra?

El tono sarcástico resultó una sutil insinuación, pero fue su sonrisa, ancha y torcida, lo que me esclareció todas mis dudas.

Raziel Elm era la persona que me había invitado a acabar con Dhaxton y Seth.

Capítulo 17
Intenciones ocultas

AUDREY

Contemplé el rostro expectante de Raziel. Sus facciones formaban una especie de mueca extraña. Le divertía lo confundida que me encontraba, pero parecía esperar a que dijera algo para estallar en carcajadas.

—No es posible... —logré balbucear. Mi lengua estaba trabada por el asombro y las palabras se atropellaban en la punta queriendo salir todas a la vez—. ¿Cómo es que tú...?

Ladeó la cabeza para mirarme desde una perspectiva diferente. La diferencia de edad entre él y yo se hacía evidente frente a frente. Esto no dejaba de lado lo infantil que se veía con ese sutil movimiento de cabeza.

—¿Quieres hablarlo aquí o prefieres ir a un lugar mejor?

Agradecí que al menos él pudiera hablar como una persona decente y no formar frases a medias. Y también agradecí que fuera una pregunta, porque esta bastó para que aterrizara.

—No me voy a mover de aquí —advertí, dejando de lado toda confusión para darle un buen lugar a la desconfianza.

—Está bien, cálmate. —Levantó ambas manos en señal de rendición—. Lo decía porque tanto tú como yo sabemos que esto —con su dedo índice apuntó la nota entre mis manos— no se puede conversar en unos sucios vestidores, ¿verdad?

No hacía falta responderle, estaba claro que lo que a él y a mí nos enlazaba se debía hablar en un lugar mejor.

Al percatarse de que la tensión en mi cuerpo bajaba de escala, decidió ponerle punto aparte al asunto.

—Mi turno ya terminó; me cambio y hablamos.

Hablar.

Tenía ganas de hablar, de resolver muchas cosas, pero la pregunta sobre dónde empezar lo malograba todo.

Me senté a esperarlo en un banquillo del pasillo, viendo cómo algunos empleados entraban y salían de los vestidores. Raziel se demoró, lo que provocó que mi mente armara alguna tonta hipótesis sobre que se había escapado para no enfrentar mis preguntas, porque eso sonaba a algo que yo hubiera hecho en su lugar. Luego la descarté, pues lucía demasiado interesado como para formular una huida. Raziel Elm ansiaba nuestro encuentro.

Me reía de mis nefastas suposiciones cuando salió. A diferencia del energético aspecto que mantenía con el uniforme, su ropa casual de colores oscuros componía al estereotipo de chico malo con el que tanto fantaseaban las chicas en el internado. Chaqueta de cuero y una cajetilla de cigarros en la mano, la cual abrió mientras caminaba hacia mí.

—Debes tener un sinfín de preguntas —dijo, sacando un cigarrillo que colocó entre sus labios.

—Me pregunto a cuántas de ellas les darás respuesta.

—Ya veremos —fue lo que murmuró, con el cigarro balanceándose de arriba abajo con los movimientos de sus labios.

Con un gesto me pidió que lo siguiera. Ambos nos dirigimos a la salida, ese patio trasero del enorme edificio donde los empleados estacionaban sus autos y yo había guardado mi bicicleta. Era de noche, la luna brillaba entre las nubes y un viento frío presagiaba el clima que tendríamos en invierno.

—¿Dónde quieres hablarlo?

De alguna manera me molestaba que Raziel fuese tan servicial y me lo preguntara todo, yo estaba perdida, no sabía si hablar ahí, pasearnos por el centro o buscar un lugar cómodo.

—En un lugar con más personas —decidí decirle al final, agitando mi mano para disipar el humo de cigarro—, no aquí.

—Un lugar donde haya más personas... —repitió pensativo—. ¿Conoces el diner de la calle Gatlin, ese que está en la esquina, frente a una tienda de comida china?

Con Sol y algunas chicas solíamos ir los fines de semana a comer en esos fugaces instantes que nos permitían salir del internado. Quedaba en el centro de la ciudad.

Asentí con lentitud.

—Te veo ahí.

Para terminar con la composición de chico malo, Raziel se dirigió a una moto negra aparcada en la esquina del estacionamiento. Su motor rugía como un perro rabioso, mientras que en mi penosa bicicleta con suerte funcionaba la luz frontal. Antes de salir del sitio, se detuvo frente a mí y se quitó el casco.

—No te tardes —apremió. Era fácil decirlo para él estando en tremenda monstruosidad—. Y ten cuidado en el camino.

Eso había sonado como que fuera perseguida por una pandilla.

Llegué al diner sin aliento. Mis piernas temblaban y mi vista no lograba discernir del todo mi entorno. Fue pura casualidad reconocer a Raziel sentado en un rincón de la barra, con los brazos apoyados en la mesa, bebiendo café y jugueteando con una servilleta arrugada. Al lado, reservaba un taburete para mí.

Mi respiración estruendosa y los movimientos torpes alertaron mi llegada. Me senté como pude, dejando mi mochila entre mis frágiles piernas.

—Supuse que sería un viaje agotador —dijo, corriendo el vaso de agua que había en su lugar hacia mi lado—. Esto es para ti.

Cogí el vaso y me bebí el agua al seco.

—Gracias —logré emitir todavía asumiendo el agotamiento que traía encima y con el que despertaría al día siguiente.

La expresión divertida no se le borró ni siquiera viendo mi deplorable estado. Una musiquita del tocadiscos empezó a pronunciarse sobre el silencio que creció entre ambos una vez que me sentí más cómoda en el lugar.

—Creo que debería presentarme como corresponde —habló con seguridad. Buscó mi rostro, sonrió y continuó—: Soy Raziel Elm, la persona que ha estado dejándote notas en el casillero.

No supe si considerarlo descarado o alguien muy directo.

—¿Por qué? —interrogué.

Recorrió mi rostro confundido y yo me di un momento para ver que su cabello era corto y del mismo color de las piezas de ébano que a la abuela le encantaba coleccionar. Antes de responder, apoyó su codo sobre la barra, recargó su cuerpo y apoyó su cabeza en la mano; una posición demasiado relajada frente a como me encontraba.

—Esos dos tienen un interés en ti y eso te convierte en mi interés también.

Bien, al menos ya sabía considerarlo directo en lugar de descarado, aunque en lo último no se quedaba atrás.

—¿Qué tienes en contra de ellos? —disparé sin pensar.

Con la misma mueca de diversión, expulsó el aire de sus pulmones al mismo tiempo que una sonrisa dejaba entrever su dentadura.

—Tú conoces una parte de la calaña de personas que son, ¿realmente estás preguntándome qué tengo en su contra?

Lo hacía porque no lo conocía, no era una pregunta absurda, por mucho que él pareciera tomarla así. Raziel había salido de la nada, necesitaba conocerlo mejor.

—Tiene que haber un motivo en específico. ¿Los odias? ¿Los quieres hacer pagar? Dime, ¿cuáles son tus motivos?

—Eso ya deberías haberlo supuesto.

«Agnes», dijo mi voz interior. A ella la mencionaba en una de las notas, tenía todo el sentido del mundo que ambos se relacionaran de alguna forma.

—¿Es por Agnes? —interrogué. Procuré hacerlo con un tono de voz más bajo, pues hablar de ella en un lugar público me parecía imprudente, como cometer una clase de delito.

Raziel apretó la servilleta ya arrugada.

—Por ella y los demás. Ese par ha dañado a muchas personas, incluyéndola.

Hablaba de Agnes entre dientes, con rencor o amargura. Quizás pensar en ella le provocaba alguna clase de dolor interno que no deseaba enseñarme. De ser así, poco le había funcionado, porque ya me estaba familiarizando con sus facciones y expresión.

—¿La conocías?

—Fui parte de su familia un tiempo. —Actuó esquivo, bajando la mirada una vez más hacia su café—. La conocía mejor que nadie —añadió con su quijada marcándose—. Ya debes saber qué le ocurrió.

Lo sabía. Deseaba poder mantener mi mente en blanco siempre que las imágenes de ella venían a mí.

—Lo que hizo fue... —tragué saliva en un intento por disolver el nudo angustiante en mi estómago— horrible.

Raziel se tomó un momento para terminar el café. Con la taza en su boca me miró, párpados caídos y cejas fruncidas.

—¿Hablas del supuesto intento de suicidio o del supuesto ataque? —cuestionó al colocar la taza ya vacía en la barra.

—Hablo de ambas. ¿Por qué supones?

Formó una mueca de desprecio.

—No creo una mierda de lo que dijeron —desdeñó, haciendo un movimiento rápido con la cabeza en rechazo a un recuerdo desagradable, probablemente.

—Vi las grabaciones, la vi a ella cortándose y a los demás tratando de frenarla —afirmé con un tono de voz más confidente. Había olvidado que en el diner no estábamos solo él y yo.

—¿Y? —no esperó a que respondiera—. Las viste, sí, pero ¿las escuchaste? No me creo un carajo, ellos pudieron manipularlo todo. El dinero compra a las personas, lo saben bien.

Su desprecio hacia Dhaxton y Seth era bien compartido con el de Vivian. No había dudas de que ambos odiaban la idea de que el dúo de amigos se saliera con la suya, mucho más con el tema de Agnes. A esas alturas, yo sabía que debía ponerme de parte de ellos, porque desconfiaba, pero no podía evitar mantenerme parcial. Necesitaba que me arrojaran al pozo, ese oscuro y podrido que había descrito Vivian, para abrir los ojos.

La expresión divertida de Raziel había sido reemplazada por un ceño fruncido, por lo que con precaución me acerqué en busca de la interrogante que me atormentaba desde hacía ya tiempo.

—¿Tú sabes qué pasó con ella?

Los azules ojos de Raziel me confrontaron. Fue como verme en el espejo; transparentes y muy intensos.

—Desapareció, pero estoy seguro de que esos bastardos le hicieron algo. ¿Qué? Pues es lo que quiero averiguar y, para lograrlo, te necesito a mi lado. —Se acercó y no me quitó los ojos de encima ni para pestañear—: Ayúdame a hundirlos. Necesito que paguen lo que le hicieron a Agnes. Ellos la transformaron, la volvieron alguien que no es. Nunca quisieron su bienestar, solo querían quitarle lo que alguna vez fue. Te necesito.

En ese momento solo pude ver la confrontación en su expresión seria y la firmeza de sus palabras. No importó mucho lo que pasaba alrededor; ni las conversaciones ajenas o la canción del tocadiscos, tampoco percibí el aroma a comida. Lo omití todo para prestar atención a lo que Raziel acababa de transmitirme. Su sed de venganza era una peste contagiosa difícil de quitarte de encima. Tenía sus razones, hablaba con anhelo. Él deseaba aplastar a Dhaxton y Seth como ninguna otra persona, lo percibí en su actitud. No obstante, usarme a mí para conseguirlo iba en contra de todos mis propósitos, porque por más que la había pasado mal, el rencor no formaba parte de mis convicciones. Yo creía en el perdón y entendía que en cada persona existe algo de luz.

—No puedo hacer eso... —susurré casi sin aliento, con la mirada puesta en mi vaso vacío—. No puedo ayudarte —repetí, esta vez con el coraje suficiente para mirarlo.

Raziel no estaba dispuesto a aceptar una negativa.

—Lo mismo que le hicieron a ella, lo están haciendo contigo —murmuró entre dientes, con desprecio hacia los actos de

Seth y Dhaxton—. ¿De verdad crees que esos niños bonitos, que vienen de las dos familias poderosas, van a fijarse en alguien como tú sin una intención detrás?

Su pregunta había sonado cruel y algo dolorosa, pero llevaba razón. La diferencia era que yo ya era consciente de eso.

—Yo sé que están jugando conmigo.

Se carcajeó.

—Ellos no están jugando contigo, ellos están midiendo sus pollas para ver quién de los dos la tiene más grande. No les preocupas como persona, les preocupas como un trofeo que cuando consigan dejarán tirado para buscarse otro. Y cuando eso pase, te habrán pisoteado una y otra vez, como hicieron con Agnes.

Lo miré de golpe, con mi pecho inflamado de dolor. Era verdad, sus palabras fueron tan certeras como una estaca al corazón, y eso era lo que más dolía. Quise salir huyendo, alejarme del lugar para refugiarme en algún otro. Al final, me quedé sentada, con mis manos formando un puño y un nudo en la garganta.

—Puedo decirte todo lo que sé —dijo Raziel ante mi silencio—, pero necesito que estés de mi parte.

«¿De su parte?», repetí. Se estaba tomando demasiadas confianzas.

—¿Cómo podría confiar en ti? Ni siquiera te conozco bien. Ni siquiera sé cómo metiste todas esas notas en mi casillero.

Se acomodó hacia atrás con una mueca divertida en su rostro.

—Además de trabajar en el cine por las tardes, trabajo en tu academia en el puesto más invisible de todos.

Me arrugué más que la abuela frente a tan ambigua respuesta.

—¿Cuál?

—Ya lo sabrás.

Se colocó de pie y buscó dentro de su chaqueta dinero para pagar lo que había pedido. Me volteé en su dirección, confundida.

—Te veré mañana —se despidió—. Estaré ansioso de conocer tu respuesta.

Me puse de pie también, siguiendo sus pasos hacia la salida.

—Ya te dije que no.

—Entonces te haré cambiar de opinión —dijo, lleno de confianza.

—¿Cómo lo harás?

Sonrió.

—Voy a contarte todas las cosas que ese par y sus cómplices te han estado ocultando.

El «te veré mañana» de Raziel realmente me había erizado hasta la punta del pelo. Al cerrar mis ojos veía la credencial de Raziel, su sonrisa confianzuda, veía el movimiento de sus labios al pronunciar palabras. El impacto fue el de una bomba, pero si había algo peor que el efecto colateral de la explosión, eso era la espera y el no saber nada más de él.

Por la mañana desperté con deseos de seguir durmiendo. Cuando sonó el despertador de Lucy, me revolqué en la cama para cubrirme con el edredón y no seguir escuchando más.

—¿No vas a levantarte? —preguntó Lucy cuando me hice un mohín.

Mi voz rasposa por el cansancio emitió un profundo «no», tan seco y amargado como el de un anciano.

Por razones como esa había colocado dos alarmas en caso de que se me pasara la primera, así que seguí durmiendo. Desperté media hora más tarde, con el mismo deseo de dormir, aunque ya de mejor humor. Salí a los baños para tomar una ducha, pero descarté la idea al ver la enorme fila. Abajo, en el primer piso, Lucy era de las primeras en estar arreglada, radiante para la primera clase del día. Yo me acerqué a ella en estado zombi. En el comedor divisé a Vivian y tuve unas enormes ganas de contarle sobre Raziel; luego me lo pensé mejor y llegué a la conclusión de que, si él había querido anunciarse en la academia a través de notas, seguro no deseaba que alguien más supiera su identidad.

Además, no olvidaba que Raziel había hablado de cómplices, Vivian podía ser una de ellas.

Empezaba a dudar incluso de mi sombra.

En la academia, buscar a Raziel fue como jugar a las escondidas. Sabía que andaba por algún sitio, escondido, pasando desapercibido como lo había hecho todo este tiempo. Y él seguro que sabía que yo lo estaba buscando, así que se aprovechaba de mi desconocimiento para jugar. O así lo percibí, pues creí que dejaría una nota en mi casillero, pero al abrirlo no encontré más que mis pertenencias.

Decepcionada, cerré la puerta y solté un resoplido. Me sentía sumamente densa, aunque no tanto como el ambiente que se pronunció frente a la llegada de Dhaxton. Encontrarlo en el pasillo para todos era una especie de escándalo a baja voz, porque pese a que muchos deseaban hablar de él —y con él—, ninguno se atrevía lo suficiente. Mirarlo también representaba un reto que pocos osaban a hacer de frente, la mayoría prefería deleitarse con los atuendos únicos de Dhaxton una vez les daba la espalda. Yo no podía ser la excepción, su hipnótico caminar dejaba una estela que, de seguirla, lo volvía irresistible.

El mesías del arte.

Ya quería ver cómo lo tratarían si ganaba el concurso.

Si es que llegaba a hacerlo.

Nos dirigimos a la sala de Boceto y Dibujo, donde él ya estaba sentado, con un libro entre sus manos, la espalda recta y los ojos puestos en cada una de las letras. Entre tantos bocetos y dibujos, colores y trazos, él era la sombra que marcaba la diferencia, el espacio en blanco del que todos huían.

Me acerqué a mi asiento sin emitir ruido, cuidando cada uno de mis movimientos. Al sentarme, mi figura fue atrapada por sus grises orbes. Lo miré de vuelta, curiosa. Acercó levemente su revista para que leyera la página y me di cuenta de que se trataba de un libro sobre los ganadores del concurso «El jardín de los sueños» del año pasado.

—Tú podrías ser la siguiente —dijo para darme ánimo.

Sonreí.

—No podría, lo seré —le corregí.

Entonces, como por cuestiones del destino, Grey apareció en la puerta. Recordé su petición, mi respuesta ambigua y su aprovechamiento. Si le hubiera dado un rotundo no como respuesta, no estaría en la tesitura de herir sus sentimientos al seguir mis aspiraciones.

El resto de la clase, como de costumbre, Dhaxton se la pasó callado, armando trazos y siendo el ejemplo de cómo un artista debía ser. El profesor se admiraba, y aunque Dhaxton no lo demostraba, sabía que en el fondo esos elogios llenaban el orgullo que su padre le había quitado.

Cuando salimos de clases, me dirigí trotando a mi casillero en busca de otra nota, pero de nuevo era un completo desierto. Decepcionada y sin ganas de tener una conversación en la que involucrara a Grey, me coloqué los audífonos para escuchar música y alejarme de los murmullos del pasillo. Emprendí mi caminata hacia ninguna parte, con la mirada en alto, atenta a cualquier rostro que se me hiciera familiar.

A mi alrededor no había rastro de Raziel y no me hacía una idea clara de quién podía ser. Él había dicho que su trabajo era el de una persona invisible, por lo que tenía que pasar desapercibida. Descarté la idea de que fuera un profesor; pese a que no me gustaba juzgar demasiado por las apariencias, él no tenía el aspecto de ser uno. Pensé en la posibilidad de que fuera uno de los cocineros y también la descarté. Luego estaba la teoría de que fuera de seguridad o se encargara de las cámaras; eso cobraba más sentido, pues desde su perspectiva poco se le podía escapar. La idea de ser conserje también se acentuó en mis pensamientos, pero de serlo ya me habría percatado, y no era un trabajo demasiado sutil. Así que, por descarte, me quedaba un puesto más cercano: auxiliar de aseo.

Eso cobraba todo el sentido del mundo.

Con este descubrimiento me armé de valor para recorrer los pasillos con otra perspectiva. Los auxiliares en la academia no hacían aseo en los recesos, sino cuando todos los estudiantes estaban en clases, así que encontrarme con Raziel en pleno recreo no sería una posibilidad. Esperé a que el timbre de la siguiente clase sonara para comprobar mi teoría. La espera fue larga, casi martirizante, estaba tan ansiosa de tener la razón que poco me importó faltar a la clase de Técnicas y Materiales.

Ahora bien, había olvidado el detalle de lo enorme que era la academia.

A mitad del patio principal me detuve, decepcionada del entusiasmo repentino que mi absurda conclusión había generado y me cubrí la cara con las manos liberando un suspiro reprimido. Entonces, lo escuché:

—Disculpe, señorita, ¿puede mover su pie para limpiar?

Me quedé estática repitiendo una y otra vez la familiaridad de esa voz. Aparté mis manos de mi rostro y lo levanté en dirección a la figura difusa de vestimenta marrón frente a mí. Pasó como en el cine: primero vi su vestimenta y luego la escoba, que sostenía firme en su diestra. Lo siguiente fue subir hasta el rostro, ver sus ojos azules y el cabello oscuro bajo una deprimente gorra de visera. Había dado en el clavo, Raziel Elm sí era un auxiliar de aseo.

—¿Qué haces aquí sola? —me preguntó con el rostro tieso, pero con sus ojos inquietos, mirando de lado a lado, casi paranoico.

—Te estaba buscando —confesé encogida de hombros, casi con la culpa golpeándome la espalda.

Se pasó su mano libre por la frente en una muestra clara de inconformismo.

—Debí dejarte claro que yo sería quien te busca a ti —murmuró más para sí mismo.

—¿Hay alguna diferencia?

—La discreción —contestó al instante y empezó a barrer para disimular—. ¿No pudiste resistirte unas horas más?

Negué con la cabeza y levanté mis pies para apoyar su actuación.

—Las preguntas me están agobiando...

—Necesitas aprender a lidiar con ellas —dijo en un tono de conciliación y regaño.

Lo miré con las cejas fruncidas y la quijada apretada.

—Prefiero darles una respuesta.

Solo entonces pareció entenderme y dejar de lado ese escudo invisible que no lo dejaba actuar tan mimoso como en el cine o el diner.

—Y yo puedo ayudarte en ello, pero necesito que actúes...

—¿Conforme a como tú quieres? —concluí—. No lo haré, eres tú quien me necesita a mí.

—En eso te equivocas, esto es ayuda mutua. Pero ahora estoy trabajando, como comprenderás, no puedo atender siquiera mis propios intereses. —Volví a mirarlo de los pies a la cabeza, fastidiada—. Hagamos algo —estrelló la escoba en el suelo, levantando más polvo del que había reunido—: a la hora de almuerzo termina mi turno, te veré en la azotea del edificio más alto del campus de Ciencias. ¿Te parece?

Por supuesto que no, pero lo entendía.

—Bien. Te veré ahí.

A la hora acordada, abrí la puerta de la azotea del edificio de Ciencias, un sitio tan alto que ninguno de los tejados del campus se lograba divisar, solo el cielo celeste y despejado. Aquel sitio era una zona restringida y asegurada que, de no ser por Raziel y su posición de trabajo, jamás hubiera conocido. Había dejado el acceso disponible para mi ingreso, desde la reja trasera hasta la puerta de metal en lo alto de las escaleras.

Busqué por el piso a Raziel y lo encontré tendido en el suelo, con un brazo flexionado detrás de su cabeza haciendo de almohada, un cigarro encendido en su otra mano, las piernas cruzadas y sus ojos azules siendo el reflejo mismo del día. Miraba aquel hermoso lienzo azulado igual a como yo lo hice el día en que me reuní con Solange para contarle sobre mi beca.

—Con que ya estás aquí —previno en una entonación pesimista. Mi aparición había perturbado su momento de relajo, después de todo.

En cuanto se sentó en el piso, le dio un par de palmadas al lado indicando que me acomodara ahí. Accedí, aunque mantuve una distancia más amplia de la que él deseaba, y abrí mi mochila para sacar una bolsita de papel y una botella de jugo, los cuales le tendí.

—Te traje esto. No sabía si comiste antes de venir así que...

—¿Qué es? —no esperó a que yo respondiera, prefirió descubrirlo por sí mismo—. Sándwich de jamón y queso —dijo y formó una sonrisa torcida antes de levantar la cabeza para mirarme—. Gracias.

Yo seguí sus movimientos con lo mío. Después del primer bocado, decidí saciar también mis dudas.

—¿Por qué me citaste en este lugar?

—Es un sitio apartado y solitario, perfecto para hablar sin tener ojos encima —respondió, echando un recorrido rápido por el panorama pintado a nuestro alrededor—. No quiero que me vean hablando con una estudiante, mucho menos siendo tú: la chica asediada por la clase de persona que más detesto en el mundo. Verme contigo llamaría la atención de esos dos, y también la del resto. Como podrás comprobar, la mezcla entre estudiante-trabajador no se ve mucho en esta academia de elitistas.

—Te doy la razón, pero enviarme notas anónimas no fue la mejor de las ideas. Mi amiga sabe de tu *desconocida* existencia.

—Supuse que lo harías en algún momento, incluso que lo hablarías con Crusoe o Bellish. En cualquiera de los dos casos, estoy fuera de riesgo.

Me fastidiaba lo relajado que aparentaba estar, regodeándose de tener la confianza y tener la razón. En realidad, odiaba su confianza.

—¿Por qué?

—No conocías mi identidad. Fuera de eso, sé que eres lo suficientemente inteligente como para no revelar quién soy después de lo que te dije en el diner.

Bueno, estaba claro que en el diner había dicho un par de cosas, pero entre todas ellas, la que me había quedado rondando en la cabeza era sobre destapar a los cómplices de Dhaxton y Seth.

Raziel percibió la mueca cabizbaja que formé.

—Apuesto a que ahora desconfías hasta de tu tierna amiguita... —dijo, como si leyera mis pensamientos—. ¿Cómo es que se llama?

—Solange —respondí con cada letra más cargada que la otra. Quería hacerle saber que ella no tenía nada que ver en esto, advertirle que con Sol no se jugaba.

—Ella.

Permaneció con los labios abiertos en un deseo arrepentido de decir más, luego se puso serio. Yo lo miré con recelo, la frente tensa, las cejas arrugadas en el centro, los labios en una línea recta. Raziel no se iba a espantar de mi ceño fruncido, pero sí del hecho de que me opusiera a su idea de ayudarlo. Ahí yo tenía la ventaja, pues era él quien me buscaba a mí.

—No actúes así —emitió bajo y resentido. Había captado que en aquel encuentro yo era la que llevaba la ventaja—. Si los dos hijitos ricos de papá nunca te hubieran elegido, para mí no existirías y es probable que alguien más estaría en tu lugar.

Mi desconcierto fue obvio. Mi cuerpo se inclinó hacia atrás, en rechazo. ¿Es que no sabía medir sus palabras? Al parecer no, pues le dio un mordisco a su sándwich y se tomó todo el tiempo del mundo para degustarlo.

—¿Siempre eres tan inhumano para hablar con los demás? —cuestioné.

—No cuando estoy trabajando —respondió después de darle un sorbo al jugo.

—Ya me di cuenta...

—Soy directo y realista, ambas características son crueles. —Su defensa tuvo un aire infantil que, de haberlo oído en otra ocasión, me habría hecho sonreír. Su perfil puesto en lo alto, mirando hacia las nubes, componía la imagen mental que había creado—. Tú, en cambio, eres amable y teórica. Por lo que conozco de ti, puedo decir que hay una característica que tenemos en común: ambos somos soñadores. —Guardó silencio y giró su cabeza en mi dirección—. ¿Ya pensaste en mi propuesta?

Asentí.

—¿Y bien?

—No he cambiado de parecer.

Para disipar lo molesta que le sentaba mi persistencia casi inquebrantable, suspiró por la boca, profundo y sonoro, y luego se pasó las manos por la cara.

—Bien, entonces, decide: ¿decepción, tristeza o rabia?

—¿Qué?

—Decepción, tristeza o rabia —repitió—. ¿Cuál de los tres quieres padecer primero?

Negué con la cabeza presagiando un mal del que no estaba preparada a retar.

—Iré por lo suave —eso había sonado a un «prepárate para lo que se viene»—. Tu amiga, Grey, chica linda e inteligente... —su tono sugerente me causó nerviosismo, tanto que mi apetito desapareció—. Viene de una familia millonaria, ¿no?

—Sí.

Traté de no sonar insegura, pero la verdad es que mi respuesta estuvo lejos de serlo.

—¿Alguna vez mencionó que es prima de Bellish?

Raziel alzó las cejas tras mi silencio.

—Veo que no. ¿Y sobre lo bien que se lleva con Dhaxton? —esta vez esperó a que yo respondiera. Una simple pero muy lenta sacudida con la cabeza le bastó para continuar—: ¿No? No. Claro que no, eso ella no lo cuenta, tiene que mantener la mentira para que la función continúe —se acomodó, complacido de tenerme más confundida que antes—. Apuesto a que dice odiarlos y que no les teme a las represalias.

—Eso lo dejó claro desde el principio —comenté llena de pesimismo. Todavía me negaba a creer lo que decía.

—Lo mismo decía el año pasado, con Agnes aquí. «Son chicos despreciables», «no me dan miedo» ... —la imitó—. El mismo cuento repetido que le contaba a ella.

—¿Cómo lo sabes?

—Entré a trabajar aquí medio año antes que Agnes para que pudiera ganar una beca y financiara su colegiatura. Antes de ella, hubo otra chica. Emma Williams. Desapareció unos meses antes de que Agnes cursara su primer año. Curioso, ¿no?

Había oído de Emma Williams a través de las noticias. Era una chica de pueblo, sin familia que la reclamara. Fueron sus amigos quienes la buscaban, pero eran personas de dudosa reputación, por lo que no los tomaron muy en serio. Se dijo que la chica escapó, no la buscaron más y sus amigos nunca más se hicieron notar.

Si ambas chicas desaparecieron... ¿lo mismo ocurriría conmigo?

—Grey es como un anzuelo. Se acerca a las chicas, les habla sobre Crusoe y Bellish, finge despreciarlos, recopila información sobre ella, informa a los dos bastardos y luego se lava las manos. Por más que le advirtiera a Agnes, ella no quiso hacerme caso, dijo que mis paranoias eran absurdas y que Grey es buena persona —me apuntó—. Tú tienes que ser más astuta.

Que Grey fuera un cebo para sacarme información mantenía una cuota de sentido que me inquietaba, me causaba ese tipo de comezón que se expande por todo el cuerpo. Su desprecio hacia los chicos desde sus inicios me pareció tan... extraño. Lo entendía en parte, porque sabía que como seres humanos solíamos inclinar la balanza hacia nuestras primeras apreciaciones en un rango de «me cae bien» o «me cae fatal». Grey demostraba ser lo segundo y nunca se prohibió demostrarlo, incluso en los pasillos llenos de personas. Pero... echando un recorrido hacia atrás, no lo veía como alguien que estaba ahí solo como un gancho.

Sin embargo, existía una excepción.

Grey me había alentado a vengarme de Dhaxton aquella ocasión en que mandó a romper mi dibujo. Había sido ella la que me entregó la primera piedra que terminaría lanzando contra el lujoso auto de Crusoe. Y ella fue la que lanzó la piedra a la cámara.

En mis recuerdos todavía podía ver su sonrisa pícara y lo animada que se mostró frente a mí.

«Es lo que merece», dijo.

Aun así, necesitaba más.

Pruebas.

Pruebas y ver las cosas con mis propios ojos.

—¿Qué más?

Raziel, que apenas terminaba de comerse el sándwich, arqueó las cejas sin comprender.

—¿Qué más tienes para decirme?

Sus ojos chispearon. Mis palabras habían sido el combustible que necesitaba para continuar.

—Además de haber conseguido un puesto en esta academia porque Agnes se marchó —cargó su tono en la última palabra—, hay un par de extrañas casualidades que no lo son tanto. Por ejemplo, el hecho de que te sientes junto a Crusoe. Ese asiento disponible, justo al lado del suyo, pasó con Agnes. Seguro que tuviste que dibujarlo y te perturbaste al plasmar en el papel su horrible cicatriz. Al profesor ese lo tiene comprado, igual que al director y unas cuantas personas más... Dime, ¿ya te defendió de un grupo de chicos enajenados o ese fue Seth?

No respondí.

—¿O te llevó a su estudio?

Me mordisqueé el labio para suprimir las palabras.

—A Dhaxton le gusta tener marionetas a las que dibuja una y otra vez —bostezó—. Me lo imagino y siento lo aburrido que debe ser estar ahí, posando para él. Ninguno de esos dibujos es importante —se tomó un instante para observarme, sus ojos acechando los míos, atentos a cualquier cambio. Por mucho que intenté no apartarme, lo hice—. El único dibujo que él valora de verdad es el primero.

La primera vez que fui al estudio de Dhaxton me hizo vestir con ropa sencilla y posar como yo deseaba. Era un dibujo de prueba, pero había insistido en que fuese natural. Algo único, tal cual mencionó Raziel.

—Y Bellish... —se carcajeó de mala gana—. Crusoe toma el camino de las aparentes casualidades y acorralar, le gusta tener el control de la relación. Es escueto dentro de su apariencia recatada. Pero Bellish es otro cuento. Él prefiere manipular y atacar esto.

El dedo índice de Raziel señaló mi pecho igual que una espada amenazando con herirme. Ni siquiera su dedo me había tocado, pero yo lo sentí como una estocada.

Ya me hacía una idea de lo que diría.

—Él prefiere tomar el camino sentimental, porque sabe que de esta forma las chicas sentirán que tienen el control. Un cachorrito abandonado siempre infunde más compasión que un semental bien alimentado, ¿verdad?

—Pero... —mi garganta dolía al hablar—. Seth no refleja ese tipo de compasión.

El rostro de Raziel se iluminó.

—Él no, pero su abuela sí.

Por instinto toqué mi collar.

—Agatha no sería parte de esto... —dije con voz temblorosa y el nudo en la garganta cada vez apretándola más.

—Esa señora adora a su nieto y haría lo que fuera por tenerlo feliz, como fingir que padece demencia, por ejemplo.

Me puse de pie de un salto, pretendiendo marcharme. No quería oír cómo un desconocido manchaba el nombre de Agatha. Ella me recordaba a mi abuela, y pese a que no habíamos compartido demasiado, la sentía cercana.

—No juegues conmigo —advertí—. Agatha...

—Era actriz. Agnes también se negó a creerlo con la excusa de que es una anciana.

—Pero...

—Y hay más —me interrumpió.

Mi corazón empezó a agitarse. Quería cubrirme los oídos y echarme a llorar, mas necesitaba saberlo todo, pues me rehusaba a formar parte del juego escabroso de Seth y Crusoe.

—Tu amiga Sol es una farsante. Ha ayudado a Dhaxton y Seth todo este tiempo, todo para salir con una cara bonita.

Ya ni el impulso de rebatirle me quedaba. Dolía pensar que Sol formaba parte del juego para lograr salir con Brind. Sin embargo, por muchos argumentos a su favor que sacara, yo misma los opaqué con las extrañas acciones que Sol había tenido en este último tiempo.

Toqué mi pecho. La extraña sensación que me invadió en la discusión con mi madre había vuelto. Decepción, tristeza y rabia; un compuesto de oscuras emociones.

El picor de mis ojos me indicó que las lágrimas saldrían pronto, así que pasé mi manga por el rostro para impedirlo. Al frente y de pie, Raziel me observaba compasivo.

—Desde que entraste a esta academia todas esas extrañas casualidades fueron con un propósito.

Inspiré hondo para calmarme.

—Dios... ¿Qué haré ahora?

Raziel caminó hacia mí para enfrentarse a mi yo más temeroso, ese que había formado una pregunta de ahogado.

Entonces soltó su propuesta:

—Matar a Audrey Johnson.

Matarme.

Si me ponía a pensar con detenimiento, aquella propuesta no era tan descabellada, después de todo, eso es lo que quería el mundo: matar. Personas mueren físicamente todos los días, es cierto, pero ¿cuántas personas deben matar una parte de ellos para lograr sus objetivos? Muchas. Millones. En un punto, parecía que a todos les tocaba enfrentar la muerte personal. Mientras más lo reflexionaba, más sentido tenía la idea. La sociedad te obliga a hacerlo desde pequeño, tienes que adaptarte al gusto de los demás para sobrevivir. «Eres de los míos o eres un bicho raro», así parecía ser.

Quise creer que es lo que ocurrió con Sol. No buscaba justificar sus traiciones, sino tratar de entender su cambio. Ella, al igual que yo, había sido devota a la Iglesia y, tal vez, necesitó doblegar sus pensamientos para ser parte de *algo*.

El dilema ya me lo veía venir... Seguir siendo yo o cambiar para conseguir mis sueños.

Capítulo 18
Mentiras que salen a la luz

AUDREY

Cuando regresé al comedor con el deseo iracundo de restregarle todo lo que sabía de ella y Grey en su cara, gritarles enfrente de todos que las dos eran unas traicioneras, permanecí callada. Raziel me había pedido ser astuta; actuar encadenada a un sentimiento, por muy justificado que estuviese, no solucionaría nada. Primero debía cerciorarme de que las cosas nuevas que conocía eran ciertas.

El dicho «ver para creer» no era de mis favoritos, mis convicciones iban un paso más adelante. Pero valdría la pena usarlo en esta ocasión.

Con la desconfianza quemándome la psiquis, me dirigí a casa para aclarar cierta duda que me había surgido.

Como ya me lo esperaba, en el cielo de la sala el agujero ya estaba mucho más grande que antes y el piso seguía mojado, junto con algunos muebles con los que la lluvia no tuvo piedad. Fue inteligente haber cortado la electricidad antes de marcharme, de lo contrario, de mi casa solo hubiera hallado desastre. Dentro aproveché de mover las cosas y barrer los restos de tejado estrellados en el piso. Lo mismo hice con mi cama y la de mamá. Me daba lástima ver mi hogar en tan deplorable estado, tan oscuro y gélido. Guardaba demasiados buenos recuerdos ahí como para desapegarme de ella y marcharme sabiendo que cualquier persona podía entrar por el techo y robar algo mientras yo estaba en el departamento.

Antes de marcharme al estudio, fui a la casa del vecino, el señor Evan, para preguntarle si aquel día en que el techo colapsó había visto algo y de paso entregarle mi número para que me mantuviera informada. Nos conocíamos desde hace años, me vio crecer antes de irme al internado, así que me tenía un cariño especial. Salió de su casa cargando su escalera y le echó un vistazo al tejado, un favor especial que dijo hacerme después de decirme que ese día vio a un grupo de chicos «extraños» merodear por la calle.

—No me lo vas a creer, pero sabes...

—¿Qué? —pregunté con la mirada en el techo, justo donde él se encontraba perfectamente equilibrado.

—Esto parece que alguien lo ha hecho a propósito —dijo—. Mira, no me había dado cuenta de esto... —guardó silencio y se inclinó hacia el agujero—. La forma que tiene esto, a juzgar por las tejas, parece que alguien tiró algo. Las tejas están hacia adentro, como si algo pesado les hubiera llegado... —otra pausa. Desde mi lugar, abajo, poco podía ver lo que hacía tan inclinado, casi con la mitad del cuerpo dentro del techo—. ¡Drey!

Me sobresalté.

—¡¿Qué ocurre?!

—Tráeme algo para ver... Una linterna o... o ¡tu celular!

Metí la mano en mi bolsillo, di con mi celular, encendí la opción de linterna y subí las escaleras para entregarle el celular a mi vecino. A duras penas él lo recibió y adentró la mitad del cuerpo en el techo.

—¿Qué hay?

—Hay una especie de bolsa, parece que tiene piedras. Alguien debió tirarlas.

Los ladrones en un barrio como lo era el nuestro tenían algunos métodos excéntricos para ingresar a las casas, pero de ser ese el caso, habrían faltado algunas cosas, y yo recordaba sin problema que al visitar la casa con mamá todo estaba tal cual lo había dejado.

«Tal vez fueron esos adolescentes revoltosos», comentó el señor Evan cuando le comenté que no habían robado nada.

A mí no me pareció así. Una bolsa llena de piedras sin robo no era una simple casualidad, alguien lo había planeado y, a juzgar por el departamento en que me había estado quedando, todo apuntaba a Dhaxton Crusoe.

Ver el cactus en su estudio me hacía sentir estúpida. La sonrisa de Dhaxton había sido genuina, no me quedaba duda, pero me preguntaba cuáles eran sus verdaderos motivos. Mis pensamientos se contradecían por una disputa sobre razones absurdas que no importaban demasiado, porque nunca resolvía ninguna de mis preguntas, solo le añadía otras.

Entré al probador, me cambié y salí como de costumbre. Con algo de música clásica retomó el cuadro, que tenía semanas desde su inicio. Me alegré de que fuera alguien lo bastante concentrado por su trabajo para no intercambiar palabras conmigo, de lo contrario yo iba a estallar; llanto o rabia, una de esas dos opciones.

En un momento de la sesión bajó el volumen de la canción y me buscó por el costado del enorme bodegón donde hacía su magia.

—¿Te dijo Silvia sobre el gran anuncio?

«Actúa con normalidad, actúa con normalidad. Haz como si nada de lo que ahora sabes, pasó», me repetía una y otra vez mientras Dhaxton hablaba. Por alguna razón, frente a él yo era más susceptible.

Me aclaré la voz y esquivé su mirada con el fin de fingir que no estaba interesada en sobrevivir a la angustia interna que me corrompía, no solo por mi descubrimiento, sino también por lo miserable que me hacía sentir el que mi propia madre no me invitara a su fiesta.

—No.

Él escondió su rostro detrás de su pintura y yo exhalé con alivio.

Lo había logrado.

—Qué lástima. Es una cena de compromiso. Será un completo placer verte ahí —comentó con naturalidad, como si realmente lo pensara.

—Ah, ¿sí?

—Harás de la cena un ambiente más interesante.

Interesante, claro, porque para él y Seth era un mero espectáculo que llenaba sus caprichosos egos.

—No tengo dudas de eso.

—El departamento es aburrido sin ti —su voz se escuchó lejana—, no hay compañía que te haga justicia.

Me reí con amargura.

—Me retracto —de nuevo se asomó para observarme, esta vez no a mí, sino a mi postura—. Francis es una buena compañía.

Oh, Francis... extrañaba escuchar sus ronroneos.

La última vez que lo vi estaba asustado por la llegada del padre de Dhaxton. El hombre estaba tan alterado que seguro él había percibido sus maliciosas intenciones. Para ser un hombre tan respetado dentro de los medios, en realidad era un vulgar.

—¿Tu padre irá a la cena?

—Supongo —dijo escueto.

Era extraño que Dhaxton dijese una palabra tan ambigua, para él solo había sí y no, no suposiciones. Recordé lo asustado que estaba en la habitación, el apretón que me dio pidiendo que no lo dejara. Le aterraba estar a solas con su padre.

Yo sabía qué se sentía eso.

Yo sabía qué era *huir*.

—Es un violento —dije sin más—. Con razón estabas escondido en mi habitación.

—Me lo merecía —intervino—. Su castigo estuvo bien.

No pude creer que dijera algo así.

—No lo estuvo.

—Jamás lo entenderías —me frenó.

Defender a su padre para él parecía ser una cuestión de honor o respeto.

—Creo que tienes un concepto bastante erróneo de lo bueno y lo malo, Crusoe. Y hablando de eso... —le planté cara poniéndome de pie.

Él percibió que algo andaba mal.

—¿Tienes algo que decirme?

Tomé aire para llenarme de valor.

—Dijiste que tengo que hacer esto hasta llenar el costo de la reparación de tu auto.

Se puso de pie, tal vez para intimidarme o aprovechar la ventaja de nuestra altura.

—Es cierto; puedo enseñarte la factura si deseas.

—Estaré encantada de verla y, además, quisiera saber si descontarás lo que mandaste a hacer en el techo de mi casa.

Prefirió guardar silencio.

—Respóndeme, quiero saber.

Lo observé con seriedad, con intensidad, con deseos de meterme en su cabeza y saber qué pensaba. Para mi sorpresa, sonrió.

—¿Qué me ha delatado?

¿Es que no lo iba a ocultar?

Por supuesto que no, a Dhaxton le gustaba regocijarse en sus fechorías, al igual que con su retrato.

—Tu actitud —dije—. Te conozco lo suficiente como para saber que no te gusta perder, y en vista de que tienes una especie de apuesta con Seth, supongo que también estás dispuesto a llegar a extremos. La antipatía hacia los demás con la que has actuado durante todo este tiempo es algo que no me ha dejado indiferente, ¿por qué te arriesgarías a ir a la casa de una persona en plena lluvia para cargar sus maletas?

—Quizás te he tomado cariño —argumentó con el rostro serio y la mirada apuntando hacia mí, pero en una tonada que rozaba la falsedad.

—O quizás querías que yo lo sienta por ti.

Otra sonrisa.

—¿Qué más?

—El interés que mostraste. Aquella vez cuando el chico pelirrojo ensució tu zapato te molestaste mucho, se nota que eres alguien que cuida su apariencia y no soporta la suciedad, así que es absurdo que tú, especialmente tú, quisieras ir a mi casa, la cual claramente iba a estar hecha un completo desastre.

—Qué sorpresa, eres más astuta de lo que pensé.

Era como si estuviera frente a un profesor que se encargaba de evaluar mi lógica para puntuarla.

—¿Qué buscabas con eso?

—Eso ya lo sabes, pregunta bien.

No sabía hacia dónde quería llegar, pero me aferraría a esa oportunidad.

—¿Qué ganas con este absurdo juego? ¿Dinero? ¿Enaltecer tu ego?

—Dinero tengo y mi ego está lo suficientemente alto para el gusto de los demás.

—Entonces ¿qué?

Arrugó sus labios y su mirada me recorrió de pies a cabeza.

—Una oportunidad.

Su respuesta dejó más preguntas que respuestas.

—¿Una oportunidad para qué?

Se lamió los labios y murmuró:

—Para estar contigo. Y lo conseguí.

—Eres un...

—Lo lamento.

—Oh, vaya, lo sientes. Asunto arreglado —fui sarcástica, lo que no pareció gustarle—. ¿De verdad esperas que acepte tus disculpas?

—Lo que espero es que dejes de huir de mí —esquivó—. Y de lo que te hago sentir.

—Si hay algo que me provocas, eso es repulsión. ¡Esto se acabó!

Me dirigí al probador para cambiarme de ropa y salir del estudio, pero Dhaxton no tuvo pudor en quedarse del otro lado de la puerta. No, la privacidad se marchó y entró hecho una bestia.

—¿Acabarse? ¿Acaso escuchas lo que dices?

Me estaba arrinconando. Y esa era otra de sus intimidaciones, tenía que hacerle saber que no me causaba ni una pizca de temor. Aunque aquello no dejaba atrás lo que mi cuerpo producía cada vez que nos encontrábamos a solas. Odiaba esa contradicción.

—Perfectamente —le hice saber que estaba dentro de mis cabales—. Ojo por ojo. Mi techo por tu auto.

Sonrió.

—No puedes comparar un auto con un viejo techo. Está claro que uno es más costoso que el otro.

—Deberías ver el desastre que tu gracia causó —le sonreí de vuelta.

—Puedo asegurarte que no hay punto de comparación. Pero si deseas acabar esto aquí, adelante, puedes largarte; luego no te quejes cuando tu acto perjudique a tu madre.

Dhaxton sabía que mi madre era mi debilidad, y que por no causarle problemas a ella es que había aceptado.

—Eres un manipulador —farfullé.

—Soy una escoria —admitió y formó una sonrisa ladina—, y me encanta. Ahora puedes volver al sofá para posar para mí o largarte, pero, si lo haces, tu madre sabrá de lo nuestro.

Frente a eso, ¿qué podía hacer? Tuve que volver al sofá.

Dhaxton me tenía atrapada.

Fui al trabajo corroída por la rabia.

Antes de pasar a los vestidores para cambiarme de ropa, pasé por la sala de descanso de los empleados para sacar un vaso de agua. El cuarto no era el más elegante del mundo, pero contaba con las cosas suficientes para quedarte unos minutos con comodidad. Contaba con mesas, un microondas para calentar comida, un expendedor con refrescos y dos cómodos sofás. En uno de estos me encontré a Raziel sentado; vestía el uniforme del cine y se encontraba con los brazos cruzados y la cabeza gacha, durmiendo.

Procurando no manifestarme y despertarlo, conseguí mi agua.

Mientras me ocupaba de la limpieza, me tomé el tiempo de observarlo. De primeras y frente a los clientes se veía como un sujeto amable que siempre porta una sonrisa encantadora, de esas que te hacen sentir cercanía pese a no conocerlo de nada. Esa misma sonrisa me la había enseñado, pero luego se transformó en una completamente diferente. Su verdadera personalidad difería de la máscara colocada frente a los demás, incluso estando con Camille u otros compañeros de trabajo.

Había revelado mucha información que desconocía en la azotea del edificio de Ciencias, tantas, que con un poco de estabilidad emocional pude comprender. Si retrocedía en mis recuerdos, su información cobraba sentido, pero... necesitaba comprobarla.

Perversión o incredulidad, ambas palabras servían para redimirme ante la crueldad que significaba para mí darme cuenta de que, como Raziel había dicho, nada fue una coincidencia.

Ya no quería vivir entre mentiras.

Terminé mi turno de trabajo mejor de lo esperado y salí por la puerta trasera del cine en busca de mi bicicleta. El estacionamiento trasero lucía como un espacio oscuro con pequeños destellos de luz. La luna apenas lograba proyectar luz con todas las nubes grises que presagiaban el mal tiempo. Un viento compuesto de hojas secas y algo de polvo se arrastró por el lugar, lo que provocó que buscara refugio de regreso en el interior, donde me encontré con Raziel.

Él salió sin problemas mientras encendía el cigarro que mantenía entre sus labios. Afuera, en la pequeña cuneta, se detuvo para dar una inhalación profunda con su perfil elevado hacia el cielo nocturno. Yo salí detrás de él, abrazándome para mantener el calor, sin ser foco de su atención.

Carraspeé y busqué sus ojos asomándome por su cambio de visión. No tuve dudas de que me había visto, pero estaba en plan «no me molestes, estoy pudriendo mis pulmones con tabaco», así que no me quedó de otra que satisfacer la duda que me había surgido al hacer un recuento rápido de sus palabras.

—¿Cómo estabas tan seguro de que conseguiría el trabajo?

Hablarle consiguió el resultado deseado.

—¿No te lo dije ya? —volteó a verme y botó el humo por la boca al mismo tiempo que yo negaba con la cabeza—. Creí que sí... —se oyó pensativo y retomó su interés por el cielo o lo que fuera que viera entre tantas nubes—. Un trato. Le hice una promesa a Andie.

La libertad que se tomaba para referirse a *nuestra* jefa me olía a que entre los dos algo pasaba. No quería meterme en esos terrenos, así que dejé ese pensamiento de lado.

—No voy a preguntar qué...

Mi comentario le hizo gracia. Su sonrisa fue un destello de luz más en tan deprimente cuadro.

—No pretendía responderte si lo hacías.

Era un pesado.

—Pero creo que merezco saber por qué insististe tanto —concluí, recelosa de lo que había dicho.

Se tomó todo el tiempo del mundo para voltear su cuerpo hacia mí y avanzar lo suficiente como para que su tamaño y contextura fueran similares a una sombra nocturna.

—Por lástima.

Una respuesta corta y tosca.

Si así buscaba convencerme de ayudarlo, pues iba por mal camino.

—Buenas noches —le dije solo para darle una pequeña lección de lo que era la cortesía. Acomodé los tirantes de mi mochila y avancé hacia donde aseguré mi bicicleta.

—Adiós —se despidió—. Ten cuidado en el camino.

¿Eso también lo hacía por lástima? Era un completo falso.

—Gracias por tu auténtica preocupación —solté con sarcasmo cuando me senté en la bicicleta.

—De nada —dijo con la misma cuota de sarcasmo que yo.

Avancé con mi bicicleta una pequeña distancia hasta que decidí hacer caso al bichito hostigador que devoraba mi conciencia. Regresé al lugar donde Raziel fumaba para confrontarlo.

—Si quieres que te ayude necesitas hacer más méritos.

Mi advertencia le sacó una mueca de incredulidad. ¿Realmente me había defendido para lanzar esta sutil amenaza? Pues claro que sí.

—¿Por qué? —inquirió, tornando su atención en mí tras recorrerme de pies a cabeza.

—Eres demasiado... grosero.

—¿Quieres que te trate como a una rosa? —ironizó, tirando la colilla del cigarrillo al suelo y pisoteándola con sus botas gigantes para meter las manos en los bolsillos de su jean luego—. Ser dócil no se me da, y no quiero actuar contigo. Quiero ser auténtico.

—Sé auténtico, pero cuida tus palabras —se echó a reír—. ¿Qué? ¿De qué te ríes?

—Seré sincero: justo ahora me acabas de parecer una mocosa adorable.

Gracias a que era de noche mi rubor por el enojo no se notó. Sin embargo, su comentario había sido tan desprevenido que la tensión en mi cuerpo me volvió una especie de tabla: plana y sin cerebro para pensar en una respuesta astuta. Raziel disfrutó del momento observando mi expresión de asombro, y sonrió. Solo estaba jugando conmigo.

—Viejo grosero —gruñí.

Otra vez rio, pero esta vez preferí marcharme.

Para alimentar el resentimiento opacado por la negación, decidí visitar a Agatha con la excusa de que iba a buscar la ropa que me había regalado. Mi objetivo era encontrar una prueba convincente que me abriera los ojos por completo.

Anunciar mi llegada con un nudo en la garganta fue más complejo de lo que pensé, todo un reto. Sufrir no estaba en mis planes, pero creo que necesitaba sentir algo en el camino.

—¡Querida mía!

Agatha me recibió con los brazos alzados. Por cuestiones médicas debía usar una silla de ruedas, pero ella prefería estar acompañada de sus enfermeros.

Tragué duro y forcé una sonrisa mecánica.

—Veo que estás mejor.

—Claro que sí —dijo avanzando con descuido a mi encuentro para darme un abrazo. Mi corazón se encogió en ese preciso momento y quise llorar, lo que le fue obvio—. ¿Qué pasa?

Me removí de su lado y volví a tragar para tragarme ese huevo de emociones.

—Nada... Es que... Dios mío... —Necesité carraspear—. Me alegra verte bien.

—Oh, querida, Satanás no me quiere allá abajo aún —se mofó de la muerte y colocó su mano en mi espalda para avanzar por la casa—. Ni Dios allá arriba.

Me pregunté, con ironía, los motivos.

—¿A qué se debe tu visita?

Llegamos a la sala de estar junto a los dos enfermeros, que la seguían como dos escoltas o guardaespaldas. Reconocí a uno de la última vez, era toda una proeza que no lo hubiesen despedido.

—Vine a buscar la ropa que me regalaste.

—¿La ropa que te regalé? —repitió con las arrugas marcadas en toda su cara.

—Me la regalaste e insistirle en que me colocara un conjunto —le recordé con inseguridad, puesto que dudaba de si su amnesia era real.

Se dio un golpecito en la frente y negó con la cabeza.

—Debieron tenerme tan sedada que no lo recuerdo —se quejó, blandiendo una mirada cargada a sus dos acompañantes—. Ven, vamos, te los enseñaré.

Agatha se negó a la ayuda de los dos enfermeros para ir a su cuarto, prefirió colgarse de mi brazo y que yo la llevara. De camino —que no era largo, pero su paso era lento— me habló sobre lo aburrido que se le hace estar en casa y que le alegraba tenerme ahí. Se quejó del *acoso* que recibía de sus dos cuidadores y lo mucho que extrañaba beber.

—¿Bebes? —le pregunté.

—Antes tooodo el tiempo bebía —respondió y señaló a los enfermeros—, ya no me lo permiten. Los medicamentos y el alcohol son mala combinación.

Durante todo este tiempo no había tomado en cuenta ese enorme detalle. Si Agatha realmente sufría demencia senil, entonces no le estaba permitido beber, porque su enfermedad empeoraría.

—Supongo que lo hacías a escondidas, ¿no?

—¿Qué dices? ¿Beber a escondidas? Ni de chiste, una buena copa de vino o un amargo vaso de whisky se bebe con el trasero en un asiento cómodo, disfrutando a plenitud. Pregúntale a Seth, seguro que él te puede contar de las borracheras que he tenido...

Su risa resonó fuerte.

Me quedé de pie en medio del pasillo con el estómago revuelto.

—Ven aquí —me animó frente a la puerta de su cuarto.

Me apreté el estómago y la seguí. Agatha, con la ayuda de uno de sus enfermeros, abrió el baúl que contenía la ropa y algunas pertenencias que antes no quise mirar, pero, después de lo que sabía, estaba ansiosa por conocer su contenido.

—Esta ropa tiene años —comentó Agatha sacando una camiseta blanca—. Me gustaba tanto...

Su tono de voz me recordó al de mi abuela. No podía creer que la anciana testaruda que me recordaba al único ser querido que de verdad me apoyaba fuera una total farsa.

Revisamos todas las prendas que guardaba en el baúl hasta que dentro solo quedaron otros objetos.

—¿Qué son?

Señalé las libretas. Agatha se colocó a cuestas del baúl y cogió una con cuidado.

—Fotografías antiguas.

La libreta en realidad era un álbum de fotos.

El pasado la enorgullecía demasiado como para contenerse sobre las fotografías. Se sentó en una butaca y me habló de cada una, contó su historia y mencionó nombres que ni siquiera me esforcé en memorizar. Agatha hablaba de sus buenos tiempos, en los que ser una actriz le apasionaba y veía la vejez lejana. Y yo me senté a su lado, a escucharla con atención como lo habría hecho con mi abuela.

En la última página una fotografía de tonalidades marrones se presentó con discreción. Apenas pude verla con detalle, pero vi lo necesario. La foto mostraba a un grupo de personas, y entre ellos un hombre ya de edad se me hizo familiar. Aquel anciano tenía un parecido significativo con el hombre que siempre veía muerto en mis pesadillas.

—¿Y esa?

—Pertenece a mi difunto marido, nada importante —respondió con voz frágil y nerviosa. Por primera vez vi su mentira—. ¿Por qué no vas abajo a preparar algo? Tengo el estómago vacío.

Iba a recriminarle que esa petición sonaba más a un «lárgate», pero decidí actuar también.

—Voy a prepararte galletas más deliciosas que las de Seth.

Salí del cuarto con mis comisuras atornilladas a mis mejillas y tiesa como un maniquí. Creo que necesitaba ese espacio, aunque fuera solo lejos de su cuarto. Había encontrado algo que Agatha no deseaba enseñar, y eso era importante.

Lo mejor de todo es que tenía tiempo libre para pasearme por la casa.

Recorrí el enorme pasillo, observé la decoración y visité la sala de estar. Detalles en los que no había reparado antes aparecieron ante mi vista. Objetos antiguos que vi en las fotografías y rostros en fotografías enmarcadas que Agatha señaló con nombre y apellido. Los libros en las enormes estanterías, con las que me vi asombrada la primera vez, trataban sobre arte, negocios, política y más. Dentro de los estantes, otros objetos los decoraban, incluidas fotografías que se sostenían entre el polvo.

Más que recuerdos familiares no encontré.

Necesitaba ver ese álbum de fotos.

—¿Crees que puedes venir a mi casa, pasearte y entrometerte en nuestras cosas como si nada?

La voz de Seth no me tomó por sorpresa esta vez, tampoco actué con temor a ser descubierta, pues me paseaba por un sitio común de la casa. Él no tenía nada con qué intimidarme.

Me giré encontrándolo de brazos cruzados y la cabeza ligeramente inclinada a un lado, con su cabello tras la oreja.

—Sí —repliqué con orgullo.

Caminó hacia mí, acortando la distancia que nos separaba.

—¿Qué buscabas?

—La cocina —dije sin mover un pelo de mi sitio. Estaba molesta y la personalidad de Seth me incitaba a descargar todo lo que sentía sin temor a represalias—. Mi sentido de la orientación es un tanto mediocre. Pero me alegro que el tuyo no, por lo que vi sabes encontrar muy bien los dormitorios de chicas.

—Y tú conoces muy bien dónde queda el mío. —La campana del ring sonó a su favor—. Dhaxton está aquí, seguro que él puede contarte algo interesante, chismosa.

Sin darle más vueltas al asunto, Seth salió de la sala justo en el momento en que Dhaxton le escuchaba decir lo último.

—No tengo nada interesante que contarte —me dijo con seriedad a una distancia más prudente que la de Seth—. Solo tengo esto.

De su bolsillo sacó una hoja doblada que formaba un cuadrado. Al igual que la carta de Seth, esta tenía escrito su nombre en una de sus caras.

Mi mano se extendió en dirección al papel con el fin de arrebatarlo de su mano, pero Dhaxton fue más rápido y evitó el robo con un ágil movimiento.

—Aún no —regañó, haciéndome sentir cual niña pequeña.

Metió la carta en su bolsillo y se marchó tras Seth.

Hornear galletas me tomó menos tiempo de lo que creía. Agatha se paseó por la cocina como si tratara de vigilar mis movimientos, se burló de lo mala que era cocinando y se rio de una galleta deforme que esculpí por segunda vez. Luego me quedé sola, esperando a que la campanilla del horno me indicara que todo estaba listo.

—Huele delicioso... —dijo uno de los enfermeros, quien entraba a la cocina a buscar agua.

—Gracias —me volví hacia él. Era el mismo enfermero del otro día, joven y apuesto. Seguro eso y su simpatía le había caído en gracia a Agatha, por eso seguía trabajando para ella—. Espero que sepan igual.

—¿Son galletas de avena? —se acercó al horno para echarles un vistazo.

—Sí; pensé que sería lo mejor para la salud de Agatha —me incorporé a su lado para comprobar que todo estuviera bien.

—Wow, se ven geniales... ¿Sabes lo que no es genial? —su voz bajó a un tono grave y su expresión fresca se truncó—. Agatha. Es una víbora.

—¿Qué dices?

—Con riesgo de perder mi trabajo te lo digo. Ten cuidado.

Enderezó la espalda dispuesto a marcharse, pero lo detuve del brazo.

—Dime —pedí—. ¿Está fingiendo lo que le pasó? ¿No está enferma?

El enfermero actuó con precaución.

—De milagro está viva, de lo contrario nosotros no estaríamos aquí —dijo.

—¿Y la demencia senil? —negó con la cabeza sin emitir palabras—. No tiene, ¿verdad?

—Eso deberías saberlo bien —me sonrió—. Tú la conoces mejor que yo, Agnes.

—Yo no...

—Jamás debiste volver —advirtió y ensanchó su sonrisa al ver mi rostro confundido—. Ya quiero probar esas galletas.

Me llevé las manos a la cabeza asimilando lo que acababa de ocurrir.

No pude disimular mi mala cara en la habitación de Agatha después de llevarle las galletas. Me sentía pésimo, con el estómago revuelto y unas enormes ganas de vomitar todo el reproche que necesitaba exponer.

Pero ansiaba más.

Quería conocer todas las mentiras que habían dicho. Quería saber por qué ese enfermero entrometido me había llamado «Agnes» y a qué se refería con no volver.

Al final, dije que me sentía mal y que quería volver a casa. Agatha me ofreció a uno de sus enfermeros, pero negué diciendo que en realidad estaba cansada. A paso lento nos despedimos en la enorme puerta de entrada.

—Regresaré —le dije—. O te llamaré. ¿Cuál es el número de la casa para anotar?

Palpé mis bolsillos sin hallar mi celular. Ya sabía que no lo tenía, lo había dejado sutilmente entre los pliegues de la cama para llevar a cabo mis verdaderas intenciones: encontrar algo. Lo que fuera. Lo que me sirviera.

—No encuentro mi celular —abrí mis ojos con asombro—. Debo haberlo dejado en la cocina o tu habitación.

Agatha no ocultó su expresión de exasperación. Ya podía escucharla llamándome patosa.

—Vamos a...

—Tranquila, iré a buscarlo —me apresuré en interrumpirla.

Antes de escuchar más, entré de nuevo a la casa y me fui directo a la habitación. Tenía que ser rápida, encontrar lo que fuera antes de que Agatha llegara. Revisé su armario, cómoda y otros muebles, hasta que me detuve frente al baúl y lo abrí. Las cosas estaban intactas, pero el álbum de fotos ya no estaba.

Claro que no, Agatha lo escondió cuando pregunté por la última foto.

Pensé rápido. Cogí el celular de la cama y lo metí entre las cosas del baúl para mi coartada perfecta. Revolví un par de objetos hasta que di con otra libreta. Era vieja, pero se conservaba mucho mejor que la anterior. Al agarrarla, una fotografía se desprendió. En ella cuatro adolescentes aparecían: dos chicas y dos chicos.

Fue fácil reconocer a los dos chicos. Eran Seth y Dhaxton a cada extremo. Seth estaba junto a la chica de pelo rubio claro, brillante como los rayos del sol, ojos azules y expresión seria. La reconocí fácil. Era Grey. Dhaxton aparecía sin cicatriz, lo que significaba que algo pasó antes de entrar a la academia. Él se encontraba del lado de la otra chica, quien me recordó a mis fotos viejas: cabello castaño, sonrisa radiante. No me quedó dudas de que se trataba de Agnes.

La bendita Agnes.

Ella sí poseía un parecido a mí, eso era innegable. Éramos como hermanas gemelas que fueron separadas al nacer, solo que ella tenía el cabello castaño un tanto más claro y la sonrisa radiante; luego de observarla bien, me pareció una máscara de falsedad. Pero, más allá de eso, éramos iguales.

Y ella no se parecía en nada a la Agnes del video, la chica de la academia a la que Raziel buscaba.

Eso quería decir que...

—Hay dos Agnes diferentes —murmuré con sorpresa.

Oí los pasos de Agatha y sus quejas por el pasillo.

Guardé la fotografía y saqué mi celular justo en el momento en que Agatha entraba.

—¡Lo encontré! —chillé con falsa alegría.

—Tienes que ser más cuidadosa para la próxima, querida.

Agatha me ayudó a levantarme.

Me disculpé por salir tan rápido y me despedí una vez más.

DHAXTON

Desde la azotea puedo ver la hilera de autos que se estacionan frente a casa y dentro del garaje. De ellos se bajan familias con vestimentas formales, hablando entre ellos con naturalidad. Sus charlas me hacen desear ser parte de ellos, saber qué es lo que los hace disfrutar tanto; porque yo no tengo eso a mi favor. Cada vez que intento hablar con mi padre, lo que recibo son regaños.

—Quiero que te comportes —me dice.

Ha venido a mi habitación para pedírmelo como un favor imperativo. Pero es claro que su tono de voz no es de súplica, es una orden que se esconde bajo la decepción que enseña en todo su ser.

—Sí, padre.

—Y dile a ese amigo tuyo que también. La última vez salió en plena función casi vomitando.

No digo nada.

Esa situación de la última vez la conozco. Seth me lo dijo en persona luego de que su «desliz» fuera comentado por todos los invitados a dicha reunión. Estaban alarmados, por supuesto. En una reunión de tal nivel no se permiten tales escándalos.

—Tú no debes ser así, no me faltes el respeto —continúa mi padre con su dedo señalador—. Ahora quiero que estés tranquilo, sin decir ni una palabra más que un «buenas noches».

—Lo haré.

Mi puño está apretado, pero sé que no debo demostrarlo.

—Sabes que no queda de otra, ¿verdad?

«Seth lo sabe más», pienso.

—Lo entiendo.

—Lo «entiendes» ¿qué? —marca sus palabras.

—Lo entiendo, padre.

Deja mi habitación con un portazo, no sin antes blandir una de sus miradas de advertencia.

Me digo a mí mismo que necesito mantener el perfil bajo y no llamar demasiado la atención, pero al asomarme por el balcón otra vez, descubro que Seth acaba de llegar y lo primero que hace al bajar de su auto es mirar hacia mi dirección.

Me meto a la habitación para acabar de arreglarme y voy abajo. La mayoría de ellos ni siquiera me miran, pero los que sí se interesan en mí no ocultan sus caras de decepción.

La presión se cierne sobre mis hombros. Sin embargo, es la aparición de Seth lo que me hace sentir más cómodo. Los dos siempre somos los apartados en reuniones de este tipo, porque sabemos que no somos tan importantes como los demás... Por ahora.

Seth viene a mí y me saluda con un simple ademán. Se le ve más cansado que de costumbre, con unas ojeras pronunciadas que indican las pocas horas que está durmiendo. Entre los dos, siempre ha sido el más débil en cuanto a la capacidad mental. Cede a la presión tan rápido que me pone a pensar en lo inútil que se veía aquella vez en el lago, cuando nos conocimos.

La práctica no lo ayuda en absoluto. Seth aprende después de los errores.

—¿Qué pasa contigo?

Mi pregunta le saca un largo suspiro.

—Estoy cansado.

Esa es una respuesta simplona.

—Veo que estás mucho más que cansado. Llevas tiempo actuando extraño, y no lo digo de mala forma, lo digo referente a lo que nos rodea.

—Ya sé —admite con los dientes apretados, fingiendo sonreírle a los demás.

—¿Es que no quieres seguir con esto? —cuestiono.

—¿Acaso tú sí?

—No depende de mí. Lo sabes.

Chasquea la lengua.

—Si quieres rendirte, hazlo. Ambos sabemos que Audrey tiene cierta inclinación hacia mí. —No dice nada. Asumo que el silencio me da la razón—. ¿O es que le has agarrado cariño?

—Ella es diferente a las demás.

—No me lo creo... —rio con incredulidad—. Tú de verdad has caído por ella.

—¿Acaso tú no le tienes cariño?

—La estimo... —mi padre se atraviesa en mi campo visual. Está a unos metros, hablando con uno de sus socios. Su mirada se cierne sobre mí y recuerdo la charla que hemos tenido en mi habitación. Su advertencia me tensa los hombros y en mi cabeza me digo: se lo debo—. Pero sé cuáles son los límites. Es tiempo de que tú los encuentres. Es ella o nosotros.

Capítulo 19
Antes de la ebullición

AUDREY

—¡Son dos Agnes! —grité con los brazos extendidos al cielo. Raziel me observaba con una ceja arqueada— Dios..., ¿cómo es que no me percaté antes? Hay dos Agnes: la de las cartas de despedida, que es muy parecida a mí, y la Agnes de aquí.

—Mi Agnes —corrigió, casi ofendido por llamarla con tanto desinterés.

—Supongo... —balbuceé fuera de mí, impresionada por su corrección—. *Tu* Agnes. Agnes de los videos, la Agnes que ocupó mi lugar antes de que entrara a la academia.

—¿Y dónde está la otra Agnes?

Esa pregunta me bajó de tirón a la realidad.

—No lo sé. Seth y Dhaxton tampoco lo saben. Ellos dijeron que se fue, lo dice en la carta de despedida para Seth.

—¿Leíste su carta? —preguntó sin creerlo. Sí, lo entendía, yo tampoco podía digerir que había leído la carta de despedida de una chica que no conocía y que extrañamente era igual a mí.

—La encontré de casualidad —me excusé—. El punto es que ella hablaba de opciones correctas y cuestiones de amor. Decía que eligió a Dhaxton, pero que amaba a Seth.

—Con que ella fue quien le rompió el corazón... —Raziel se burló con una sonrisa—. Es cierto lo que dicen.

Mi expresión confusa lo dijo todo.

—¿Sabes qué es lo divertido de los mujeriegos? —preguntó sin esperar respuesta—. Que ellos pueden romper un montón de corazones de las chicas, porque siempre hay una que le rompió el corazón a él. Agnes, en este caso. Debió ser deprimente que la persona por la que caíste enamorado sienta ese amor por tu mejor amigo.

—Ya lo creo. Pero ella decía que lo amaba...

—Peor. Mucho más deprimente. Seguro lo hizo para consolarlo, dejar un lindo recuerdo después de su *partida*.

Raziel desconfiaba de la carta, así como de todo lo que tenía que ver con Seth y Dhaxton.

—¿Sobre mi Agnes no encontraste nada?

Tuve que negar con la cabeza, para su pesar. Se quedó mirando el cielo hasta que en sus ojos apareció un brillo particular.

—Ven, acércate —me dijo, agitando sus manos y con los brazos abiertos.

No obedecí; me mantuve en mi lugar dispuesta a dar un paso atrás de ser necesario.

—¿Qué?

—Vamos a causar un escándalo y desviar un poco la atención.

Una idea tentadora había surgido.

—Bien... —no estaba muy convencida de su repentino entusiasmo—. ¿Qué debo hacer?

—Saca tu celular, ponlo en la mano que mejor se te acomode sacar una foto y ven.

¿Ven? ¿A qué se refería con eso? Al verlo con los brazos extendidos se me cruzó una posible idea, la cual descarté porque era demasiado alocada para mí.

—Eh... —carraspeé poniéndome nerviosa—. ¿Qué se supone que haga?

—Ya te lo he dicho —gruñó, impaciente—. Ven, abrázame y toma la foto. Que no se me vea la cara. Vamos a aparentar que has encontrado a alguien.

—¿Por qué habría de hacer eso?

—Porque vamos a fingir.

Su explicación no cobraba sentido en mi cabeza.

—¿Fingir qué?

—Que tienes novio. Si lo que ellos buscan es quitarte el anillo, entonces lo vas a perder antes de que acabe este mes. O eso pretenderás frente a todos.

—¿Por qué crees que quieren quitármelo?

—Porque siguen un patrón: chicas de aspecto bueno, devotas, almas gentiles... Tú compones todo eso y seguro que el anillo y tu cruz es lo que más les atrajo a primera vista. Ahora, ven.

Raziel extendió sus brazos y yo, insegura de recibir su tacto, me acerqué despacio. Nunca había estado cerca de él de forma tan directa, lo que me provocó cierta comezón interna en la boca del estómago que insistí en convencerme de que venía del almuerzo. Me mordisqueé el labio cuando apoyé mi pecho contra el suyo y sus brazos me atraparon.

—Toma la foto —me apresuró.

Traté de hacerlo, pero su altura y contextura no me lo permitieron. Probamos con que yo lo abrazara, sin buenos resultados.

Agotado, Raziel se sentó en el suelo y flexionó las piernas.

—Así entonces.

Él quería que me sentara en su regazo, frente a frente y lo rodeara.

—No creo que sea buena idea...

—Entonces hazlo con otro chico. No tiene que ser conmigo.

Otro chico, otro chico... No conocía a nadie que pudiera ofrecerse a ser mi modelo no oficial para una foto de novios falsos. Y con Logan... Bueno, tomarme una fotografía así con él sería reconocible.

Solo era sentarme, tomar la foto y nada más, ¿verdad?

Casi me da un ataque de tos el instante en que miré directamente de su pantalón a sus ojos azules y me encontré con su mirada aburrida.

—Ya voy... —dije con la voz en un hilo más que nada para preparación personal.

Me fui acercando poco a poco hasta que me senté en su regazo. La ventaja de altura que este me daba me permitió rodearlo con un brazo. Situé mi mentón sobre su hombro, degustando con la cercanía el olor a champú de su oscuro cabello. Casi temblaba de los nervios, todo lo contrario a Raziel, que parecía una estatua. Acomodé mi barbilla en la curva de su cuello para que su uniforme no lograra verse y por el peso de mi cuerpo contra el suyo casi me fui de boca al suelo; por suerte, Raziel logró sostenerse apoyando su mano en el suelo y la otra en mi espalda. Cuerpo contra cuerpo, pecho contra pecho. Levanté el celular para tener una mejor perspectiva del foco. Tomé todas las fotos que la resistencia de mi brazo me permitió.

—Creo que ya están —solté victoriosa, posando mis manos sobre sus hombros en busca de su aprobación.

Raziel me sonrió con la mirada y yo se la regresé.

Hubo silencio absoluto.

Mi mirada, que reposó unos segundos en sus ojos, bajó a un furtivo encuentro con sus labios. Regresé a sus ojos para comprobar que por su cabeza había pasado la misma posibilidad absurda que por la mía. Descubrí que sí; sus ojos admiraban mis labios tal cual yo había hecho con los suyos. Cuando nuestras miradas se desafiaron, dijo sin pestañear:

—Ya puedes bajarte.

Solo en ese momento volví a caer en cuenta de que estaba encima de sus piernas, con los pliegues de su pantalón bajo mi trasero y su rostro a unos deprimentes centímetros de distancia. Una postura bastante peculiar.

La sangre me subió a las mejillas tan rápido como me levanté.

—Necesito que me pases tu celular.

Agitó su mano.

—¿Para qué? —pregunté, dándoselo.

—Voy a mandarme la fotografía y haré la magia.

—¿Magia? ¿Qué magia?

—Ya verás.

Se agregó a mis contactos y se envió todas las fotos que había tomado.

—Tierra llamando a Drey, Tierra llamando a Drey. ¿Estás ahí?

Sol agitaba su mano sobre mi cara. Su cuerpo inclinado y la expresión intrigante. Mi amiga —porque lo era, aunque no como antes— lucía radiante. Se había armado una coleta alta que exponía parte de su cuello, el cual era rodeado por una bufanda roja de lana. En sus orejas podía ver sus aros con forma de sol, un detalle adorable teniendo en cuenta mi apodo hacia ella. En la curva del cartílago, un hélix lo decoraba. En el internado siempre había sido demasiado miedosa para hacerse agujeros en la oreja prometiendo que jamás se haría uno, mirarla ahora...

—Sí —tomé su mano para bajarla de mi campo visual—. Te hiciste un piercing, ¿eh?

Llevó su mano al hélix para tocarlo con cuidado.

—¿No te lo dije? Estaba segura de que sí.

Negué con la cabeza.

—¿Cuándo fue?

—El otro día —dijo. Se encogió de hombros para esconder su cuello de una brisa helada y se sonrojó diciendo—: Brind me acompañó.

«La cara bonita», pensé mientras las palabras de Raziel se repetían en mi cabeza.

—Ya veo...

Sol esperó a que dijera algo más sin esperar a que me quedara en silencio. Frunció el ceño y achicó los ojos, examinándome.

—Estás... muy rara. ¿Ocurrió algo?

Vaya pregunta.

—Me siento cansada, eso es todo.

Traté de sonar convincente, lo que obtuvo buenos resultados.

—Me lo imaginaba. Es decir, vas a la academia y trabajas, dos combinaciones muy agotadoras.

Eso era lo de menos. Lo que de verdad me cansaba era todo lo que me guardaba, todo en lo que pensaba, todo lo que sentía cuando veía a Sol a la cara.

Abrí mis labios para cuestionar un par de cosas, pero al mismo tiempo que decidía, visualicé a Grey caminando con rapidez en nuestra dirección. La rubia, ahora prima de Seth, llevaba el celular en lo alto, agitándolo con vehemencia.

—¡Drey! —gritó a unos pasos de mí—. ¡Drey, mira!

Tanto escándalo debía tener una razón, y vaya que la había. Una publicación en la página de Happy Little Tea era el tema del que todos hablaban por la mañana.

El encabezado decía:

> *[Nuestra Audrey Johnson, santurrona de primero, está creciendo. Ahora se junta a escondidas con un chico. ¿Quién será? ¡Hagan sus apuestas!]*

En la primera foto aparecía yo en la azotea del edificio de Ciencias frente a Raziel, a quien solo se le veía la espalda. Se veía como cualquier persona que pasa por la calle, no se distinguía ninguna de sus facciones. Ahí, el único rostro reconocible era el mío. En la segunda, sin embargo, salíamos abrazados.

Necesitaba hablar con Raziel de inmediato.

—Con razón desapareces a la hora del almuerzo —comentó Grey, casi quitándome el celular de las manos—. ¿Quién es?

—No es nadie...

—¿Nadie? —su indignación se reflejó en cada línea de expresión en su rostro—. ¡Las fotos no mienten!

Tragué saliva.

Nunca se me cruzó por la cabeza que en algún punto de mi vida tendría que dar explicaciones sobre un chico.

—Solo es alguien —dije sin argumentos en los que escudarme.

—Sí, alguien, un chico; no es un caballo, paloma o algo así... Es. Un. Chico —la insistencia de Sol comenzaba a fastidiarme. Ella, toda curiosa, por poco me zamarrea de los hombros, dispuesta a sacar de mí toda la jugosa información—. Danos el maldito nombre.

—No.

Mi respuesta la descolocó. Su rostro y el de Grey se transformaron en asombro.

—¿No? —interrogó la rubia para afirmar que no había escuchado mal.

—No les diré quién es —sentencié en un tono firme—. No me sentiría cómoda con sus suposiciones, cosa que ya están haciendo.

—Es... —Sol lucía traicionada. Se puso en pie y apretó los puños. Razonar contra mí le estaba costando más de lo que ella hubiera deseado—. ¡Drey! —chilló más indignada que antes—. Estás quedando con un chico a escondidas...

—Sí, como tú les ocultas a tus padres que sales con Brind —apunté.

—Yo lo hago porque ellos me matarían si se enteran —se quejó Sol—. Esto es diferente, Drey. Somos tus amigas, creo que merecemos tener la primicia.

«Amigas» le quedaba demasiado grande.

Me levanté y me colgué el bolso en el hombro, preparada para marcharme.

—Como amigas entonces respetarán que me guarde el nombre del chico hasta que me sienta preparada para decirles. —Me miraron acomodarme la ropa y formé un ademán—. Nos vemos luego.

Odiaba actuar como la mala ocultando cosas, pero me habían herido y no quería compartir con ellas ni lo que había desayunado.

De repente, andar sola por la academia se había convertido en una caza de miradas en la que yo era la única presa. Todos con los celulares en la mano tras haber leído la publicación. Algunos comentaban entre sí y otros me sonreían. Había algo diferente en sus miradas.

Quise encerrarme en algún sitio.

El único lugar que se me ocurrió fue el cuarto en la biblioteca donde a Vivian le gustaba fumar. En ese lugar, de aspecto frío y lejano, decidí encerrarme hasta que tocaran el timbre para entrar a clases.

Me senté sobre la enorme mesa con mi celular entre las manos, dispuesta a hacerles frente a todos los comentarios de la publicación. Las reacciones de sorpresa y risa se disputaban el primer puesto, pero en general no sobrepasaban las diez. Y con los comentarios la situación resultó similar: solo dos personas desde cuentas falsas habían comentado la publicación; uno se preguntaba quién era el desafortunado y la otra le respondía que seguro era un cura. El comentario no se apartaba de lo vulgar, pero al menos no me pareció tan hiriente como los del video de Euphoria o el de la exprofesora. La vida amorosa de una estudiante fuera del grupo selecto no atraía tanto la atención.

La puerta se abrió de golpe.

—¿Qué demonios haces en mi guarida?

Vivian me miró desde la entrada con el ceño fruncido. No sabía que podía llegar a ser tan territorial.

—Lo mismo que tú —dije con la calma que a ella le faltaba—: esconderme.

Me acomodé en la mesa con los pies balanceándose de atrás hacia adelante a un ritmo desastroso en cuanto la vi entrar, previniendo que se lanzara contra mí por invadir su espacio. Bueno, no era como si la sala llevara su nombre inscrito, estaba segura de que en la placa de la puerta decía «Sala 10-B».

Vivian se plantó frente a mí con su dedo índice lleno de anillos exóticos, señalándome.

—Este es mi lugar —reclamó cual niña pequeña—. Mío. De nadie más.

Apoyé mis manos en la mesa y me eché hacia atrás, cediendo todo mi peso en los brazos.

—Creo que ahora es nuestro.

Mi actitud me daba un aire altanero que Vivian captó en un parpadeo. Arqueó una ceja al mismo tiempo que sus ojos me inspeccionaban de la cabeza a los pies.

—Puedes ir a la sala continua —sugirió.

Sonreí.

—Yo tengo la llave, no tú.

Su magullado orgullo no me la dejaría tan fácil, por eso sacó un cigarro y lo colocó entre sus labios, manchando la colilla con lápiz labial rojo.

—No te quejes del humo —advirtió en medio de unos furiosos chasquidos del encendedor.

—Nunca entenderé por qué a las personas les gusta fumar —pronuncié sin pensar; la llama del encendedor me tenía embobada y recordé lo cautivadora que eran las llamas del encendedor de Raziel.

Vivian por primera vez sonrió.

—Porque nos gusta gastar dinero en cosas innecesarias y letales —soltó con una cuota de sarcasmo, aunque su respuesta era una verdad irrefutable—. No respondiste a mi pregunta.

Se veía receptiva.

—Te dije que me estoy escondiendo —reclamé—. Quería apartarme un poco de la academia y no se me ocurrió otro lugar.

—Tiene su toque hogareño.

No sé de dónde había sacado esa idea.

—Más bien es como una especie de sala de hospital a la que estoy obligada a permanecer para sanarme, pero que me da un escalofrío por su terrorífica ambientación.

—Te acostumbras, créeme —se acomodó a mi lado de la mesa y pataleó al mismo ritmo que yo—. ¿De qué o quién te escondes?

Le enseñé la publicación en la página. A diferencia de Sol y Grey, Vivian no reaccionó con exageración ni me colocó las manos en los hombros en busca de una respuesta.

—Odio esa página —se quejó—. Quien esté detrás de ella debe tener un problema.

Más razón no podía tener.

—¿Quién es el chico?

Bloqueé la pantalla y guardé el celular. No quería provocar malos entendidos o que descubriera que en mi galería guardaba una foto más cercana. Y quería tomarme mi tiempo buscando una respuesta convincente.

—Alguien que está de mi lado —dije finalmente.

Vivian le dio una calada a su cigarro para luego darme un codazo.

—¿Estás saliendo con él?

—Tenemos una relación algo extraña.

Obtuve otra sonrisa de su parte.

—Esas son las mejores —dijo en un tono de añoranza—. Lo extraño es interesante. Y divertido.

Interesante y divertida no cabía dentro de las descripciones que se me vinieron a la cabeza al pensar en Raziel. El tatuaje en su brazo era lo único que me llamaba la atención; lo demás formaba parte del enigma que lo relacionaba con la Agnes de la academia. Nada más.

—Es curioso que digas eso.

Se echó hacia atrás con incredulidad.

—¿Por qué?

—Porque extraña es una buena palabra para describirnos —afirmé.

—La extraña aquí eres tú, con todos tus rollos y persecuciones.

—¿Persecuciones?

—Sí. Persecuciones. Que me hayas seguido, no una, sino dos veces, es una persecución que roza el acoso.

No pude contener la risa.

—¡Eres una exagerada! —la acusé.

—Como sea... —Encogió los hombros—. Quiero fumar lo que me queda de cigarrillo en completa paz. —Pasó sus dedos por los labios cerrando la cremallera invisible entre estos.

Levanté mis manos en señal de rendición y me tiré sobre la mesa, con los brazos extendidos en el cielo. Así pasé el resto de los minutos hasta que el timbre nos ahuyentó.

En el cine me dediqué a buscar a Raziel más que concentrarme en lo que me habían encomendado. No estaba en la sala de descanso, tampoco en la boletería o la zona de comida.

Aprovechando que Camille y yo nos cruzamos en uno de los pasillos, le pregunté por Raziel. Ella, con movimientos delicados, se llevó una mano al mentón y achicó los ojos como si le costara recordar.

—Creo que está en la bodega, contando las entregas de la tarde. ¿Necesitas algo?

Negué con la cabeza, agitando mis manos a la altura del pecho. Me había puesto nerviosa y, al parecer, Camille lo había notado.

—Por ahora no —balbuceé forzando una sonrisa.

—Porque, ya sabes, si tienes alguna duda o necesitas ayuda aquí me tienes.

—Lo sé, lo sé —asentí con nerviosismo—. Gracias.

Por poco salgo huyendo de la mirada analítica de Camille.

Llegué a la bodega con el corazón agitado. Era un sitio amplio, frío y oscuro, con muchas estanterías con cosas y lámparas que tintineaban tentando a un apagón feroz. El tronar de las cañerías y la ventilación me dieron mala espina. Me abracé a mí misma, atenta a cualquier movimiento ajeno mientras me adentraba.

—¿Raziel?

Mi voz emergió con inseguridad, todo lo opuesto a la respuesta firme del recién mencionado.

—Estoy por aquí.

Seguí el sonido de su voz hasta dar con él. Raziel lucía como una sombra terrorífica entre dos enormes estantes. Portaba lo que parecía ser una factura en la mano y una linterna en la otra. Al verme, rezongó como si supiera mis intenciones.

—¿Qué necesitas? Estoy contabilizando.

Dudé si dejarlo libre o insistir. Pero estaba tan harta de todo que preferí continuar.

—¿Tuviste que ver con la publicación de Happy Little Tea?

—Un poco —contestó con calma.

Eso explicaba por qué la publicación que hicieron sobre mí era mucho más liviana que las demás. Me había llamado santurrona, una ofensa simplista, pero a los demás los subía al quinto cielo con insultos.

—La manejas.

—No.

—Eso explicaría por qué saben tanto de los estudiantes —concluí, dando por hecho que estaba en lo correcto—. No puedo creer que participes en una página tan asquerosa...

—Eh —interrumpió. Su voz resonó firme—. Yo no la manejo, solo sé quién sí.

—Es decir que es una persona, no varias. ¿Quién es?

Esbozó una sonrisa torcida.

—¿Qué te hace pensar que te daré su nombre?

—Que han publicado algo sobre mí.

Claramente buscaba que se hablara de mí. Ese era su plan.

—Y dejarás que publique algo más —mascullé sin poder creerlo—. Algo en lo que tú tienes que ver. Por eso me llamaste en la azotea, ¿verdad? Querías que mi nombre esté en una página tan delez...

Raziel dejó las cosas en el estante y se acercó.

—Lo hice para desesperarlos —me corrigió, colocando sus manos en mis brazos para que prestara atención—. Ellos van a pensar que te pierden y se arrastrarán hacia ti como las víboras que son.

—Eso no tiene sentido.

—Lo tiene —objetó—. Tendrás una ventaja sobre ellos y podrás manipularlos. Sube la fotografía que tomaste el otro día a tus redes sociales, deja que pasen unos minutos y luego, cuando veas el primer comentario, la borras. Si te preguntan por qué la quitaste, dices que sentiste vergüenza. Ellos van a verla, estarán intrigados por saber quién es el chico. Y luego, te desharás de esto.

Apuntó mi pecho.

—Mi collar... —Lo tomé para resguardarlo en mi mano, aferrándome a él como lo hacía con lo que creía—. Ni de chiste, no voy a quitarme esto por un par de idiotas.

—Esto es solo algo material —pronunció bajo, cercano y empático—. Tus convicciones no tienen motivo de estar en un plano físico cuando las tienes aquí. —Señaló mi pecho otra vez, y luego apuntó mi cabeza—: Y aquí. Será como jugar con ellos.

Me mordí los labios.

—Esa página es capaz de destruirme.

—No conmigo de tu parte —aseguró—. Sé quién es, sé que muchos en la academia odian la página, sé que pagarían por darle una paliza a quien la administra. Yo no permitiré que esa persona te ofenda otra vez. Es una promesa.

Al día siguiente, Grey y Sol se empeñaron en saciar la curiosidad que sentían al ver mis publicaciones fugaces. Me arrinconaron en la mesa a la hora del almuerzo y comenzaron su avalancha de preguntas en busca de que confesara lo que había entre el desconocido de las fotos y yo.

—Admítelo, no tienes escapatoria. —Sol me apuntó con el tenedor, amenazante. Sus ojos siempre expresivos portaban un extraño brillo—. Somos tus amigas y merecemos saber, al menos, si te gusta.

Dirigir la conversación hacia ese punto fue mucho más fácil al generar dudas con la publicación.

Raziel era un astuto.

Quizá demasiado suertudo.

Faltaba que su plan llegara a los oídos —u ojos— de Seth y Dhaxton para causar el efecto deseado.

Bajé la mirada a mi comida, un plato de arroz con verduras que se veía delicioso, y resoplé de manera exagerada como muestra de la resignación que no sentía.

—Está bien —mascullé y apreté mis labios para guardar silencio.

—Está bien ¿qué? —insistió Sol, agachándose en busca de mi expresión.

—Lo admito —hablé con más firmeza. Levanté la cabeza con el fin de hacerle frente. Verla a los ojos fue dificultoso, solo veía sus posibles traiciones en ellos. Traté de revertir lo que sentía para darle peso a mi actuación. El silencio la mantuvo expectante—. Él me gusta, y... creo que tenemos algo.

Sol chilló de emoción y comenzó a hacer un horrendo baile de celebración que les sacó unas risas burlonas a dos chicos de la mesa continua. Yo también sonreí.

—¿Están saliendo?

Miré esta vez a Grey tras escuchar su pregunta. En ella se percibía un aura de seriedad que me fue transmitida a mí.

—Bueno...

Si me lo pensaba con frialdad, la persona de la foto era Raziel y con él no estaba saliendo, más bien...

—Estamos conociéndonos —respondí firme, sujetándome a esa media verdad para no sentirme más nerviosa de lo que ya estaba.

Hacerlo, claro, fue cometer un error del que me arrepentí al instante, porque más preguntas vendrían.

—¿Es alguien de Arte? —curioseó Sol.

—No voy a responderles más —dictaminé, tomando mis cosas dispuesta a irme antes de la invasión—. Hablamos luego, organizaré todo para enviar mi pintura.

Grey me frenó.

—¿Enviar tu pintura? —Lucía ofendida—. Pero me dijiste que no participarás.

No pude creer que tuviera el descaro de afirmar algo que no dije.

—Nunca te respondí, eso lo asumiste por tu cuenta —recriminé afirmando mi voz.

—Dijiste que...

Odiaba que me pusiera como la mala.

—Dije que me lo pensaría. —Comencé a temblar de rabia y todos los músculos de mi cara se tensaron—. Lo hice; decidí que quiero participar.

—Eso no fue lo que acordamos.

Creo que en ese punto mi paciencia colapsó.

—Tú y yo no acordamos nada, Grey. Lo que pasa es que creíste que como soy la chica buena aceptaría tus inseguridades sin pensar en lo que yo quiero —me puse de pie para mirarla desde la altura—. Quiero ganar el concurso —por fin se lo decía de manera clara—. No dejaré pasar la oportunidad por nada ni nadie, mucho menos para permitir que una chica que pone en duda sus habilidades artísticas ocupe mi lugar. Que me pidas que deje uno de mis grandes sueños porque temes a perder, demuestra que no eres digna de estudiar Arte, mucho menos demostrarle a tu familia que vales para esto.

Grey me miraba con el rostro pálido y cargado de sorpresa. Había sido directa, más certera de lo que ella hubiera esperado que fuera. Mis palabras contenían una verdad absoluta que, al parecer, nadie se atrevió a disparar antes.

Desplegué una sonrisa, satisfecha por dejarla perpleja, me acomodé el bolso y me despedí como la Drey de los primeros días de la academia: feliz y cordial.

Afuera, con el frío despiadado abrazándome, oí el llamado de Sol.

—Drey... ¿Qué fue eso? —me cuestionó todavía sorprendida—. Grey tiene serios problemas en casa, se siente fatal, y ahora tú le has dicho todo eso...

Di un paso para acortar distancia. Sol me miró atenta y lentamente escondió su cabeza entre los hombros, intimidada por mi nueva faceta.

—Entonces dile esto: El mundo está compuesto por cazadores y presas, y tú estás en la mirilla de un rifle que dispara tan fuerte y tan rápido que la bala te atravesará sin piedad.

Capítulo 20
Preparativos antes de Halloween

AUDREY

La pequeña luz amarilla de la lámpara sobre mi velador se reflejaba en cada curva de mi collar.

—Y pensar que todo comenzó contigo —le dije al objeto inerte, embelesada con su reflejo intrigante.

Ya había pasado tiempo desde que había entrado a la academia y sentía que todavía no me adaptaba a ella. Cuando Solange me advirtió sobre un sinfín de cosas, jamás pensé en tomarla en serio. Había tenido que descubrir una de las peores caras de las personas y equivocarme más veces de las que deseaba admitir. Habían sido crueles, burlones, desafiantes e inmorales. Lo peor es que para conseguir mis nuevos propósitos debía actuar como todos ellos. Pero seguía sin poder despegarme del collar de la abuela.

—¡Al fin...!

Escuché decir a Lucy desde el otro lado de la puerta. Con rapidez, escondí mi collar en el velador y le puse llave al cajón. Mi compañera de cuarto no tardó en abrir la puerta; estaba despeinada, pálida y con el ceño tenso.

—¿Un mal día?

—Mis compañeros son demasiado trogloditas como para ponerse de acuerdo con lo de la fiesta de Halloween —comenzó a explicar mientras se secaba el cabello con su toalla—. Y si me esmero por hacer propuestas no me escuchan o las descartan. ¡Me estoy volviendo loca!

—Pasa de ellos, no te involucres.

—Eso intento, pero... —resopló y sus hombros cayeron—. Tengo que estar ahí.

Ya sumida en la resignación, se dirigió a su pecera para alimentar a su nuevo pez. El otro ya había pasado a mejor vida. ¿Qué le pasó? Lucy prefirió no responder cuando se lo pregunté, solo dijo que tuvo un final trágico y que lo reemplazaría.

—¿Un nuevo amiguito?

Su pregunta me sacó de mi envolvente imaginación. Estaba señalando la nueva planta que compré.

—No es para mí; es un regalo.

—¿Para alguien especial?

Menea las cejas con evidente insinuación.

Oh, sí, Lucy, alguien especial de cabello gris y ropa única. Ah, y que está involucrado en una posible desaparición.

Asentí.

—¿Tu novio?

Raziel y su ceño fruncido vinieron a mi cabeza, así que formé una mueca disimulada al escucharla.

—Sí, a él.

—¿Lo llevarás a la fiesta de Halloween?

¿Querría, mi queridísimo y simpático novio falso, acompañarme a una fiesta llena de jóvenes? La verdad, lo dudé. Si lo pensaba bien, sería una buena tapadera entrar en la fiesta de la que todos en LeGroix estaban hablando últimamente.

—Lo dudo —dije finalmente—. Él trabaja.

—Qué mal. Con las ganas que tengo de saber quién es...

Bueno, Lu no era la única.

La misma libreta que usaba para dibujar y escribir anotaciones rápidas era mi recordatorio de no confiar en nadie. Era una lista llena de nombres con personas a las que investigar. Su orden era importante.

Hasta ese momento, la lista iba así:

Dhaxton Crusoe
Seth Bellish
Raziel Elm

«Su» Agnes (la de la academia y los videos del club)
Emma Williams
Agnes (la de las cartas, amiga del chico A y el chico B)
Denniro Crusoe
Devon Crusoe
Grey
Agatha
Sol
Vivian
Logan

Por supuesto que los dos primeros puestos eran los de más importancia, sobre sus cabezas había un letrero con la palabra «ADVERTENCIA». Sin embargo, había cometido un fallo: Raziel. Había confiado en él rápido y acepté sus propuestas sin conocerlo de nada. Por eso me propuse saber qué tan confiable era.

—Hoy estás pensativa.

Mi tendencia en el trabajo: pensar en todo y hacer nada. La mayor parte de las primeras horas estuve inmersa en mis pensamientos, de pie como una pésima estatua de novato. Por suerte la jefa no estuvo detrás de mí viendo lo que hacía.

Esto empeoró cuando Camille y yo nos metimos a una sala a limpiar para la siguiente función.

—¿Ocurrió algo?

Ambas nos encontrábamos lejos, ella en el pasillo derecho y yo en el izquierdo, unas enormes columnas de sillas acolchadas nos separaban. Aun así, su pregunta había sonado cercana.

O quizás estaba demasiado angustiada por contarle a alguien lo que me pasaba que recurrí al apego de otra persona.

Como no quería decirle que pensaba en la confiabilidad de Raziel, opté por decirle una media verdad.

—He discutido con una... —La palabra «amiga» vino a mi mente de primeras, pero era demasiado profunda para describir a Grey. Suspiré y añadí—: compañera.

—Parece que no solo era una compañera —sugirió Camille concentrada otra vez en limpiar el piso de las escaleras.

Me mordisqueé el labio para reprimir la frustración. Era una simple palabra, ¿por qué parecía tan problemática?

—Alguien que consideraba una amiga —corregí, resignada y lenta, al igual que los movimientos de mi escoba.

—Ah... —Suspiró—. Es difícil tener discusiones con personas que queremos. Deberías arreglarte, es horrible tener ese peso encima.

—No es tan simple —me opuse. Su sugerencia me sentó como un mandato escrito en la Biblia que no se podía romper—. Ella me traicionó, es una mentirosa.

Las palabras emergieron de mis entrañas con un odio del que yo misma me sorprendí.

—Todo tiene una explicación —habló Camille de manera conciliadora. Tan calmada y pasiva que la envidié—. No busco justificarla, pero, a veces, no encontrar una razón a las acciones de las personas, las distancia. Créeme, casi me pasa la otra noche. —Guardó silencio y yo la imité cuando retomó la limpieza—. ¿Te dijo tu amiga por qué te traicionó?

Quise corregir su uso inadecuado de la palabra «amiga», pero lo dejé pasar con un suspiro.

—No creo —respondí pensativa—. Y dudo que llegue a hacerlo, ella no sabe que sé de su traición. —Al darme cuenta de lo estúpido que sonaba eso me reí de mala gana.

—Bueno, es mejor estar bien con los que te rodean y hablar las cosas.

El consejo de Camille no me servía de mucho. Pero ¿cómo reprocharle cuando ella no se hacía una idea de lo que me ocurría?

—Lo tendré en cuenta —le dije para que no se sintiera mal.

—Hazme caso, soy la voooz de la experienciaaaaa —canturreó en una tonada profunda y melódica. Reí con ella hasta que solo enseñó una sonrisa y agregó—: Es mejor vivir sin rencores.

Terminamos la sala y me dirigí a restablecer los vasos plásticos, que escaseaban en la zona de atención. Fue pura casualidad toparme con Raziel cargando una bolsa de granos de maíz que trataba sin cuidado alguno. La camisa del cine apegada a su cuerpo marcaba la musculatura de su espalda y sus brazos se fortificaban con cada paso. Miré su rostro. A juzgar por las arrugas en su entrecejo y sus movimientos rudos, su buen humor, que ya era escaso, se había esfumado al otro pueblo.

Dejó la bolsa de maíz junto a una máquina y esta resbaló, lo que le sacó un gruñido y algunas maldiciones que no deseé repetir. Suerte que no había ningún cliente cerca, solo compañeros de trabajo que hicieron oídos sordos.

Pese a su malhumor, me animé a contribuir en este y me acerqué.

—¿Podemos hablar?

Ya no obtuve una sonrisa cordial, sino un bajón de comisuras que aplanó sus labios en una muestra clara de disgusto.

—No, estamos trabajando. Hablemos luego, después del turno —sugirió sin mirarme—. Ahora no es el momento.

Esperaba una respuesta así, solo quería meter algo de presión.

—¿Dónde?

—El diner. Ya sabes dónde está.

Además de tener talento para el arte, lo tenía para cabrear a Raziel, pues sus palabras secas y la manera en que cargó la voz, me indicaron que lo había conseguido. Pero insistí y me atreví a preguntar qué pasaba.

—Tuve problemas con Camille la otra noche. Escuchó lo que hablamos —me horroricé con solo pensar que ella sabía lo que me había ocurrido y por eso me había hablado sobre no guardar rencores. Traté de profundizar en ello, pero Raziel continuó hablando—: Para la próxima cierra la puerta.

No supe distinguir si eso era un consejo o una advertencia. Lo que estaba claro era que le había traído problemas.

—¿Ella escuchó todo?

—Lo suficiente para malinterpretar nuestra situación.

—Lo lamento.

Mis disculpas suavizaron su expresión y un brillo extraño se asomó en sus ojos.

—No importa, ella entendió mi explicación. —Sonreí con alivio, pero él interrumpió la celebración interna—: Eso no significa que yo no siga enojado. Que no se vuelva a repetir.

—Ya —mascullé, fastidiada.

—Por cierto, nada de juntas en la azotea.

Esas particulares juntas en la azotea serían un problema.

—Suponía que lo dirías ahora que *nos descubrieron* —me encogí de hombros—. ¿Dónde se supone que nos veremos en la academia?

La brillante y divertida sonrisa de Raziel apareció en su rostro. Me alegré de que yo fuera la causa de su cambio de humor.

—¿Dónde sugieres? —preguntó.

Conocía pocos sitios solitarios y lejos de la mirada de los estudiantes donde pudiéramos llevar a cabo las juntas. Pensé en la biblioteca, en una de las salas de estudio, pero sería sospechoso ver a Raziel entrar con o sin su uniforme de trabajo. Además, su entrada estaba a la vista de todos.

Pensé en un sitio apartado, detrás de las gradas o algo por el estilo. Esos lugares parecían un laberinto al que muchos iban para matar las horas. No obstante, lo descarté por la misma razón que la anterior.

Luego pensé en mi primer día de clases, en el recorrido turístico que hice. Seth y su profesora iban allí a escondidas, supuse que de hacerlo el pasillo no tendría cámaras.

—Una bodega —propuse con falta de seguridad—. ¿Conoces la sala del cuarto piso del campus de Matemáticas?

Raziel alzó las cejas.

—Un lugar bastante particular. Qué astuta.

Ladeé mi cabeza y achiqué los ojos sin comprender el motivo de su comentario.

—¿Lo dices por Seth?

—Todos van a esa bodega para una cosa: follar.

Enrojecí de golpe y tragué en seco.

—Propón tú, entonces.

Mi casi histeria le sacó otra sonrisa. Ya no me estaba alegrando que se riera a mi costa.

—Te dejaré una notita en el casillero cuando encuentre uno.

—Espero que esta vez nadie pueda fotografiarnos.

—Nada de fotos desde ahora —dijo.

—¿Por qué?

—No puedo.

—¿Por qué? —insistí.

Me miró con fastidio, harto de que interrogue los motivos de todos sus actos.

—No quiero tener problemas.

Andie hizo su diabólica aparición y nos miró, lo que me dio a entender que estaba molesta por holgazanear en el trabajo y que a eso precisamente se refería Raziel con «no tener problemas». Así que esperé toda la hora de trabajo para poder volver a hablar con mi novio falso.

Afuera me esperaba un clima frío y unas nubes grises acumuladas de agua. Menos mal que no había ido en bicicleta. No quería tener un accidente trágico de camino al centro.

La mala noticia era que no traía paraguas.

—Eh —Raziel salió disparado hecho una bala desde el interior del edificio, con su vestimenta de chico malo de los 80 y el cigarro entre los labios—. No demores en llegar.

Podría haberse ofrecido a llevarme en su moto, me hubiera sido mucho más fácil que tomar el bus. Pero al parecer ese asiento estaba reservado. Se puso el casco y encendió el motor para luego marcharse a toda velocidad.

A mí me tocó caminar.

Tuve suerte de que el bus no tardase en llegar y, después de veinte minutos, me dejara a media cuadra del diner.

Llegué al diner abrazada a mi cuerpo con el fin de que el calor permaneciera en mí. No había caminado demasiado y aun así sentía mis piernas y nariz congeladas. Me gustaba el otoño, aunque prefería mil veces la primavera y su infinita gama de amarillos.

Dentro del diner había un delicioso aroma a café caliente y waffles, las personas hablaban en completa armonía y pude escuchar una canción antigua.

Caminé con la misma timidez que la primera vez hasta encontrarme con la espalda ancha de Raziel. Estaba sentado en el mismo lugar de antes, apoyado en la barra con la cabeza escondida entre los hombros y una taza de café humeante hacia su perfil. A su lado, en mi banquillo, una taza de té me aguardaba.

—Qué considerado —comenté con una cuota de sarcasmo.

Me acomodé en el asiento y olí el aroma que desprendía el té. Llevaba canela, lo que provocó que recordara ciertas galletas. Me deshice de todos esos pensamientos, pues no quería ponerme sentimental por gestos que, claro estaba, fueron parte de un descabellado juego en mi contra.

Le eché un vistazo al café de Raziel; iba por la mitad, así que al parecer llegué más tarde de lo que a él le hubiera gustado.

—Bien; hablemos —me invitó con ese tonito desagradable y pesado.

—¿Ves?, no era tan difícil ponernos de acuerdo —le dije para fastidiarlo más—. Aunque nos habríamos ahorrado esto si te hicieras algo de tiempo en el trabajo.

—Lamento no tener todo el tiempo para ti.

Un contraataque inesperado.

—No te pido todo tu tiempo, quiero la parte que con tanta convicción me prometiste dar.

—Estábamos trabajando, tú lo has dicho. Mi mundo no orbita a tu alrededor, ni al de *ellos* —dijo, refiriéndose con esto último a Dhaxton y Seth—. No *aún.* Y el tuyo no debería girar alrededor de ellos tampoco.

Sentía que estaba sentada en el salón de Historia recibiendo una gran lección de vida. De acuerdo, Raziel no lucía como un profesor, pero eso no quitaba que tuviera las palabras justas para hacerme reflexionar.

—Necesito saber muchas cosas. No sé qué va a pasar conmigo. —Me agaché un poco, confidente—. Si Emma desapareció y luego *tu* Agnes, yo seré la siguiente.

—Lo dudo —contradijo al instante—. Me tienes a mí. Ellos no saben cuánto me has contado, ni quién soy, ni lo que has investigado o lo que puedes dejar atrás. No se arriesgarán, primero necesitan doblegarte, hundirte y romperte. Yo no dejaré que eso suceda.

—Porque me necesitas.

—Porque nos necesitamos —me corrigió.

—Qué bueno que lo mencionas. —Enarcó una ceja mientras yo acariciaba nerviosa el asa de mi taza—. Necesito que me acompañes a la fiesta de Halloween que están organizando en la academia.

Inesperadamente, su reacción rozó la sorpresa y la intriga.

—¿Una fiesta? —interrogó, curioso.

—Sí.

—¿Y tú en ella?

Me encogí de hombros.

—Es una buena coartada.

Desconocer su respuesta me llenó de ansias.

—Bien —accedió—. Iré contigo.

El corazón me latió con rapidez ante su inesperada respuesta. Jamás creí que aceptaría sin tener que convencerlo con un largo discurso sobre conveniencia. Pero admito que me alivió que las cosas salieran tan fáciles. Con Raziel en la fiesta sería un buen momento para probar su confianza.

—¿Quieres probar llevar disfraces de pareja?

Su repentina pregunta me tomó con mayor sorpresa que su aceptación, y con tan solo escuchar «pareja», encendió mis mejillas.

—¿Pa-parejas?

Quise que la tierra me tragara.

—Sí —sonrió haciendo un acercamiento—. Parejas.

—No lo había pensado —tuve que admitir, muy a mi pesar.

Bajó la cabeza hacia su taza de café y noté cómo se relamía los labios. Involuntario o no, fue algo que capturó toda mi atención pese a intentar disimularlo.

—Ya tienes una tarea para la casa: pensar en un disfraz.

Qué graciosillo salió.

—Podrías pensar en uno tú también, ¿sabes?

—Lo sé perfectamente, pero fuiste tú quien me invitó. ¿Cuándo es la fiesta?

—El próximo sábado —solté con fastidio y me propuse marcharme a la academia lo más rápido posible.

—El tiempo suficiente para pensar.

Dejé la taza en la barra y lo miré.

—Estaré esperando esa nota en mi casillero.

Fue lo último que dije. Saqué un par de billetes de mi pantalón y los dejé sobre la barra como pago por el té y el suyo. Luego salí del diner sin despedidas. Me sentía fastidiada y no sabía la razón específica. Lo cierto era que Raziel parecía dispuesto a sacar lo peor de mí.

El problema era que la lluvia había comenzado a caer con toda la furia.

No me quedaba de otra que pedir un auto.

—Qué buen momento.

La voz de Raziel me sacó de mi pesimismo. Lo miré de reojo a mi lado, sacando la cajetilla de cigarros de su chaqueta.

—Se veía venir —admití con fastidio—, pero no pensé que sería justo ahora. Con lo lejos que me queda la parada del bus...

Después de encender el cigarro y guardar el encendedor, se quitó la chaqueta para colocarla sobre mi cabeza y los hombros.

—Si alguien pregunta, te la dio tu novio —se aventuró a decir.

—Gracias —dije casi en un susurro, todavía sin poder creer que me había tendido su chaqueta. Era un gesto demasiado amable viniendo de él.

—De nada, Angelito. Luego me la regresas.

No dije nada, en su lugar, preferí correr a la parada y rogar por un bus.

Nuevo problema desbloqueado: buscar un disfraz de pareja.

No me había disfrazado desde que había entrado al internado. Recuerdo que para estas fechas mi madre me vestía con lo que tuviera a mano para salir a pedir dulces, pero todo cambió al ingresar en un colegio católico. ¿Celebrar Halloween en un internado católico lleno de monjas que se escandalizaban con una grosería? Ni de chiste. Para reemplazar Halloween cenábamos jamón relleno y bebíamos jugo de fruta, nada de dulces hasta el hartazgo. A muchas esto las aburría, por lo que no dudaban en escaparse por la noche a alguna reunión nocturna a las afueras del internado o fiestas sin más.

A mí me espantaba la idea de fugarme por la noche a una fiesta que la madre superiora llamaba «pagana». Bastó escuchar una vez aquella palabra para repetirla en mi cabeza y rechazarla. Me perdí de muchas experiencias divertidas que las chicas me contaban cuando regresaban.

Por eso, no podía evitar preguntarme qué pensaría la Drey del pasado si se enterara de que iría a una fiesta de disfraces con un novio falso.

—Te noto algo cansada.

Vivian entró a la sala con el cigarro mañanero entre sus dedos. Había asumido que tendría que verme la cara en mis momentos de conflicto. La sala de la biblioteca se había convertido en el refugio de ambas.

—Traigo muchas cosas en mente y ninguna de ellas parece tener solución.

—¿Qué traes en mente para tener tan mala cara?

Apreté mis labios dudosa de responderle. Siendo Vivian tan única para conseguir soluciones a cosas complicadas, como si no costaran nada, estaba segura de que me diría que exageraba todo.

—Pues... No sé qué disfraz llevar para la fiesta de Halloween.

Chasqueó la lengua tras subirse en la mesa y se acostó encima. Su cigarrillo encendido echó humo como locomotora.

—La vida de los jóvenes debería resumirse en «complicarse por todo» —dijo con la vista en el cielo.

—Sabía que responderías algo así. Pero no me complico solo por eso, también porque iré con...

¡Cielos! Un poco más y mencionaba a Raziel.

—¿Con tu novio?

Vivian redujo mis pensamientos a una simple oración que denotaba cierta obviedad. Si supiera los estragos que ese simple «con» me trajo...

—Sí. Él. Mi novio. El problema es que queremos ir con un disfraz de parejas, pero no quiero que él enseñe su cara. ¿Se entiende?

—Fiesta, disfraces, no revelar quién es —resumió—. Lo que no entiendo es por qué no quieres que sepan quién es.

—Porque es una relación que recién empieza y no quiero que me digan nada si no llega a funcionar —recité de la nota mental que creé en caso de que alguien hiciera la pregunta. Vivian no estaba muy convencida—. Y no confío en los chicos A y B. Ellos son capaces de hacerle daño solo para seguir con su estúpido juego.

—Hacerles daño, no; pagarle para que te deje, sí.

Bien. Vivian no había dejado de lado el resentimiento hacia el par. Era fácil sentir su apoyo cuando de criticarlos o ir en su contra se trataba. Los odiaba. Los aborrecía tanto como lo demostró Raziel.

—Podrían ir de Grim y Malaria, de *The Grim Adventures of Billy & Mandy.*

Los busqué en internet desde el celular y encontré el disfraz.

—No está mal —confesó, asombrada.

Mi aprobación la animó.

—Es complejo hacer el maquillaje del chico, pero puedes comprar una máscara de esqueleto y ya. Aunque si lleva máscara no podrán intercambiar saliva.

Eso no pasaría. Raziel y yo teníamos otras prioridades. Y dudé llegar a tal extremo para convencer a los demás.

Pensaba en ello cuando decidí revisar mi casillero.

Para mi sorpresa, había una nota doblada en dos partes sobre mi cuaderno de Anatomía. La metí a mi bolsillo con rapidez y miré a los alrededores para comprobar que nadie me había visto. Andaba algo paranoica, pero tenía razones más que justificadas, ¿no? Con todo lo que ahora sabía...

—Drey, ¿de qué te disfrazarás?

La voz de Sol me hizo dar un pequeño salto por el susto. El corazón me latió fuerte y juraría que estaba más pálida que un papel. Traté de calmarme y sonreírle al voltear, pese a que cada vez que miraba el rostro de quien se hacía llamar «mi amiga» era una repetición incansable de lo que Raziel me había dicho.

—Prefiero que veas el disfraz por ti misma mañana —respondí—. Te vas a sorprender.

—Interesante... —llevó una mano a su barbilla y fingió pensar con seriedad—. ¿Irás de monja sexy o algo así?

—¿Monja sexy? No voy a alquilar un disfraz de una tienda erótica, no malpienses.

—Buuu... Es que verte toda sexy sería una gran sorpresa.

—¿Y tú de qué irás?

—Brind y yo nos disfrazaremos de Beatrix y Bill, los de *Kill Bill* —respondió con los ojos brillantes como dos estrellas. Se notaba a leguas que el disfraz de parejas le ilusionaba.

«La cara bonita», me repitió la voz de Raziel. Él era como un demonio susurrante, el lado oscuro de mi conciencia.

—Estaré ansiosa de verlos —dije con una sonrisa plástica.

En realidad, ansiaba más ver cuál sería su expresión cuando llegara acompañada.

Oh, cierto, la nota.

—Necesito ir a los dormitorios —me apresuré con la mano dentro de mi bolsillo para que la nota no cayera—. ¡Te veo mañana!

Salí corriendo, esquivando a la gente hasta que me encontré en mi pequeño lugar seguro: mi habitación. Lucy todavía no llegaba, seguía ocupada con lo de Halloween, así que tuve la libertad de desplegar la nota y leer.

Te veré el sábado en el departamento Mason de la calle Bennet, piso 6 a las 17:30. No tardes.

Esas eran unas horas antes de la fiesta.

El departamento de Raziel era lo contrario a la palabra «acogedor». Era un lugar marcado por los años, como todo el edificio. Las paredes eran de un blanco sucio, manchado y dañado por la humedad. No había demasiados muebles, sino los necesarios. Había hojas de periódicos por donde mirara y una enorme pila de papeles viejos. Sobre una mesa de café había un par de libros de los que reconocí sus portadas; eran los mismos libros que, en ocasiones, vi leer a Dhaxton. También había dos tazones sin lavar y un cenicero lleno de colillas aplastadas.

Al adentrarme, noté que la madera bajo mis pies crujía igual que en las pelis de terror. El piso estaba tan viejo que parecía que Raziel no lo había limpiado en años. Tuve miedo de entrar.

—Entra con confianza —apremió Raziel.

Difícil lo tenía con la sola presencia. Llevaba la partidura del cabello a un lado y todo el cabello hacia atrás. Me recordó a los modelos de revistas de perfumes. Serio como siempre, hizo un ademán a modo de saludo, pero su mirada estuvo lejos de ser amena, sino que analítica.

—Te he traído esto —le enseñé la chaqueta que me prestó la otra noche. No tuve tiempo de entregársela en el cine.

—Déjalo en el sofá. Ya son las 18:13, deberíamos empezar. —Se sentó en el sillón frente a la ventana—. Desde aquí tendrás mejor iluminación —justificó.

—Traje pintura especial para el rostro —le informé al acercarme.

—Chica preparada. Me gusta.

Saqué las pinturas y un par de pinceles que ya no ocupaba para comenzar y los puse sobre la mesa de café. Raziel relajó la cabeza en el respaldo del sillón, permitiendo que vea su cuello, y cerró los ojos para entregarse por completo a mi arte.

No tenía una idea muy clara de cómo saldría mi maquillaje, porque jamás había usado el cuerpo de una persona como si de un cuadro se tratase, pero vi en un programa de Netflix que era todo un tema... Así que rogué hacerlo bien, porque no quería arruinarlo.

Usé mi celular para consultar la imagen de referencia. Los dos colores necesarios eran el blanco y el negro, así que no sería tan complejo en cuanto a la combinación. Me preocupaban los detalles. Froté el pincel en la pintura blanca.

—Bien, aquí voy... —pronuncié para mí misma.

Raziel frunció el ceño al escucharme y pude ver su comisura izquierda elevarse un poco. Eso me puso nerviosa, porque no sabía si dentro de su cabeza me estaba llamando patosa o porque le divertía cómo exponía mi nerviosismo. Por ello, mi primer pincelazo fue torpe y tambaleante. Comencé por su mejilla, rodeé sus pómulos, contorneé la curva bajo su ojo y me paseé por su quijada. Sus facciones eran marcadas y rectas; su quijada sobresalía bajo sus orejas. Sus mejillas eran delgadas, aunque no demasiado, y poseía unos pómulos que solo se lograban ver cuando sonreía. Y sus pestañas eran cortas. También pude percatarme del doble párpado en uno de sus ojos, y sus cejas negras, gruesas y pobladas pero ordenadas. Su frente era amplia, sin imperfecciones. Desde lejos, se podía apreciar que tenía una piel aceitunada, y de cerca, algunas cicatrices que guardaban experiencia. Tenía un corte reciente, que supuse se lo había hecho al afeitarse. Su rostro era rudo, poco refinado y diría que hasta aburrido de dibujar. No tenía demasiados rasgos que resaltaran, no lo describiría como hipnótico y si lo viera en una foto poca atención le hubiera prestado. Sin embargo, era ahí donde radicaba lo especial. Raziel era interesante porque su rostro era común y no destacaba por encima del resto, pero cuando se veía siendo un todo, causaba una intriga que no dejaba a nadie indiferente.

¿Qué había detrás de Raziel? ¿Era su rostro su verdadera cara o solo una máscara?

Mientras más descubría los misterios que guardaba la piel de Raziel, más iba perdiendo el verdadero objetivo detrás de todo esto. Se suponía que lo tenía que maquillar para una estúpida fiesta, pero sentía que, en realidad, lo hacía para conocerlo mejor.

Los libros sobre Danti Vannan hablaban sobre su primera musa, la inspiración de sus maravillosos cuadros. La misteriosa chica de su primer cuadro fue su comienzo y fin, por lo que vivió. Le llamó: «El flechazo artístico». Ocurría en pocas ocasiones, todas puntuales e inesperadas. Además, solo pasaba una vez.

No sé lo que sentí al pintar a Raziel. Lo que sabía bien era que creí haberlo sentido con solo una persona, y esa fue Dhaxton.

—Estás muy callada.

Escucharlo después de reflexionar sobre el flechazo artístico provocó que los nervios me atacaran de nuevo.

—Solo estoy concentrada...

—Ya me lo creo, de lo contrario estarías interrogándome.

—No soy tan preguntona —alzó las cejas y presentí que iba a lanzar un comentario para debatirme, así que me adelanté—: Todas las preguntas que hago son porque me conciernen o la información me involucra.

Raziel se lo pensó moviendo la cabeza a un lado y tuve que tomarlo de la barbilla para posicionarlo como a mí más me acomodó.

—Sí, en cierta medida. Pero también haces otro tipo de preguntas.

—¿Cómo cuáles?

—Del ámbito personal, aunque de una forma muy sutil. Así tanteas el terreno. No das el paso, te aseguras primero si es confiable. Por eso me asombra que hayas decidido venir a mi departamento. Cuando descubriste que te escribía notas y te propuse hablar, lo primero que pediste fue hacerlo en un lugar público, y ahora estás metida en el departamento de una persona que no conoces lo suficiente.

Raziel era demasiado perspicaz.

—Supongo que he agarrado confianza.

Esa era una pequeña mentira. En realidad, opté por juntarnos en su departamento porque deseaba ver qué encontraba sobre él. Raziel estaba en mi lista de personas a investigar y ¿qué mejor que hacerlo desde su propio departamento?

Hasta ahora había podido saber dos cosas interesantes:

1. Raziel era bastante desordenado y le gustaba coleccionar periódicos (y polvo, al parecer).

2. Pese a tener dos trabajos, era una persona que vivía en un lugar bastante deplorable. Estaba segura de que no le pagaban nada mal en ninguno de sus trabajos, lo suficiente para costear un departamento mucho mejor. Así que, o estaba metido en algo peligroso o estaba juntando dinero para algo.

Terminé con el blanco y comencé a pasar el negro. Dejé el pincel sobre la mesa y este rodó hasta chocar con uno de los libros.

—¿Por qué tienes los mismos libros que Dhaxton lee?

—Quiero saber cuáles son sus intereses.

Se había tomado su tiempo en responder, pero lo hizo con calma y un dejo de aburrimiento en la voz.

—¿Y de qué tratan?

—Me preguntaba cuánto aguantarías sin hacer preguntas —se burló formando una mueca—. Arte, leyendas asiáticas, comida... Ninguno sobre cómo ocultar cadáveres o hacer desaparecer personas.

Abrió los ojos y estos se focalizaron en mí. Fue una mirada fría, directa, de esas de las que no puedes escapar.

—¿Sientes curiosidad por lo que lee ese sujeto?

Quería ver mi reacción. Y, por mucho que intenté no mostrarme ansiosa al ser víctima de su enfrentamiento, mis movimientos se tornaron un desastre.

—Quiero saber cuáles son sus intereses —repetí.

Usar sus propias palabras en contra fue una buena forma de salvar mi trasero. Sin embargo, Raziel ni se inmutó. Su mirada quería escarbar dentro de mi psiquis... o es que yo era un libro abierto fácil de leer.

—Supuse que dirías eso. ¿Sabes?, el tiempo que te observé me sirvió bastante para notar ciertas cosas que otros no. Crusoe también despertó un interés diferente en ti, ya sea por su belleza excéntrica o su personalidad, ¿o me equivoco?

Dejé de pintar y di un paso atrás.

¿Qué estaba insinuando?

—Tal vez necesitas unos lentes, la edad te está causando cataratas —fue lo que dije como medida desesperada.

Raziel endureció la mirada.

—Niñata insolente —farfulló en lo que yo esbozaba una sonrisa victoriosa.

Esa fue una buena escapada.

Después de acabar con su maquillaje, Raziel se colocó la capa para ensombrecer todo su semblante. Se veía alto, poderoso y casi terrorífico con las cuencas oscuras y absorbentes, que nublaban el azul de sus ojos. Se mantuvo serio, con el mentón en alto, como si fuera una detestable humana pidiendo clemencia a sus pies. Era irreconocible y endemoniadamente genial.

La siguiente en arreglarse fui yo.

Me metí al baño para tener más comodidad. Era un espacio pequeño, caluroso y lleno de sonidos extraños, pero fue fácil distraerme de su origen ocupada con el maquillaje. Luego de un rato me di por vencida. Necesité tener mejor pulso y entre mis gruñidos y gimoteos, Raziel apareció en el baño para echarme una mano. Inesperadamente, su trato fue delicado a la hora de delinear mis ojos y labios de negro. Tenía un trazo limpio, casi estudiado, con el que dibujó la curva de mis labios sin problemas.

Me miré al espejo cuando terminó los últimos retoques.

—Estoy tan...

—El negro te sienta bien —se adelantó a elogiarme, aunque con ese dejo de burla que no me decía nada en concreto—. Ahora ponte ese vestido.

La puerta se cerró.

En la soledad del baño volví a mirarme y vi a una Drey completamente diferente. El maquillaje oscuro había cambiado mi rostro a uno más maduro y sensual.

Me veía diferente, pero no pude negar que me gustó.

Saqué el vestido de mi mochila. Era de una tela que no se arrugaba y lo suficientemente gruesa para que no pasara frío. Antes de comenzar a quitarme la ropa, comprobé que en el baño no hubiera ninguna cámara oculta o algo por el estilo, no deseaba aparecer luego en alguna página perversa o en Happy Little Tea. Hecha la inspección, empecé por la ropa de arriba, me metí en el vestido y luego me quité los pantalones. El vestido se moldeó a mi cuerpo sin problemas y resaltó algunas curvas a las que antes no había prestado atención. Como las proporciones anormales de mi trasero, por ejemplo. Se veía enorme... ¡Ni siquiera recordaba tenerlo así! Para finalizar, me coloqué una gargantilla que había comprado en una tienda y, después de mucho trabajo, los enormes guantes negros. Estaba lista.

Abrí la puerta del baño con precaución, sin hacer ruido, no quería tener la mirada de Raziel en mí, porque hacerlo significaba que, de alguna forma, vería mi trasero de proporciones anormales. No era como si tener un trasero grande fuera algo malo, era solo que no me sentía demasiado cómoda.

La escena que encontré afuera fue extraña. Raziel estaba murmurando mientras hablaba por su móvil. No alcancé a escuchar qué decía, pues se percató de mi presencia y cortó la llamada.

—Ya es hora —informó sin mostrar ánimos de decir más.

Salí del departamento y me apresuré en ir a las escaleras para bajar al primer piso. Raziel me seguía detrás, pero lo volvieron a llamar. Hubo un momento de silencio y, luego, el sonido de los pasos de Raziel acercándose.

—Nada de moto —comentó al bajar—. Llamará mucho la atención y la reconocerían luego.

Esperando a que pasara un auto, a Raziel pareció molestarle ser el centro de atención y risas de la gente que pasaba. Pese a traer maquillaje, pude notar su ceño fruncido.

—Esto es lo que haremos: llegamos tomados de la mano, me presentas a tus amigos, nos pavoneamos un poco de nuestro falso noviazgo y luego nos largamos. ¿Te parece?

Ese tonito no me gustó. Mucho menos la pregunta al final.

—No.

Mi rotunda negativa borró por completo su ceño.

—¿Qué dices...?

—Fui yo la que te invitó —le frené—, así que haremos lo que yo quiera. ¿Te parece?

Capítulo 21
La fiesta de Halloween

AUDREY

El exterior del auditorio de la academia estaba plagado de calabazas con caras feas y velas que formaban un camino hacia la entrada. La decoración en los árboles constó de luces y telas de araña entre las ramas. Y alguien tuvo la brillante idea de colgar algunos murciélagos que parecían reales.

Un grito cargado de miedo se escuchó a nuestras espaldas. Una chica disfrazada de bruja se había asustado por culpa de un muerto viviente salido de un féretro que la perseguía por todo el sector.

—Había olvidado lo que es estar en una fiesta de este estilo —comentó Raziel cuando la chica y el muerto viviente pasaron por nuestro lado.

—Jamás he estado en una fiesta de este estilo —dije yo haciendo referencia a sus palabras.

La entrada estaba custodiada por una pareja de chicos disfrazados de zombis.

—¡Bienvenidos a la fiesta de Halloween organizada por los chicos de Ciencias Matemáticas! —nos saludó el primero en un tono demasiado animado para el disfraz que llevaba.

—Antes de entrar tienen que atravesar este terrorífico pasillo —le siguió el chico.

El «pasillo terrorífico» que mencionó era una especie de túnel oscuro del que no se veía nada en el interior, ni siquiera el otro lado. Tampoco se lograba escuchar algo más que los gritos de los que se adentraban.

Di un paso atrás, casi cubriéndome con el cuerpo de Raziel.

—¿Tenemos que pasar por ahí? —Pese a intentar no sonar muerta de miedo, había fallado.

—¿Le temes a la oscuridad? —interrogó Raziel, y pude notar esa burla sutil que traía consigo siempre.

—Temo a lo que puede pasarme en ella —me defendí sacando mi lado más razonable.

—No dejaré que te pase nada. —Tomó mi mano para envolverla en la suya—. Te doy mi palabra.

Una clavada en el estómago marcó un circuito eléctrico por todo mi cuerpo. Mi brazo se volvió robótico al rozar el suyo y mi paso al adentrarnos lentamente hacia la oscuridad era casi mecánico. Avancé sin cuidado, casi sostenida por Raziel, hasta que el velo negro de la entrada nos envolvió por completo. En el interior había un camino de calcomanías fluorescentes para guiarnos, pero se perdía la noción del espacio-tiempo a causa de la oscuridad.

De pronto sentí que algo susurró en mi oído.

—¿Oíste eso? —Pegué mi rostro a Raziel para esconderlo entre los pliegues de su ropa. No lograba ver nada, solo escuchaba los murmullos terroríficos, los pasos y algunos gritos en la lejanía.

—Nos están tratando de asustar —dijo, aferrándome más a él—. Conserva la calma, todo lo que escuches aquí es provocado por humanos.

—¡Eso no me anima demasiado!

Soné histérica.

Raziel dejó de caminar. No sé qué tanto podía ver él, pero al parecer fue lo suficiente como para conseguir colocar su enorme capa sobre mis hombros desnudos.

—Así te sentirás mejor.

Pasó un brazo detrás de mi espalda y me arrimó contra su pecho. Pude sentir el calor en mi espalda y un sutil olor a ropa limpia, lo que me trajo recuerdos de cuando vivía en casa de la abuela, con mamá y las pocas preocupaciones que tenía.

Los murmullos siguieron mientras sobre nuestras cabezas se sentían cosas raras, como un paseo en carro por la mansión embrujada. En cierto punto, a cada lado se dejaron ver rostros terroríficos iluminados desde abajo para darles un toque fantasmal. Eran chicos del área de Matemáticas disfrazados, pero eso no le quitó lo horrible. Todo se calmó un momento hasta que escuchamos un «corran» que nos puso en alerta. Raziel me tomó por la cintura, casi elevándome, para sacarnos del largo pasillo hacia la entrada.

La música y la iluminación fueron la prueba de que por fin estábamos cerca de la salida.

Al cruzar la entrada, fuimos cegados por el flash de una cámara. Escuché a Raziel gruñir a mi lado. Ese recibimiento tan despampanante no le había caído en gracia. Una vez que salió del letargo producido por la ceguera momentánea, se dirigió al sujeto que sostenía la cámara.

—¿Qué demonios te pasa? —lo encaró. El chico trató de esconderse detrás de la cámara, acobardado de tener semejante personaje frente a su nariz.

—Es parte de la fiesta —se intentó defender al chico. Su voz temblorosa y baja apenas pudo oírse por sobre la música—. Todas las fotografías serán reveladas y colgadas en un mural gratis.

—Bórrala —ordenó Raziel, casi encima del pobre chico, quien lo miraba con horror.

—Pero...

—Ahora mismo.

Debí intervenir

—Oye... —me coloqué frente al chico. Raziel parpadeó con desconcierto al verme en su contra—. Él solo está haciendo su trabajo. Es solo una fotografía, ¿qué tiene de malo? ¿Que saldremos con cara de espanto?

Mi novio falso pareció meditar las posibles consecuencias de una estúpida foto. Alternó una mirada rápida entre el chico fotógrafo y yo hasta detenerse en la cámara y luego bajó los hombros.

—Bien —farfulló, todavía receloso. Aun así, no le quitó los ojos de encima a la cámara—. Pero si la fotografía causa problemas, no tendré piedad.

Eso había sonado como una amenaza y no precisamente dirigida al chico.

—No tienes que ponerte así de bravo por una foto —le reclamé a medida que nos adentramos al auditorio, donde quedamois inmersos en las luces y la música.

—Si esa foto llega a manos de *ellos* podrían usarla en mi contra. Tú quizás tienes una credibilidad que perder, pero yo perderé el trabajo —explicó. No podía ver su rostro por las sombras que iban y venían, pero su voz demostró una preocupación que sentí auténtica.

—Lo siento..., no pensé en eso antes.

—Da igual, tienes razón, solo es una foto. —Me dio dos toquecitos en la cabeza, como si yo fuese su cachorrito—. Tengo que admitir que es una idea creativa.

Desplegó una sonrisa y luego se acomodó la capucha.

—¿Cuál es el siguiente paso? —preguntó, volviendo a sus cabales. Al parecer, había olvidado cuál era el motivo por el que estábamos en la academia.

Y yo por poco olvido el mío.

—Vamos con Solange.

Raziel extendió su mano hacia mí para desplegarnos por la multitud.

La temática de Halloween se apreciaba en todo el auditorio. Sus luces violeta y verde, las paredes marcadas de manos ensangrentadas y del techo las telas de araña cayendo sobre nuestras cabezas le dieron un aspecto de casita de terror clásico con un toque moderno de serie sobre muertos vivientes. Lo mejor era que como todos estaban disfrazados le daban un toque inmersivo. Por supuesto, el alcohol no faltó. Sí, era una academia de prestigio de estudiantes, pero todos eran mayores de edad. Si el alcohol no estaba permitido, lo meterían de forma ilícita. Lo que no estaba permitido eran otro tipo de sustancias, aunque, como pasaría con el alcohol, ya había visto a varios meterse pastillas en la boca.

—No sé qué te sorprende —me dijo Raziel al ver mi cara de espanto—, en los recreos lo hacen a diario.

Seguimos caminando hasta llegar junto al escenario. Ahí me percaté de un color amarillo que podría haber llamado mi atención desde kilómetros a la lejanía. Reconocí al personaje: peluca rubia, conjunto amarillo, katana de plástico. Era Breatrix Kiddo de *Kill Bill.*

Sol estaba acompañada de Brind disfrazado de Bill, tal cual me había dicho. Ambos charlaban apoyados bajo el escenario. Quise caminar hacia ellos, pero un conjunto de nervios me lo impidió. Se me había dicho en muchas ocasiones que era un libro abierto, ¿cómo se suponía que iba a fingir que Raziel era mi novio?

Raziel captó mi temor, así que, tal cual hizo en el pasillo oscuro, se plantó frente a mí.

—Escucha, tenemos que dejar un par de cosas claras: si te pones nerviosa, perdimos; ellos no se creerán este cuento. Si fallamos al momento de responder, perdimos; supondrán que esto está arreglado. Si nos negamos a cualquier acción, perdimos; sospecharán de nuestra relación. Tenemos todas las de perder si hacemos esta actuación mal, así que es mejor ponernos al corriente de ciertas cosas.

Tragué saliva, preparándome. Raziel se acercó para que la música no interviniera en sus aclaraciones.

—Procura no decir mi nombre —advirtió—. Desde ahora frente a todos seré Jonathan. Nos conocimos en un centro comunitario, hablamos por mensajes y no estamos en una relación cien por ciento formal. Fui yo el que te habló primero. ¿Está claro?

—¿No podías decirme todo esto en tu departamento?, así al menos podría haberlo memorizado bien.

—Si no lo recuerdas, improvisa.

Oh, claro, como se me daba tan bien hacerlo...

Tomé aire para prepararme. A mis fosas nasales entró un extraño olor y exhalé todo de golpe, atrayendo la atención de Raziel, quien se agachó para examinarme y volvió a tomar mi mano.

—Es ahora o nunca —apremió.

Apreté su mano y avancé hacia Sol. Ella notó nuestra presencia, pero nos miró con el ceño fruncido y el cuerpo ligeramente inclinado hacia atrás.

—¿Se les ofrece algo?

—Sol, soy yo.

Se tomó un momento para incursionar entre todos los rostros que conocía hasta dar con el mío. Juraría que una ampolleta se iluminó sobre su cabeza.

—¡Drey! —exclamó, colocando ambas manos sobre mis hombros para zarandearme—. Por poco no te reconozco, te ves tan... —Hizo un recorrido rápido de mi cabeza a los pies— sexy. ¡Es como si fueras una chica completamente diferente o algo así! ¡Tú jamás usas negro!

Así era justo como deseaba que reaccionara. Esa era una de las razones por las que opté vestirme tan diferente, causar asombro en los que me conocían, decirles con mi vestimenta que yo estaba cambiando.

—Gracias. Tú no te ves nada de mal... —Le di un vistazo a Brind y para mi sorpresa lo descubrí observando a Raziel—. Él es...

—¡Santa mierda! —la dramática de Sol no puede contenerse jamás. Señaló a Raziel con su katana, provocando que él retrocediera para que la punta no le golpeara el pecho— Tú eres...

—Soy Jonathan...

Apenas consiguió acabar cuando Sol soltó un chillido de emoción.

—Oh, así que tú eres el famoso chico de la foto borrada.

—Supongo que sí.

Raziel me miró en busca de ayuda. Supuse que por mucho que observara desde lejos, no se hacía una idea de la efusividad de Solange. A modo de rescate, bajé la katana.

—Ella es mi amiga Sol —la presenté—, ya te hablé de ella.

Era irónico que él me haya dicho más de Sol que yo a él.

Miré a Brind, omitiendo la mueca de desprecio.

—Y él es Brind —añadí, apática.

—Qué hay —saludó el recién nombrado, a lo que Raziel respondió con un ademán poco entusiasta. Amé que su capucha y el maquillaje ocultaran sus facciones de los ojos analíticos de Brind, y que Raziel actuara como si lo detestara.

—Estoy intrigada —insistió Sol, aproximándose a Raziel—. Drey no ha dicho mucho sobre ti. En realidad, no ha dicho nada. ¿Eres su novio-novio o eres su amigo con confianza?

En un gesto precavido, Raziel se colocó detrás, en mi espalda, usándome como una especie de escudo.

—Soy lo que ella quiere que sea —respondió en un tono que jamás había usado para hablar. No tuve dudas de que se le daba de maravillas actuar, un punto del que debía preocuparme—. Vamos a su paso, no al mío.

Y aunque sabía que todo era fingido, me sacó una sonrisa.

Sol y Brind no dijeron nada. En medio del extraño silencio, Raziel dijo que iba al baño y Brind se encontró con un compañero, así que me quedé a solas con mi amiga.

—Maldita sea, Drey, tienes que contarme todo, con lujos y detalles. Dónde lo conociste, cómo empezaron a hablar, quién invitó a salir a quién, si ya se han besado, por qué no llevas tu collar... ¡Son muchas dudas!

Me hice a un lado para renegar de su cercanía. Eso ahora me incomodaba.

—Respira un poco, Sol.

—Es que sabes que no puedo contenerme con el chisme, ¡y vienes a la fiesta cargando a un chico! —exclama al borde del colapso mental. No entiendo cómo su peluca no salió disparada de su cabeza con todos los movimientos exagerados que hizo—. No, no, no. No es un chico, es el chico.

—Bien. Para que no me estés presionando tanto, te haré un resumen —accedí recapitulando lo que Raziel me había dicho antes y rogando para que sonara creíble—. Nos conocimos en un comedor comunitario, él se encargaba de preparar la comida, así hablamos. Al principio ahí quedó todo, pero nos volvimos a encontrar y nos caímos en gracia, me pidió el número, así que hablamos por mensajes de vez en cuando. Él me invitó a salir la primera vez, pero lo rechacé.

Sol me dio un golpe en el brazo.

—¿Y eso? —me quejé.

—Maldita, ¿cómo pudiste rechazarlo?

—Tenía miedo, ¿ya? Esta es la primera vez que conozco a un chico que de verdad tiene algo es...

Fue ahí, en ese preciso momento, en que me percaté de que Seth y Dalia bailaban al ritmo desenfrenado de la música a tan solo unos metros. Dalia estaba de espaldas a él, con sus brazos hacia atrás, acariciándole el cuello y serpenteando su cuerpo mientras él la tenía tomada de las caderas y deslizaba sus manos por los muslos de ella.

Pareció que su sexto sentido detectó que lo observaba, porque desplegó los ojos de Dalia justo hacia mi dirección. Una sonrisa del tipo «¿tú también quieres unirte?» se le asomó. Debía creer que era otra chica. Sin embargo, no tardó en darse cuenta de que no andaba sola, pues a mi lado se encontraba Solange, y no le fue difícil unir los cables. Ahora su expresión era de sorpresa, y con ella cesó el ritmo del baile un momento. Cuando Dalia se volteó para reclamarle, la tomó del cuello para besarla.

—¿Hola? —Sol ladeó su cuerpo para entrar en mi campo de visión—. ¿Ya se besaron?

—No nos hemos besado aún —respondí, sintiendo que mi mandíbula había estado apretada durante eones—. Supongo que tengo miedo de que me rompa el corazón.

—Parece buena persona.

—Jonathan es... especial —retomé lo que planeaba decir antes de la interrupción—. Lo que siento también lo es. Y ¿sabes?, estoy dispuesta a dar el siguiente paso con él.

Sol se cubrió la boca, emocionada.

—Si llega a pasar, aquí estoy yo para escuchar toooodo.

—Eres una pervertida. ¿Acaso estás leyendo en esa plataforma de lectura que leían las chicas del internado?

—¿La del loguito naranja?

—Ajá.

—No, ya no —se rio—. Pero es que... ¡es algo que, como tu amiga de toda la vida, merezco saber!

—Amiga, ¿eh? —repetí— ¿Pensabas en nuestra amistad cuando me traicionaste por Brind?

Sus cejas se arquearon en sorpresa —o quizás horror— y todo su semblante se escudó tras una fachada de incomprensión.

—¿Qué dices?

—Nada. Solo saco mi lado celoso. Iré con Jona.

Recorrí el auditorio hacia la puerta que da al pasillo, donde están los baños. Raziel venía de regreso, colocándose la capucha que tan bien le quedaba.

—¿Y tu amiga?

—Da igual —contesté en un tono cortante.

—¿Ocurrió algo?

—Sí.

Tomé su mano y lo guie hacia la multitud, quedando a unos metros de donde se encontraba Seth. Pese a no ser partidaria del «ojo por ojo», había ocasiones en las que era necesario darles a otros de su propia medicina para demostrar que todos pueden jugar sucio.

Frente a Raziel, bajé su capucha y entrelacé mis dedos detrás de su cuello. Estaba determinada a sacarle celos a Seth, a desafiarlo, a cumplir con todo lo que mi novio falso me había propuesto, entonces recordé ese pequeño, pero muy importante detalle que me hizo bajar las manos, arrepentida de haber llegado a este punto.

—¿Y ahora qué? —preguntó Raziel, flexionando su cuerpo para acercarse más y que lo pudiera oír.

—Es la primera vez que bailo con un hombre —confesé y me retracté enseguida. A veces pecaba de ser demasiado sincera para mi propio pesar, razón por la que Raziel formó una sonrisa que se iluminó con malicia bajo las luces.

—Siempre hay una primera vez.

—Sí, pero...

—No pongas más excusas, esto no es un delito. —Dio un paso y su pecho por poco tocó el mío—. Vamos a bailar de una buena vez.

Con cierto temor volví a rodear su cuello. Al hacerlo, depositó sus manos en mi cintura. Su calor se expandió hacia mi piel a través del vestido. La proximidad era peligrosa, sobre todo cuando, al atreverme a mirar sus ojos los descubrí poseídos por un brillo cautivador. Sus dedos presionaron, delicados, y su mano demandó una reacción.

—Tienes que moverte así... —guio mis caderas de derecha a izquierda—. Al ritmo lento de la música. Húndete en su melodía, en la voz, en lo que busca provocar.

Habría sido más fácil concentrarme en la música si él no hubiera estado pegado a mí, moviéndose mientras sus manos adormecían mi cintura, y yo no fuera un despojo de mis inseguridades e inexperiencias; un polluelo miedoso a desprender las alas; presa de la moralidad.

—Cierra los ojos —susurró. Su voz era demandante y profunda—. No pienses en nada, solo en la música y en tu cuerpo.

Obedecí; cerré los ojos y me concentré en la canción que sonaba. Su ritmo era marcado, perfecto para que quedara grabada en mi cabeza. También lenta, se tomaba su tiempo y era fácil seguirla. Moví mi cadera a un lado, luego al otro, acompañando los movimientos con mis hombros y con círculos invisibles.

Al abrir los ojos, regresé los pies a la tierra. Raziel estaba tan cerca de mí bailando que el corazón me empezó a latir con fuerza. Era difícil no esquivar su mirada cuando esta se posó tan intrigante sobre mí. Bajé la vista a sus labios oscurecidos por el maquillaje. La línea recta y sus comisuras hundidas.

—No es tan complicado —dije para evitar pensar en estupideces.

Deslizó una mano por mi espalda y me apegó a su cuerpo.

—Exacto —dijo él y sonrió para acercarse aún más—. No lo haces nada mal.

Su aliento rozó mi mejilla y sus movimientos otras partes de mi cuerpo. Tragué saliva y me obligué a responder rápido:

—Ni tú. Supongo que eres un buen maestro.

—Y tú eres una buena aprendiz —no sé si lo dijo en serio, si era un elogio o si debía arreglarme el pelo porque seguro me lo estaba tomando—. Sin embargo, todavía tienes mucho por aprender.

—Como ¿qué?

Agarró mi mano y me giró sobre mi propio eje. Dos vueltas hasta detenerme de espaldas a él. Sus manos rodearon mi cintura.

—Esto —murmuró en mi nuca, volviendo a los movimientos lentos.

Con mi frente apuntando hacia la multitud me fue fácil visualizar al causante de todo este escándalo, bailando, por supuesto, pero con los ojos puestos en mí sin prestarle mayores atenciones a Dalia. El encuentro me sirvió de motivo para formalizar el meneo de mis caderas y el recorrido de mis manos por mi cuerpo.

—Ahora entiendo por qué estabas tan decidida a bailar —alardeó Raziel, con su aliento penetrando mi cabello—. Quieres provocar a Bellish.

—¿No es lo que los dos queremos? —lo cuestioné y busqué su perfil—. Por eso estamos aquí.

—Pero creo que tú lo quieres por las razones equivocadas.

Juraría que sonreía a modo de burla. Pero, la verdad, poco me importó. Quería cumplir con mi pequeña venganza, fingir que Raziel y yo hablábamos sobre lo bien que nos movíamos. Y aunque no conseguí ver en profundidad la expresión de Seth, me bastó notar su desmotivación para saborear la victoria. Dalia se giró, intercambiaron un par de palabras y él la dejó sola perdiéndose entre los demás.

—Es un acto cruel incluso para ti —susurró Raziel, observando también la escena.

—¿Qué acto? —giré para quedar perfil contra perfil y puse ambas manos sobre sus hombros.

—El de sacar celos.

—No son celos —le corregí—, es molestia porque no me tiene donde él quisiera. Y no es algo cruel, se lo merece.

Raziel lució orgulloso de mi determinación.

—¿Qué pasa si él tiene sentimientos reales hacia ti?

¿Sentimientos reales? Sabía que Seth «sentía» algo, porque me lo había demostrado un par de veces, pero dudé mucho que fueran sentimientos sinceros. Él fue amante de la profesora de Matemáticas y no tuvo compasión a la hora de delatarla. Si así trataba a la persona que al principio defendía con tanta pasión, no quise imaginar cómo lo haría conmigo. No, no, no. Imposible. Y absurdo. Para él era un juego.

—Jamás pasará —afirmé, segura—. Nadie pierde en su propio juego. A menos que la otra persona aprenda a jugar mejor. Eso es precisamente lo que intento yo.

Raziel no dijo más. Reafirmó su agarre, separó las piernas y se movió a un ritmo que encajó con el mío. Y yo preferí no darle más vueltas al asunto, más bien disfrutar de la noche. Olvidar, al menos por unos segundos, la razón principal por la que estaba en esa fiesta.

Dentro de una función de luces envolventes y el movimiento de las masas, el auditorio se redujo a nada. Éramos Raziel y yo en el centro de la tormenta, siendo parte del caos. De pronto, un empujón causó que los dos nos desequilibráramos. Antes de una caída fatal de mi parte, Raziel me envolvió entre sus brazos. Su resguardo nos dejó más cerca de lo permitido, con sus labios a unos escasos centímetros de conocer los míos. Sus ojos se agrandaron colapsados de sorpresa, pero no tardaron en tornarse oscuros. Se giró hacia el chico que provocó el empujón, el cual lucía completamente idiotizado junto a su grupo de amigos.

—Ten más cuidado —le ordenó con voz fiera.

Con una temerosa disculpa del chico, Raziel tomó mi mano para sacarme de la multitud.

—Iré a fumar —dijo aún molesto. No entendí los motivos por los que un absurdo empujón lo habían cabreado—. Te veo en el puesto de bebidas.

Eso me dio una sed instantánea. Arreglé mi vestido a la par de que lo hizo Dalia, quien apenas salía de la pista de baile. Me dio la impresión de que estaba malhumorada, pues maldecía entre dientes, pero se arregló el cabello como si todo anduviera bien. Lo siguiente fue levantar el mentón y caminar como si aplastara a todo aquel que se cruzara por su camino. Dignidad ante todo.

El rincón del bar era una representación de los escenarios postapocalípticos de la serie *The Walking Dead*; una especie de sala de hospital, con paredes ensangrentadas y utensilios extraños. Pedí una bebida al barman disfrazado de cirujano y no tardaron en entregarme mi vaso. La bebida tenía un color rojo que se iba mezclando lentamente con la bebida.

—¿Qué es lo rojo? —interrogué.

—Es tinta, se la ponemos a todos los tragos para simular que es sangre u otro tipo de cosas.

Con disimulo acerqué el vaso a mi nariz para olerlo.

—La bebida no tiene nada más que agua carbonatada, azúcar, jugos, ácidos cítricos, saborizantes y otro tipo de químicos...

Seth se apoyó en la barra y sonrió como si acabara de leerme la mente. A la corta distancia en que nos encontrábamos pude observar su disfraz del Joker de Joaquin Phoenix. Su maquillaje era idéntico y su cabello teñido de verde y echado hacia atrás le daban ese toque atractivo del que tanto le gustaba presumir.

Después de pedir un trago, se dirigió a mí.

—Cada día me sorprendes más —confesó y la sonrisa pintada de rojo se le ensanchó—. Pensé que este tipo de fiestas no eran para ti.

—Ni para ti.

Se encogió de hombros con aparente gesto inocente.

—De vez en cuando hay que subir a la tierra, ¿no? Las fiestas que organiza la academia son un grano en el culo, pero esta la organizó mi campus. Alguien tiene que hacerla más interesante para que los chiquitos no se sientan tristes cuando el lunes por la mañana los otros comenten que fue horrorosa.

Me preguntaba dónde se había metido el Seth Bellish real. El mismo que me amenazó a cambio de regresarme mi collar.

Para burlarme de sus palabras, le seguí el cuento:

—¿Les tienes cariño?

—Soy un alma benevolente y pura —se jactó, colocando una mano sobre su pecho. Se me escapó una sonrisa al escucharlo—. Por cierto... —recibió su trago y tomó un sorbo—. ¿Ya te tomaste la fotografía?

—Si te refieres a la de la entrada, sí.

—Genial, muero de ganas por ver con quién viniste acompañada.

Oh, no, eso no me gustó nada. Si llegaba a ver a Raziel, seguro que lo buscaría por cielo, mar y tierra.

—No es necesario que lo veas por una fotografía, te lo puedo presentar cuando quieras —intenté disuadirlo.

Se echó toda su bebida hacia atrás y dejó el vaso sobre la mesa sin ninguna clase de piedad por los distraídos que bebían alrededor.

—Paso. Dije verlo, no conocerlo.

Su desprecio por la vida me quedó claro cuando su postura confianzuda y garbosa se había perdido por completo.

—No tienes que ponerte así, sé que te agradará —lo consolé dando dos golpecitos al pomo de su mano.

Él siguió mi mano y luego subió su mirada hacia mí.

—Pensándolo bien, tal vez tengas razón. Tengo un par de cosas que contarle sobre ti... —buscó dar vuelta la situación, y casi lo logra, pues sabía exactamente a qué se refería—. Aunque no sé si esté muy interesado, después de todo solo es un novio falso.

Había olvidado que a Seth no se le debía subestimar.

Si no improvisaba rápido, todo el teatrito se caería por sí solo, tal cual lo dijo Raziel.

—Tienes razón, no es mi novio, pero quizás pronto lo sea. Solo debo dar el «sí, quiero». Él no necesita de chantajes para que yo acepte.

Raziel llegó en el momento indicado. Sentí sus dedos buscar mi mano y apretarla con disimulo.

—¿Vas a presentarme a tu amigo, Angelito? —me preguntó sin despegar los ojos de Seth, quien también lo observaba.

—Es Seth Bellish, de quien te hablé antes. ¿Recuerdas?

Raziel asintió, lento y analítico.

—El amante de la profesora de Matemáticas —concluyó de manera punzante y esbozó una sonrisa victoriosa al notar cómo el rostro de Seth se distorsionaba—. Lo recuerdo.

Había sido un golpe bajo.

—Y tú debes ser el noviecito de Audrey...

—Soy quien la trata como se merece —lo interrumpió Raziel. Bajó la cabeza en mi dirección. Cuando una de las luces iluminó su rostro, pude ver su entrecejo arrugado y sus ojos cargados de fastidio—. ¿Nos vamos?

Asentí en respuesta y esto bastó para que Raziel quisiera salir de ahí. Sin embargo, antes de que pudiéramos desaparecer de la vista de Seth, él me agarró del brazo y me susurró:

—Puede que sea tu novio o lo que sea que busques en él, pero eso jamás quitará el hecho de que fuiste tú la que me besó primero y fui yo el que te tocó primero.

—Tú tendrás mi primer beso, pero jamás tendrás el último —respondí.

Con eso bastó para que me dejara en libertad. Raziel me guio hacia un punto equis del auditorio, donde buscó la salida. Pero tuve que detenerlo al recordar lo que Seth me preguntó.

—Tenías razón, la foto era una trampa. Hay que buscar al chico y pedirle que la borre —le informé—. Con el flash les será mucho más fácil ver tu rostro.

—Seguro fue idea de él... Vamos a la entrada.

Con miedo a que Seth llegara primero a la entrada para hablar con el chico fotógrafo, apresuramos nuestro paso. No obstante, fue en vano. El chico ya no estaba ahí.

—Quizá no te reconozca —intenté ser positiva—. Te maquillé bien, te ves irreconocible.

—No hay que dejar cabos sueltos. Voy a preguntarles a los chicos de la entrada si saben el nombre del chico. Tú búscalo aquí dentro.

Me sentí tan estúpida. ¡Raziel tenía razón! Esa foto nos traería problemas y yo había dado por asumido que era un gesto inocente... De nuevo subestimar de lo que era capaz Seth me pasó la cuenta.

Necesitaba buscar a Lucy.

Ya estaba decidida a ir a su encuentro, pero de repente todo lo vi oscuro.

—Dulce o truco —susurró una voz áspera y venenosa a mi espalda.

Di un grito ahogado y me quité las manos de encima. Vivian no tardó en estallar en carcajadas al ver mi rostro invadido de terror.

—Tienes que ver tu cara, ¡te ves tan asustada! —reía como una desquiciada. Su risa no combinaba en nada con el disfraz de Maléfica que llevaba puesto.

—¿Qué pasa contigo? —la observé retorcerse de risa. No me fue complicado deducir que estaba borracha, ella no era tan alegre cuando me veía—. ¿Has perdido el juicio?

—Era una bromita, Drey...

—No ha sido buena, casi me matas del susto.

—Esa era la idea. Pero ¡aún no has respondido! Dulce o truco, la elección es tuya.

Vaya elección.

—Dulce —respondí rápido.

—Ya que has escogido «dulce» —pasó su brazo por detrás del cuello como dos compañeras de parranda—, vas a tener que acompañarme a tomar un vaso de Lujuria.

—¿Lujuria? —repetí.

—Sí, un trago muy dulce y que te deja una sensación exquisita en la boca. —La desconfianza que sentí tuvo que ser notoria, pues incluso Vivian en su deplorable estado se dio cuenta—. De verdad, si lo bebes vas a tener tu primer orgasmo. Vamos...

Me tiró de vuelta a la barra.

—¡Espera! —La detuve, tirando yo de su brazo ahora—. Tengo que buscar a Lucy.

—La chismosa, ¿eh? —miró hacia los lados en una búsqueda rápida de mi compañera de habitación. No tardó mucho en darse por vencida y encoger los hombros—. Creo que no ha venido, lo más probable es que esté metida en su cuarto quejándose de lo bien que la estamos pasando.

—Necesito saber quién es el chico que toma fotografías en la entrada.

—Ah, ese chico... Lo conozco.

¡Genial!, había olvidado que Vivian llevaba tiempo en la academia.

—¿Sabes su nombre?

—Por supuesto. Pero ya habrá tiempo para eso, aguafiestas, vamos por el dulce.

Otra vez me agarró.

—¡Vivian! —la tuve que frenar—. De verdad, lo necesito.

—Bien, te lo diré —pronunció con voz átona, trayendo de vuelta a la Vivian de siempre—. Pero primero el dulce. Prometo que no te desmayarás.

—Está bien. Tomaré un vaso y me darás el nombre.

Jamás creí que volvería al bar acompañada por Vivian. Pero todo era por una mejor causa.

El barman dejó dos vasos pequeños sobre la barra con el contenido de un líquido verdoso que no reflejaba ningún brillo... Ni confianza.

—¿Esto es Lujuria? —le pregunté a Vivian.

—Así es, querida mía.

—No tiene mucho aspecto a Lujuria. Creí que sería de un rojo intenso o algo más... armonioso.

—Se ve fatal, pero sabe exquisito —levantó su vaso al cielo a la espera de que fuera chocado por el mío—. Hasta el fondo.

Nuestros vasos chocaron y su sonido fue igual que las campanadas de medianoche. Yo no era Cenicienta, pero sí me sentía parte de un mundo al que no pertenecía cuando me bebí todo el líquido. El sabor amargo pasó por mi boca, apretó mi garganta y la quemó, y dejó un ardor en su recorrido hacia mi pecho. Fruncí tanto el ceño que Vivian no puso reparos en burlarse de mí.

—¿Y? ¿Qué tal está?

—Muy cargado y amargo. ¡No es dulce para nada! Esto tiene alcohol —solté, reacia a responder con más detalles—. Ahora dime cómo se llama el chico fotógrafo.

Formó una mueca de fastidio y se tomó su tiempo para hablar, como si tratara de masticar el nombre del chico dentro de su boca:

—Willow Parker.

Con el nombre en mi dominio, fui hacia el escenario donde los presentadores de la fiesta —otros estudiantes de Ciencias Matemáticas— daban algunos anuncios o se esmeraban en mantener el ambiente animado.

—Necesito un favor —le dije a la chica, quien amablemente bajó de la tarima para escuchar mi petición—. Necesito encontrar a Willow Parker, el chico de las fotografías del inicio. Hubo un problema con las fotografías que necesitamos arreglar ahora. ¿Podrías llamarlo?

La chica se tomó un momento para contemplar mi rostro, pero accedió. Subió a la tarima, le pidió al sujeto encargado de la música que le baje un poco y frente a algunos abucheos de los demás por sacarlos de su trance de movimiento, llamó al chico de la fotografía. Entre las sombras del auditorio, la figura delgada de Willow Parker se asomó con paso torpe. Para mi sorpresa, no estaba solo, Raziel lo perseguía con paso imponente y su rostro inmutable, aparentando ser su guardaespaldas personal o quizás asegurándose de que el chico no escapara a ningún lado.

Al llegar junto al escenario, el rostro pesimista de Willow lo dijo todo.

—Borra la foto —le ordenó Raziel.

—No puedo...

—Hazlo —cargó la voz.

Willow negó con la cabeza, retrocediendo, asustado.

—Me pidieron que no borrase ninguna.

Raziel dio un paso y yo deduje lo que pasaría luego. Pero mis precipitados pensamientos fueron erróneos: Raziel no golpeó al chico ni lo agarró del disfraz para zamarrearlo, sino que lo tomó por los hombros.

—Escúchame: yo sé quién te mandó a sacar fotos —intentó razonar—. Seth Bellish. Yo sé que no quieres borrar la foto porque él te ha amenazado. Le temes, es algo normal. Y admiro tu persistencia. Pero debes entender algo —la voz ligera de Raziel se transformó en una ronca y rasposa—: Tú le temes a Bellish, pero Bellish me teme a mí.

El horror se tatuó en el rostro de Willow.

—Puedes elegir —continuó Raziel—: tenerlo a él en contra o tenernos a los dos.

Sin escape alguno, Willow obedeció, aunque mientras buscaba la foto miró hacia los lados al borde de la paranoia. Fue triste verlo, sobre todo al saber que no era más que una herramienta para que Seth se saliera con la suya.

—Listo —nos dijo con desánimo, enseñando la galería de fotos—. Ya la borré.

Abatido por la amenaza, se dispuso a marcharse lentamente. Sin embargo, Raziel lo detuvo del hombro.

—Vamos a darle una sorpresa al bastardo —se dirigió a mí.

No entendí bien a qué se refería, mucho menos cuando pasó su brazo por mi cintura y me apegó a su cuerpo.

—¿Qué haces?

—Darle en donde más le duele —dicho esto, se inclinó hacia mí colocando una mano en mi espalda. Ambos cuerpos perpendiculares al suelo. Entonces, se acercó hasta que el borde de su capucha rozó mi mejilla y su perfil se enterró en la curva de mi cuello—. Cierra los ojos, finge que lo disfrutas —susurró. Su aliento cosquilleó sobre mi piel.

Mordí mi labio inferior y cerré los ojos. Pausé mis pensamientos un momento para centrarme en su respiración chocando contra la hendidura de mi cuello. Precisamente ese lugar donde mis nervios se desataban.

El chasquido de la cámara sonó. Raziel me soltó y fue con Willow para ver la foto. Yo me acerqué luego, curiosa. En la foto parecía que Raziel me estaba devorando el cuello. Su rostro no se veía, solo sus manos sujetando mi cuerpo, mi perfil apuntando hacia el cielo y mis labios conteniendo el gusto culposo de tenerlo enterrado en mi cuello. Era como un beso hollywoodense antiguo.

—Nada mal —me felicitó. Luego se dirigió al chico—. Cuando Bellish pregunte por nuestra foto, enséñale la que acabas de sacar.

Sin más que decir, tomó mi mano para alejarnos del escenario.

Supongo que había llegado el verdadero momento de fingir.

—Espera..., más despacio —pedí cargando la voz—. No me siento muy bien...

Se volteó para examinarme.

—¿Qué tienes?

—Me siento algo mareada —me froté la sien para darle más credibilidad a mi inexistente estado.

—¿Quieres volver al departamento?

—Por favor...

—Bien. Hemos terminado aquí.

El taxi se detuvo frente a su edificio. Yo estaba sentada, fingiendo que dormía plácidamente. Con mis ojos cerrados, mi sentido auditivo estaba por lo más alto, por eso me fue fácil saber que Raziel estaba pagando el pasaje. Antes de que abriera la puerta, me habló:

—Eh, ya llegamos.

Con lentitud traté de acomodarme. Raziel abrió la puerta y me permitió salir. Actué con movimientos torpes y me enredé con la cola de mi largo vestido, por lo que tuvo que agacharse a ayudarme. En cuanto vi la oportunidad, me colgué de su cuello y dejé caer mi cabeza sobre su hombro mientras en mi cabeza me preguntaba qué tan lejos iba a llegar con todo esto. Pasando una mano por mi cintura, y cubriéndome los hombros con su capa, me llevó al interior del edificio.

—¿Te sientes bien? —preguntó.

—No mucho.

Fue un martirio para ambos subir las escaleras. Lo peor es que no nos habríamos tardado tanto si yo no hubiese actuado como una borracha.

Cuando por fin llegamos frente a su puerta, me recargué en la pared y observé todos los defectos exteriores de su entrada.

—¿El color verde moho es tu favorito?

—No. ¿Por qué lo preguntas?

—Porque este edificio está lleno de ese color. Ahí, ahí... —señalé alrededor— y en muchos lugares más.

—Eso es... moho. Ocurre por la humedad.

—Uy, uy, uy. No me lleves por ese camino.

Formó una minúscula sonrisa.

—¿Acaso tratas de insinuarte? —indagó.

—¿Acaso no puedo hacerlo?

Abrió la puerta y entramos al departamento. Pero en ese preciso instante me acorraló contra la puerta. El susto que me llevé fue horrible y eso bastó para que mi penoso teatrito se cayera a pedazos.

—Mejor hablamos cuando dejes de fingir que estás borracha.

Dicho esto, se alejó para quitarse la capa y tirarla en uno de los sillones.

—¿Qué me delató? —pregunté, muerta de vergüenza.

—Eres muy obvia. Si quieres seducir a alguien debes ser más sutil. Y no hablar de moho.

—Esa es una respuesta muy ambigua. Sutil ¿cómo?

Lo vi caminar hacia mí y por un instante me tensé.

—Debes ir despacio... Causar intriga.

Cambió la dirección hacia el baño y yo lo seguí detrás.

—Es lo que intenté.

—Y en eso se quedó: un burdo intento. La atmósfera no te acompañó, al contrario, lo arruinó. Debes saber cuándo es el momento de actuar. Y no exagerar.

Tiró de mí para situarme frente al espejo, con él detrás.

—Mírate. Con o sin maquillaje luces bien. Puedes verte inocente y, si te lo propones, actuar como una máquina de seducción. Eres una persona atractiva. Tú iluminas cualquier sitio al que vas. Eres como...

—La lámpara de las polillas —dije en conclusión.

—El punto es que tienes encanto propio, no necesitas forzar nada. —Esa declaración no me la esperaba para nada, menos viniendo de un sujeto al que le encantaba hacerme enfadar—. No necesitas hacer mucho más que captar el momento.

—¿Cómo puedo hacer eso? —me giré a verlo.

—Hay una variedad de gestos que te lo indicarán —me observó a través del espejo—. Tú misma notarás el cambio, las intenciones ocultas entre las palabras. Los silencios... Las miradas cargadas...

En ese preciso momento nuestras miradas se conectaron a través de nuestros reflejos.

—Justo así —me dio el punto a favor.

Sonreí.

—Para qué leer estúpidas revistas de adolescentes cuando tengo a mi maestro aquí —solté con sarcasmo y giré sobre mi propio eje para hablarle sin espejos de por medio—. ¿Qué más debo aprender, oh, gran sabio?

—Que una presa consciente de que es acechada tiene más oportunidades de escapar.

—¿Eres aspirante a narrador en Animal Planet? No entiendo por qué hablas como si todos fuésemos animales.

—Porque está en nuestra naturaleza actuar como uno. Somos más civilizados, pero no más inteligentes. Actuamos por instinto como los animales, actuamos de acuerdo a nuestra propia supervivencia o la de quienes queremos, nos movemos a través de jerarquías, despojamos a los débiles.

Tenía su punto, la verdad.

—Tal vez tengas algo de razón. Pero limitarnos a animales es demasiado bajo.

—Angelito, el ser humano es la peor escoria que existe. Somos malos por naturaleza, destruimos todo lo que tocamos.

Su pesimismo me disgustó. Salí del baño para recoger mi mochila.

—Ya hablas como Seth. Lo siento, pero no puedo ver todo lo malo del mundo.

—No lo hagas. Si llegara a ocurrir, entonces ellos ganan —dijo y yo le presté toda mi atención—. Tengo la teoría de que Seth y Dhaxton buscan a chicas puras para corromperlas, inspirados en las obras de...

—Danti Vannan.

—Él buscaba a chicas puras que retratar en sus pinturas. Creía que la perfección se encontraba en ellas: inocentes, virginales, mujeres sin pecado que se aferraban a las enseñanzas de la Biblia. —Tomó un trozo de papel higiénico y se lo pasó por la cara para quitarse el maquillaje—. Están buscando chicas para jugar con ellas en honor a Danti Vannan. Quieren deformar lo que el pintor hacía y crear una nueva obra.

—Pero... ¿cómo harían eso?

—Jugando con ellas. Las impulsa a cometer actos que no harían.

Eso cobraba un sentido perturbador.

—Solo es una teoría —añadió.

—Es decir que no quieren mis «primeras veces». Seth me lo dijo en su auto. Dijo que quería tener «todas mis primeras veces». Lo vi compitiendo con Dhaxton por mi primer beso.

—Eso confirma parte de mi teoría.

—Me siento como una estúpida... —la voz se me quebró por la impotencia. Estaba tan molesta.

Raziel salió del baño, sorprendido.

—No me digas que...

—Aún conservo mi anillo —le interrumpí.

—Ese es un punto a favor —dijo, tal vez para animarme—. Y que si llegas a perderlo será porque lo perdiste conmigo. —Esa declaración me sorprendió al principio, pero luego recordé que él y yo fingíamos, y decir que lo había perdido por él tenía sentido—. ¿De acuerdo?

—De acuerdo.

Capítulo 22
La musa del dibujante

AUDREY

Antes de entrar al estudio de Dhaxton, mamá me llamó para invitarme a su cena de compromiso. Está de más decir la decepción que sentí en esa llamada —aunque traté de no mostrarlo— por lo poco entusiasmada que se mostró mamá. Sonaba como si realmente no le interesara tenerme ahí, escudándose en que no quería presionarme y que tuviera problemas con mis estudios. A duras penas le confirmé mi asistencia.

Pero tenía que mantenerme fuerte, iba a reencontrarme con Dhaxton después de un tiempo. Y estaba molesta con él. Y él estaba molesto conmigo. Lamentablemente, tenía que contentarme con él si quería sacar algo que aportara a mi investigación.

Afuera la música clásica se hacía cada vez más poderosa. No me quedaron dudas de que, en la soledad, a Crusoe le encantaba ahogarse en las sinfonías más macabras. No lo culpé, la música clásica también me inspiraba y despertaba la creatividad en mi mente.

Pero poner *Gnossiennes* era algo cruel.

Era como ir a reunirme con el mismísimo demonio para vender mi alma.

Aunque, si me iba a amigar con Dhaxton, esa idea no quedaba muy distante.

La puerta se abrió con lentitud. Mientras el piano hacía gala de su protagonismo, me adentré con cierto temor de enfurecer más a la bestia, que aguardaba por mi llegada en la segunda planta.

Su mirada severa descendió hacia mí sin un flaqueo. En su postura altiva no hubo indicios de querer ceder, mucho menos de estar a gusto por verme. Ni siquiera formó una mueca, simplemente guardó la distancia marcando nuestras miserables posiciones.

—Te traje esto —enseñé la pequeña planta y puse la mejor de mis sonrisas. La mirada de Dhaxton permaneció unos segundos en mis ojos, como si tratara de incursionar en las profundidades de mis pensamientos. Luego, bajó hacia la planta.

—Déjala por ahí.

Mi gesto fue respondido con puro desinterés. Dhaxton desapareció en la segunda planta y yo me quedé con la maceta entre mis manos y con la sensación de que llevaba un disfraz de payaso puesto.

Me acerqué a la hilera de muebles y bocetos pegados a la pared hasta llegar al mueble donde Pepe coloreaba el lugar con su humilde existencia. Dhaxton había pintado el macetero al puro estilo del Art Nouveau, un detalle bastante tierno viniendo de su parte.

Dejé a su nueva compañera al lado y eché un vistazo al cajón y descubrí que estaba entrecerrado.

Esa era una oportunidad única de saber qué guardaba dentro, además de mi primer dibujo.

—Terminemos con esto —escuché decir a Dhaxton. Al girarme lo vi bajar las escaleras portando una cara de pocos amigos.

—Bien —me quité la mochila y avancé hacia el probador.

Pero algo me detuvo. Sabía que si no daba mi brazo a torcer nuestra situación seguiría igual, por eso debía dar el primer paso.

—Escucha —lo frené justo cuando se ponía su delantal—. Esto es demasiado incómodo para mí y no quiero seguir viviendo solo para que este enojo me consuma —fui sincera—. Así que he decidido que aceptaré tus disculpas si me las vuelves a decir.

Bien, no puse demasiado empeño en «reconciliarme» con él.

—¿Y haría eso porque...?

—¡Por mi techo! —gruñí—. Por tenerme en el departamento de Devon como si fuera... no sé, Bella y tú fueras la Bestia.

—Esa es una buena analogía —se regodeó y caminó hacia mí—. Entonces quieres que te pida perdón por algo que tarde o temprano pasaría. ¿Eso es lo que deseas?

Nuestros orgullos chocaron.

—Quiero que tengas un poco de decencia y admitas que eres una mala persona.

—No tengo problemas con eso: si seguir mis instintos me convierte en un monstruo, entonces estoy encantado de irme al infierno. Pero ni tú ni yo podemos decidir eso.

—En eso tienes razón.

—Aun así, ya que tampoco me apetece tener que estar disgustado contigo, aunque siempre lo estás tú conmigo, te pido disculpas nuevamente por lo de tu techo.

Suspiré y bajé la guardia.

—Ahora discúlpate tú por haber apedreado mi auto —fue lo que dijo para formar una sonrisa tan enroscada como la de un gato.

Me tragué mi orgullo y acepté.

—Lamento haberle lanzado piedras a tu auto.

Se paseó cual minino tanteando terreno y se detuvo frente a mí, inclinando su cuerpo en mi dirección.

—Había olvidado lo divertido que es hablar contigo, Audrey.

—¿Eso significa que ya no estás molesto conmigo?

—Ya no —admitió y señaló su nueva adquisición—. No con la nueva planta. ¿Cómo le pondrás?

—Uhm... La chica de la florería dijo que se llama Orejitas de oso, pero yo le veo más aspecto de Filomena.

—¿Filo... mena? —repitió sin dar crédito—. Me impresiona tu creatividad. ¿Quién le puso a tu gato Francis?

—Yo.

—Es el único nombre decente —soltó sin ninguna clase de piedad—. Pero... Filomena será.

Sonreí sin poder creer lo bien que había salido todo.

Lo complicado sería conseguir tiempo para ver lo que había en el cajón. Por eso, en plena sesión se me ocurrió sacar partido de mis habilidades de actuación —o sea, las pocas que tenía— y hablé:

—¿Podemos pedir algo para comer?

—¿Pedir comida? —preguntó Dhaxton, prestando atención a la obra de arte que creaba.

—Sí. Hay muchos negocios buenos... O mejor, ¡encarguemos pizza!

—No soy adepto a comer comida chatarra —renegó sin siquiera mirarme. Mis ánimos cayeron al suelo y fueron pisoteados sin piedad.

—Por eso estás así de delgado —desdeñé, resentida. Por fin mi comentario lo distrajo del bodegón—. ¿Y comida china? Hay un restaurante chino que hace el mejor pollo chicharrón del mundo. —Su cara era un poema... en blanco—. ¿Jamás has comido?

—Nunca.

—La voy a pedir de inmediato. Y sushi aparte, porque me he antojado.

En cuestión de minutos el timbre sonó. Dhaxton se tomó el tiempo de comprobar que era el *delivery* y se ofreció a recibir la comida él, lo que me dejó en ventaja. Sin esperar ni un segundo más, corrí hacia el cajón para abrirlo, pero el molesto rechinido de la puerta me indicó que Dhaxton venía de vuelta.

—¿Qué haces?

Me giré tan rápido como pude y lo vi cargando nuestro pedido.

—Veo a la nueva compañera de Pepe —señalé a Filomena—. Tiene flores suaves. Olvidé decirte que no puedes regarla por arriba, necesitas dejar que entre agua por abajo.

Dhaxton se mostró reticente.

—Buscaré algo para dejarle agua.

—Con un platito como el que usas para Pepe basta. —Señalé al cactus, pero, al hacerlo, me hice un rasguño con sus espinas. Soporté el dolor mordiéndome los labios, pero la mueca de agobio me ganó cuando comprobé que una de las espinas había quedado enterrada en mi dedo.

—Ven.

Lo seguí procurando no hacer ruido. Dejó la bandeja sobre uno de sus muebles y luego volteó.

—Permíteme ver —buscó mi mano lastimada y la tomó con precaución. Al dar con la espina, la tomó con delicadeza y comenzó a sacarla poco a poco—. Pepe es como un perro guardián, cuida lo que es mío —dijo con voz apacible sin quitarle un ojo de encima a la espina. Gemí y él se detuvo—. ¿Duele?

—Un poco.

Vuelve a la espina.

—Ya casi sale por completo —indicó, hasta que finalmente entre sus dedos enseñó la pequeña cosa puntiaguda con la que me atacó Pepe.

La sangre apareció en mi dedo, pero antes de que del pequeño pinchazo brotara más sangre, Dhaxton sacó un pañuelo del bolsillo trasero de su pantalón y lo cubrió.

—Gracias —pronuncié. Traté de retraer mi mano, pero Dhaxton no me soltó, al contrario, la retuvo con más fuerza—. Ya puedes soltarme.

El timbre me salvó. Hice bien en pedir dos *delivery* en caso de una pillada.

—Ese debe ser el sushi —le indiqué.

Sin decir nada, regresó a la puerta.

Con Dhaxton ocupándose de la entrada, regresé al cajón.

Me dio la impresión de que Dhaxton no solía abrirlo demasiado, pues fue complicado y la madera estaba hinchada por la humedad. La primera hoja era mi dibujo. El primer boceto que Dhaxton hizo mientras dormía plácidamente. Eso no era una sorpresa. El segundo boceto, sin embargo, me provocó un malestar instantáneo en el estómago. El trazo de Dhaxton era tan detallado pese a ser un simple boceto que me fue fácil saber que no se trataba de nadie más que de Solange.

No lo pude creer. ¿Por qué Sol aparecía en un boceto de Dhaxton?

Rebusqué en el cajón en busca de más información y así descubrí que las demás hojas también se trataban de bocetos. Los primeros. Logré reconocer el boceto de Agnes Holland, la Agnes que Raziel buscaba, y el de Emma Williams, la otra chica desaparecida, y también el de otra chica que jamás en mi vida vi.

Éramos todas las víctimas de su supuesto juego.

Escuché los pasos de Dhaxton y de los nervios guardé todos los dibujos. Las manos me temblaban, el corazón me chocó con fuerza en el pecho, las piernas torpes. Cerré el cajón y corrí hacia la bandeja con la comida, me metí varios trozos de pollo chicharrón a la boca y me obligué a olvidar, al menos por un momento, lo que acababa de ver.

Tenía que actuar como si no supiera nada.

—Come como las personas civilizadas —me dijo en cuanto me vio y me enseñó una mueca de asco.

—Lo siento, es que están tan ricos...

Hablar con la boca llena de comida provocó que desviara la mirada. Dejó el sushi sobre la mesa y luego se perdió en el baño del estudio.

En la soledad pude respirar con tranquilidad y bajar la enorme bola de comida.

¿Qué acababa de pasar?

Tuve la necesidad vital de obtener respuestas, de quitarme de la cabeza el dibujo de Solange. Ella lucía tan inocente en el dibujo, sentada en el mismo sofá que yo, vestida con la misma ropa que yo... Él nos vistió de la misma manera. Nos guardaba como si fuésemos unos trofeos... Eso quería decir que si Solange fue parte de su juego no me lo quiso decir. Ella lo supo desde el inicio y de todas formas actuó como mi cómplice siendo todo el tiempo la suya.

Tragué con fuerza. Mi garganta empezó a doler, y no supe si por la comida o por las inmensas ganas de llorar. Quería llorar, pero no de tristeza, no de decepción, de impotencia.

Sequé mis lágrimas antes de que Dhaxton llegara, pero fue en vano.

—¿Te encuentras bien?

—Es que... comer todo de golpe me dio algo de asco —me excusé—. Qué bueno que saliste del baño.

No esperé más y me metí al cuartito para escapar de sus posibles análisis. Allí me sentí segura, pude respirar hondo y lavarme la cara. Las gotas resbalaron por mi barbilla al tiempo en que el agua corría sin parar. Apoyé mis manos sobre el lavabo y me miré en el espejo.

Era un desastre andante.

Cuando desocupé el baño, Dhaxton ya estaba sentado en la mesa, pero no había probado nada.

—¿Qué esperas? Anda, prueba algo —le insté.

Sin estar del todo convencido, se animó a probar. Se tomó su tiempo en masticar, degustar el sabor, relamer sus labios. Mientras más lo observaba, más pensaba en él dibujando a Sol, ordenándole relajar los hombros, actuar como a ella más le complaciera, en sus miradas unidas a pesar de la distancia, en los minutos corriendo...

—¿Qué sucede?

Mi mirada perdida regresó a visualizar el rostro de Dhaxton.

—N-nada... —titubeé—. ¿Por qué?

—Estás aquí, pero tu mente parece en otro lugar.

—Tengo un revoltijo en el estómago —una media verdad me podía salvar de su agudeza—. Pero no dejaré que te comas todo esto tú solo —me recompuse, tomando un wantan para hundirlo en la soya—. ¿Qué tal está el pollo?

—Mejor de lo que esperaba —dijo sin apartar su perfil de mí, como si no tuviera suficiente con el martirio mental por el que atravesaba—. No voy a comer todo esto solo, así que más vale que te recuperes de tu estómago.

—Lo mismo va para ti —encaré.

El mal cuerpo que me quedó con el boceto de Sol no me abandonó, por eso, estuve dispuesta a obtener respuestas. No iba a dejar pasar lo que había visto.

Miércoles por la mañana, cuando las clases apenas iniciaban, decidí saltarme la clase de Escultura para tener mi momento a solas con Sol.

—¡Drey! —chilló al verme.

Entre sus labios la sonrisa se ensanchó y el anhelo por que desapareciera me comenzó a consumir. Di un paso atrás para apartarme; automáticamente mi cuerpo la rechazó y para ella fue evidente.

—¿Qué haces aquí?

—¿Podemos hablar?

—Claro —hizo una pausa para observar mi rostro—. ¿Ha pasado algo malo?

—Sí, te explicaré pronto. Ven.

La tomé de la mano para guiarla fuera del edificio.

—¿A dónde vamos? —preguntó al salir de la academia.

—La biblioteca. Necesito comentarte algo importante.

Estaba segura de que Sol sospechaba que algo muy malo se avecinaba, pues cada vez me costaba más tirar de ella. Sin embargo, en lo que quedaba de camino ni siquiera chistó. Ambas ingresamos a la biblioteca en silencio y llegamos a la sala predilecta de Vivian.

—¿Qué vamos a hacer aquí? —insistió en saber Sol, pero permanecí callada.

Ella entró primero y luego yo, posicionándome en la puerta cerrada, impidiendo cualquier escape. Su inseguridad emanaba de su ser como un hedor que detesté, por eso, antes de que se atreviera a preguntar algo, comencé:

—Siempre lo supiste, ¿verdad?

—¿Saber qué? —intentó sonar ingenua, pero estuvo lejos de serlo, pues su voz temblorosa la delató. Dentro de su cabeza se debía estar preguntando cómo escapar de la situación, cómo supe todo, cómo responder a mis acusaciones. Ella solo quería hacer tiempo.

Resoplé, sin paciencia.

—¿No te cansas de ser una cínica? Hablo del juego. Encontré tu boceto entre el mío y el de Agnes, que, coincidencia, formamos parte del juego de Dhaxton y Seth, lo que significa que tú también formaste parte de él.

El terror se apoderó de su expresión. Sus ojos se agrandaron con sorpresa y su piel palideció.

—Tú fuiste una víctima más de ellos antes que yo.

—N-no... Eso fue porque...

—¿Por qué? ¿Un favor? ¿Una apuesta? Déjame pensar bien... —indagué en todas sus posibles mentiras—. Ya sé, te manipularon.

Abrió sus labios para emitir una explicación, pero ya no la quería.

—Basta de ser una falsa, no es necesario que pretendas ser mi amiga, ya sé que no lo eres. Estuviste desde el principio de parte de ellos, siendo su cómplice, ayudándoles, siendo una ventaja. Ni siquiera me mereces.

Al escuchar lo último estalló en llantos y las lágrimas brotaron de sus ojos con una rapidez alucinante, como si llevara tiempo aguantándose.

—Lo siento... Drey, perdóname... Yo...

—¿Intentaste advertirme o me preparabas para lo que tendría que soportar? —atajé sus palabras. Ella pestañeó confundida y se mordió el labio— Dime la verdad.

—Intenté advertirte. Drey, yo nunca quise ser parte de esto, te lo prometo. —Dio dos pasos torpes hacia mí, pero al ver que me puse a la defensiva optó por detenerse—. No me quedó otra opción...

En ese preciso instante fue cuando Solange se quitó la careta y confesó que todo este tiempo había estado de parte de Dhaxton y Seth. Desde el principio, sin que yo sospechara.

—Me entregaste en tu lugar...

—¡Tenía miedo!

—¡Me vendiste a ellos para salvar tu trasero!

—No. No, no, te lo juro. Te juro por Dios que yo...

—¿Por Dios? ¡¿Por Dios?! Usas el nombre de Dios en vano, porque sabes que lo hiciste —la señalé.

—¡Traté de ayudarte, en serio! —gritó todavía más alto—. Te advertí sobre lo que no debías usar, sobre cómo no tenías que actuar, sobre tu anillo... Te dije la clase de chicos que son desde antes que entraras a la academia porque yo pasé lo mismo que tú y sabía lo que se te vendría. O algo así... —bajó la cabeza al suelo y se secó un par de lágrimas—. Tú sabes que vengo de una familia muy conservadora, seria, creyente —comenzó a explicar con voz apagada y perturbadora, tan grave como jamás le escuché—. Seth tiene un imán para detectar chicas como nosotras, idiotas y creyentes, sin experiencia alguna. Y Dhaxton sabe cómo manipularlas. Tuve tanto miedo... supe que algo malo pasaba cuando se fijaron en mí, pero seguí actuando como si nada. Es lo que mejor se me da.

Apreté los dientes con fuerza, rechinando de enojo.

—Lo sé, lo hiciste conmigo —ataqué.

Su barbilla tembló.

—De verdad, no quería.

—Pudiste negarte.

—Pude, lo admito, pero siempre me atrajo este lado. En el internado admiraba a las chicas que hablaban de sus experiencias, que se fugaban por las noches para ir de fiesta, estar con chicos... tener una vida de adolescente. Ellas eran libres, podían hacer lo que se les cantara y yo quería vivir lo mismo que ellas, pero mis padres siempre me limitaron. Cuando llegué aquí pensé que podía cambiar las cosas... ser un poco diferente. Estar con Dhaxton y Seth me dio esa gota de miedo a lo desconocido y la libertad que quería, aunque admito que las cosas se tornaron un poco más extrañas.

—¿De qué rayos estás hablando?

—Es un secreto eso... Tú ya debes saberlo.

Pero yo logré hacerme una idea de lo que hablaba. Mi silencio la alentó a seguir. Se cubrió la cara con ambas manos y volvió a sollozar.

—Ellos no fueron en serio conmigo porque yo quería ser una más de su grupo —confesó entre gimoteos—. Y entonces pasó lo del video en el que Brind y yo tenemos relaciones. Y yo... yo temí que pudieran mostrárselo a mis padres si no colaboraba en tu contra y tuve tanto miedo... —detrás de sus manos vi su rostro acongojado, sus ojos inyectados de sangre, sus cejas curvas de aflicción—. De verdad, no quiero que ese video salga a la luz. Si no fuera porque Logan estuvo ahí para consolarme no sé qué habría sido de mí.

¿Un video de Sol con Brind? Seguro rondaba entre el grupo de Dhaxton y Seth, pues yo nunca supe de él o escuché a alguien más comentarlo. Ni siquiera la página Happy Little Tea lo había sacado a la luz.

Por otro lado, si Logan sabía del video entonces entendí por qué aquella vez me dijo que no tenía ninguna posibilidad con ella.

—Yo no quería ser mala contigo —continuó—, pero no tuve otra opción. Perdóname, Drey.

No supe en qué momento había llegado frente a mí dispuesta a darme un abrazo. En ese momento lo único que pensé es que no la quería cerca, no quería que me tocara, no quería que me mirara... No quería nada.

—¿Perdonarte por qué? —cuestioné—. Has admitido que en el fondo ser parte de su mundo te gusta.

—Es cierto, pero como amiga no te cambiaría por nada.

—Pero lo hiciste —sonreí por lo fácil que era responder a sus falsedades—. No te importé en absoluto.

—Claro que sí. La vez que me anunciaste de tu ingreso te advertí. Te dije que no lanzaras las piedras...

—Y me llevaste al club —le recordé.

—¡No tuve opción! —insistió, gritando casi al borde de la desesperación.

—Pudiste decirme también sobre Grey.

Su semblante cambió.

—¿También sabes lo de Grey?

—¿Que es prima de Seth o que es la atrapa-bobas? Por eso Logan la odia, ¿no? Por eso Logan sabe que tiene cero posibilidades contigo. Eres una de ellas desde hace mucho. ¿Y sabes qué es lo peor? Que mientras más te esfuerzas en agradarles, más patética te ves.

Abrí la puerta y salí.

—Drey, por favor...

Me detuve y la miré con desdén.

—Si hablas con alguien sobre esto o sobre lo que sé, le haré una visita a tus padres.

—Drey... —Extendió sus manos para tomar mi mano.

—No me toques. Nuestra amistad ha terminado.

Caminé lo más rápido posible para alejarme de su presencia, de sus gritos pidiendo que la perdonara, de su llanto. La bibliotecaria me regañó por los gritos en la sala, pero ignoré todo lo que tenía por decir. Necesitaba estar sola. Quería un momento de paz para procesar todo lo que acababa de pasar o iba a estallar también.

Y es que no me entraba en la cabeza. Una parte de mí quería que fuera todo mentira, que Solange dijera que ella no era la del boceto, que jamás se enredaría con Dhaxton y Seth. Y, sin embargo, ni siquiera lo negó.

Salí de la biblioteca casi corriendo, con el pecho inflamado y adolorido, mis ojos ardiendo y un llanto rebelde retenido en mi garganta. Mientras avanzaba, las lágrimas nublaron mi camino, me moví como una autómata en busca de un refugio.

De pronto, choqué con la espalda de una persona.

—Lo siento... —mascullé una vez se giró.

Me bastó con ver su barbilla para caer en cuenta de que se trataba de Raziel.

—¿Qué sucedió?

Negué con la cabeza y salí huyendo.

Pero no me fue fácil escapar de Raziel. En el cine lo estuve evitando a toda costa, pero fue complicado con las enormes casualidades que nos hacían encontrarnos a solas. Con tan solo notar que Raziel colocaba sus ojos sobre mí y abría la boca, yo salía disparada para no tener que darle explicaciones, porque sabía que él preguntaría y yo, que estaba sola y sensible, estallaría.

Fue tanta mi paranoia que incluso insistí en quedarme unos minutos más, hablando de la vida con Camille, y me quedé unos momentos más en los vestuarios.

Cuando por fin me vi libre de cuestionamientos, salí del edificio solo para toparme con la espalda ancha de Raziel y el humo de su cigarrillo.

—Ay, no... —vociferé sin siquiera disimular.

No tenía escapatoria.

—Dime qué pasó —insistió con voz firme y tiró a un lado el cigarrillo.

Su preocupación (o curiosidad) atacó mi lado más sensible. Recordé la discusión, la expresión de Sol, cómo no negó su participación, y mi pecho se comprimió al punto en que el dolor se me hizo inhumano. El nudo en mi garganta era una soga que me asfixiaba lenta y despiadadamente.

—Discutí con Sol —pude articular sin siquiera atreverme a mirarlo—. Ella y yo ya no somos amigas. No somos nada.

Decirlo en voz alta me sirvió para convencerme de que todo lo que sucedió en la sala de la biblioteca y que todo lo que Solange había dicho era real.

Solté el llanto cubriendo mi rostro, avergonzada de mi ingenuidad y dolida con el mundo. Quería que la tierra me tragara. Ya no quería sentir nada. Pero, lejos de apartarme, Raziel me abrazó y me apegó a su pecho para acallar mi tristeza. Estar entre sus brazos me brindó un calor que no creí necesitar, pero que percibí como el refugio donde buscaba consuelo. Y eso me hizo sentir mejor.

—Ya, tranquila —me dijo con su mano acariciando mi cabello.

—Me siento tan tonta... Ahora estoy tan sola...

—No importa —buscó mi rostro y lo tomó entre sus manos para que no pudiera escapar de su mirada—. Yo estoy aquí. Ahora seca tus lágrimas y sonríe. —Sus pulgares acariciaron mi mejilla, limpiando el rastro de lágrimas—. Te has librado de una persona que no merece la pena.

Asentí y me limpié el rostro.

—Tienes razón.

—No dejes que te rompan.

—Es fácil para ti decirlo, no estás en mi posición.

—Yo también he sufrido —reconoció—. Pero convertí todo ese sufrimiento en un ideal. Tú haz lo mismo. Convierte tu dolor en tu motivación, y si vuelve a pasar, ya sabrás cómo se siente.

Bien, Raziel no era el mejor dando charlas motivadoras, pero su consejo valió la pena.

—Gracias —pronuncié.

Él se limitó a sonreírme.

—Me debes una, Angelito —bromeó.

Antes de que pudiera reprocharle, Camille, quien solía salir más tarde del trabajo, se asomó desde el pasillo con una sonrisa.

—¿Ya te vas? —pregunté al verla salir con sus cosas.

—Sí —en cuanto sus ojos dieron con Raziel, sonrió—. Raziel y yo celebramos nuestro aniversario. —Enseguida miré a Raziel, que se dirigía a su moto en busca de los cascos—. Dos años de novios no pasan en vano, ¿cierto?

Intenté sonreír, pero el desconcierto de la revelación no me lo permitió. Raziel y Camille, ¿novios? Ni siquiera me lo había planteado antes.

—Wow... Qué sorpresa.

Estaba atónita.

—Lo sé. Somos una pareja dispareja, pero nos queremos. ¿Cierto? —Raziel le siguió el juego y levantó su pulgar en aprobación a sus palabras—. En el trabajo es un secreto a voces, hay que mantener la profesionalidad. Bueno, suerte, Drey.

Raziel se detuvo justo frente a nosotras, le entregó su otro casco a Camille y se marcharon, dejándome sola y con una extraña sensación en el pecho.

Capítulo 23
Por ellas

AUDREY

El viernes, antes de ir al estudio, me dediqué a visitar las tiendas más lujosas de la ciudad en busca del vestido perfecto. Si iba a codearme de millonarios en la sala de eventos de uno de los hoteles más alucinantes, entonces lo haría con la vestimenta adecuada: un vestido largo de color durazno y escote de sirena. Cuando el sábado por la noche llegó, Lucy me ayudó a encajar en él, ponerme los zapatos y armarme un peinado que sacamos de un tutorial en YouTube. Mi cabello recogido, con unos pequeños mechones de cabello ondulado caían por mis hombros. Quedó hermoso.

—¡Listo!

Abrí mis ojos en cuanto Lucy terminó de delinear mis cejas y me encontré su rostro sonriente. Lo que había hecho era toda una proeza, a su juicio.

—No soy una experta, pero... —suspiró, satisfecha— creo que abriré un salón de belleza.

Le respondí con una sonrisa nerviosa y me giré hacia el espejo. Lucy había hecho un buen trabajo, mejor del que yo hubiera hecho sin su ayuda. El maquillaje era simple, pero bastante decente. Además, mis cejas le habían quedado geniales, transformaron mi mirada en una más cargada.

—Síp, creo que definitivamente debes dejar la academia y abrir un salón —la animé sin dejar de observar mis detalles.

—¿Segura de que no vas a ponerte un labial más fuerte? Creo que te quedaría bien uno más rosado.

Negué al instante.

—Estoy bien así. No quiero que resalte mi rostro.

—¿Entonces qué? —replicó inocente.

—Yo.

Mis ojos enfocaron la zona de mi pecho. Jamás había usado un escote tan pronunciado, mucho menos uno que llamara la atención.

Eso era lo que deseaba.

Quería que vieran lo que ahí ya no se encontraba.

La campana de mensajes sonó desde mi celular anunciando que en cinco minutos mi auto me recogería.

Un revoltijo producto de los nervios causó estragos en mi estómago. Mi corazón empezó a agitarse con tanta fuerza que, por un momento, creí que tendría un ataque. Lo que me esperaba no se comparaba para nada con la idea que armé dentro de mis pensamientos mientras Lucy me hablaba al lado sin que le entendiera en absoluto. Yo estaba de pie, frente al espejo, despidiéndome de mí misma.

Era tiempo de sacar el otro lado de Audrey Johnson.

El conductor del auto que me recogió no dijo demasiado. Había sido enviado a buscarme por cortesía de Devon y mamá. Se veía que era un sujeto profesional que hablaba lo justo y necesario. En el camino me preguntó si deseaba colocar algo de música, sugerencia que agradecí, ya que estaba muriendo. No literalmente, claro, pero de una manera figurativa que nadie podría entender.

Fue un viaje agónico.

Fuera de la sala de eventos, la aparición de reporteros que deseaban tener en sus páginas web la primicia de que el heredero, Devon Crusoe, hijo del respetado magnate, Denniro Crusoe, anunciaría su compromiso. Alguien los había llamado, y muchos no los deseaban ahí. La seguridad los retenía para que no saltaran a atacar a los invitados. Sin embargo, porque con intentar no se pierde nada, algunos gritaban sus nombres por si alguno volteaba a saludar o permitía que los entrevistaran. Eran empresarios y famosos que vi en alguna revista, pero cuyos nombres jamás aprendí.

Yo bajé más adelante de la alfombra roja que guiaba hacia la entrada de la sala, agradecí al conductor y subí las escaleras sin que ninguno de esos reporteros fisgoneara. Para ese mundo solo era un ser desconocido, la sobrina de alguien no muy querido o simplemente alguien insignificante del montón que no les traería ni un miserable *clic*.

Aún.

Dentro, la música y la buena decoración me envolvieron. Mesas redondas con cocteles; meseros de un lado a otro ofreciendo delicias para el paladar. El color naranjo predominaba, el color amarillo estaba presente en todas sus tonalidades. Era un sitio bellísimo, los invitados lo sabían y disfrutaban el momento, con sus atuendos caros, sus joyas brillantes y los rostros empolvados de buena vida.

Tardé más de lo deseado en hallar a mamá. La vi charlando con una pareja, sonriendo y vistiendo un vestido rojo que gritaba: «la estrella de esta noche soy yo». Se veía preciosa.

—Drey, viniste —dijo al verme.

—Hola.

Ambas nos acercamos para romper la distancia en un abrazo. A continuación, una breve charla sobre lo que habíamos hecho en la semana, todo muy formal.

—En la cena tienes que sentarte junto a mí —informó tras un silencio en el que no supimos decir más—. Junto a Devon estarán su padre y Dhaxton.

Estar junto a ella en una mesa no podría molestarme menos, pero ¿con el padre de Dhaxton? Mi impresión sobre él no podía describirse como la mejor, y decirle «viejo cascarrabias» se quedaba pequeño en mi breve repertorio de ofensas a mayores.

Y como si pensar en ello resultase en una clase de invocación, Agatha en compañía de Seth llegaron a nuestro lado.

—Querida mía.

Al voltearme la vi arreglada para la ocasión y deslumbrante como su personalidad.

—Agatha, no sabía que vendrías.

—Por supuesto que vendría, conozco a Devon desde hace mucho —actuó como si mi comentario la ofendiera—. Y si no me invitaban, vendría de todas formas.

Mamá rio. El foco de atención de la anciana se dirigió a ella, mientras que el mío recayó en Seth. Verlo formal fue todo un hito, porque solía vestir muy informal y liviano, con ropa holgada y desteñida. Su traje rojo se ceñía justo a la medida de su cuerpo y su cabello peinado hacia atrás, sin sus mechones rebeldes cayendo por su frente, me recordaron al peinado de Leonardo DiCaprio en *Titanic*, justo en la escena de la cena con los de clase alta del barco.

Intercambiamos un par de miradas hasta que Agatha habló:

—Silvia, te ves divina. Serás una novia hermosa.

—Gracias —respondió mamá—. No sabía que ustedes se conocieran.

—Me salvó la vida un par de veces —le dijo Agatha, restándole importancia.

Error: yo no la había salvado, solo caí en sus mentiras. Mi pecho dolió al pensar lo tonta que había sido en no darme cuenta de las absurdas coincidencias. Aun así, sonreí, porque esa era parte del plan, porque debía actuar como si no supiera nada.

—Esa es una exageración.

—Para nada —me contradijo. Pestañeó un par de veces y su rostro se transformó—: Querida, ¿dónde está tu madre? No la veo por ningún lado...

Fingía, por supuesto.

Mamá y yo nos miramos, serias, como si supiéramos que algo andaba mal con la cabeza de la anciana. Seth carraspeó para distraer a su abuela, quien miraba alrededor en busca de mi supuesta madre. O, mejor dicho, la madre de Agnes.

Así que la madre de Agnes asistía a reuniones de ese estilo... Interesante.

—Baba, vamos a saludar a los demás.

Seth tomó a Agatha de los brazos, pero mamá tuvo que abrir la boca.

—¿Tú y Drey no eran...?

Había olvidado que Seth y mamá se conocían.

—¿Novios? —concluyó él, asintiendo—. Lo fuimos. Ella cortó conmigo.

Intentar ponerme en aprietos para salirse con la suya era una táctica que ya conocía de él, por eso miré a mamá y sonreí.

—Ya sabes lo que dicen, madre: mejor sola que mal acompañada.

Mamá y Agatha rieron. Seth también, aunque la suya fue una sonrisa llena de suficiencia.

—Tú y yo sabemos que aquel día la pasaste muy bien —comentó en un tono meloso.

Me encogí de hombros.

—Sí, bueno, cantas pésimo.

—Yo no hablaba de ese día.

Había caído sin paracaídas justo por el profundo bache que él deseaba. Enrojecí por mucho que tratara de ocultarlo y con ello un extraño silencio surgió.

—Creo que esa es demasiada información —Agatha habló. Para no quedarse más tiempo en la burbuja invisible en la que Seth y yo nos habíamos envuelto, tomó del brazo a mamá y le dijo—: Silvia, cariño, ¿por qué no me presentas a los otros invitados?

Mamá accedió y las dos nos dejaron solos.

Suspiré con agotamiento.

—¿Nunca dejarás de recordarme lo que pasó en tu habitación? —le cuestioné a Seth.

—Lo haré cuantas veces sean necesarias.

Me acerqué de manera confidente a su oreja, aprovechando la proximidad que nació cuando se acercó.

—Supérame.

Él se limitó a observarme durante unos segundos, entonces fue su turno de susurrar:

—Me pides demasiado. Más teniendo en cuenta lo atractiva que te ves en ese vestido.

Fui la primera en alejarme.

—¿Te gusta mi vestido? —me pasé las manos por las curvas hasta llegar a la parte de la falda y estirarla. Seth siguió mis movimientos y se relamió los labios—. Te lo podría prestar un día, pero soy consciente de que tú prefieres vestir de mentiras y engaños, como tu amigo.

Seth se metió las manos en el saco.

—Si me lo preguntas, prefiero andar en bolas —admitió a todo lo alto, sin pudor del qué dirán—. Es más cómodo.

Justo en ese momento, su mejor amigo llegó.

—Ya veo que no puedes guardar la compostura ni siquiera en un sitio como este —le reprendió Dhaxton, asqueado de la actitud trivial de su amigo.

—¿Un sitio como este qué tiene de especial? —le cuestionó Seth con el boceto de una sonrisa burlona. Extendió sus brazos a los lados, mostrando los alrededores—. Una decoración brillante, comida deliciosa y personas que solo buscan guardar las apariencias. —Luego colocó ambas manos sobre su pecho—. Yo prefiero ser fiel a mí mismo.

«Un sermón inspirador, sin dudas...», ironicé.

—Hacer el esfuerzo y comportarte en esta ocasión sería un favor especial.

Dhaxton ni siquiera le sonrió, lo que provocó que navegara en un mar de preguntas.

¿Acaso estaban molestos?

¿Qué era esa extraña tensión entre ambos?

Si se peleaban de verdad, ¿quién ganaría?

Y un sinfín más.

—Me pides demasiado —le respondió Seth, calmando las aguas—. Aquí hay demasiadas caras largas, me aburro.

—Y veo que te has aferrado a la única persona interesante que hay.

Los grises ojos de Dhaxton se posaron en mí. Los de Seth también. Esa fue demasiada presión, pero traté de no mostrarme afectada. No podía verme vulnerable, debía aferrarme a las apariencias, como ellos lo hacían todo el tiempo.

—¿Van a tomar turnos para estar conmigo? —les cuestioné y crucé los brazos—. No seré su juguete esta noche.

—Deja que nosotros seamos el tuyo —propuso Seth—. Tú eliges. Uno. Por esta noche.

—Puedo oler tus segundas intenciones —renegué, fastidiada.

Dhaxton no quiso quedarse atrás y ladeó la cabeza hacia mi lado en busca de mi atención.

—¿A qué huelen las mías?

—A miedo de que papi se enoje porque la fiesta no saldrá como esperaba. —Seth rio y yo canté victoria porque Dhaxton ni siquiera se esforzó en responder. Una pequeña victoria para mí que acompañé con una copa de la bebida que uno de los meseros nos ofreció. La alcé a modo de despedida—. Un gusto, caballeros.

Turno de marcharme.

Hablar con el par fue más agotador de lo que había pensado, quizás porque no esperaba encontrarme con los dos tan pronto por la noche. Necesité tomar algo de aire limpio y no hallé mejor alternativa que salir hacia la terraza de la sala.

El lugar era un sitio hermoso desde donde se lograba ver el cielo nocturno y una especie de jardín con una pileta rodeada de flores que me recordó a las obras de arte sobre paraísos.

Inspiré hondo el aire frío de otoño, el remedio perfecto para el calor abrasador que me envolvió tras mi encuentro con Seth y Dhaxton.

Me envolví en la tranquilidad y suspiré.

Entonces la calma desapareció.

—Aguarda un momento.

La voz de Dhaxton me sacó de mis cabales y me erizó la piel. No esperaba verlo a solas en la terraza, porque eso me traía recuerdos que no quería volver a revivir. Porque era innegable que, pese a estar decepcionada, las sensaciones que me producía cobraban fuerza.

—Paso —lo evité—. Ve a divertirte con alguien más.

Tomó mi brazo y me obligó a voltear. Se veía agitado, como si hubiera atravesado toda la sala para encontrarnos a solas.

—¿Qué es lo que estás tramando? Estás muy extraña. Tú no actúas así.

¿Qué estaba tramando yo? Eso me sacó una carcajada seca que lastimó mi garganta y me dejó un sabor amargo.

—¿Y cómo actúo, según tú? ¿O cómo debería actuar? —increpé—. ¿Será que no me adecúo a lo que tú y Seth buscan para su juego? ¿Esperabas que fuera una chica sumisa que se quedara callada y se enamorara perdidamente de ti?

Esta vez le tocó reírse a él.

—Espero todo de ti. Eres una caja de sorpresas.

—Siempre tan adulador...

—Menos que dejaras de lado tus creencias —añadió, mirando mi dedo desnudo.

—¿Te ha decepcionado que no caiga en tu juego o que te eche las verdades a la cara?

—Me decepciona no haber sido yo.

Otra carcajada y un mareo. Creo que el alcohol me estaba jugando una mala pasada. Una muy mala pasada.

—Escúchame bien, Crusoe —lo enfrenté—. Si eres lo suficientemente inteligente para aceptar formar parte de un juego, entonces lo serás para entender que no importa lo que hagas o intentes hacer. —Mis palabras eran pronunciadas con pisotones decisivos que buscaban acorralarlo en la penumbra de la terraza, junto a la puerta, en ese sitio oscuro donde la luna no llegaba—. Yo no voy a caer por ti, ni permitiré que otra chica lo haga. No soy la chica ingenua que crees que soy. No soy una chica que puedes moldear. No soy tu juguete. Y, sobre todo, no estoy dispuesta a ser algo más para ti. Lo nuestro se limitará únicamente a lo laboral. ¿He sido clara?

—Lo has sido desde el principio —dijo, sin siquiera inmutarse de mi intento de intimidación—. Creo que yo no he sido claro, por eso...

Devon y su padre, a quienes no vi en la sala, salieron a la terraza dando pasos intranquilos. Con tan solo verlos, nos escondimos entre las sombras del edificio para no alarmarlos.

Algo andaba mal.

Creí que huían de la prensa, pero dentro nadie los perseguía, así que descarté esa vaga idea.

—Somos un espectáculo mediático. Seres de farándula para periódicos de la peor calaña —se quejó el más viejo de los Crusoe. Le daba la espalda a su hijo, quien se acercó con cautela—. Todo esto es tu culpa —señaló su padre, girando en su propio eje sin que Devon lo previera—. Mira que anunciar un compromiso...

—Padre...

—Un compromiso, Devon —remarcó sin ganas de escuchar—. Y con una cualquiera. ¿Y todo para qué? Cuando menos lo esperes te robará dinero y se largará. Dinero que usará en una sucia empresa de limpieza.

Apreté mis puños para salir en defensa de mamá. No obstante, Dhaxton me atajó y cubrió mi boca para que no hablara. Lo siguiente fue sisear para que guardara silencio.

—Silvia no es esa clase de persona, padre. —Admiré la calma con la que hablaba Devon, porque yo en su lugar lo habría lanzado por la terraza—. No hables así de ella.

—Tú no hables con las bolas —lo reprendió su padre, claramente ofendido—. Esa mujer se te metió por los ojos. No te quiere a ti, Devon, quiere lo que traes en los bolsillos. Yo nunca me equivoco.

—Tienes razón, nunca lo haces, por eso asumiré que todo lo que has dicho de Silvia es una broma. Si le das una oportunidad, te darás cuenta de que es una mujer excepcional y sensata.

El poder de convencimiento de Devon había funcionado. Las defensas de su padre se fueron apagando poco a poco en el sumo silencio de la noche. Y también mis intentos por salir a encarar a Denniro.

—Algo tiene ella que no me convence. Es... Su cara, su rostro... La forma en que apareció de la nada. Me parece extraño.

—Si me has puesto a mí como tu sucesor, es porque tomo buenas decisiones, ¿no? —insistió Devon.

—Tienes una mente empresarial, eso no significa que la tengas sentimentalmente. —Denniro Crusoe se acomodó el saco y le dio una última mirada a su hijo antes de regresar adentro—. Les doy juntos un año.

Devon soltó una risa y lo siguió.

Él podía estar bien con su padre, pero yo estaba tan molesta de los insultos que había propinado que prometí no guardar silencio si se me daba la oportunidad de hablar.

—No hagas nada estúpido —me pidió Dhaxton.

Yo le sonreí con falsedad.

—No te preocupes, no haré nada.

Spoiler: le mentí.

Nos llamaron a cenar en la sala continua. Había una mesa larga y decorada con utensilios brillantes y un mantel blanco de hilo dorado. Devon y mamá se sentaron en la cabeza, justo en medio. Junto a Devon, su padre; junto a mamá, yo. Desde mi sitio no podía ver a Dhaxton, pero sí a Seth y Agatha, a quienes hubiera deseado tener cerca para no sentirme tan excluida.

La comida trajo relajo a la mesa, los invitados hablaban entre ellos con total fluidez. La pareja con la que mamá hablaba antes, quienes se sentaron junto a mí, me hablaron sobre algo de lo que no puse demasiada atención. Quería salir huyendo de ahí cuanto antes. Para acortar la espera y descargar la ansiedad que tan elegante cena me proponía, tomé unas cuantas copas.

Ese fue mi fallo.

Sabía que el alcohol me aflojaba la lengua y me daría las benditas agallas que me faltaban, pero no reparé en que necesitaría frenos.

El momento que todos esperaban llegó. Devon se puso de pie para dar una charla sobre la influencia de su madre, su desastrosa vida amorosa y su relación con mamá. Luego anunció que se casarían, se besaron y fueron aceptados por aplausos. Todo normal hasta ahí, entonces, el cabecilla de los Crusoe se puso de pie: imponente, seguro y dispuesto a dar un discurso sobre lo maravilloso que le parecía el compromiso de su hijo. Toda su actuación barata acabó en un «salud por Devon y por Silvia, una mujer que cambia perspectivas».

Me levanté de golpe ante la sorpresa de todos.

Quise adjudicar la culpa a las bebidas, que no me permitieron pensar bien. Sin embargo, mentiría.

Estaba harta.

Estaba cansada de ser «la chica buena».

—Un emotivo discurso, señor Crusoe, sobre todo teniendo en cuenta que hace unos minutos atrás llamaba a mi madre «cualquiera» e insinuó que se casará con Devon por su dinero.

El rostro del viejo se transformó. No esperaba que saliera a contar tal barbarie, mucho menos delante de tantas personas.

Mamá me tomó del brazo y tiró de él para que volviera a sentarme.

—Drey, ¿qué dices...?

La miré un momento y regresé con el padre de Dhaxton.

—Es cierto, mi madre es una mujer que cambia perspectivas. Cambió la mía muchas veces. Sacó adelante a nuestra familia vendiendo productos de limpieza, yendo casa por casa, con sol y lluvia, y ahora consiguió tener una humilde empresa a la que usted ha llamado «sucia». —Mamá, que en todo momento me estaba mirando, volteó hacia Devon y luego al que suponía ser su futuro suegro—. Es una mujer esforzada que apreció hasta el último centavo del cambio, porque, a diferencia de usted, un hombre adinerado que heredó la empresa de su padre, ella conoce lo que es el sacrificio. Y el dolor. Sí, mi madre viene desde abajo, y sí, nos faltó el dinero. Pero ¿sabe lo que nunca le faltó? Educación. —La cara de Denniro se tornó roja, no sé si de vergüenza o rabia—. La próxima vez que insulte a mi madre, voy a llamar a la prensa farandulera, como ha llamado a los reporteros, y les contaré lo que ahora me estoy guardando.

Eché un vistazo rápido a Dhaxton.

Ahí supe que la había jodido en grande.

Tragué con dificultad sin perder el semblante con el que había empezado la confrontación y sonreí dirigiéndome a Devon.

—Gracias por defender a mamá —regresé con el señor Crusoe y le dije mis últimas palabras—. Un gusto hablar con usted, señor Crusoe. ¿O debería empezar a llamarlo abuelo?

Forcé una sonrisa y salí de la sala, dejando atrás lo que pudieran decirme y lo que los invitados comentaron.

Tuve unas enormes ganas de vomitar y me eché a llorar en cuanto salí a la terraza en busca de aire. Lloraba porque la presión era demasiada, no por arrepentimiento.

Con una mano sobre mi pecho, sentí los latidos acelerados de mi corazón.

Necesitaba calmarme, salir de ahí, o iba a desmayarme en cualquier momento.

Inspiré hondo y exhalé despacio hasta que mis latidos regresaron a su ritmo normal.

La arritmia no tardó en regresar cuando vi salir a Seth.

Se llevó las manos a la cabeza, despeinándose. Qué difícil fue decirle adiós al peinado de DiCaprio.

—¿Te volviste loca? —me preguntó mientras avanzaba.

«Loca no. Solo estoy con el alcohol suficiente como para atreverme a decirle unas cuantas verdades al padre de tu mejor amigo», sonaba bien.

—No lo sé —contesté en su lugar.

Se plantó frente a mí con una sonrisa ancha.

—¡Lo que hiciste allá adentro fue alucinante! Nunca vi a nadie meter la pata como tú.

—He fastidiado una cena importante —admití para mí misma, todavía sin poder creerlo.

—Y tal vez el futuro matrimonio de tu madre.

Gruñí.

—Ya sé que no has venido precisamente a consolarme, pero ¿podrías ser menos directo?

Encogió los hombros con las palmas en el aire.

—No me culpes, eres mi ejemplo a seguir.

Reprimí una sonrisa porque me hizo gracia su comentario y porque eso había sonado como un cumplido.

—¿Qué haces aquí?

—Supuse que estarías llorando y quise venir a reírme un poco —dijo, paseándose con pasos silenciosos por mi lado. Seth no era un animal, pero su caminar era igual al de un depredador acechando a su presa.

Lo detuve antes de que me mareara más de lo que el alcohol había hecho ya.

—Eres como un niño de once años que molesta a la niña que le gusta.

—Parte de razón hay. Me gustas.

Odiaba admirar lo fácil que le resultaba decir «me gustas» sin mostrar una pizca de pudor o inseguridad.

—Yo no te gusto, te gusta el placer de ganarle a Dhaxton.

—A todo el mundo le gusta ganar —soltó con verdad—. Por eso te has quitado el collar, ¿verdad? Quieres ganar esto.

Me volteé para hacerle frente y sostuve el cuello de su saco para acercarlo a mí. Quedamos enfrentados.

—La razón por la que me quité el collar no tiene nada que ver contigo, ni con Dhaxton. Mi mundo gira sobre el eje que a mí me da la gana —los ojos de Seth me miraron abiertos del asombro, pues no esperaba que lo atrajera con tanta rudeza. Mucho menos que soltara esa mentira en su cara—. Ahora admite que estás aquí porque te preocupaste por mí.

Las fosas nasales de Seth se ensancharon tras una enorme inspiración. Exhaló por la boca formando un profundo bufido lleno de resignación.

—Vine a buscarte porque quería asegurarme de que estabas bien —repitió como si leyera un papel.

—Si tu preocupación es auténtica, ¿puedes sacarme de este lugar?

Seth sonrió como si esperase desde hace horas que pidiera eso. Lo solté permitiendo que se acomodara la ropa y luego él metió una mano dentro del bolsillo de su saco.

—Ten.

Me entregó el ticket de solicitud para que el valet buscara su auto.

—¿Tienes la licencia de conducir otra vez?

—La gracia de vivir en el privilegio —se jactó—. Iré por Baba.

Se suponía que Seth me llevaría a la academia, pero el abuso de alcohol, para mi poco acostumbrado cuerpo, pasó factura. El auto me mareó horrible y terminé vomitando en un basurero a mitad de una calle que no logré reconocer. Lo que restaba del viaje solo quise descansar.

Volví al mundo de los vivos durante un breve momento en el que era cargada por Seth. Sus brazos me acunaron contra su pecho; subíamos las escaleras.

—Vaya, tienes brazos fuertes —me mofé con voz ronca.

Él rio y su pecho se movió contra mi rendida cabeza de manera rítmica.

—Lo suficiente para cargarte otra vez.

¿Otra vez?

—¿De qué hablas?

—¿Crees que Dhaxton iba a cargarte la vez que te desmayaste? —increpó—. Ni siquiera pudo forzar la puerta. Me llamó diciendo que algo malo pasaba, que fuera con él rápido. Ese «rápido» se llevó mi licencia, y todo por ti. Suerte tuve de convencer a la policía, algo de influencia...

No lo escuché más, estaba poniendo más esfuerzo en recordar lo que había pasado la noche que me desmayé.

Todo este tiempo creí que había sido Dhaxton quien me cargó, me llevó a la cama y acarició mi mejilla.

Pero no.

Era Seth.

¿Esa era parte de sus mentiras o decía la verdad?

Cerré mis ojos y dejé que el sueño lo decidiera.

—¿Quién es la niña de papá?

La voz de un hombre resonó en mi cabeza. Podía ver su silueta frente a mí, pero al tratar de mirarlo, se esfumó.

La mañana siguiente desperté en la habitación de Seth sobresaltada por otra de mis pesadillas y acompañada de un terrible dolor de cabeza que durante algunos minutos no me permitió mirar el entorno. Él estaba dormido en un sofá de cuero negro, con los brazos cruzados y el cabello desgreñado.

Odié su ternura al dormir.

Me agaché para besar su mejilla, y despertó algo desorientado.

—Gracias por preocuparte por mí —le susurré.

Mi gesto lo tomó por sorpresa y con sus dedos tocó la zona del beso.

Desplegué una sonrisa, luego salí de su cuarto.

Qué fácil había sido.

Abajo, en la sala de estar, rodeado de pinturas y libros, Dhaxton aguardaba paciente mi aparición. Estaba sentado de brazos y piernas cruzadas, con el rostro impasible y la cicatriz más roja que nunca. Cuando reparamos en la presencia del otro, sus ojos desprendieron una chispa oscura. Me daba miedo verlo así, molesto, pero no permití que lo notara.

Carraspeé antes de hablar.

—¿No te da pena saber que yo hice lo que tú no pudiste hacer?

Se puso de pie y avanzó. Mi cuerpo, por cuestiones de supervivencia, quiso retroceder.

—Lo que hiciste en la cena fue totalmente desafortunado —dijo, sin inmutarse de la burla que contenía mi pregunta.

—Yo creo que estuvo genial.

Siguió avanzando. No estaba acorralada, tanto por la derecha como por la izquierda pude haber salido arrancando, pero de nuevo el magnetismo de Dhaxton jugaba a su favor y mis pies ni siquiera respondieron.

—Le faltaste el respeto a mi padre —desdeñó, frunciendo la nariz ante cada palabra. Su desprecio hacia mi acto se notaba.

—Y él le faltó el respeto a mi madre —repetí por si no estaba lo suficientemente claro. ¿Es que quería que lo publicara en las redes sociales o qué?—. La diferencia es que yo no permanecí callada —continué.

—Mi deber está con mi familia, como el tuyo está con tu madre.

Mamá.

Que la mencionara me sentó mal, pese a lo determinada que estaba con que hice lo correcto. Mi propósito era bueno, estaba orgullosa de haberla defendido, estaba pensando en su bienestar y dignidad. Si mi bocota no hubiera hablado de más a causa del alcohol, tal vez habría sido más discreta sin llegar a ofenderla o molestarla.

—Yo no hice mal en decirle esas cosas a tu padre, mi error fue haberlo hecho en público —recalqué con voz firme—. Defenderla estuvo bien. Insultó a mamá, la trató horrible, la llamó una cualquiera y afirmó que ella se casaría con Devon por interés. Todas las palabras que dije, se las merece y lo sabes.

Ambos sostuvimos la mirada en una batalla silenciosa; quien cedía, perdía. Para mi sorpresa, fue él quien cambió, dispuesto a hablar:

—Tienes razón, lo sé perfectamente. Mi padre es el ser más repulsivo que ha pisado esta tierra. Es un ser egoísta, cruel y despiadado, a quien no le importan los medios si el destino le favorece. Que mataría por una reputación limpia.

Sus palabras me dejaron atónita.

—Y lo odio... —agregó mientras su respiración se iba acelerando—. Lo odio, lo odio, lo odio... —le tembló la voz—. Lo detesto y desearía que se muera de una vez. Lo quiero ver muerto, bajo tierra... Matarlo con mis propias manos...

—Dhaxton...

—Pero... —se frenó y comenzó a tranquilizarse— siendo el ser más inmundo que puede existir, merece todo mi respeto.

Tragó saliva y automáticamente la ira retenida de un momento se le esfumó, regresando a ser el Dhaxton sin expresiones.

—¿Lo merece o te ha obligado a que lo haga?

Llevó una mano a su frente para delinear con sus dedos la enorme cicatriz.

—Se lo ha ganado —afirmó, solemne.

—Con miedo no se gana el respeto, se impone.

—No es el miedo lo que me lleva a respetar a mi padre, es el enorme favor que ha hecho para protegerme. Estoy en deuda con él.

—¿Qué pudo haber pasado para sentirte en deuda con tu propio padre y permitir que te haga daño?

Dhaxton se inclinó para susurrar:

—Empieza por lo peor.

Silencio absoluto.

Por supuesto, con tal sugerencia imaginé solo una cosa: Agnes muerta.

—¿Has matado a alguien?

Formó una mueca al darse cuenta de que había volteado la discusión a su favor, porque había conseguido todo mi interés.

—No olvides que arruinaste una posible boda, con la prensa afuera escuchando todo.

La prensa, la prensa; eso era lo único que les importaba.

Dhaxton decidió marcharse, pero yo lo detuve.

—He ahí la enorme diferencia que existe entre tú y yo, Dhaxton —dije usando el mismo tono de voz que él—. Tú te vistes de mentiras y prefieres guardar las apariencias; yo prefiero hacerles frente sin temor a las represalias —toqué mi pecho y él bajó la mirada siguiendo mi gesto—. Me cansé de ser buena persona y pensar en los demás. Estoy harta de callarme las cosas para no herirlos y dejar que toda esta basura me pudra por dentro. Es hora de pensar en mí.

—Un discurso inspirador, pero no olvides que todavía tienes que reparar los daños que hiciste.

—Lo haré cuando tú pagues por los que cometiste.

No dije más.

Levanté mi mentón bien en alto para que supiera que hablaba en serio y salí de su vista.

Eso era lo que querían, ¿no?

¿Querían ver a una Drey diferente? Pues se las daría.

Lo primero era hacerles creer que tenían el control.

Lo siguiente, escudriñar todas sus mentiras.

Y, por último, exponerlas para que todo el mundo supiera la calaña de personas que eran.

Marqué a Raziel y en cuanto me contestó, le dije:

—Acepto. Voy a ayudarte a sacar todos los secretos que Dhaxton, Seth y sus familias intentan esconder. Voy a matar a Audrey Johnson.

—¿Harás ese sacrificio? —preguntó Raziel—. ¿Estás segura de que quieres inclinarte por el camino de la venganza?

—Sí —dije con entereza—. Lo haré.

Estaba decidido. Había iniciado el verdadero juego y estaba dispuesta a demostrarles que solo habría un ganador: yo.

Por mí.

Por Agnes.

Y por todas las chicas que no conocía y que habían sido víctimas de Dhaxton y Seth.

Esa era mi opción correcta.

Fin de la primera parte

Agradecimientos

Empecé *La opción correcta* después de un bloqueo que me impidió escribir durante meses, inspirada en las historias de la chica buena, el chico malo y las apuestas. Quería darle un toque retorcido y lleno de giros inesperados. La verdad, tenía mucho miedo porque era una idea muy diferente a lo que venía escribiendo, pero necesitaba probar algo nuevo. Si bien esta primera parte es el inicio de algo oscuro, mientras más la escribía, más me gustaba. Aquel acontecimiento, y que tuvo una acogida inesperadamente buena entre mis lectoras, sentí que regresaba al 2014 cuando recién comenzaba a escribir en internet. ¡Fue genial! Por eso, si debo darle las gracias a alguien, primero siempre será a mis lectores. Sus comentarios, teorías, sus disputas sobre los *teams* y que se comieran las uñas después de cada capítulo me llenaron el corazón. Siempre han sido una gran motivación. Por supuesto que hacerlos sufrir un poquito es algo que ata nuestra relación de amor-odio, pero, en serio, el cariño que le dieron a esta historia es enorme. Salir del bloqueo y leer sus comentarios fue una dosis de energía que siempre me saca una sonrisa. Y cómo podría olvidar a las personitas del grupo con las que tan bien me la pasé leyendo. Son los mejores jamoncitos.

Agradecerle infinitamente a Giannella, por ser mi confidente, la persona en la que puedo depositar mis ideas y dudas, quien me aconseja cuando estoy al borde de colapsar con mis historias y siempre me saca una sonrisa. Espero que nos podamos ver de nuevo. A mi familia y Los Primores, por escuchar mis quejas, darme ideas, reírse conmigo, alegrarme con sus comentarios y no tener pelos en la lengua.

A mi editor, Ignacio Rebolledo. Gracias por tu paciencia y permitirme los cambios a última hora. También por darme tantas libertades a la hora de trabajar.

Y a ti, por estar leyendo esto. Gracias por acompañarme en esta travesía. Espero que hayas entrado en calor con esta primera parte porque es el inicio de algo más oscuro y aterrador.

Esta es la punta del iceberg.